補白，異彩紛呈之宋前小說史

郎生——著

先秦古韻、魏晉幽彩、盛唐風華……文學空缺的拼圖，傳奇於歷史之外的獨步

目錄

引言

CONTENTS

引言

　　幾年前，我開始發貼文，評點不時在讀的唐人小說。朋友看了說好，為文學史補一大白，要我每天都寫。寫沒有問題，能否成書是個問題，直到好友阿莎萊為我網購到《全唐五代筆記》、《唐五代傳奇集》和《全唐五代小說》。半年後，我在手機上一字一句地戳出了唐五代部分的初稿，同時與諸兄交流。完了再回頭寫先秦漢魏兩晉和南北朝部分，並補充引文，又用了大半年時間，完成了全稿。出版則全靠好友幫助。

　　寫這本書完全在我的意料之外，倘若沒有近六七年來出版的全唐五代筆記和小說，我根本無從著手。先唐部分就很麻煩，除了上海古籍社的《漢魏六朝筆記小說大觀》、魯迅的《古小說鉤沉》、李劍國的《唐前志怪小說輯釋》等，有的作品只能在網路上閱讀。但還是得感謝網路，如果沒有網路上發布的作品，先唐部分肯定殘缺。不過如此一來，引文肯定問題不少，只能留待先唐筆記和小說全集出版了。在抄錄引文的過程中，我參照了上述版本和能買到的所有專集、輯本，改動了少許文題及標點，並盡量保留異體字。漢字數量有限，可仍然有字典裡查不到，電腦上也打不出來的字詞。

　　此前，我已經很久沒有出版過新作，有兩本寫了十幾年的書也無人問津。你可能會想，管它的，寫就是了。但如果太久沒有讀者，你會懷疑自己是否還能夠表達？這樣一來，現實感就消失了，你不會覺得寫作還有什麼意義。虛無中，我讀起了上古的神話和小說，一直讀到唐宋，竟然看到了被遮蔽著的先唐中國小說傳統，和唐五代那些燦若星辰、如今卻幾乎是無人知曉的小說家，那個輝煌無比卻無聞的時代。

　　這種閱讀，以及在貼文裡的即時評說與交流，讓我又感受到了自己與他人，與那種我所欣賞的文學的聯繫。對先唐中國小說傳統的發現，對瑰麗多彩且具有新異思想的唐五代小說的發現，讓我在虛無的現實中，又找到了某種人生和文學的現實感。宋前的中國小說都是文言的，那時白話小

說尚未出現，所以這個文言小說傳統，即是中國宋前的小說傳統。但它與宋元話本和明清白話小說的源流，卻迥然不同。

我不想強調我發現了另外一種文學傳統，更不想為唐代的小說家鳴冤叫屈。他們不需要我這樣做，他們當時便名震東亞乃至中亞，矗立在那個時代人類文明的巔峰。他們只是在感受、思考並表達著真實的自我，描繪且認識著生命與世界。儘管遠隔千年，他們仍然擁有了我這個熱切的讀者，並給予了我身為讀者的幸運。

對年輕人談到文學，談到文學傳統。我說，如果從外部來談論文學，談論文學的傳統，那種談論本身就是可疑的。強調文學反映了什麼思想，代表了誰的利益，那說來說去肯定都在文學之外。談論文學，探討文學的傳統，無論中國外國、東方西方，首先得知道文學是什麼，文學的傳統又是什麼。比如小說，比如中國小說，那首先是我們讀過的作品，寫的是什麼，好不好看，有什麼心得？我們不能離開閱讀去談論文學。看文學作品是因為我們喜歡、感興趣，這樣才能進入文學的內部，發現它到底是什麼。

簡單地說，就是要回到直覺、回到真實去看待、討論文學。這時，沉睡的人性才得以甦醒，哪怕每個人都是如此的特別而孤獨。在這種特別與孤獨中，我們就與所有人相遇了。直覺到的看法很重要，它不僅僅是一種新異的視點，還是一種體驗還原，對讀懂小說很有幫助。宋前的文言小說是極有意趣的，是可以直接閱讀的。而閱讀像生活，你必須在場。我的這部作品，便源於對閱讀的直接反應。

梁宗岱論屈原的「走內線」一說，正好與我的文學鑑賞觀和批評觀吻合，不僅如此，我還能說出他未曾說出的原理。這牽涉到文學的特點，並與其前身巫方之術有關。所謂走內線，即我所說的，文學作品的閱讀和批評，只能在文學的內部進行。文學來自巫方之術，其主要方式不是寫實的、紀實的，而是預言的、虛擬的、幻想的，同時又是直覺的、人性的、遊戲的。

對文學寫作和批評來說，如果你的趣味純正，那你所厭惡的，就是應該被省略或者被改造的。你所有生活與閱讀的真實體驗，就是你的文學史，就是你的批評觀。在課堂上，只講歷史的文學，不講文學的歷史。我們只知道用文學去說明歷史，或者用歷史來說明文學，不知道文學的歷史與歷史的文學關係無太大關係。文學的歷史是可以獨立講述的，不一定非要用社會的歷史來說明，更不是為了去說明社會的歷史。

唐代的小說家最懂得這一點，范攄的《雲溪友議》、孟啟的《本事詩》等，講述的便是詩歌史。這種文藝小說後來發展成詩話、詞話。詩話和詞話即是詩詞的歷史。同樣，要講中國小說，就得在中國的小說裡來講述，因為小說是在自身的傳統中演進的，這才是文學最重要的象徵和特質。所以我的這部札記，也是中國宋前的小說史。

從戰國記述的上古神話到兩漢的仿神話，再到魏晉南北朝的志怪，中國的小說傳統一直是獨立演進的，小說家的身分也由巫師方士轉化成了史家文士。但他們並非不務正業，而是將小說視為與經史同樣重要的創造，絕非史家之餘事、子集的附庸。所謂的文化正統，也是歷代儒生們虛構出來的。

中國小說最早的時空，那種方位、排列，應該來自陰陽八卦、洛書河圖等巫方數術，比如《山海經》裡的時空。而中國小說人物的變化，即從人到鬼神到動植物乃至到世間萬物的變化，均來自與圖騰有關的陰陽五行，後來又加入了佛教的輪迴轉世及果報觀念。

漢晉，有兩個與小說相關的重要人物：一位是西漢的東方朔，人們將漢代兩部中國最早的幻想小說集《神異經》和《十洲記》都附會在他名下；另一位是東晉的干寶，作為志怪的集大成者和史學家，他是以撰史般嚴肅的態度，去對待志怪（即他所記寫的鬼神故事）的。當時的小說家多好巫卜方術，像他們的前輩巫師方士那樣會念咒語，能夠溝通鬼神、預測未來，並深諳人性與人情。

魏晉南北朝，志怪作家不僅有文豪，還有帝王大臣，連陶淵明也續寫

了《搜神記》，他的〈桃花源〉和〈五柳先生傳〉，可視為最早的作家幻想小說與自傳體小說。到了唐代，完全成熟的作家小說出現了，每個文士都可以書寫自己的傳奇。中國文言小說的傳統，在魏晉即已完全形成，到唐朝迎來一個最為輝煌燦爛的時代。有關唐五代小說的成就，我在本書結語裡再敘。

魯迅《中國小說史略》的文學史研究方式是對的，他有小說家和詩人的直覺，品讀的是作品和作家的意欲，儘管更多談論的還是版本。相形之下，王國維的《人間詞話》未脫陳規，胡適的《白話文學史》則貽害百年。這就是真假內行的區別。對文學作品最中肯的批評與評價，也應該來自於內部，來自於作家、詩人等文學作品的創造者。如魯迅談《神異經》，說《十洲記》，評六朝志怪，論《笑林》和《世說新語》等等，都很精彩。

但我更關注的，是魯迅及所有論者沒有看到的部分。比如他說《笑林》和《世說新語》「後來都沒有什麼發達」，是因為「只有模仿，沒有發展」。《世說新語》的方式確實沒有發展，但《笑林》之後，諷刺到了唐代的《辨疑志》變得極為辛辣，直至清代的《諧鐸》等仍有建樹。又說六朝志怪發達的原因之一，是由於「印度思想之輸入」，這自然沒有錯，但如果從文學本身來講，則是一種時空的擴展。除魯迅所舉的例子之外，更有冥府地獄和輪迴轉世的引入，刺激了作家的想像力。

魯迅看重現實，所以重《世說新語》而輕《幽明錄》，未就文學——尤其是小說——的虛擬性，即其所言之「幻設為文」的方向著力探討，倒認為《世說新語》等「叢殘小語」是「俱為人間言動，遂脫志怪之牢籠也」。將志怪視為「牢籠」而讚賞重視寫實，正是現當代中國文學和小說的方向，直至它們完全被現實支配，失去了獨立性。

錢鍾書在《談藝錄》中說，王國維以叔本華的哲學去評析《紅樓夢》，乃誤入歧途、作法自斃。原因在於他不知道文學的特性，不理解文學與哲學、歷史和現實的關係，故「窮氣盡力，欲使小說、詩、戲劇，與哲學、歷史、社會學等為一家。參禪貴活，為學知止，要能捨筏登岸，毋如抱梁溺水也。」錢鍾書聲稱自己視野狹窄，僅限於文學，那不是他的謙虛，而

是他的驕傲。

徐復觀認為，在文學上胡適就是個假內行，他的《白話文學史》即為中國現當代文學的肇始。其實不僅是胡適，他們那一代人，包括王國維都以哲學為核心分析文學作品，魯迅也受影響，不把文學當作獨立的學科來看。錢鍾書對文學倒是真西方觀點，覺得前輩迂腐，頗自得。

朋友來信，說我發現的先唐小說傳統，是中國文學的一條「隱線」：「中國小說的敘述方式，似乎古來就存在一條看不見的隱線，它是沿著這條看不見的隱線行進發展過來的，有不少隱蔽的、尚未被我們發現或重視的作者。」又誇說：「我覺得你這本書，帶我們了解先唐及唐代小說天才作家們的面貌，提供生動形象的版本；是魯迅《中國小說史略》之後，又一部真正新穎獨到的中國小說史著、文學論著。」

昨晚又在夢中寫作。波赫士（Jorge Luis Borges）說人的靈魂在夢裡是自由的，仍在感受和思考，故創作的速度飛快，且比現實生動得多。我們在夢中所看之書、所寫之文，其實是在夢裡自己創作的，但我們還以為是出自他人之手或者是神靈之作。誰說人在夢中沒有意識呢，只不過那種意識沒有被抑制，所以我們才意識不到。

就我個人的經歷而言，十八歲的我和現在的我，完全是兩個人。他們之所以能夠認出對方，是因為十八歲時候的我有個獨一無二的作家夢。說它是夢，是我根本不知道要怎樣才能成為一個獨一無二的作家。如此說來，佛教的轉世也可能是真實的，因為我們在此生就有可能成為兩個，甚或是更多個毫不相干的人，轉世又有什麼奇怪的呢？

如果是你的夢想而非現實的念頭，在多年之後才是事實，才是你唯一可以辨認的真實的話，那你的生命就不是由現實支配的。所以，波赫士甚至認為，考慮到我們在夢魘中的體驗，地獄的存在也是有可能的。卡爾維諾（Italo Calvino）後期小說的完全鑿空，極有可能與他認為人類是虛構的存在有關。那麼，聽從自己內心的聲音，是你所是，才是真實的，至少在我閱讀的唐五代與先唐小說中，是這樣的。

中國目前所知最早的小說《瑣語》，便多為卜筮占夢，一直到晉唐的志怪傳奇作家，都在寫夢、造夢，包括在夢中寫作。我至少有兩個短篇是在夢裡完成的，沒有夢境提供的情節和細節，甚或是思考，我根本寫不出來。夢中之人常常是我們所熟悉的，可他們的行為又是全然陌生的，這也是夢境的誘人之處。有人在夢裡就見到了自己在現實中的未來，這是被我筆錄下來的夢境證實過的。

最羨慕睡醒之後還能再續美夢的人，我想續夢就極少成功過。今天早晨終於續夢成功，也許要歸功於那床剛買的鵝絨大被，溫暖、舒適。先夢到一位學者化身為老鼠，在我廚房牆邊的紙袋裡做研究，窸窸窣窣弄出些聲響來，也不知道他在研究些什麼。紙袋外的地磚上有兩個花生大的小鼠，跳蚤一樣跳得很高，根本打踩不到，便想用殺蟲劑去噴灑。

醒來又睡著，在夢中記夢，就是上面的那段文字。想發貼文卻不成功，老是缺字句，根本看不明白。居然還有人按讚！醒來忙看手機，確實沒有發上去，代表我會做夢，但不會夢遊。想起沿怒江徒步旅行，聽怒族人說他們夢遊能在夜間翻山越嶺，根本不會摔跤，又很羨慕。

予欲觀天人之際，變化之兆，吉凶之源，聖有不知，神有不測。

——顧況《廣異記 · 序》

卷一　先秦漢魏

墓中原典

西晉武帝咸寧五年（西元二七九年），汲郡（今河南衛輝）有個人盜發戰國魏襄王古墓，獲得了寫有古籍的竹簡數十車，失傳的《瑣語》殘本便在其中。故《瑣語》也叫《汲家瑣語》或《汲塚瑣語》，後來被稱為「古今記異之祖」，與被稱作「古今語怪之祖」的《山海經》一起，並列為中國文言小說之祖。《瑣語》存文二十餘篇，多數保存完整。

《瑣語》乃卜巫占夢、預測吉凶、意涉神鬼之書，所記之夢驗、妖祥，更多是預言未來的，《晉書·束晢傳》稱其為「諸國夢卜妖怪相書也」。另一部同為戰國時期的作品《山海經》，亦為巫祝方術之書。故中國最早的小說家，當為巫師方士一流，且為官巫。陳夢家、張光直認為，上古巫者為王，商代巫師的地位就很高，周朝也有巫官和官巫。無論為王為官，這樣的巫覡都與先秦兩漢的民巫完全不同，他們是統治集團的重要成員。

〈晉治氏女徒〉中被晉治氏拋棄的患病女奴，與其說是她美夢成真，不如說是她有意利用此夢，透過馬僮轉告舞囂，為的是能夠被舞囂接納，生存下去。舞囂果然被她的夢境吸引，親自前來查看的結果是女奴尚可活命，還有價值。女奴已在彌留之際，她感激地問道，自己還沒有死嗎？舞囂肯定地回答說，沒有，隨即付錢買下了垂死的女奴，之後還與她生下一子。這便是晉國大夫荀林父生身父母的故事，其中有人性的殘忍、恐懼、盤算、同情和日常等，作為中國小說最早的主題：

晉治氏女徒病，棄之。舞囂之馬僮飲馬而見之。病徒曰：「吾良夢。」馬僮曰：「汝奚夢乎？」曰：「吾夢乘水如河汾，三馬當以舞。」僮告。舞囂自往視之，曰：「尚可活，吾買汝。」答曰：「既棄之矣，猶未死乎？」舞囂曰：「未。」遂買之。至舞囂氏，而疾有間，而生荀林父。

〈師曠御晉平公〉中的師曠，鼓瑟之後便遙知齊侯遊戲傷臂，並得到了證實。但相距千里之外的二人言此皆笑，似有感應或默契，才更為神祕：

師曠禦晉平公，鼓瑟，輟而笑曰：「齊君與嬖人戲，墜於床而傷其

臂。」平公命人書之曰：「某月某日，齊君戲而傷。」問之於齊侯，齊侯笑曰：「然，有之。」

〈周王欲殺王子宜咎〉寫周幽王寵倖褒姒，欲假虎殺太子宜咎而立褒姒之子伯服，老虎卻被宜咎的一聲大喝制服了，可謂人算不如天算：

周王欲殺王子宜咎，立伯服。釋虎，將執之。宜咎叱之，虎弭耳而服。

還有〈智伯既敗〉和《晉平公夢見赤熊窺屏》，可見占夢故事的特點：

智伯既敗，將出走，夢火見於西方，乃出奔秦。又夢火見於南方，遂奔楚也。

晉平公夢見赤熊窺屏，惡之而有疾，使問子產。子產曰：「昔共工之卿曰浮游，既敗於顓頊，自沒沈淮之淵。其色赤，其言善笑，其行善顧，其狀如熊，常為天王祟。見之堂，則王天下者死；見之堂下，則邦人駭；見之門，則近臣憂；見之庭，則無傷。今窺君之屏，病而無傷。祭顓頊共工，則瘳。」公如其言而病間。

另一則占夢故事〈范獻子卜獵〉，則帶有諷刺色彩，令人發笑。說的是范獻子獵前占卜，得到的卦辭是：「君子得鼄，小人遺冠。」果然，范獻子不僅獵而無獲，還丟失了他的豹冠：

范獻子卜獵，命人占之，曰：「其繇曰：君子得鼄，小人遺冠。」范獻子獵而無得，遺其豹冠。

〈周宣王夜臥而晏起〉，是帝后之間對他們夫妻生活的反省。由周宣王貪戀床第、晚起失禮而影響政事，上升到了「罪」、「淫心」、「亂之興」、「忘德」和「不德」的政治與道德高度，與後來的「勤政」及「中興」有關：

周宣王夜臥而晏起，后夫人不出於房。其后既出，乃脫簪珥，待罪於永巷，使其傅母通言於宣王曰：「妾之淫心見矣。至使君王失禮而晏起，以見君王之樂色而忘德也。亂之興，從婢子起，敢請罪。」王曰：「寡人不德，實自生過，非夫人之罪也。」遂復姜后也。勤於政事，早朝晏退，卒成中興之名。

〈宣王之元妃生子不恆〉，討論的則是周宣王該不該放棄早產的小王子。仲山甫的建議是不必聽從占卜獲得的卜筮之詞，並被宣王採納。與〈周宣王夜臥而晏起〉一樣，這個故事重常識、知廉恥、惜親情的現實態度，也是我們熟悉的中國古典文學主題，重在真實的感受：

宣王之元妃獻後，生子不恆，期月而生，後弗敢舉。天子召問群臣及元史，史皆答曰：「若男子也，身體有不全，諸骨節有不備者，則可。身體全，骨節備，不利於天子也。將必喪邦。」天子曰：「若而不利餘一人，命棄之。」仲山甫曰：「天子年長矣，而未有子。或天將以是棄周，雖棄之，何益？且卜筮言，何必從？」天子乃弗棄之。

在〈齊景公伐宋〉中，齊景公夢到的盤庚和伊尹，都不滿意他興師伐宋。當然那是晏子的解釋，他是一個釋夢者。這篇故事的對稱結構有民間文學的特點，在先秦及以後的文言小說中並不常見：

齊景公伐宋，至曲陵，夢見大君子，甚長而大，大下而小上，其言甚怒，好仰，晏子曰：「若是，則盤庚也。夫盤庚之長九尺有餘，大下小上，白色而髯，其言好仰而聲上。」公曰：「是也。」、「是怒君師，不如違之。」遂不伐宋也。

齊景公伐宋，至曲陵，夢見有短丈夫賓於前。晏子曰：「君所夢何哉？」公曰：「其賓者甚短，大上而小下，其言甚怒，好俛。」晏子曰：「如是，則尹伊也。尹伊甚大而短，大上小下，赤色而髯，其言好俛而下聲。」公曰：「是矣。」晏子曰：「是怒君師，不如違之。」遂不果伐宋。

〈刑史子臣〉寫的是中國小說的另一原始主題，即難以擺脫的宿命和對死亡的恐懼。刑史子臣向齊景公預言了自己的死亡、吳國的滅亡以及宋景公的死期。之後，他的預言接連應驗，自己也如言死去了。恐懼的宋景公在刑史子臣預言的死亡日獨自遁入瓜圃，也難逃死神的追索，人們發現的是他滿是蛆蟲的屍體：

初，刑史子臣謂宋景公曰：「從今以往五祀五日，臣死；自臣死後五年五月丁亥，吳亡；已後五祀八月辛巳，君薨。」刑史子臣至死日，朝見景公，夕而死。後吳亡，景公懼，思刑史子臣之言。將死日，乃逃於瓜圃，遂死焉。求得，已蟲矣。

神話山海

再來看《山海經》裡的山，如〈南山經〉中的青丘山，還有山上的動物。青丘是古國，但說不清在哪裡，即便有人考證出來，也不知道該國山上那些奇怪的動物到底是什麼：

又東三百里，曰青丘之山，其陽多玉，其陰多青雘。有獸焉，其狀如狐而九尾，其音如嬰兒，能食人，食者不蠱。有鳥焉，其狀如鳩，其音若呵，名曰灌灌，佩之不惑。英水出焉，南流注于即翼之澤。其中多赤鱬，其狀如魚而人面，其音如鴛鴦，食之不疥。

〈南山經〉裡還有我們熟悉的會稽山，按當時的方位來說，可歸入「南山」之列。

〈西山經〉中鼎鼎大名的崑崙丘，即崑崙山，確實在西邊，可當時除了古羌人，漢人很難抵達那裡。華夏的神話仍然稱它是天帝在下界的都城，又是黃河、洋河與赤水、黑水的發源地，可見漢羌間的淵源關係。黃河我們知道，洋河、赤水與黑水又在哪裡呢？〈西山經〉裡同樣似是而非的，還有華山、三危山等人們熟悉的名山。

而白帝少昊居住的長留山、西王母居住的玉山，是這個樣子的：

又西二百里，曰長留之山，其神白帝少昊居之。其獸皆文尾，其鳥皆文首。是多文玉石。實惟員神磈氏之宮。是神也，主司反景。

又西三百五十里，曰玉山，是西王母所居也。西王母其狀如人，豹尾虎齒而善嘯，蓬髮戴勝，是司天之厲及五殘。有獸焉，其狀如犬而豹文，其角如牛，其名曰狡，其音如吠犬，見則其國大穰。有鳥焉，其狀如翟而赤，名曰胜遇，是食魚，其音如錄，見則其國大水。

可以想見，這樣的山，應為上古各部落的神山，本是實有所指的，不過卻處在神話的時空當中。因為每座山不僅是山，更是那座山所代表的神。如黃帝六足四翼的獸身變體，也是天山的山神：

又西三百五十里，曰天山，多金玉，有青雄黃。英水出焉，而西南流

注于湯谷。有神焉，其狀如黃囊，赤如丹火，六足四翼，渾敦無面目，是識歌舞，實為帝江也。

說《山海經》中的眾山皆為神山，即山神，是有依據的。如〈西山經〉裡的騩山一節，便記載了最為隆重的祭祀華山、羭次山等山神的大典：

凡西經之首，自錢來之山至于騩山，凡十九山，二千九百五十七里。華山冢也，其祠之禮：太牢。羭山神也，祠之用燭，齋百日以百犧，瘞用百瑜，湯其酒百樽，嬰以百珪百璧。其餘十七山之屬，皆毛牷用一羊祠之。燭者百草之未灰，白蓆采等純之。

就是說，縱觀西山的第一列山系，從錢來山到騩山的十九座大山，綿延二千九百五十七里。其中的華山之神是宗主，祭祀要用牛、羊、豬三牲齊備的太牢之禮。而祭祀神奇的羭次山神，不僅要點亮火燭，還要以百牲齋祭百日，並將它們與百塊美玉一起掩埋。同時燙酒百樽，在酒杯上拴繫百塊珪玉、百塊璧玉。其餘十七座山的祭祀儀式，都是用一隻毛色純正的羊，點燃用百草粉末做成的香燭，鋪上五色鑲邊的白菅草蓆。

又如翼望山：

凡西次三經之首，崇吾之山至于翼望之山，凡二十三山，六千七百四十四里。其神狀皆羊身人面。其祠之禮，用一吉玉瘞，糈用稷米。

就是說，縱觀西山的第三列山系，從崇吾山到翼望山的二十三座大山，綿延六千七百四十四里。諸山的山神均為羊身人面。祭祀祂們要在地下埋一塊吉玉，用粟米作為精米。

再如崦嵫山：

凡四次四經，自陰山以下至於崦嵫之山，凡十九山，三千六百八十里。其神祠禮，皆用一白雞祈，糈以稻米，白菅為席。

就是說，縱觀西山的第四列山系，即東南自陰山、西北至崦嵫，綿延三千六百八十里間的十九座大山。祭祀這些山神要用一隻白雞，以及精磨的稻米，放在白菅草編織的席墊上。

還有〈北山經〉裡的敦題山：

凡北次二經之首，自管涔之山至於敦題之山，凡十七山，五千六百九十里。其神皆蛇身人面。其祠：毛用一雄雞彘瘞；用一璧一珪，投而不糈。

就是說，縱觀北山的第二列山系，從管涔山到敦題山的十七座大山，綿延五千六百九十里。這十七座山的山神皆為蛇身人面。祭祀祂們要用一隻公雞、一頭豬，把它們埋入地下；同時還要用一塊璧、一塊珪，將它們投擲在山間，但不用精米。以上祭祀山神的方式，至今仍保留在不少民族的習俗中。

一九八○年代中期，我大學畢業後到西藏，在藏北唐古喇山上的羌塘草原田野調查民俗文化。那裡的牧民均為藏化了的羌人，有上百個遊牧部落，歷史久遠的，已傳到了六十幾代。在我詳細調查過的紮馬部落，除主神山彭木紮外，還有十三座神山，其中以戰神之山欲學僕木真多最具威力，僅次於彭木紮。而紮馬部落的第一代頭人洛赤，傳說便是由山神彭木紮與牧女所生。每年賽馬會那天一早，各部落都要舉行隆重的祭山儀式，祭祀自己部落的山神。

與女媧有關神話最早的出處，也在《山海經·大荒西經》中：

有神十人，名曰女媧之腸，化為神，處栗廣之野；橫道而處。

〈北山經〉發鳩山裡「精衛填海」的故事，記寫的則是另外一種神靈：

又北二百里，曰發鳩之山，其上多柘木。有鳥焉，其狀如烏，文首、白喙、赤足，名曰精衛，其鳴自詨。是炎帝之少女，名曰女娃。女娃遊於東海，溺而不返，故為精衛。常銜西山之木石，以堙於東海。漳水出焉，東流注於河。

有學者認為：「精衛即浙江普陀觀音和閩臺媽祖的前身。中國沿海有漁獵海洋文化，長期被壓抑，隱藏在神話民俗中，普陀觀音、媽祖、無生老母以及精衛鳥圖騰，都是由航海風險產生的信仰。鳥作為人觀察風暴及魚汛的共生動物，才具有了圖騰的意義，你血中有我，我血中有你，雙方

擁有共同的祖先。」

　　《山海經》裡的所有重要人物，都是神化了的，多為人神同體、人與動物同體，無論是銜木填海的精衛、逐日的夸父、舞干戚的刑天，以及女媧、后羿、黃帝、顓頊、西王母、少昊、共工、虞舜、大禹、后稷等，還是那些樣子與他們所在國國名一樣怪異的國民，以及各種神怪之獸，它們或有藥效，或能預示凶吉。故五行中人與獸、人與動物之間的變化，應源自圖騰。

　　《山海經》中的國家，多是以其國民的怪異模樣命名的。〈海外經〉裡的結匈國、羽民國、讙頭國、厭火國、貫匈國、三首國、長臂國、三身國、一臂國、奇肱國、丈夫國、巫咸國、女子國、軒轅國、長股國、一目國、柔利國、深目國、無腸國、聶耳國、博父國、拘纓國、跂踵國、大人國、君子國、黑齒國、毛民國等，就夠怪的了，〈海內經〉裡的伯盧國、氐人國、犬封國、鬼國、戎國、林氏國、蓋國、射姑國等，也不遑多讓，還有〈大荒經〉裡的少昊國、小人國、蔿國、中容國、司幽國、白民國、青丘國、玄股國、女和月母國、不死國、季釐國、蜮民國、焦僥國、西周國、北狄國、儋耳國、犬戎國、牛黎國、大幽國、釘靈國等，亦多為神話之國，處在另外的時空和維度。

　　〈海內南經〉裡有個梟陽國，除神怪之外，又顯得滑稽，可能對《神異經》有影響：

　　梟陽國在北朐之西。其為人人面長唇，黑身有毛，反踵，見人笑亦笑，左手操管。

　　就是說，這梟陽國的人長著長長的嘴唇黑黑的身子和一身的毛，且腳後跟朝前，看見你笑他也笑，左手還握著一根竹筒。

　　總之，《瑣語》和《山海經》這兩本中國文言小說之祖，乃戰國初中期的諸國巫方之書。商代以後，巫方之士的地位逐漸下降。春秋時期，巫方之術又受到了諸多挑戰。此後，巫官和官巫逐漸轉化成了史家、醫家、陰陽家、禮樂家和看天象的天家，巫祝的形像話語也演變成了文士的理論話

語，巫方之術則理性化為哲學、史學、曆算，以及博物志和自然志。到了兩漢時期，儒生已成為官僚機構的骨幹和主體。

但巫方之士精神上的直系後裔，先秦兩漢的小說家們，並未放棄直達幽冥、溝通天地的能力，仍然繼續著他們與鬼神和人性的對話，掌握著不同的時空，這種能力逐漸演化成為一種文學天才。巫師方士的行為，是認識宇宙和生命精神的方式，在先唐的中國文言小說中，這一點表現得尤為充分，實際上也是先唐中國文言小說傳統的精神。

由此，中國小說才具有了獨立性，才能從史學和經學中分離出來。如今，我們要講文學的獨立性，作家的獨立性，都要從這個傳統說起。文學是獨立的，有著與經史全然不同的認知與表達方式。

遊戲的開端

《神異經》和《十洲記》（又名《海內十洲記》），據傳均為東方朔所作。其中的故事很像《山海經》裡的古神話，然細看便知是次生的、創作的、遊戲的，乃幻想的起始、遊戲的開端。據考證，《神異經》應出自西漢末年，《十洲記》應出自東漢末年，二者皆非東方朔的作品。

《神異經》模仿的是《山海經》裡的〈大荒經〉。其中，〈東荒經〉說的是居住在東荒山石洞裡的東王公，常與一仙女做投壺比賽，投中時蒼天為之感嘆，失誤時蒼天為之發笑。敘述詼諧幽默，如東王公的滑稽模樣：

東荒山中有大石室，東王公居焉。長一丈，頭髮皓，人形鳥面而虎尾，載一黑熊，左右顧望。恆與一玉女投壺，每投千二百矯，設有入不出者，天為之噓；矯出而脫悟不接者，天為之笑。

又說東方的人不僅衣著漂亮，男男女女都隨和可愛，總是恭敬地不相冒犯，相互讚美而不說別人的壞話。他們見人有難便拚死相救，是敬謹美好的良善之人，且不說假話，經常憨笑、傻笑，一見到外人就呆萌得要命。這樣的敘述重在趣味，並略帶戲謔：

東方有人焉，男皆朱衣縞帶元冠，女皆采衣，男女便轉可愛，恆恭坐而不相犯，相譽而不相毀。見人有患，投死救之。名曰善人。一名敬，一名美，不妄言，口果口果然而笑，倉促見之如痴。

〈東南荒經〉中東南隅的太荒之中，有樸父夫妻，均為身高千里的超級巨人。老天要他們開鑿百川，他們疏懶、不用心，便被貶謫到東南並肩而立，裸露著性器，不飲不食，不畏寒暑，只喝一點天上降下的露水，看上去像上古的石雕。樸父夫婦的罪過是瀆職，把河道開鑿得或深或淺，或窄或塞，需要禹王去重新疏濬。老天爺對他們的懲罰，是讓他們相倚而立，等待河海絕流，黃河變清：

東南隅太荒之中，有樸父焉。夫婦並高千里，腹圍自輔。天初立時，使其夫妻導開百川，懶不用意。謫之，並立東南。男露其勢，女露其牝。不飲不食，不畏寒暑，唯飲天露。須黃河清，當復使其夫婦導護百川。古者初立，此人開導河，河或深或淺，或隘或塞，故禹更治，使其水不壅。天責其夫妻倚而立之，若黃河清者，則河海絕流，水自清矣。

〈西南荒經〉中所說的另外一種人就可惡了，他們身上的體毛很多，頭上還戴著野豬的獠牙（開始我對「頭上戴豕」感到不解，後來想到去怒江，見那裡的百姓佩戴著野豬的獠牙闢邪，便豁然了）。他們恃強霸道，畏群擊單，如《春秋》上所說的饕餮之徒縉雲氏不才子，以貪婪、搶奪、凌弱聞名於世。整個國家的人都是那個樣子啊：

西南方有人焉，身多毛，頭上戴豕。貪如狼惡，好自積財，而不食人穀。強者奪老弱者，畏群而擊單。名曰饕餮。《春秋》言饕餮者，縉雲氏之不才子也。一名貪惏，一名強奪，一名凌弱。此國之人皆如此也。

〈中荒經〉中的不孝鳥善惡同體，長著人的身體、狗的毛，鳥嘴裡還有豬的牙齒。它們的額頭上寫著：不孝；下巴上寫著：不慈；脊背上寫著：不道；左脅上寫著：愛夫；右脅上寫著：憐婦。老天爺創造出這樣的怪物來，是用以懲戒邪惡，彰顯忠孝慈愛的呀：

不孝鳥，狀如人身，犬毛有齒，豬牙，額上有文，曰不孝；口下有

文，曰不慈；背上有文，曰不道；左脅有文，曰愛夫；右脅有文，曰憐婦。故天立此異，畀以顯忠孝也。

既然《神異經》和《十洲記》皆非東方朔所作，那託名於他，意味何在呢？《十洲記》開頭有一段虛擬的東方朔自述，且看東漢的神仙道家，是如何借他之口加以闡釋的：

臣，學仙者耳，非得道之人。以國家之盛美，將招名儒墨於文教之內，抑絕俗之道於虛詭之跡。臣故韜隱逸而赴王庭，藏養生而侍朱闕矣。亦由尊上好道，且復欲抑絕其威儀也。曾隨師主履行，比至朱陵扶桑蜃海冥夜之丘，純陽之陵，始青之下，月宮之間，內遊七丘，中旋十洲。踐赤縣而遨五嶽，行陂澤而息名山。臣自少及今，周流六天，廣陟天光，極於是矣。未若陵虛之子，飛真之官，上下九天，洞視百萬。北極勾陳而並華蓋，南翔太冊而棲大夏。東之通陽之霞，西薄寒穴之野。日月所不逮，星漢所不與。其上無覆物，其下無覆底。臣所識乃及於是，愧不足以酬廣訪矣。

漢武帝採納了董仲舒「罷黜百家，獨尊儒術」的建議，神仙道家只能退隱，借劉徹訪仙問道的個人愛好求存。其實巫方之士們探索的興趣、範圍之廣，遠在流行的儒墨文教之外，他們遊歷山海、上下九天，探究的奧祕在日月不逮、星漢不與之處，上無覆物、下無覆底，完全無極限。

我將《神異經》和《十洲記》視為中國幻想小說的起始，是由於《山海經》那樣的博物類小說雖有神話時空，但後來發展成了博物志、自然志和地方志，有遊戲化傾向的《神異經》和《十洲記》，倒更能展現此後中國小說的幻想精神及虛擬的自由和快樂。

附會的鼻祖

對《神異經》和《十洲記》之託名東方朔，魯迅認為：「東方朔雖以滑稽名，然誕謾不至此。」可看看《漢書》裡的東方朔，看他對漢武帝的諷

諫，看他對同僚們的嘲弄，看他醉酒後在皇宮中小便，看他割肉遺妻的遊戲心態，便知其雖非小說家，但這樣的附會一點也不過分。

魯迅執著，執著者大都簡化或者隱藏了自己的部分人格，儒家就是這樣的。這也是魯迅不相信陶淵明寫作《搜神後記》的原因，他說「陶潛曠達，未必拳拳於鬼神」，似乎沒看見人家正著迷地「流觀山海圖」。

班固將東方朔稱之為「滑稽之雄」，並帶有貶義地評價說：「朔名過實者，以其詼達多端，不名一行，應諧似優，不窮似智，正諫似直，穢德似隱。」就是說東方朔名過其實的原因，在於他的詼諧通達、機智多變和不拘一格。他用倡優的辦法諧謔應對，言辭滔滔好像智者，公正的勸諫看似正直，並以隱諱的方式敗壞流行的道德。儘管班固的話並非讚揚，但他筆下的東方朔，才像個天才瀟灑的文學大師。

漢高祖、漢武帝時期的君臣，水準雖有參差，但大致處在同一水平線上，是他們共同成就了那兩個時代。東方朔作為滑稽之雄，絕非弄臣或者小丑，是他以自己對人性的洞察，平衡著那個世界。如武帝自得，他便說陛下功德在三皇五帝之上，又盡得天下之士，就像是以周公、孔子等歷代聖賢為臣，令劉徹在大笑聲中明白了自己的位置，理解了狂妄的可笑。

對當朝那些了不起的同僚，東方朔同樣毫不示弱並敢嘲笑他們的原因，在於他知道他們也是人，是不完美、有缺陷、有人性的人，而非神。後世將《神異經》和《十洲記》都歸在東方朔名下，並把他當作中國小說和占卜的開山鼻祖，道理就在於此。

東方朔，字曼倩，又說他本姓張，生卒年不詳，平原郡厭次縣（今山東德州陵縣）人。以東方為姓、曼倩為字，都顯示出了他的個性。在《漢書·東方朔傳》中，班固是這樣描述東方朔對漢武帝的諷諫和對同僚的嘲弄的：

朔雖詼笑，然時觀察顏色，直言切諫，上常用之。自公卿在位，朔皆敖弄，無所為屈。

上以朔口諧辭給，好作問之。嘗問朔曰：「先生視朕何如主也？」朔

對曰：「自唐、虞之隆，成、康之際，未足以諭當世。臣伏觀陛下功德，陳五帝之上，在三王之右。非若此而已，誠得天下賢士，公卿在位咸得其人矣。譬若以周邵為丞相，孔丘為御史大夫，太公為將軍，畢公高拾遺於後，弁嚴子為衛尉，皋陶為大理，后稷為司農，伊尹為少府，子贛使外國，顏、閔為博士，子夏為太常，益為右扶風，季路為執金吾，契為鴻臚，龍逢為宗正，伯夷為京兆，管仲為馮翊，魯般為將作，仲山甫為光祿，申伯為太僕，延陵季子為水衡，百里奚為典屬國，柳下惠為大長秋，史魚為司直，蘧伯玉為太傅，孔父為詹事，孫叔敖為諸侯相，子產為郡守，王慶忌為期門，夏育為鼎官，羿為旄頭，宋萬為式道候。」上乃大笑。

是時，朝廷多賢材，上復問朔：「方今公孫丞相、兒大夫、董仲舒、夏侯始昌、司馬相如、吾丘壽王、主父偃、朱買臣、嚴助、汲黯、膠倉、終軍、嚴安、徐樂、司馬遷之倫，皆辯知閎達，溢於文辭，先生自視，何與比哉？」朔對曰：「臣觀其舌齒牙，樹頰胲，吐脣吻，擢項頤，結股腳，連脽尻，遺蛇其跡，行步偊旅，臣朔雖不肖，尚兼此數子者。」朔之進對澹辭，皆此類也。

東方朔的最後一句對白當為口語，應該是原話或者接近原話。而被他嘲弄的眾人樣貌古樸，既可笑又可愛。

孔子不言鬼神，司馬遷不敢語怪，表明經史主動與記異志怪的小說劃清了界線、拉開了距離。而中國小說家之所以認東方朔為鼻祖，是因為他在帝王大臣、經史大師面前也毫不示弱，表現了自己精神和思想的獨立性，並顯示出了某種與政治、經史全然不同的認知及表達方式。東方朔對強勢君主的諷諫和對同僚的嘲弄，是對君權及經史神聖性最早的解構。

文學與政治、哲學、宗教和歷史的關係，其實是平等和競爭的關係，後者並不能主導文學創作，能被它們主導的文學，絕非一流。當然，這裡的競爭，是指在政治和宗教等越位之時，那時候文學的抗爭，就是人對強權的抗爭。文學最重要的功用之一是娛樂，所謂不做無用之事，何遣有涯之生。術有專攻，各行其道，很多事都是相輔相成的。

東方朔亦非完人，同僚司馬遷在《史記·滑稽列傳》中對他的描述，同樣也是真實的。如他愛經術、善寫作又博覽百家之書，以及毫不掩飾的貪食、好色和愛子，還有他的「狂人」之稱：

武帝時，齊人有東方生名朔，以好古傳書，愛經術，多所博觀外家之語。朔初入長安，至公車上書，凡用三千奏牘。公車令兩人共持舉其書，僅然能勝之。人主從上方讀之，止，輒乙其處，讀之二月乃盡。詔拜以為郎，常在側侍中。數召至前談語，人主未嘗不說也。時詔賜之食於前。飯已，盡懷其餘肉持去，衣盡汙。數賜縑帛，擔揭而去。徒用所賜錢帛，取少婦於長安中好女。率取婦一歲所者即棄去，更取婦。所賜錢財盡索之於女子。人主左右諸郎半呼之「狂人」。人主聞之，曰：「令朔在事無為是行者，若等安能及之哉！」朔任其子為郎，又為侍謁者，常持節出使。朔行殿中，郎謂之曰：「人皆以先生為狂。」朔曰：「如朔等，所謂避世於朝廷閒者也。古之人，乃避世於深山中。」時坐席中，酒酣，據地歌曰：「陸沉於俗，避世金馬門。宮殿中可以避世全身，何必深山之中，蒿廬之下。」金馬門者，宦（者）署門也，門旁有銅馬，故謂之曰「金馬門」。

此後，是學宮眾博士詰難東方朔的話，以及他的反駁。博士們問詰的目的不在於譏諷他才高官小，而是想讓東方朔承認自己言行不檢，他人性的表現太過直露了。但東方朔敢聲言自己獨立不羈，是避世於朝廷的隱者，那就不僅是有智慧，還是有持守和節操的事了：

今世之處士，時雖不用，崛然獨立，塊然獨處，上觀許由，下察接輿，策同范蠡，忠合子胥，天下和平，與義相扶，寡偶少徒，固其常也。

不同於歷史的紀事

儘管有異議，但中國第一部志人紀事的雜史小說《西京雜記》，仍被它的集抄者葛洪歸在了劉歆的名下。劉歆（西元？年至二三年），字子駿，漢高祖劉邦四弟楚元王劉交之後，劉向之子，西漢末年的大學問家。

《漢書‧劉歆傳》言其「受詔與父向領校祕書，講六藝傳記，諸子、詩賦、數術、方技，無所不究。」曾為《山海經》作注。後因謀誅王莽事洩自殺。

《西京雜記》不同於史書的雜史小說方式，對後世影響深遠，如南朝的《世說新語》、唐代的《御史臺記》、《雲溪友議》、《本事詩》和《北里志》等。對這類源於雜史的紀事小說，學者似乎難以將它們從史類筆記中區分出來，故常略而不論，或作為個案對待。其實它們的淵源和形式都是清晰可辨的，其人性主題在《瑣語》中就有展現，很像是文言小說中的長篇小說。到了唐代，志人紀事小說已經完全成熟，題材多集中在某個門類，作品整體感更強，敘述則各具風格。雜史類筆記與紀事小說的區別，在於前者追求的是真實性，後者追求的是真實感。

《西京雜記》現存六卷，所述多西漢長安宮廷事，也不乏王侯將相、方士文人的故事，生動而散雜。〈戚夫人歌舞〉述漢初宮廷生活，言高祖劉邦常擁戚夫人倚瑟絃歌，歌罷還涕泣不已，不知道他在感傷些什麼。而戚夫人則是個舞蹈家兼歌唱家，善翹袖折腰之舞，會唱〈出塞〉、〈入塞〉、〈望歸〉等曲目，並帶領後宮數百侍婢共舞高歌，根本想不到自己將來會成為人豕：

高帝、戚夫人善鼓瑟擊築。帝常擁夫人倚瑟而絃歌，畢，每泣下流漣。夫人善為翹袖折腰之舞，歌〈出塞〉、〈入塞〉、〈望歸〉之曲，侍婢數百皆習之。後宮齊首高歌，聲入雲霄。

〈戚夫人侍兒言宮中樂事〉，說的是侍婢賈佩蘭在宮中時，「見戚夫人侍高帝，嘗以趙王如意為言，而高祖思之，幾半日不言，嘆息悽愴，而未知其術，輒使夫人擊築，高祖歌大風詩以和之。」這便是劉邦傷感的原因，對權力、對人的獸性，他自然是最了解的，知道戚夫人和如意命不久矣。守衛四方的猛士固然難找，能保護其愛妃幼子的人，卻更為難尋。

在〈作新豐移舊社〉中，劉邦取悅鬱悶老父的辦法，是在京城長安複製了一個豐邑，將家鄉人全部遷來陪伴其父：

太上皇徙長安，居深宮，悽愴不樂。高祖竊因左右問其故，以平生所

好，皆屠販少年，酤酒賣餅，鬥雞蹴鞠，以此為歡，今皆無此，故以不樂。高祖乃作新豐，移諸故人實之，太上皇乃悅。故新豐多無賴，無衣冠子弟故也。高祖少時，常祭枌榆之社。及移新豐，亦還立焉。高帝既作新豐，並移舊社，衢巷棟宇，物色唯舊。士女老幼，相攜路首，各知其室。放犬羊雞鴨於通塗，亦競識其家。其匠人胡寬所營也。移者皆悅其似而德之，故競加賞贈，月餘，致累百金。

〈畫工棄市〉，寫的則是人們熟悉的王昭君故事。昭君不肯出重金賄賂畫工，待其許嫁匈奴，漢元帝才知道她不僅相貌為後宮第一，且善於應對、舉止嫻雅。後來元帝窮案其事，將所有受賄畫工斬殺棄市：

元帝後宮既多，不得常見，乃使畫工圖形，案圖召幸之。諸宮人皆賂畫工，多者十萬，少者亦不減五萬。獨王嬙不肯，遂不得見。匈奴入朝，求美人為閼氏，於是上案圖，以昭君行。及去，召見，貌為後宮第一，善應對，舉止閒雅。帝悔之，而名籍已定，帝重信於外國，故不復更人。乃窮案其事，畫工皆棄市，籍其家，資皆巨萬。畫工有杜陵毛延壽，為人形，醜好老少，必得其真。安陵陳敞，新豐劉白、龔寬，並工為牛馬飛鳥眾勢，人形好醜，不逮延壽。下杜陽望，亦善畫，尤善布色。樊育亦善布色。同日棄市。京師畫工，於是差稀。

再看〈相如死渴〉中對司馬相如和卓文君愛情的描述，以及對後者容貌與性格的描繪。文君當壚賣酒，相如著褌洗盤，都很不容易。但自慚的卻是王公貴族，他們有自知、懂羞恥：

司馬相如初與卓文君還成都，居貧愁懣，以所著鷫鸘裘就市人陽昌貰酒，與文君為歡。既而，文君抱頸而泣曰：「我平生富足，今乃以衣裘貰酒！」遂相與謀，於成都賣酒。相如親著犢鼻褌滌器，以恥王孫。王孫果以為病，乃厚給文君，文君遂為富人。文君姣好，眉色如望遠山，臉際常若芙蓉，肌膚柔滑如脂，十七而寡，為人放誕風流，故悅長卿之才而越禮焉。

幸得二人真愛過，據說後來芙蓉凋殘的卓文君，還以一首〈白頭吟〉

挽回了相如之心：「皚如山上雪，皎若雲間月。聞君有兩意，故來相決絕。今日斗酒會，明旦溝水頭。躞蹀御溝上，溝水東西流。淒淒復淒淒，嫁娶不須啼。願得一心人，白頭不相離。竹竿何嫋嫋，魚尾何簁簁。男兒重意氣，何用錢刀為。」

〈百日成賦〉，說的是司馬相如賦中自成一體與現實無關的藝術世界，以及他的寫作方式：

司馬相如為〈上林〉、〈子虛〉賦，意思蕭散，不復與外事相關，控引天地，錯綜古今，忽然如睡，煥然而興，幾百日而後成。

在〈長卿賦有天才〉中，楊雄是這樣評價相如之才的：

司馬長卿賦，時人皆稱典而麗，雖詩人之作，不能加也。楊子雲曰：「長卿賦不似從人間來，其神化所至邪？」子雲學相如為賦而弗逮，故雅服焉。

〈大人賦〉裡還有司馬相如受夢啟作賦一事：

相如將獻賦，未知所為。夢一黃衣翁謂之曰：「可為〈大人賦〉。」遂作〈大人賦〉，言神仙之事以獻之。

而〈文木賦〉裡的中山王所作之賦，便完全是虛構的、幻想的、娛樂的。難怪有學者談到賦的虛構和幻想對小說的影響。

〈董仲舒天象〉中論述天象的董仲舒，則完全是個道地的陰陽家，那是他作為漢代儒生的另一面。

在〈淮南與方士俱去〉裡，還能看到方士們對淮南王劉安展示的法術，即某種追求理想境界的姿態，顯然對後世的仙傳小說有影響：

又說：淮南王好方士，方士皆以術見，遂有畫地成江河，撮土為山巖，噓吸為寒暑，噴嗽為雨霧。王亦卒與諸方士俱去。

〈日射百雉〉說的是文固陽用馴養的野雞作餌，春天躲在茅草裡，每日都能射到上百隻野雞。這種古獵法至今仍保留在雲貴的苗族人中。獵人所用餌雞為馴化了的野公雞，被稱作「油子」。占山為王的野公雞一聽到油子雞鳴叫，便會出來與之打鬥，獵人即可趁機射獵。

〈司馬良史〉褒揚了司馬遷的良史偉才，言其以伯夷、叔齊居列傳之首，是想表明「為善而無報」，寫《項羽本紀》，是想表明居高位者與其品德無關，而序屈原、賈誼，則寫得「辭旨抑揚、悲而不傷」。〈書太史公事〉又透露了正史未曾記載的司馬遷死因：「有怨言，下獄死。」所謂怨言，指的應該是〈報任安書〉。

劉歆的父親劉向（約西元前七七至前六年），原名更生，字子政。他也是大學問家，仕西漢宣、元、成、哀四朝，官至光祿大夫、中壘校尉，晚年尤好神仙道術。劉向的《列仙傳》為中國仙傳小說之祖，簡略質樸，意韻雋永，亦為早期雜傳小說之一。

《列仙傳》中的〈江妃二女〉影響深遠，說的是周朝的鄭交甫於漢江之濱偶遇兩位仙女，便與之對歌，請二女解佩玉相贈，與《詩經》及如今雲南民間所唱的山歌完全一樣：

江妃二女者，不知何所人也。出遊於江漢之湄，逢鄭交甫。見而悅之，不知其神人也。謂其僕曰：「我欲下，請其佩。」僕曰：「此間之人，習皆於辭，不得，恐罹悔焉。」

交甫不聽，遂下，與之言曰：「二女勞矣。」二女曰：「客子有勞，妾何勞之有！」交甫曰：「橘是柚也，我盛之以笥。令附漢水，將流而下。我遵其傍，採其芝而茹之。以知吾為不遜也，願請子之佩。」二女曰：「橘是柚也，我盛之以笥。令附漢水，將流而下。我遵其傍，採其芝而茹之。」遂手解佩與交甫。交甫悅，受而懷之，中當心。趨去數十步，視佩，空懷無佩。顧二女，忽然不見。

《詩》曰：「漢有遊女，不可求思。」此之謂也。

文中的佩玉，乃柳如是〈次韻奉答〉詩中所言之「漢佩」。柳如是以此男女愛慕贈答之典實，感謝錢謙益與己締結姻緣，以正妻之禮迎娶她這個「神女」——即妓女出身的人。該詩被陳寅恪譽為晚明最佳：「誰家樂府唱無愁，望斷浮雲西北樓。漢佩敢同神女贈，越歌聊感鄂君舟。春前柳欲窺青眼，雪裡山應想白頭。莫為盧家怨銀漢，年年河水向東流。」

《列仙傳》中另有〈邢子傳〉一題，言蜀人邢子隨犬步入仙境，為後世小說導入仙界的方式之一：

邢子者，自言蜀人也，好放犬子，知相犬。犬走入山穴，邢子隨入。十餘宿行，度數百里，上出山頭。上有臺殿宮府，青松森然，仙吏侍衛甚嚴。

洞徹幽奧的金燈火炬

《洞冥記》又名《漢武洞冥記》、《漢武帝別國洞冥記》等，據說為兩漢郭憲所作。郭憲，字子衡，汝南宋（今安徽太和縣）人。王莽朝不仕，隱居東海之濱，好方術。光武朝拜博士，建武七年（西元三一年）為光祿卿，性格剛直，多諫帝失。據《後漢書·方術列傳》所載，郭憲「從駕南郊。憲在位，忽回向東北，含酒三漱。執法奏為不敬，詔問其故。憲對曰：『齊國失火，故以此厭之。』後齊果上火災，與郊同日。」這種遙知能力，《瑣語》中的師曠也具備。

在《洞冥記》序中，郭憲這樣寫道：

憲家世述道書，推求先聖往賢之所撰集，不可窮盡，千室不能藏，萬乘不能載，猶有漏逸。或言浮誕，非政教所同，經文史官記事，故略而不取，蓋偏國殊方，並不在錄。愚謂古曩餘事，不可得而棄。況漢武帝，明俊特異之主，東方朔因滑稽浮誕，以匡諫洞心於道教，使冥跡之奧，昭然顯著。今籍舊史之所不載者，聊以聞見，撰《洞冥記》四卷，成一家之書，庶明博君子該而異焉。武帝以欲窮神仙之事，故絕域遐方，貢其珍異奇物，及道術之人，故於漢世盛於群主也。故編次之云爾。

郭憲言己所撰之仙傳小說，乃「或言浮誕，非政教所同，經文史官記事，故略而不取，蓋偏國殊方，並不在錄」的那一部分作品，體裁、題材和主題都與經史有別。又以東方朔用「滑稽浮誕」的方式匡諫漢武帝，欲使其「洞心於道教，使冥跡之奧，昭然顯著」為例，道出了仙傳小說所具

有的「洞冥」意味。

卷三言東方朔釋洞冥草，「如金燈，折枝為炬，照見鬼物之形」，是說可透過求仙，洞見生死之道的幽暗、深遠，亦可比喻小說如洞徹幽奧、昭示真偽的金燈火炬：

「臣遊北極，至鐘火之山，日月所不照，有青龍銜燭火以照。山之四極，亦有園圃池苑，皆植異木異草。有明莖草，夜如金燈，折枝為炬，照見鬼物之形。仙人寧封常服此草，於夜暝時，輒見腹光通外，亦名洞冥草。」帝令鉎此草為泥，以塗雲明之館。夜坐此館，不加燈燭。亦名照魅草。採以藉足，履水不沉。

而東方朔的言行之所以異於常人，當與其是私生子、孤兒，被人收養、少年流浪，又具有夢想家的氣質有關。不過，這些也只是傳說：

東方朔，字曼倩。父張夷，字少平，妻田氏女。夷年二百歲，顏如童子。朔母田氏寡居，夢太白星臨其上，因有娠。田氏嘆曰：「無夫而娠，人將棄我。」乃移向代郡東方里為居。五月旦生朔，因以所居里為氏，朔為名。朔生三日而田氏死，時景帝三年也。鄰母拾而養之。年三歲，天下祕讖，一覽暗誦於口。常指撝天下，空中獨語。

鄰母忽失朔，累月方歸，母笞之。後復去，經年乃歸。母忽見，大驚曰：「汝行經年一歸，何以慰我耶？」朔曰：「兒至紫泥海，有紫水汙衣，仍過虞淵湔浣。朝發中返，何云經年乎？」母又問之：「汝悉是何處行？」朔曰：「兒湔衣竟，暫息冥都崇臺，一忽眠。王公飴兒以丹粟霞漿。兒食之既多，飽悶幾死。乃飲玄天黃露半合，即醒。既而還，路遇一蒼虎，息於路傍。兒騎虎還，打捶過痛，虎齧兒，腳傷。」母悲嗟，乃裂青布裳裹之。朔復去之，去家萬里。見一枯樹，脫向來布裳掛於樹。布化為龍，因名其地為「布龍澤」。

朔以元封中遊濛鴻之澤，忽見王母採桑於白海之濱。俄有黃眉翁，指阿母以告朔曰：「昔為吾妻，託形為太白之精。今汝亦此星精也。吾卻食吞氣，已九千餘歲。目中瞳子，色皆青光，能見幽隱之物。三千歲一反骨

洗髓，二千歲一刻肉伐毛。自吾生，已三洗髓、五伐毛矣。」

《洞冥記》裡所述之「別國」，應為中西亞一帶的異域古國，但與《神異經》、《十洲記》一樣，更多只是想像中的世界。其中的「冥都崇臺」，是道教的地府、冥府第一次在小說裡出現。「地府」、「冥府」那樣的詞，在佛教的地府、地獄引入小說之前還沒有。《洞冥記》中的「冥都」一詞及「崇臺」的形象，也只出現過這一次。

另一部魏建安年間由佚名所著的《漢武故事》，仍與《洞冥記》有關，如言東方朔：

東方朔生三日，而父母俱亡，或得之而不知其始；以見時東方始明，因以為姓。既長，常望空中獨語。後遊鴻濛之澤，有老母採桑，自言朔母。一黃眉翁至，指朔曰：「此吾兒。吾卻食服氣，三千年一洗髓，三千年一伐毛；吾生已三洗髓、三伐毛矣。」

但二者比較，還是《洞冥記》更具靈性和想像力。像〈麗娟〉這樣的文字，至為奇幻、驚豔，像一個夢：

帝所幸宮人，名麗娟，年十四，玉膚柔軟，吹氣勝蘭。娟身輕弱，不欲衣縷拂之，恐體痕也。每歌，李延年和之，於芝生殿唱〈迴風〉之曲，庭中花皆翻落。置麗娟於明離之帳，恐塵垢汙其體也。帝常以衣帶繫麗娟之袂，閉於重幕之中，恐隨風而起也。麗娟以琥珀為佩，置衣裾裡，不使人知，乃言骨節自鳴，相與為神怪也。

另有無名氏單篇《漢雜事祕辛》，記述了為漢桓帝遴選后妃的經過，從皇帝下詔到驗身，尺寸長短，有無痔瘡、黑痣、傷疤，直至入宮冊封的排場等。此文出自明代，為充軍雲南的楊慎假冒東漢無名氏的偽作。但即便是楊慎遊戲作假，該文也是一個樣本，可見明代士人的性趣味，確實與漢唐大異了。如透過吳姁對梁瑩處女之身的欣賞和嚴格檢查，以及由「重禮」所透露出來的性癖好，正好與前文所引《洞冥記》中對麗娟的描繪相較：

時日晷薄辰，穿照蛋窗。光送著瑩面上，如朝霞和雪豔射，不能正

視。目波澄鮮，眉嫵連捲，朱口皓齒，修耳懸鼻，輔靨頤頷，位置均適。姁尋脫瑩步搖，伸髻度髮，如黝絲可鑑，圍手八盤，墜地加半握。已，乞緩私小結束，瑩面發禎抵攔。姁告瑩曰：「官家重禮，借見朽落，緩此結束，當加鞠翟耳。」瑩泣數行下，閉目轉面內向。姁為手緩，捧著日光，芳氣噴襲，肌理膩潔，拊不留手。規前方後，築脂刻玉。胸乳菽發，臍容半寸許珠，私處墳起。為展兩股，陰溝渥丹，火齊欲吐。此守禮敬嚴處女也。

還有一個必須提到的東漢單篇，乃陳寔小說集《異聞記》唯一的佚文〈張廣定女〉，為東晉葛洪在《抱朴子·對俗篇》中所引。《異聞記》不見史志，也有爭議，魯迅認為此書為葛洪假託，亦無據。該文的重要在於它是一個影響較大的原型故事，後世多有變體。

〈張廣定女〉說的是張廣定在避亂逃難時，不得已將四歲的小女放入大塚之中。三年後才得以返鄉的張廣定，在去收斂女兒的骸骨時，驚異地發現她竟然還活著。原因是其女見洞中有大龜伸頸吸氣，即效仿之，便不再感到飢渴了：

郡人張廣定者，遭亂常避地。有一女年四歲，不能步涉，又不可擔負。計棄之固當餓死，不欲令其骸骨之露。村口有古大塚，上巔先有穿穴，乃以器盛縋之，下此女於塚中，以數月許乾飯及水漿與之而捨去。

候世平定，其間三年，廣定乃得還鄉里。欲收塚中所棄女骨，更殯葬之。廣定往視，女故坐塚中，見其父母猶識之，甚喜，而父母猶初恐其鬼也。父下入就之，乃知其不死。問之從何得食，女言糧初盡時甚飢，見塚角有一物，伸頸吞氣，試效之，轉不復飢。日日為之，以至於今。父母去時所留衣被，自在塚中，不行往來，衣服不敗，故不寒凍。廣定乃索女所言物，乃是一大龜耳。

女出食穀，初小腹痛，嘔逆，久許乃習。

另有無名氏的單篇〈徐偃王志〉，似出自東漢章帝以後。東方朔〈七諫〉有云：「偃王行其仁義兮，荊文寤而徐亡。」意思是說徐偃王行仁義，

諸侯朝者三十二國，而無武備。楚文王恐為所並，遂發兵滅徐。可見行仁義者若無武裝，靠感召是征服不了流氓的，反易被其所害。徐國失敗的原因，是偃王不忍因戰爭禍及百姓。徐偃王為卵生，應與鳥圖騰有關。

天才的品味與格局

《列異傳》為魏文帝曹丕所作，原書為三卷，魯迅《古小說鉤沉》輯佚文五十篇。曹丕（西元一八七至二二六年），字子桓，沛國譙郡（今安徽亳州）人，曹操之子，曹魏的首任皇帝。曹丕博學大才，多有著述，還敕令編纂了中國的第一部類書《皇覽》。《列異傳》的重要在於確立了志怪的文體，更有諸多影響深遠的原型故事，是魏晉第一部傑出的小說集，有不少篇目被干寶的《搜神記》收錄。

《搜神記》中的〈三王墓〉，為魯迅短篇小說〈鑄劍〉的原型，演義的都是復仇和俠義兩大主題，只是後者繁衍了更多的細節和情節。〈三王墓〉的故事，便來自曹丕《列異傳》中的〈三王塚〉，而干寶所做的也與魯迅完全一樣，就是將其擴充。〈三王塚〉、〈三王墓〉前與漢代雜傳小說《燕丹子》，後與唐朝諸多豪俠傳奇的傳承關係，也很明晰。〈三王塚〉很簡潔：

干將莫邪為楚王作劍，三年而成，劍有雄雌，天下名器也。乃以雌劍獻王，藏其雄者。謂其妻曰：「吾藏劍在南山之陰，北山之陽；松生石上，劍在其中矣。王若覺，殺我，爾生男，以告之。」及至王覺，殺干將。妻後生男，名赤鼻，具以告之。赤鼻斫南山之松，不得劍，忽於屋柱中得之。楚王夢一人，眉廣三寸，辭欲報仇。購求甚急，乃逃朱興山中。遇客，欲為之報，乃刎首，將以奉楚王。客令鑊煮之，頭三日三夜跳，不爛。王往觀之，客以雄劍倚擬王，王頭墮鑊中，客又自刎。三頭悉爛，不可分別，分葬之，名曰「三王塚」。

再如〈望夫石〉，言貞婦之夫服役，遠赴國難，婦攜幼子送別於山，矗立眺望而形化為石。

更為深沉而具人道尊嚴的是〈鮑子都〉。說的是鮑子都年輕的時候，為地方送計薄去京城，半路遇上一個獨行無伴的書生心臟病發作。鮑子都下車為他做了急救，但書生還是死去了。鮑子都不知道他的姓名，見書生攜書一卷及銀餅十塊，便用了一塊銀餅作為下葬的費用，又將剩餘銀餅枕在他頭下，並將書置於其腹上，就像他醒來即可捧讀一樣。後來，鮑子都竟奇蹟般地見到了書生的父親：

故司隸校尉上黨鮑子都少時，舉上計掾。於道中遇一書生，獨行無伴，卒得心痛。子都下車為按摩，奄忽而亡。不知姓名，有素書一卷、銀十餅。即賣一餅，以資殯殮。其餘銀以枕之，素書著腹上，埋之，謂曰：「若子魂靈有知，當令子家知子在此。今奉使命，不獲久留。」遂辭而去。

至京師，有驄馬隨之，人莫能得近，唯子都得近。子都歸，行失道，遇一關內侯家，日暮住宿，見主人，呼奴通刺。奴出見馬，入白侯曰：「外客盜騎昔所失驄馬。」侯曰：「鮑子都上黨高士，必應有語。」侯問曰：「君何以致此馬？此乃吾馬，昔年無故失之。」子都曰：「昔年上計，遇一書生，卒死道中。」具述其事。侯乃驚愕曰：「此吾兒也！」侯迎喪，開槨視，銀、書如言。

鮑子都確有其人，《漢書》卷七十二有傳，名宣，字子都，為名儒。其言少文多實，曾任薦諫大夫、司隸校尉等職，直至王莽亂政，繫獄自殺，不過傳中並未提及他做過此事。倒是《後漢書》卷八十一所載王忳事與之相仿，又有《藝文類聚》卷八十三引〈盧江七賢傳〉所記東漢陳冀事也與之類似，唐傳奇作家李伉還在《獨異志》中複述過這個故事。這種對人、對亡者的尊重，一直影響到王陽明在龍場埋葬無名、無主之屍。

〈談生〉為心理小說的原型，說的是四十歲的老剩男談生時常發奮讀書，竟感動了一個年僅十四五歲、姿顏服飾天下無雙的小女鬼，來與之做了夫妻。她交代談生說：「我與人不同，勿以火照我也。三年之後，方可照。」近三年後，妻子已為談生生了個兩歲的兒子，可他還是沒能控制住自己的好奇心，越過了生理與心理的界線，偷看了妻子仍為枯骨的下身。這違背了諾言，毀了夫妻之義不說，還讓即將完全復生的妻子難以如願，

只得與之訣別。

〈費長房〉中的費長房能使神、縮地的法術，來自《後漢書·方術列傳》，也是後世仙傳小說和無數同類傳說之源。〈定伯賣鬼〉不用說了，這個故事讓人們暫且忘掉了死亡的恐懼，似乎獲得了某種精神上的優越感。宗定伯不僅能裝鬼，還能讓鬼相信自己是剛死的新鬼，所以身體太沉重，並藉機探知到鬼所畏懼的是人唾。

〈張奮宅〉則是後來的恐怖小說即人們常說的「鬼故事」的雛形，但還說不上恐怖。由於我先細讀的是唐傳奇，看到同類作品，尤其是〈寇鄺〉那樣成熟的恐怖小說時，總以為是溫庭筠原創的。沒想到其原型也在《列異傳》中，可見曹丕的品味與格局，對後世小說的重大影響。

魏郡張奮者，家巨富。後暴衰，遂賣宅與黎陽程應。應入居，死病相繼，轉賣與鄰人何文。文日暮乃持刀，上北堂中梁上坐。至二更竟，忽見一人，長丈餘，高冠黃衣，升堂呼問：「細腰，舍中何以有生人氣也？」答曰：「無之。」須臾，復有一人，高冠青衣，次之，又有高冠白衣者，問答並如前。

及將曙，文乃下堂中，如向法呼細腰，問曰：「黃衣者誰也？」曰；「金也，在堂西壁下。」、「青衣者誰也？」曰：「錢也，在堂前井西五步。」、「白衣者誰也？」曰：「銀也，在牆東北角柱下。」、「汝誰也？」曰：「我杵也，在灶下。」及曉，文按次掘之，得金銀各五百斤，錢千餘萬。仍取杵焚之，宅遂清安。

在〈蔡支〉和〈蔣濟亡兒〉中，曹丕又展示了道家的地府。其實直到東晉干寶的《搜神記》，志怪都無佛教影響的痕跡，人死之後的去處是泰山地府，以及天上的官府。曹丕的描寫頗為具體，如〈蔡支〉中的縣吏蔡支，就是在類似迷路的情況下來到泰山，見到了城郭和太守般的泰山神的，天帝即是其外孫。泰山神託蔡支為他帶信到天界，去天界也沒什麼特別的，騎上馬轉眼就到了。天帝請蔡支喝酒，還讓他把已逝三年的妻子帶回了人世。

在〈蔣濟亡兒〉中，泰山便有了地下陰府的意思，但「地府」、「冥府」之類的詞仍未出現。蔣濟之妻夢見死去的兒子告訴她說，自己在地下任泰山五伯，日子過得憔悴困辱。如今聽說有士人孫阿將逝，要來做地府的泰山令，讓父親把這個消息通報給尚在人世的孫阿，囑咐他來了之後照顧一下自己，給個好點的差事。曹丕小說中的前冥府特點，包括死而復生、傳書帶信等，均被後世的冥府地獄小說襲用。後來，佛教也將泰山視為冥府之所在。

寓教於樂

邯鄲淳（又作邯鄲浮或邯鄲竺）（約西元一三二年至二二一年），字子叔，或作子淑，又作子禮，潁川陽翟（今河南禹縣）人。三國時的魏國作家兼書法家，博學有才，傳見《三國志》魏書卷二十一注引《魏略》中的文字。漢獻帝初平年間（西元一九〇至一九三年），邯鄲淳由長安避亂荊州，在劉表門下。建安十三年（西元二〇八年），曹操征荊州召見了邯鄲淳，「甚敬異之」。赤壁之戰後，邯鄲淳隨曹操至鄴城，與曹植相識，彼此相悅。曹丕稱帝后，邯鄲淳任博士給事中，《笑林》便著於此時。在《文心雕龍·諧隱》中，言其「至魏文因俳說以著笑書」。

邯鄲淳所著《笑林》本為三卷，魯迅輯佚文二十九篇，收入《古小說鉤沉》。此前的中國小說儘管有詼諧、幽默的成分，但以諷刺為主題的小說集仍未出現，直到邯鄲淳寫出了《笑林》。隋朝侯白的《啟顏錄》、唐代陸長源的《辨疑志》，就是對《笑林》諷刺風格的延續和發展。

〈截竿入城〉所寫的故事，本來是個生活常識，長竿子豎著進不了城門，橫著也不行，那順著不就進去了嗎？面對如此簡單的問題，竿子的魯國主人竟然計無所出，毫無辦法。可笑的是來出主意的老丈，說的是他的經驗之談：「吾非聖人，但見事多矣。何不鋸中截而入？」更可笑的是，魯國人居然聽從了他的建議。〈膠柱鼓瑟〉寫的同樣是愚蠢、可笑的事。

有齊國人到趙國學瑟，卻用膠黏住了調音的短木柱，難怪三年未能學成一曲，讓人很是納悶。

〈山雞獻楚〉裡賣山雞的騙子說他賣的是鳳凰，買山雞的人即以千金購得想獻給楚王，誰知過了一夜山雞就死了。後來楚王得知此事大受感動，召賜買雞者何啻萬金。由此看來，真正被騙、也願意受騙的人，是楚王。〈一葉障目〉寫的同樣是自欺欺人。有楚國窮人以為如書中所言，一葉障目即能隱身，便忍不住地找妻子證實。妻子嫌煩，乾脆說看不見了。此人興奮地拿著樹葉跑到街市當眾行竊，被人抓住送至縣衙。縣官聽完他的供述，大笑著把他給放了。

〈人云亦云〉的主角鮑堅的麻煩之處，是他理解思路的機械化，把該按司儀所說去做的事，當成了重複司儀所說的話。〈作奏雖工，宜去葛龔〉也是一樣，抄葛龔寫的奏文，總不能連葛龔的署名也抄上去呀。接著，是有關胖子趙氏兄妹的兩個故事。一是庸人自擾的〈趙伯公〉，說的是大胖子趙伯公喝醉時，有孩子在他的肚臍裡塞了幾個李子。等李子爛了，臭水流出來，他便以為是自己腸穿肚爛快要死了。二是〈伯翁妹肥於兄〉，說的是比哥哥趙伯公還要肥胖的趙肥妹，在嫁到王家的新婚之夜，新郎竟然連她的女陰都找不到，也太誇張了。結果，轉嫁到李家，就找到了。

〈漢世有人年老無子〉，寫的是勤儉、吝嗇的漢老。他惡衣蔬食，起得比雞早，睡得比狗晚，一心營理產業，聚斂無厭，總之是勤勞到頭又小氣透頂。漢老不僅自己捨不得用錢，好不容易想通給乞丐十個銅板，走幾步又減去了一半，說他這已是傾家蕩產去幫助別人了，並讓對方不要告訴別的乞丐，以免他們也來要錢。後來漢老餓死了，沒有繼承人的田宅錢物便被官家沒收了。

〈沈珩第峻〉中沈峻的慳吝，又別是一種。他送人布料，沒找到粗布就不送了，還慚愧地說，吝嗇是他的天性，沒有辦法。而〈姚彪〉中的姚彪為了證明自己不吝嗇，便當著張溫的面，叫人將一百斛食鹽倒入江中，以證明他只是不想把鹽借給沈珩罷了，這是個愛面子的人。

我不理解的是，〈吳國胡邕〉中的胡邕只是與妻子相愛，為何會因「好色」而遭人嘲笑？而〈渤海墨臺氏女〉中的陶丘氏，將剛剛生子的年輕妻子休趕回家，原因居然是見到了年老色衰的丈母娘，怕妻子將來也變得像她一樣，便先下手為強。

〈平原人〉中有個自稱擅治駝背的平原人，說他醫治過的患者，沒治好的一百個裡面最多只有一個，就是有百分之九十九以上的成功率。有個彎著量身長八尺、直著量身高六尺的駝背，出重金請平原人為他醫治，平原人便要去他的背上踩踏。駝背說，你這樣會把我弄死的。平原人說，我只管弄直你的駝背，哪管你死不死。

還有一種因地方差異造成的笑話。如〈漢人有適吳〉裡的中原人來吳地，吃到了美味的筍子，問是何物，吳人回答說是竹子。中原人回到家裡，便將床上的竹蓆拿來烹煮，卻怎麼也煮不熟，就對妻子說：「吳人狡詐，這樣騙我。」而〈吳人至京師〉中的吳人在長安，大概是趕上了有羌人參加的宴會吧，只得強迫自己喝酥油茶、吃糌粑。他回家便吐了，並難過、擔憂地對兒子說：「我跟這些粗鄙的人相處，死了也就算了，但你可要謹慎啊！」

〈某甲〉中的某甲是豪門的管家，他不解音樂又恥於下問。一次聚會，大家叫他做東，還說要聽歌妓演唱。他便將曲目事先抄好，誰知又與藥方混在了一起。後來客人問他有什麼曲子，某甲錯拿了張藥方看著說：「且作附子當歸以送客。」合座絕倒。在〈甲買肉過都〉中，另有一甲上廁所，將所買的肉掛在了廁所之外。小偷乙去偷，剛拿到手甲就出來了。小偷乙便用嘴銜著肉賣萌說：「肉掛在門外怎能不丟呢。像我這樣叼在嘴上，豈有失理？」

還有幾個故事就不講了。總之，《笑林》是這樣的一部小說，好看，令人開心、捧腹，又很有教益，卻沒有講一句道理。所謂「寓教於樂」的最高境界，莫過於此。

卷二　兩晉

《莊子》的貢獻

西晉之初有位無心的小說收集者，即《高士傳》的作者皇甫謐。皇甫謐（西元二一五至二八二年），幼名靜，字士安，號玄晏先生。安定郡朝那縣（今甘肅靈臺）人，後徙居新安（今河南新安）。皇甫謐是史家和醫家，著述頗豐，除史著外，還撰有中國第一部針灸專著。《晉書》說他是東漢名將皇甫嵩的曾孫，少不好學，遊蕩無度，或以為癡。後發憤求學，廢寢忘食，得了風痺仍手不釋卷，被稱作「書淫」。家貧躬耕，晉武帝屢徵不就，仍應其所請賜書一車。

兩晉和南北朝是中國小說集大成的時代，經過此前一兩千年的發展，小說的累積已相當豐厚了，但多混雜在經史當中，或在民間口承。皇甫謐為歷代高士編傳，正如後來東晉的干寶為鬼神輯史、葛洪為神仙作傳一樣，儘管不是或不全是有意作小說，但他們所做的，均為中國小說承前啟後的集成與開創工作。

《高士傳》是皇甫謐為體制外的「高讓之士」輯錄的總傳，共有堯、舜、夏、商、周、秦、漢、魏等古今八代九十六人的傳記入選。皇甫謐輯傳的要求極為嚴格，連伯夷、叔齊和龔勝、龔舍都捨去了，原因是伯、叔二人曾屈己「叩馬而諫」，而兩龔是出過仕的。這種人物選取的方向，對後世小說的影響顯而易見。在序中，皇甫謐寫道：

孔子稱舉逸民，天下之民歸心焉。洪崖先生創高道於上皇之代，許由善卷不降節於唐虞之朝，是以易有束帛之義，禮有玄纁之制。詩人發白駒之歌，春秋顯子臧之節。明堂月令以季春聘名士，禮賢者。然則，高讓之士，王政所先，屬濁激貪之務也。史班之載，多所闕略。梁鴻頌逸民，蘇順科高士，或錄屈節，雜而不純。又近取秦漢，不及遠古，夫思其人猶愛其樹，況稱其德而贊其事哉！謐採古今八代之士，身不屈於王公，名不耗於終始，自堯至魏，凡九十餘人。雖執節若夷齊，去就若兩龔，皆不錄也。

說是傳記，然卷上第一篇〈破衣〉就令人忍俊不禁。〈破衣〉選自《莊子・知北遊》中最富有戲劇性的一段，但說破衣是堯帝的祖師爺，就不曉

得皇甫謐是如何得知的了，還講得頭頭是道：「堯之師曰許由，許由之師曰齧缺，齧缺之師曰王倪，王倪之師曰破衣。」

齧缺不知怎麼越過了自己的老師王倪，直接去找祖師破衣問道，破衣便告訴他說：「你若端正自己的形體，不東張西望，那天然的和諧將降臨在你的身上。收斂身心，不胡思亂想，就不會魂不守舍。那時候，德就是你的美麗，道就是你的居所。你茫然無知的兩眼，迷迷茫茫地直視著前方，像初生的牛犢那樣可愛那樣萌，根本不去追問什麼是非由來、好壞對錯。」破衣的話還沒說完呢，齧缺就睡著了。見齧缺如此，破衣高興地唱著歌走了。歌詞大意是：「這副模樣看上去就像一具枯槁的屍體，心如死去的冷灰。真實才有真知，不執著舊識。懵懵懂懂沒心沒肺的，根本不能與之謀劃計較。那是個什麼人啊！」

破衣者，堯時人也。堯之師曰許由，許由之師曰齧缺，齧缺之師曰王倪，王倪之師曰破衣。齧缺問道乎破衣，破衣曰：「若正汝形，一汝視，天和將至。攝汝知，一汝度，神將來舍，德將為汝美，道將為汝居。汝瞳焉如新生之犢，而無求其故。」言未卒，齧缺睡寐。破衣大悅，行歌而去之，曰：「形若槁骸，心若死灰。真其實，知不以故。自持媒媒晦晦，無心而不可與謀。彼何人哉！」

皇甫謐如此輯引，實際上是展示了《莊子》對小說的貢獻。其中「真其實，知不以故。自持媒媒晦晦」十三字，斷句的方式不少，解釋各異，我的又與眾不同。另外，不要忘了「小說」和「志怪」二詞，最早都出自《莊子》。

說到底，《論語》、《孟子》和《韓非子》等諸子之書中的故事、寓言，都不過是志人的小說。按老村兄的說法，《易經》和《老子》也在講故事。只是哲學家講故事的方式與小說家有別，前者講的是抽象的故事，後者講的是具體的故事，《莊子》在二者之間。

音樂本事

　　崔豹，字正雄，西晉漁陽郡（今北京密雲）人。晉武帝時任典行王鄉飲酒禮博士（在咸寧四年（西元二七八年）所立之辟雍碑上有記載），晉惠帝時官至太子太傅丞。所著《古今注》為博物類筆記，言皆簡短，但卷中有關音樂曲目本事的小說很動人。

　　〈雉朝飛〉是齊國處士牧犢子的作品。牧犢子年五十而無妻，在山野中砍柴見到了雌雄雙飛的野雉，意動心悲，有感而成此自傷之作。這個曲調的特點是「其聲中絕」，就是唱到一半便突然中斷了，再唱不下去。可見老而無妻，在當時是一件多麼悲慘的事。

　　〈別鶴操〉唱的是人生的另一悲。商陵牧子娶妻五年未能生子，父兄便要為他改娶一個女子。牧子的妻子得知自己將被休棄，半夜起來靠在門邊痛哭。牧子見狀，悲哀地唱道：

將乖比翼隔天端，

山川悠遠路漫漫，

攬衣不寢食忘餐。

　　〈武溪深〉說的是馬援晚年征武溪蠻失利後，見他的門生爰寄生吹著笛子，便作歌唱道：

滔滔武溪一何深，鳥飛不度，

獸不能臨，嗟哉武溪多毒淫！

　　〈薤露〉、〈蒿裡〉二曲並為喪歌，出自田橫門人。當年田橫自殺後，他的門人很悲痛，便為之譜寫了這兩首喪歌：一言人命如薤上之露，極易晞滅；二說人死後魂魄歸乎蒿中，不分賢愚。其一日：

薤上朝露何易晞，露晞明朝還復滋，

人死一去何時歸？

其二日：

蒿裡誰家地？聚斂魂魄無賢愚。

鬼伯一何相催促，人命不得少踟躕。

〈箜篌引〉為朝鮮津卒霍里子高的妻子麗玉所作，是個外國故事。子高一早划船，見一白髮男子像是喝醉了，提著酒壺披散著頭髮，在水流湍急的地方徒步過河。其妻呼止他也來不及，那男子便被水流沖走淹死了。於是，死者的妻子就彈著豎琴般的箜篌，唱起了自己所作的〈公無渡河〉之歌，聲音很是悽愴。唱完，竟也投河而死了。霍里子高回到家中，將聽到的歌唱給妻子麗玉聽。麗玉聽罷也很感傷，便用箜篌彈奏著把那首歌記寫下來，聽到的人莫不垂淚飲泣：

〈箜篌引〉，朝鮮津卒霍里子高妻麗玉所作也。子高晨起，刺船而棹。有一白首狂夫，被髮提壺，亂流而渡。其妻隨呼止之，不及，遂墮河水死。於是援箜篌而鼓之，作〈公無渡河〉之歌，聲甚悽愴。曲終，自投河而死。霍里子高還，以其聲語妻麗玉。玉傷之，乃引箜篌而寫其聲，聞者莫不墮淚飲泣焉。麗玉以其聲傳鄰女麗容，名曰〈箜篌引〉焉。

《古今注》所記之音樂曲目多為悲歌，歌詞的句式也與詩歌完全不同，而漢、晉、唐代的音樂是國際化的。到了唐朝，不僅有音樂本事小說，更有精彩的唐詩本事小說集，如《雲溪友議》、《本事詩》等。

野人，女鬼

西晉張華所著之《博物志》，雖是博物類志怪的代表作，然支離雜駁，羅列堆砌，簡略不成大觀，應與之闕佚過多有關。《博物志》上承《山海經》、《十洲記》，對後世的影響很大，如東晉郭璞的《玄中記》、唐代林登的《續博物記》、鄭常的《洽聞記》、蘇鶚的《杜陽雜編》和段成式的《酉陽雜俎》等。

張華（西元二三二至三〇〇年），字茂先，范陽方城（今河北固安）人，其父張平為魏漁陽郡守。《晉書》稱其「學業優博，辭藻溫麗，朗贍多

通，圖緯方伎之書莫不詳覽。」因阮籍賞識成名，晉武帝時官至司空，後為趙王司馬倫所害。《博物志》中能夠作為小說討論的篇目，僅有不多的幾篇。卷三〈異獸〉中的〈猴玃〉一節，可視為唐初〈補江總白猿傳〉及其他同類題材小說的雛形，也是中國野人傳說的源頭：

蜀中西南高山上，有物如獼猴，長七尺，能人行，健走，名曰猴玃，一名馬化，或曰猳玃。伺行道婦女有好者，輒盜之以去，人不得知。行者或每遇其旁，皆以長繩相引，然故不免。此得男子氣自死，故取女不取男也。取去為室家，其年少者終身不得還。十年之後，形皆類之，意亦迷惑，不復思歸。有子者，輒俱送還其家，產子皆如人。有不食養者，其母輒死，故無敢不養也。及長，與人無異，皆以楊為姓，故今蜀中西界多謂楊，率皆猳玃、馬化之子孫，時時相有玃爪也。

王嘉在《拾遺記》中，有對張華作《博物志》過程的描述，雖然是誇張的傳說，也可見這類地理博物體志怪，是如何編纂的：

張華字茂先，挺生聰慧之德，好觀祕異圖緯之部，捃採天下遺逸，自書契之始，考驗神怪，及世間閭裡所說，造《博物志》四百卷，奏於武帝。帝詔詰問：「卿才綜萬代，博識無倫，遠冠羲皇，近次夫子。然記事採言，亦多浮妄，宜更刪翦，無以冗長成文。昔仲尼刪《詩》、《書》，不及鬼神幽昧之事，以言怪力亂神。今卿《博物志》，驚所未聞，異所未見，將恐惑亂於後生，繁蕪於耳目，可更芟截浮疑，分為十卷。」即於御前賜青鐵硯，此鐵是于闐國所出，獻而鑄為硯也。賜麟角筆，以麟角為筆管，此遼西國所獻。側理紙萬番，此南越所獻。後人言「陟里」，與「側理」相亂，南人以海苔為紙，其理縱橫邪側，因以為名。帝常以《博物志》十卷置於函中，暇日覽焉。

張華的同時代人陸氏所著之《陸氏異林》，僅存單篇佚文〈鐘繇〉。其中鐘繇斫傷女鬼、循跡而去、發現真相的故事，亦為後世諸多同類小說的濫觴：

鐘繇嘗數月不朝會，意性異常。或問其故，云：「常有好婦來，美麗

非凡。」問者曰:「必是鬼物,可殺之。」

婦人後往,不即前,止戶外。緣問何以,曰:「公有相殺意。」緣曰:「無此。」乃勤勤呼之,乃入。緣意恨恨,有不忍之心,然猶斫之,傷髀。婦人即出,以新綿拭血,竟路。

明日,使人尋跡之。至一大塚,木中有好婦人,形體如生人,著白練單繡兩襠,傷一腳,以兩襠中綿拭血。叔父清和太守說如此。

志怪集成

東晉之初,晉朝的史官著作郎干寶,在受命編纂國史《晉記》的同時,開始輯錄、撰寫一部重要的志怪小說集《搜神記》。當然,作為史學家,干寶起初並沒有編撰小說的意識,他只想像編纂史書那樣,為歷代鬼神編修一部「事不二跡,言無異途」的信史,以證明「神道之不誣」。為此,干寶「綴片言於殘闕,訪行事於故老」,即一面在圖書館裡翻故紙堆,一面又到民間去採風。干寶撰史的特點,是「其書簡略,直而能婉,咸稱良史」,且「評論切中,咸稱善之」,大家對他的史才是公認的。不過到了最後,他也知道自己編撰的小說與史書不同。在《搜神記》的自序中,干寶寫道:

雖考先志於載籍,收遺逸於當時,蓋非一耳一目之所親聞睹也,亦安敢謂無失實者哉!衛朔失國,二傳互其所聞;呂望事周,子長存其兩說。若此比類,往往有焉。從此觀之,聞見之難,由來尚矣。夫書赴告之定辭,據國史之方策,猶尚若此;況仰述千載之前,記殊俗之表,綴片言於殘闕,訪行事於故老,將使事不二跡,言無異途,然後為信者,固亦前史之所病;然而國家不廢注記之官,學士不絕誦覽之業,豈不以其所失者小,所存者大乎?今之所集,設有承於前載者,則非余之罪也。若使采訪近世之事,苟有虛錯,願與先賢前儒,分其譏謗。及其著述,亦足以明神道之不誣也。群言百家,不可勝覽;耳目所受,不可勝載。今粗取足以演

八略之旨，成其微說而已。幸將來好事之士，錄其根體，有以遊心寓目而無尤焉。

此前我們看到的中國小說，有志怪、紀事和幽默詼諧等方式。在這裡，干寶又總結出了與中國小說有關的兩個特點：「幸將來好事之士錄其根體，有以遊心寓目而無尤焉。」就是說小說是寫給「好事之士」看的，人們讀小說是因為愛好、喜歡，而不是來受教育的。小說重要的功用之一是「遊心寓目」，就是要寫得好看，要能讓讀者得到閱讀的快感和享受。「好事之士」除了愛好、喜歡，還有好奇之意。而「遊心寓目」的意思除了好看，更有任由想像之意。當然對干寶而言，小說就是記寫怪異非常之事，以證明神鬼世界的存在，即幽明陰陽兩界是並存的。

干寶（約西元二八二至三五一年），字令升，原籍汝南郡新蔡（今河南新蔡），先人避黃巾之亂南遷海鹽（今浙江海鹽）。一年夏天，我採訪歷史文化名人故里及後裔，曾前往海鹽，見到了在做房屋仲介的干寶第四十八代孫干乃軍。干寶的祖父干統，是三國東吳的奮武將軍，父兄亦皆為官宦。干寶幼年喪父，勤學、博學，好陰陽術數。西晉懷帝永嘉年間（西元三〇七至三一二年），以才器召為佐著作郎。湣帝建興三年（西元三一五年）助陶侃擊敗杜弢，賜爵關內侯。東晉元帝建武元年（西元三一七年），經王導舉薦以著作郎領國史。十年之後的成帝咸和初年（西元三二六年），干寶以家貧求補山陰令，薦好友葛洪代己。咸康元年（西元三三五年）為司徒右長史，旋遷散騎常侍兼領著作郎並卒此官。干寶著《晉記》二十卷，已佚；《搜神記》三十卷，今存重輯佚文二十卷，與陶淵明的《搜神後記》一樣，所錄並非全部都是原作。

編撰《搜神記》的主要原因，是干寶的哥哥干慶「死而復生」，對他講述了自己的瀕死體驗及所見到的鬼神。如陶淵明在《搜神後記》之〈干寶父妾〉中所述：「寶兄嘗病氣絕，積日不冷。後遂寤，云見天地間鬼神事，如夢覺，不自知死。」受此事刺激，干寶用了二十年的時間，在寫史、注經的同時，遍查他所能找到的書籍，遍訪他所能尋到的故老，發憤為鬼神作記。此即另一篇《搜神記》序言殘句所說的「建武中，有所感起，是用

發憤焉」之意。

作《搜神記》時，家貧的干寶特地向晉元帝上書討要珍貴稀有的紙張，並說明是為了記寫「古今怪異非常之事」。晉元帝也未覺得他不務正業，即賜紙兩百張供其書寫。儘管名士劉惔戲稱干寶為「鬼之董狐」，語帶揶揄，但後來見識遠在劉惔之上的大詩人陶潛，不僅對《山海經》極感興趣，還仿效干寶續作了《搜神後記》。

《搜神記》的重要，在於干寶輯錄了所有的志怪文體，包括眾多的原型故事，有時還用傳奇筆法加以演義，無論形式和主題，影響都極為深遠。如卷一中的〈董永〉、〈弦超〉兩篇，亦為較早的人仙戀小說，從情節到人物，尤其是女主角，發展到狐精鬼魅也變化不大。她們多保持著與〈弦超〉中的玉女（即神女、仙女）相同的立場，一再說明自己與男性的關係，不同於透過婚姻締結的夫妻關係：

我，天上玉女。見遣下嫁，故來從君。不謂君德，宿時感運，宜為夫婦。不能有益，亦不能為損。然往來常可得駕輕車，乘肥馬，飲食常可得遠味異膳，繒素常可得充用不乏。然我神人，不為君生子，亦無妒忌之性，不害君婚姻之義。

在後世的狐精小說中，如果有人想與狐鬼結為夫婦，對方就得改變身分、轉世為人才行。陰陽道隔、人鬼殊途，這種不確定的關係雖然令人興奮並充滿魅力，但最終的結局基本上是離別、分手。

卷二中的〈賈佩蘭〉，與《西京雜記》中有關戚夫人的篇什相連。〈天竺胡人〉中的胡人魔術表演，已跟現代類似了。卷三則多為易經卜算的故事。干寶信鬼不信佛，他編纂的小說，也幾乎沒有佛教影響的痕跡。最明顯的是那些描寫瀕死體驗的小說，完全沒有地獄，也沒有閻王小鬼、判官審判，只有司命召錯了人。

人死後的去處是泰山城郭、天上的官府，或者別的什麼名山。在卷十五〈賀瑀〉中，死而復生的賀瑀說他「死後」，由「吏人將上天，見官府。入曲房，房中有層架。其上層有印，中層有劍，使瑀唯意所取。」〈戴

洋復生〉中的戴洋，則由「天使其為酒藏吏，授符籙，給吏從幡麾，將上蓬萊、崑崙、積石、太室、廬、衡等山。」這些，便是當時最為詳盡的對地府與天界的描述了。

卷六述妖異不祥。〈梁冀妻〉說的是漢桓帝元嘉年間，首都長安乃至全國的婦女，都流行一種特別的化妝、髮型、步態和表情，這種方式與現實拉開了距離，把生活變成了一種行為藝術。化妝有愁眉，就是把眉毛畫得像發愁的樣子，細而曲折；還有啼妝，就是哭妝，擦點熊貓眼影，像剛哭過一樣。髮型是梳一個傾斜向一邊的髮髻。步態為折腰步，即扭動彎曲著腰肢，一副弱不勝衣的嬌柔樣子。表情為齲齒笑，就是像牙疼那樣笑，痛並快樂著。一千五百年後日本藝伎的妝型和表情設計，肯定以此作為參照。發明並引領這種時尚的，是大將軍梁冀之妻孫壽，真是個天才的藝術家。只可惜後來漢桓帝誅梁氏，孫壽只得跟丈夫一起自殺了，她的創造還是未能發展成為真正的藝術。有趣的是，孫壽設計的這種妝型、姿態和表情，靈感竟然來自於災難和暴力，模仿的是官員被捕、妻妾被抓，彷彿是對自己與梁家末日的預演：

漢桓帝元嘉中，京都婦女作愁眉、啼妝、墮馬髻、折腰步、齲齒笑。愁眉者，細而曲折。啼妝者，薄拭目下，若啼處。墮馬髻者，作一邊。折腰步者，足不任體。齲齒笑者，若齒痛，樂不欣欣。始自大將軍梁冀妻孫壽所為，京都翕然，諸夏效之。天戒若曰：「兵馬將往收捕，婦女憂愁，蹴眉啼哭，吏卒撃頓，折其腰脊，令髻邪傾。雖強語笑，無復氣味也。」到延熹二年，冀舉宗合誅。

《後漢書·梁統列傳》記孫壽、梁冀說：「壽色美而善為妖態，作愁眉，啼妝，墮馬髻，折腰步，齲齒笑，以為媚惑。冀亦改易輿服之制，作平上軿車，埤幘，狹冠，折上巾，擁身扇，狐尾單衣。壽性鉗忌，能制御冀，冀甚寵憚之。」不知道他們夫妻的那套情侶裝穿起來是什麼樣子？梁冀的服裝包括車扇，又是怎麼跟妻子孫壽的服飾、妝容和步態配合的？應該很酷吧。

卷九多血光之災。卷十皆為夢兆。卷十一的主題是人性。有數篇與

二十四孝相關的原型故事引人注目，然〈郭巨〉中的埋兒念頭已顯得變態，有悖情理。〈樂羊子妻〉寫的是女性在痛苦、災難中的自我解脫。樂羊子之妻躬勤養姑，其姑卻因家貧盜人所養之雞而食。樂妻不食而泣曰：「自傷居貧，使食有他肉。」後又有強盜劫持其姑逼樂妻就範，她只得仰天長嘆，刎頸而死。

〈庾袞〉寫的是大瘟疫中的親情和人性的光輝。瘟疫來襲之時，庾袞忘記了自己的生死，未與家人離去。他陪伴在患病的二哥身邊達數月之久，邊照顧他，邊送別死去的鄰人，直到二哥痊癒，自己也安然無恙：

庾袞，字叔褒，咸寧中大疫，二兄俱亡，次兄毗復殆，癘氣方盛，父母諸弟皆出次於外，袞獨留，不去。諸父兄強之，乃曰：「袞性不畏病。」遂親自扶持，晝夜不眠。間復撫柩哀臨不輟。如此十餘旬，疫勢既退，家人乃返。毗病得差，袞亦無恙。

〈韓憑夫婦〉寫的是相愛的人被迫分開，但他們都願意為愛情而犧牲生命，覺得失去對方的生活沒有意義，並在死後化作了「相思樹」。〈望夫岡〉也是如此，無論妖魅的干擾，還是鄰人的惡毒，都影響不了梅氏思念丈夫的決心和意志。

〈范巨卿張元伯〉，寫的是兩位士子的友情，他們兩個是太學同學，視對方為信士、死友。後張元伯早逝，范巨卿得夢來送，完成了他們之間的生死友情：

漢范式，字巨卿，山陽金鄉人也，一名汜。與汝南張劭為友，劭字元伯。二人並遊太學。後告歸鄉里，式謂元伯曰：「後二年當還，將過拜尊親，見孺子焉。」乃共剋期日。

後期方至，元伯具以白母，請設饌以候之。母曰：「二年之別，千里結言，爾何相信之審耶？」曰：「巨卿信士，必不乖違。」母曰：「若然，當為爾醞酒。」至期果到，升堂拜飲，盡歡而別。

後元伯寢疾甚篤，同郡郅君章、殷子徵晨夜省視之。元伯臨終，嘆曰：「恨不見我死友。」子徵曰：「吾與君章盡心於子，是非死友，復欲誰

求？」元伯曰：「若二子者，吾生友耳。山陽范巨卿，所謂死友也。」尋而卒。

式忽夢見元伯，玄冕垂纓，屣履而呼曰：「巨卿！吾以某日死，當以爾時葬，永歸黃泉。子未忘我，豈能相及？」式恍然覺悟，悲嘆泣下。便服朋友之服，投其葬日，馳往赴之。未及到而喪已發引。既至壙，將窆，而柩不肯進。其母撫之曰：「元伯，豈有望耶？」遂停柩。

移時，乃見素車白馬，號哭而來。其母望之曰：「是必范巨卿也。」既至，叩喪言曰：「行矣元伯！死生異路，永從此辭。」會葬者千人，咸為揮涕。式因執紼而引，柩於是乃前。式遂留止塚次，為修墳樹，然後乃去。

卷十二〈五氣變化〉闡釋的五行之說，乃萬物變化的原理，是志怪形而上的依據，在中國小說史和文學理論史上的意義不言而喻。而中國小說家的前身巫師方士們，正是五行學說的創造者。

天有五氣，萬物化成。木清則仁，火清則禮，金清則義，水清則智，土清則思：五氣盡純，聖德備也。木濁則弱，火濁則淫，金濁則暴，水濁則貪，土濁則頑：五氣盡濁，民之下也。

中土多聖人，和氣所交也；絕域多怪物，異氣所產也。苟稟此氣，必有此形；苟有此形，必生此性。故食穀者智慧而文，食草者多力而愚，食桑者有絲而蛾，食肉者勇敢而悍，食土者無心而不息，食氣者神明而長壽，不食者不死而神。

大腰無雄，細腰無雌。無雄外接，無雌外育。三化之蟲，先孕後交；兼愛之獸，自為牝牡。寄生因夫高木，女蘿託乎茯苓。木株於土，萍植於水。鳥排虛而飛，獸蹠實而走，蟲土閉而蟄，魚淵潛而處。本乎天者親上，本乎地者親下，本乎時者親旁：各從其類也。

千歲之雉，入海為蜃；百年之雀，入海為蛤；千歲龜黿，能與人語；千歲之狐，起為美女；千歲之蛇，斷而復續；百年之鼠，而能相卜：數之至也。春分之日，鷹變為鳩；秋分之日，鳩變為鷹：時之化也。

故腐草之為螢也，朽葦之為蚊也，稻之為蟲也，麥之為蝴蝶也，羽翼生焉，眼目成焉，心智在焉。此自無知化為有知而氣易也。雀之為蛤也，蚊之為蝦也，不失其血氣而形性變也。若此之類，不可勝論。

應變而動，是為順常；苟錯其方，則為妖眚。故下體生於上，上體生於下，氣之反者也；人生獸，獸生人，氣之亂者也；男化為女，女化為男，氣之貿者也。魯公牛哀得疾，七日化而為虎，形體變易，爪牙施張。其兄啟戶而入，搏而食之。方其為人，不知其將為虎也；方其為虎，不知其常為人也。故晉太康中，陳留阮士瑀傷於虺，不忍其痛，數嗅其瘡，已而雙虺成於鼻中。元康中，曆陽紀元載，客食道龜，已而成瘕。醫以藥攻之，下龜子數升，大如小錢，頭足殼備，文甲皆具，唯中藥已死。夫妻非化育之氣，鼻非胎孕之所，享道非下物之具。從此觀之，萬物之生死也，與其變化也，非神通之思，雖求諸己，惡識所自來？然朽草之為螢，由乎腐也；麥之為蝴蝶，由乎濕也。爾則萬物之變，皆有由也。農夫止麥之化者，漚之以灰；聖人理萬物之化者，濟之以道。其與不然乎？

〈猳國馬化〉引自張華《博物志》卷三之〈猴玃〉一節，文字略有出入。〈落頭民〉中的巫術，說的是秦時南方有落頭民，其頭能飛，「每夜臥後，頭輒飛去。或從狗竇，或從天窗中出入，以耳為翼，將曉復還」。如今怒江、獨龍江沿岸的各族百姓，包括與之相鄰的緬甸民間，仍流行著這一令人難以置信的巫術。

卷十四中的〈盤瓠〉，與〈三王傳〉和〈范巨卿張元伯〉一樣，已初具鋪陳、展開的傳奇筆法，將一個來自《玄中記》裡的離奇傳說演義得有聲有色，同時也是古代中原漢族與南方各民族關係的一種象徵和寫照。盤瓠本是一隻由蟲所化的五色犬。當時戎吳強盛，高辛氏承諾有能斬獲戎吳將軍首級者，即贈千金、封萬戶、賜少女。後盤瓠銜來了戎吳將軍之首，群臣認為其是畜非人不可獎勵，少女卻說高辛氏身為帝王當信守承諾，於是便跟盤瓠上山生兒育女。那些由盤瓠和少女養育的兒女衣服短小，話語難懂，蹲在地上吃飯，喜歡山野厭惡城市，高辛氏便依順著他們的意思，賜給其名山廣澤，並稱他們為蠻夷。蠻夷外表老實，內心狡黠，安心鄉土，

看重舊俗。因為他們接受了上天賦予的氣質，所以就要用不同的法律去對待他們。其事農經商，不需要關卡憑證和繳納賦稅。其部落酋長，要授予官職印信。他們戴著水獺皮帽，依水取食，現在（東晉）的梁、漢、巴、蜀、武陵、長沙、盧江等地的夷人都是如此。蠻夷吃的米飯裡有魚肉，敲打木槽呼喊著祭祀盤瓠，其俗流傳至今（東晉）。所以人們說，裸露著大腿穿著短裙的人，便是盤瓠的子孫：

高辛氏有老婦人居於王宮，得耳疾歷時。醫為挑治，出頂蟲，大如繭。婦人去後，置以瓠䍦，覆之以盤。俄爾頂蟲乃化為犬，其文五色，因名「盤瓠」，遂畜之。

時戎吳強盛，數侵邊境，遣將征討，不能擒勝。乃募天下有能得戎吳將軍首者，購金千斤，封邑萬戶，又賜以少女。後盤瓠銜得一頭，將造王闕。王診視之，即是戎吳。「為之奈何？」群臣皆曰：「盤瓠是畜，不可官秩，又不可妻。雖有功，無施也。」少女聞之，啟王曰：「大王既以我許天下矣。盤瓠銜首而來，為國除害，此天命使然，豈狗之智力哉！王者重言，伯者重信，不可以女子微軀，而負明約於天下，國之禍也。」王懼而從之，令少女從盤瓠。

盤瓠將女上南山，草木茂盛，無人行跡。於是女解去衣裳，為僕豎之結，著獨力之衣，隨盤瓠升山入谷，止於石室之中。王悲思之，遣往視覓，天輒風雨，嶺震雲晦，往者莫至。蓋經三年，產六男六女。盤瓠死後，自相配偶，因為夫婦。織績木皮，染以草實，好五色衣服，裁製皆有尾形。

後母歸，以語王。王遣使迎諸男女，天不復雨。衣服褊褲，言語侏僶离，飲食蹲踞，好山惡都。王順其意，賜以名山廣澤，號曰：「蠻夷」。蠻夷者，外癡內黠，安土重舊。以其受異氣於天命，故待以不常之律：田作買販，無關繻符傳、租稅之賦；有邑君長，皆賜印綬；冠用獺皮，取其游食於水。今即梁、漢、巴、蜀、武陵、長沙、盧江郡夷是也。用糝雜魚肉，叩槽而號，以祭盤瓠，其俗至今。故世稱：「赤髀橫裙，盤瓠子孫。」

〈鵠蒼銜卵〉和〈撅兒〉，寫的是兩個卵生故事，前者採自《徐偃王志》。

卷十六寫的多是鬼魅。據說干寶早年也持無鬼論，因兄長干慶的經歷才改變了看法。〈阮瞻〉和〈黑衣客〉，寫的都是無鬼論者見鬼的故事。無鬼論者通常能言善辯，搞得鬼也挺氣惱的。有鬼化人找阮瞻辯論，卻沒有辦法說服他，只得加以斥責並現形自證：

「鬼神古今聖賢所共傳，君何得獨言無？即僕便是鬼。」於是變為異形，須臾消滅。

在卷十七之〈頓丘鬼魅〉中故意嚇人兩次的調皮鬼，是這副模樣：

其身如兔，兩眼如鏡，形甚可惡。

卷十八〈張茂先〉寫的是張華與斑狐精的故事。有狐精不服張華學識，化身為少年書生來找他辯論。誰知小說中的張華很無恥，自己才學不如對方，便說人家「若非鬼魅，則是狐狸」，居然還非法拘禁。而狐精書生對張華的質問，可謂句句在理：

明公當尊賢容眾，嘉善而矜不能。奈何憎人學問！墨子兼愛，其若是耶？

但張華蠻不講理，一意迫害、消滅異類，竟殘忍地將斑狐精烹殺了。

卷十九〈李寄〉中的斬蛇少女李寄，絕對是個英雄。李寄有六姐妹，沒有兄弟，便自告奮勇應募去做獻給大蛇的祭品。此前，已有九名少女被巨蛇吞食了。李寄自述其應募的理由是：

父母無相，唯生六女，無有一男，雖有如無。女無緹縈濟父母之功，既不能供養，徒費衣食，生無所益，不如早死。賣寄之身，可得少錢，以供父母，豈不善耶？

於是，李寄提著她的劍，帶著她的狗，斬殺了頭大如倉、眼大如鏡的巨蛇，並對洞中的九具少女遺骨說：

汝曹怯弱，為蛇所食，甚可哀湣。

理想和信仰

　　干寶因家貧求補山陰令，薦好友葛洪才堪國史，宜代己領大著作，出任著作郎，但葛洪以年邁欲煉丹固辭不就。這位一心煉丹的修仙者編撰的《神仙傳》，雖則是道教的神仙傳記，但更像是一部浪漫的幻想小說集，很精彩。相形之下，戰國的《穆天子傳》、漢代的《燕丹子》、魏晉的《漢武帝內傳》和《漢武故事》等雜傳小說，都顯得品質不高。可見東晉初年的兩大國史之手，都來編撰小說了。

　　葛洪（西元二八四至三六四年），字稚川，自號抱朴子，丹陽（今江蘇句容）人。三國方士葛玄之姪孫，其祖葛係為吳御史中丞、吏部尚書。其父葛悌吳平入晉後，任邵陵太守。《晉書》說葛洪「少好學，家貧，躬自伐薪以貿紙筆，夜輒寫書誦習，遂以儒學知名。性寡慾，無所愛玩……遂究覽典籍，尤好神仙導養之法。」西晉惠帝時，參與平定石冰，加伏波將軍。東晉開國，賜爵關內侯。後任補州主簿，轉司徒掾，遷諮議參軍。聞交趾出丹砂求為句漏令，至廣州隱羅浮山煉丹，卒。後世以為屍解得仙。

　　《神仙傳》今存佚文十卷，上承《列仙傳》、《淮南子》、《神異經》和《洞冥記》，下啟五代隱夫玉簡之《疑仙傳》等諸多仙傳小說，寫得風生水起、神采飛揚。干寶集志怪諸文體之大成；葛洪則集神仙雜傳之大成，為中國小說增添了理想和信仰的維度。儘管《神仙傳》不見文學經傳，但成就應不亞於《搜神記》。

　　與《搜神記》一樣，《神仙傳》也是佚文輯本，不同的版本有所差異。我所引作品部分，選自中華書局二〇一〇年版、胡守為校釋的《神仙傳》；序言〈神仙傳自序〉，則選自江西人民出版社二〇〇〇年版、黃霖等選注的《中國歷代小說論著選》。

　　在〈神仙傳自序〉中，葛洪這樣寫道：

　　予著《內篇》，論神仙之事，凡二十卷。

　　弟子滕升問曰：「先生云，仙化可得，不死可學，古之得仙者，豈有

其人乎？」

予答曰：「秦大夫阮倉所記有數百人，劉向所撰，又七十餘人，然神仙幽隱，與世異流，世之所聞者，尤千不得一者也。故寧子入火而陵煙，馬皇見迎於護龍；方回變化於雲母，赤將茹葩以隨風；涓子餌術以著經，嘯父別火於無窮；務光遊淵以哺薤，仇生卻老以食松；邛疏煮石以煉形，琴高乘鯉於碣中；桂父改色以龜腦，女幾七十以增容；陵陽吞五脂以登高，商丘咀菖蒲以無終；雨師煉五色以屬天，子光蠻兩虯於玄塗；周晉跨素鶴於緱氏，軒轅控飛龍於鼎湖；葛由策木羊於綏山，陸通匣遐託於囊盧；蕭史乘風而輕舉，東方飄幘於京師；犢子鬻桃以淪神，主柱飛行以餌砂；阮邱長存於睢嶺，英氏乘魚以登遐；修羊陷石於西嶽，馬丹迴風以上徂；鹿翁陟險而流泉，園客蟬蛻於五華。予今復抄集古之仙者，見於《仙經服食方》，及百家之書，先師所說，耆儒所論，以為十卷，以傳知真識遠之士。其繫俗之徒，思不經微者，亦不強以示之。則知劉向所述，殊勝簡略，美事不舉。此傳雖深妙奇異，不可盡載，猶存大體，竊謂有愈於劉向多所遺棄也。」

晉抱朴子葛洪稚川題。

葛洪在此記寫的神仙和修仙成功者令人神往，他們入火凌煙、茹葩隨風、食松卻老、服石煉形，騎白鶴、駕飛龍、乘風破浪，甚而可以像蟬蛻那樣脫胎換骨。其中也寫到東方朔，言身為謫仙的他「東方飄幘於京師」，真是夠瀟灑的。

從卷一開篇的〈廣成子〉看，《山海經》和《神異經》裡的神話、遊戲時空，《洞冥記》直覺化的思想，又得以重現，更強化了《列仙傳》追求理想和信仰的精神，並加以極致、浪漫的發揮。〈廣成子〉言黃帝造訪在崆峒山居住的仙人廣成子，請教至道之要，廣成子竟教訓他說：

爾治天下，雲不待簇而飛，草木不待黃而落，奚足以語至道哉！

又言以自然之道，方上可為皇、下可為王。而其至高的理想是：

吾將去汝，適無何之鄉，入無窮之門，遊無極之野，與日月齊光，與

天地為常。人其盡死，而我獨存焉。

〈若士〉出自《淮南子・道應訓》，內容幾無差別，但重新講述過，故細節多有不同。此故事當以《淮南子》所述為準，不過葛洪版的〈若士〉少歧義，很流暢，作為小說顯得更出色。說的是秦國博士盧敖遊北海，路遇仙者若士。見到盧敖，若士躲避到了碑下，蹲在一個大龜殼上吃蛤蜊。盧敖向他講述了自己周行四極、窮觀六合之外的經歷，希望能與之同遊。孰料若士笑話過他以後，就像變形金剛那樣，舉臂入雲，衝天而去了：

若士者，古之神仙也，莫知其姓名。燕人盧敖，秦時游於北海，經於太陰，入於玄闕，至於蒙谷之山而見若士焉。其為人也，深目而玄準，鳶肩而修頸，豐上而殺下，欣欣然方迎風軒輊而舞。顧見盧敖，因遁逃於碑下。盧敖仰而視之，方踆龜殼而食蟹蛤。盧敖乃與之語曰：「唯以敖為背群離黨，窮觀六合之外，幼而好遊，長而不渝。周行四極，推此陰之未闕，今卒覩夫子於此，殆可與敖為友乎？」若士儼然而笑，曰：「嘻！子中州之民，不宜遠而至此，猶光乎日月而載乎列星，比夫不名之地猶突奧也。我昔南遊乎洞灝之野，北息乎沉默之鄉，西窮乎窈冥之室，東貫乎濆洞之光，其下無地，其上無天。視焉無見，聽焉無聞。其外猶有潑潑之汜，其行一舉而千萬里，吾猶未之能也。今子遊始至於此，乃云窮觀，豈不陋哉！然子處矣，吾與汗漫於九垓之上，不可以久住。」乃舉臂竦身，遂入雲中。盧敖仰而視之，弗見乃止，愴恨若有喪者也，曰：「吾比夫子也，尤鴻鵠之與壤蟲也，終日而行，不離咫尺，自以為遠，不亦謬也？悲哉！」

二者確實相去太遠，不可以道理計。故陳寅恪曾在兩首詩作（見〈庚辰暮春重慶夜宴歸作〉和〈乙未陽曆元旦作〉）中，以同樣的句子用過此典，「食蛤哪知天下事」，以反諷的方式，表明了自己所追求的境界。

〈彭祖〉中的彭祖說，仙人雖無所不能，然其出入人間則人不可識。故得道者雖能長生不死，也得去人情、離榮樂。〈白石生〉中的白石生至彭祖時，已活了兩千多歲，仍不肯修升仙之道。彭祖問他：「你怎麼不服藥升天？」白石生說：「天上哪有人間快樂，只要能長生就行了；天上有那

麼多至尊之神要侍奉，比人間辛苦多了。」所以，他也被稱作是不求聞達的「隱遁仙人」。

卷二〈皇初平〉寫皇初起隨弟弟皇初平修仙，同樣要拋妻棄子。等他們兩個回到家鄉，諸親已死亡略盡。皇初起即後來的魯班，皇初平為赤松子。〈呂恭〉也是如此，呂恭隨仙人去了兩天，人間已過了兩百年，歸來就只見到了自己遙遠的後輩。

〈魏伯陽〉細讀，則更為真實而殘酷。說的是吳人魏伯陽帶著三個弟子入山煉丹，丹成，他知道有弟子不敢服食，便有意以轉數不足的假死迷丹餵狗，狗即假死。有弟子問老師還敢服丹嗎？魏伯陽回答他的話，很可能就是諸多煉丹者最終面對的現實：即從你違背世俗捨去家業入山修道，便已踏上了一條不歸之路，煉出來的不管是仙丹還是毒藥，是死是活你都得嚥下去。魏伯陽的假死迷丹，也可能就是他煉出的唯一丹藥，服下或許並非假死，而是真亡。

魏伯陽者，吳人也。本高門之子，而性好道術，不肯仕宦，閒居養性，時人莫知之。後與弟子三人入山作神丹，丹成，知弟子心不盡，乃試之曰：「此丹今雖成，當先試。今試飴犬，犬即飛者，可服之；若犬死者，則不可服也。」伯陽入山，特將一白犬自隨，又有毒丹，轉數未足，合和未至，服之暫死，故伯陽便以毒丹與白犬，食之即死。伯陽乃問弟子曰：「作丹唯恐不成，丹既成，而犬食之即死，恐未合神明之意，服之恐復如犬，為之奈何？」弟子曰：「先生當服之否？」伯陽曰：「吾違背世俗，委家入山，不得仙道，亦不復歸，死之與生，吾當服之耳。」伯陽乃服丹，丹入口即死。弟子顧相謂曰：「作丹欲長生，而服之即死，當奈何？」獨有一弟子曰：「吾師非凡人也，服丹而死，將無有意耶？」亦乃服丹，即復死。餘二弟子乃相謂曰：「所以作丹者，欲求長生，今服即死，焉用此為！若不服此，自可數十年在世間活也。」遂不服，乃共出山，欲為伯陽及死弟子求市棺木。二人去後，伯陽即起，將所服丹內死弟子及白犬口中，皆起。弟子姓虞。遂皆仙去。因逢人入山伐木，乃作書與鄉里，寄謝二弟子，弟子方乃懊恨。伯陽作《參同契》、《五行相類》，凡三卷，其說

似解《周易》，其實假借爻象以論作丹之意，而儒者不知神仙之事，反作陰陽注之，殊失其大旨也。

卷三〈沈羲〉的前半部分，是後世小說經常襲用的一個模式。沈羲因多有功德被天神賞識，黃老便派仙官駕著由白鹿、青龍和白虎所拉的仙車各一輛，來接他的亡靈去天界。後來，等有了冥府，來接亡靈的便不是仙官而是冥使，所去的地方也非仙界而是地府了。〈陳世安〉中還有美妙的白日昇仙，但後來更多的是沮喪的白日見鬼。而〈李八伯〉中的蜀仙李八伯，竟讓求道者唐公昉叫他的妻子和婢女來舔自己周身的惡瘡，只可能是一種變態心理，而非對人心的考驗。

〈李阿〉中的老乞丐李阿常在成都街頭乞討，所得還可賙濟更為貧困的人。他朝來夜去，沒人知道他住在哪裡，你問他過往的事他也不告訴你。人們想求籤打卦，只要看看李阿當天的臉色就行了：如果他看上去挺愉快的，那你想辦的事肯定很順利；如果他神色不對，那你要辦的事絕對泡湯；如果李阿的老臉上甚至露出了笑意，那大吉大利，不是做夢都可以娶老婆就是天上掉餡餅，什麼好事都會被你給撞上：

李阿者，蜀人也。蜀人傳世見之，不老如故。常乞於成都市，而所得隨復以拯貧窮者。夜去朝還，市人莫知其所宿也。或問往事，阿無所言。但占阿顏色：若顏色欣然，則事皆吉；若容貌慘戚，則事皆凶；若阿含笑者，則有大慶；微嘆者，則有深憂。如此之候，未曾不審也。有古強者，疑阿是異人，常親事之，試隨阿還所宿，乃在青城山中。強後復欲隨阿去，然身未知道，恐有虎狼，故持其父長刀以自衛。阿見之，怒曰：「汝隨我行，何畏虎耶？」取強刀擊石，折敗。強竊憂刀敗，至旦，復出隨之。阿問曰：「汝愁刀敗耶？」強言：「實恐父怒。」阿即取刀，以左右手擊地，刀復如故，以還強。強逐阿還成都，未至，道次逢奔車。阿以腳置車下，轢其腳，脛皆折，阿即死。強驚視之，須臾，阿起，以手抑按，腳復如故。強年十八，見阿色如五十許人，至強八十餘，而阿猶如故。後語人云：「被崑崙山召，當去。」遂不復還耳。

卷四〈墨子〉言墨翟勸楚王勿攻宋國，說得頭頭是道、極是在理，可

葛洪卻無法在他的小說中避免修仙長壽所帶來的亂倫尷尬。如〈伯山甫〉中有色如桃花的女人在鞭打一位古稀老人，原因是那七十歲的白頭翁，居然是此色如桃花、可實際上已有二百三十歲的婦人之子。而活了七八百歲的彭祖已喪四十九妻、失五十四子，感覺更像妖怪而不像神仙。怪不得在古漢語中鬼神並稱，且鬼居前。

　　卷五〈馬鳴生〉裡的馬鳴生也不想升仙，第一次服太清丹只服了半劑，成了能留在人世的地仙。他「架屋舍，畜僕從，乘車馬，與俗人無異」，但只在一個地方住三年便要搬家。人們大都不知道他是神仙，只是奇怪他怎麼不會老。縣吏出身的馬鳴生就這樣混跡人間五百年，最後才吃足了一劑藥，升仙了，可見他對人世的眷念。

　　在〈陰長生〉中，富家子陰長生來找馬鳴生求道，馬老師卻只與他談論時事、生活和農事。就這樣過了二十幾年，陰長生也不懈怠，對老師反而更加尊敬。而馬鳴生其餘的十二個弟子，都失望地回家去了。馬老師覺得陰長生孺子可教，便傳給他煮土為金之法。陰長生確實是馬老師的傳人，太清丹也只服一半，留在人間周行天下，用黃土煮了幾十萬斤黃金布施窮人，且不管那些人與自己相識與否：

　　陰長生者，新野人也。漢陰皇后之屬，少生富貴之門，而不好榮位，專務道術。聞有馬鳴生得度世之道，乃尋求，遂與相見，執奴僕之役，親運履之勞。鳴生不教其度世之道，但日夕與之高談當世之事，治生佃農之業。如此二十餘年，長生不懈怠，同時共事鳴生者十二人，皆悉歸去，獨有長生不去，敬禮彌肅。鳴生乃告之曰：「子真是能得道者。」乃將長生入青城山中，煮黃土而為金以示之。立壇四面，以《太清神丹經》受之，乃別去。長生歸，合丹但服其半，即不升天，乃大作黃金數十萬斤，布施天下窮乏，不問識與不識者。周行天下，與妻子相隨，舉門而皆不老，後於平都山白日昇天。臨去時，著書九篇，云：「上古得仙者多矣，不可盡論，但漢興以來，得仙者四十五人，連餘為六矣。二十人屍解，餘者白日昇天焉。」

　　〈陰長生〉文後，是葛洪以道號「抱朴子」發表的議論，並引陰長生

語，道出了修仙的目的：

妻子延年，咸享無極。黃金已成，貨財十億。役使鬼神，玉女侍側。

簡而言之，在世俗方面，修道就是為了能夠照顧家人，自己又可得壽、得財、得色。但「貨財十億」的貪婪和「役使鬼神」的陰暗，讓人不禁聯想到家藏數億現金的貪官，以及「有錢能使鬼推磨」的社會。

也許正是由於自私吧，修道成仙的永生理想也絕非那麼容易認定並說得出口，更難用一生的時間和精力去追求。〈茅君〉中的茅盈，儘管高祖茅濛學道華山並丹成升天，但他自十八歲入道恆山，二十年後仍未升仙，被老父斥之為「為子不孝，不親供養，而尋逐妖妄，流走四方」。

〈張道陵〉中的天師張道陵，本是個博採五經的太學學生，後來確定五經「無益於年命」，才轉求長生之道。他丹成也未服用，而是跟太上老君派來的清和玉女學法，打敗了魔鬼，並將魔帥降為陰官。又與鬼盟誓道：「人主於晝，鬼行於夜，陰陽分別，各有司存，違者正一有法，必加誅戮。」於是幽明才得以分開，人鬼方各走殊途。

卷六〈孫登〉寫高士孫登與阮籍、嵇康的交往。孫登好讀《易經》，從不發怒，有人故意把他推到水裡，他仍大笑而出。阮籍來見他，他不說話。嵇康與他同遊三年，他也無話，到最後才說：

子識火乎？生而有光而不用其光，果在於用光。人生而有才而不用其才，果在於用才。故用光在乎得薪，所以保其體；用才在乎識貞，所以全其生。今子才多識寡，難乎免於今之世矣。子無求乎？

講的都是明哲保身的道理，但對嵇康有什麼用呢？孫登是無法理解天才的。

〈焦先〉也沒有寫神仙，寫的是一位在戰亂中失去了家人，以致精神失常的流浪士人。來看看這樣精練而生動的白描：

焦先，字孝然，河東人也。漢末關中亂，先失家屬，獨竄於河渚間，食草飲水，無衣履。時太陽長朱南望見之，謂之亡士，欲遣船捕取。同郡侯武陽語縣：「此狂痴人耳。」遂注其籍，給廩日五升，人皆輕易之。然其

行不踐邪逕，必循阡陌。及其搶拾，不取大穗。飢不苟食，寒不苟衣。每出，見婦人則隱翳，須至乃出。自作一瓜牛廬，淨掃其中，營木為床，而草褥其上。至天寒時，構火以自炙，呻吟獨語。太和、青龍中，嘗持一杖南渡，河水泛漲，輒獨云：「未可也。」由是人頗疑不狂。所言多驗，僉謂之隱者也。年八十九終。

卷七〈趙瞿〉寫的是一個活潑可愛的地仙，卻不可信，倒不在於情節離奇。而〈程偉妻〉中酷愛黃白之術的程偉，因娶了方家之女為妻，又得知妻子懂點法術，便軟硬兼施地逼迫她傳授給自己，直到把妻子逼瘋。

卷八〈左慈〉中的左慈明五經、通星緯，見漢祚將盡、天下亂起，嘆息道：「值此衰運，官高者危，財多者死，當世榮華不足貪也。」於是學道術、通變化，曹操、劉表、孫權皆欲殺之而不能。

卷九的〈壺公〉出自《後漢書》裡的方術列傳，經過了葛洪的重新敘述與鋪排。壺公出入壺中的故事，最早或來自波斯。而費長房得授縮地術，以一根青竹杖千百里來去自如，最後投杖葛陂、杖化為龍的傳說，更影響了直至明清的中國士人。如徐霞客在最後一次付出生命的考察途中，曾留下這樣的詩句，以示信仰：

洞門千古無人到，古幹虯藤獨為誰？

投杖此中還得杖，三生長與葛陂隨。

《神仙傳》的代表作為〈王遠〉，其中的人物王遠、蔡經、麻姑等，曾先見於曹丕之《列異傳》，但僅有兩三節殘文。在《神仙傳》裡，他們被葛洪大加演義。王遠開始是以朝中方士的面目出現的：

王遠，字方平，東海人也。舉孝廉，除郎中，稍加至中散大夫。博學五經，尤明天文圖讖，河洛之要，逆知天下盛衰之期，九州凶吉，觀諸掌握。

後來王遠棄官入山修道，漢桓帝連徵不出，便令郡守把他押到了京城。王遠仍低頭閉口，不肯答詔，又於公門扇板題寫了四百字，說的都是未來之事。桓帝不喜歡，令人削去，可墨入板中，外削內現。

有趣的是王遠與麻姑相見。先看麻姑的模樣和衣著：

是好女子，年十八九許，於頂中作髻，餘髮散垂至腰。其衣有文章，而非錦綺，光彩耀日，不可名字，皆世所無有也。

再聽二人的對話：

麻姑自說：「接待以來，已見東海三為桑田。向到蓬萊，水又淺於往昔，會時略半也，豈將復還為陵陸乎？」方平笑曰：「聖人皆言，海中行復揚塵也。」

以千萬億萬年為一時、一日，方可見此景緻。見麻姑撒米成珠，王遠又笑說：

姑故少年也。吾老矣，不喜復作此曹輩狡獪變化也。

這樣的描述絕非神話而更像科幻，是作家直覺的推演，創作的遊戲。

再如寫房東蔡經妄想用麻姑鳥爪般的妙手來替自己撓背，會讀心術的王遠讀到了他的心思，便以無形之鞭懲罰他，又戲言「吾鞭不可妄得也」。王遠還為蔡經的鄰居老陳看相，讓其向日而立，從後面打量著他說：

噫，君心不正，影不端，終不可教以仙道也。

就是說：「啊呀老陳，您的心歪、影斜，是不可以教您學道修仙的。」

巫方與小說的時空

與干寶、葛洪同時代的大學者郭璞（西元二七六至三二四年），也撰有小說集《玄中記》，或許應該說是巫方之書吧。郭璞不但是經史學家，還是陰陽術數大師兼遊仙詩祖，乃中國風水學的宗師，曾為《葬經》作注。《晉書》稱其「好經術，博學有高才，而訥於言論，詞賦為中興之冠。好古文奇字，妙於陰陽算曆。」且「洞五行、天文、卜筮之術」。

在《玄中記》裡，方術大師的時空感又回來了。郭璞是從上古的神話開始演義的，「伏犧龍身，女媧蛇軀」，直到殊方絕域、珍禽異獸、奇花異

草、山川地理、神仙怪物等，幻想瑰奇。來看看這樣的山：

北方有鍾山焉，山上有石首如人首：左目為日，右目為月；開左目為
晝，開右目為夜；開口為春夏，閉口為秋冬。

東南有桃都山，上有大樹，名曰桃都，枝相去三千里。上有一天雞，
日初出，光照此木，天雞則鳴，天下雞皆隨而鳴也。

干寶《搜神記》中的〈毛衣女〉，當採自《玄中記》之〈姑獲鳥〉，亦為
唐初句道興《搜神記》中〈田崑崙〉一文的雛形。〈姑獲鳥〉後來被演義成
各種仙女下凡的傳說故事，但鳥女被豫章男子劫持、並逼迫為妻的痕跡，
一直存在：

昔豫章男子，見田中有六七女人，不知是鳥，扶匐往。先得其所解毛
衣，取藏之，即往就諸鳥。各走就毛衣，衣此飛去。一鳥獨不得去，男子
取以為婦，生三女。其母後使女問父，知衣在積稻下，得之，衣之而飛
去。後以衣迎三女，三女兒得衣飛去。

還有幾個殘句，試圖將狐精分門別類，男女狐精包括天狐都出現了：

狐五十歲，能變化為婦人。百歲為美女。千歲之狐為淫婦，為神巫。

五十歲之狐為淫婦，為巫神，或為丈夫，與女人交接。能知千里外
事，善蠱魅，使人迷惑失智。千歲即與天通，為天狐。

此外，還有「百歲鼠化為神」、「千歲之龜，能與人語」等說法。

西晉末東晉初，尚有陸翽所著之《鄴中記》，也叫《石虎鄴中記》，述
石虎事，屬宮廷祕聞小說一類。奇異的記述有：「石虎以胡粉和椒塗壁，
曰椒房。」據《漢書》卷六十六車千秋傳注：「椒房，殿名，皇后所居也。
以椒和泥塗壁，取其溫而芳也。」《後漢書》卷四十一第五倫傳注：「后妃
以椒塗壁，取其繁衍多子，故曰椒房。」石虎對椒房塗刷工藝做了改進，
因為他是胡人，所以在刷牆的塗料中加入了胡粉。胡粉即鉛粉，用於傅面
或繪畫。據張華《博物志》記載，鉛粉還可將白鬍子染黑，顯年輕。

自漢代始，寫實的地誌、方志就出現了，到兩晉南北朝已極為興盛，
數量不少，但已然與小說無關。正如《史記》、《漢書》那樣有文學性的史

書，也對紀實類的文言小說具有某種影響，但中國文言小說的主流正脈，卻並非寫實或者紀實。

有趣的是明清以後的白話小說，反倒要靠與寫實、紀實的史書攀比來抬高身價，如金聖歎將《水滸傳》與《史記》相提並論，林紓把狄更斯比作司馬遷、班固。

《拾遺記》的作者王嘉（西元？至三九〇年），是東晉時北方十六國的前秦人。《晉書》說他「外若不足，內聰慧明敏，便滑稽，好語笑，不食五穀，不衣美麗，清虛服氣，不與世人交遊。隱於東陽谷，鑿崖穴而居。」是一位著名的方士，有弟子數百。後趙石虎入長安後，他隱居在終南山、倒虎山。前秦苻堅屢徵不至。後秦姚萇禮之，又殺之，善於卜算的王嘉終於沒能躲過亂世的厄運。

《拾遺記》佚文經蕭綺整理，編為十卷，從伏羲、神農、黃帝的神話說起，直到石趙，講述的仍舊是傳說中想像的歷史，神話的時空。只是這種巫方的神話時空，此時已逐漸轉化成了小說的時空，即那種永恆與現世、「山中」與「世上」相參照的長短、虛實和動靜，以及它們相互作用、轉化所形成的陰陽太極般的結構。

如今的論者，談及明清白話長篇小說中的「散點透視」、「散點聚焦」等寫作技術，以及文本的多主題和人物的多中心，殊不知道家的五行、陰陽、太極，還有佛教的眾生平等、六道輪迴之說，才是其形上觀念的由來。

〈春皇庖犧〉中有關伏羲即庖犧的神話，應該就是中國遠古第一個文明部落頭人的傳說。伏羲的母親神母被青虹圍繞有孕，十二年後才生下了伏羲。這個伏羲長頭細眼、龜齒龍唇、眉有白毛、須垂於地，總之一副怪相。他出生時的祥瑞是「日月重輪，山明海靜」，就是日環食吧，後來可不是什麼吉兆。

這第一個文明部落的成就非凡，不僅「去巢穴之居，變茹腥之食」，更能擺八卦分六位，規天為圖矩地取法，視五星之文分晷景之度，從而繪

製出了太極時空之圖，以時間丈量並標記空間，得天地一體陰陽轉換之道。為此要向眾神獻上犧牲，伏羲最擅長做那種事情，所以他也被稱為庖犧。

在〈周靈王〉中，有關美女西施與鄭旦的描繪，很驚豔：

越又有美女二人，一名夷光，二名修明，即西施、鄭旦之別名。以貢於吳。吳處以椒華之房，貫細珠為簾幌，朝下以蔽景，夕卷以待月。二人當軒並坐，理鏡靚妝於珠幌之內。窺窺者莫不動心驚魄，謂之神人。若雙鸞之在輕霧，沚水之漾秋蕖。

〈燕昭王〉說的是廣延國來的善舞者，接著又寫到沐婿國來的幻術大師屍羅，沐婿國是身毒國即古印度的別名。自稱已有一百三十歲的沐婿國幻術大師屍羅，在路上走了五年，才抵達燕國的國都。屍羅的幻術，是能在指端生出高達三尺的十層佛塔，塔上不僅神佛俱在，還有小人繞塔歌舞而行。屍羅又噴水為霧霾，數里之間黯然失色；之後吹氣為風，霾消霧散。他還可任意變幻形體，或生或死，或為老叟，或為嬰兒。

王嘉《拾遺記》最引人矚目之處，是〈唐堯〉中對太空飛行器的幻想。就此，幽浮的愛好者們肯定會說，外太空的飛船曾於堯帝登位三十年之際，降臨過西海。不過堯帝三十年是哪一年，西海又在哪裡，誰也不知道。其實，這只是全世界最早、也是最美的對幽浮的想像之一，並將外星人稱之為羽人（應來自《山海經》），即長著翅膀的天使、神仙。王嘉還把飛船命名為「貫月槎」、「掛星槎」，比「火箭」之類的叫法神奇、專業、好聽多了：

堯登位三十年，有巨槎浮於西海。槎上有光，夜明晝滅。海人望其光，乍大乍小，若星月之出入矣。槎常浮繞四海，十二年一周天，周而復始，名曰貫月槎，亦謂掛星槎，羽人棲息其上。群仙含露以漱，日月之光則如瞑亦。虞、夏之季，不復記其出沒。遊海之人，猶傳其神偉也。

另一段有關螺形潛水艇「淪波舟」的文字，寫的則是秦朝的事，見〈秦始皇〉：

始皇好神仙之事，有宛渠之民，乘螺舟而至。舟形似螺，沉行海底，而水不浸入，一名「淪波舟」。

《晉書》本傳評《拾遺記》雖是史書構架，但「記事多詭怪」。劉知幾在《史通》雜述中，言其如郭憲的《洞冥記》一樣，「全構虛詞，用驚愚俗。」蕭綺在代序裡則說它「殊怪畢舉，紀事存樸，愛廣尚奇」，且「辭趣過誕，意旨迂闊」。總之，《拾遺記》乃純屬虛構、窮盡想像之作，不在史書範疇之內。

該書最完整的一篇幻想記，是卷四中的〈盧扶國〉，上承《山海經》、《神異經》，下啟陶淵明的〈桃花源〉和牛僧孺的〈古元之〉：

八年，盧扶國來朝，渡河萬里方至。云其國中山川無惡禽獸，水不揚波，風不折木。人皆壽三百歲，結草為衣，是謂卉服。至死不老，咸知孝讓。壽登百歲以上，相敬如至親之禮。死葬於野外，以香木靈草瘞掩其屍。閭里助送，號泣之音，動於林谷，河源為之流止，春木為之改色。居喪水漿不入於口，至死者骨為塵埃，然後乃食。昔大禹隨山導川，乃旌其地為無老純孝之國。

三部《志怪》

東晉以《志怪》為名的小說集不少，孔約之外，祖臺之和曹毗也有以此為名之作。孔約生平無考，只知其為東晉干寶以後人，他的《志怪》尚存佚文數篇。〈楚文王好田〉寫的是對鯤鵬的想像，因成鵬太大難以描述，故孔約想像出一隻正在練習飛翔的幼鵬，並透過一隻鷹將其啄傷並導致其墜地而亡，來顯現鯤鵬的巨大。純粹是幻想，卻寫得極具真實感：

楚文王好田，天下快駒名鷹畢聚焉。有人獻一鷹，曰：「非王鷹之儔。」俄而雲際有一物凝翔，飄颻鮮白，而不辨其形。鷹於是竦翮而升，盉若飛電。須臾，羽墮如雪，血灑如雨。良久，有一大鳥墮地而死。度其兩翅，廣數十里，喙邊有黃，眾莫能知。有博物君子曰：「此大鵬雛也，

始飛焉，故為鷹所制。」乃厚賞獻者。

〈盧充〉寫的也是夢幻，情節看似處處牽強，但讀者卻像其中的人物盧充一樣，不會去追問真偽。大家都被作者催眠了，知道是在看小說，知道是在做夢，而夢的邏輯就是這樣的。

盧充跟隨被自己射中又復起的獐子進入了崔少府的墓中，竟見到了亡父的手跡，便遵父命與崔少府的亡女成婚，三日後即被遣出墓穴。四年後，崔女送來了孩子和禮物，並贈詩一首。

在劉向《邗子傳》的導入仙界方式之後，孔約的〈盧充〉又創造了另一種導入陰間的方式，亦為後世小說所模仿、襲用。以下是其開篇：

盧充者，范陽人也。家西三十里，有崔少府墓。充先冬至一日，出家西獵戲。見一獐，舉弓而射，即中之。獐倒而復起，充逐之，不覺遠。忽見一里門如府舍，中一鈴下，有唱：「客前。」充問曰：「此何府也？」答曰：「崔少府府也。」

孔約《志怪》中有〈干寶父〉一題，言干寶之父有寵婢，被嫉妒的干寶之母推入墓中活埋又復活的故事，則純屬編派。

祖臺之，字元辰，范陽遒縣（今河北淶水）人，祖沖之曾祖。東晉孝武帝太元中為尚書左丞，安帝時為御史中丞，官至侍中、光祿大夫。〈江黃〉所寫為隆安年間（西元三九七至四〇一年）事，故其書當成於晉末。

祖臺之《志怪》尚存少量佚文。〈鬼子〉寫的是害人的小鬼，小鬼的形像是個裸體的紅色小兒，不住地在磨刀，刺人必死，初具恐怖小說意味。〈江黃〉寫的則是長江裡的美人魚，尚無魚的體徵，與其說是長江的江神，不如說是個被人遺棄、侮辱的流浪女：

隆安中，丹徒民陳悝，於江邊作魚篊。潮去，於篊中得一女人，長六尺，有容色，無衣服。水去不能動，臥沙中，與語不應。人有就辱之。悝夜夢云：「我是江黃，昨失道落君篊，小人遂見加凌，今當白尊神殺之。」悝不敢移，潮來自逐水去。奸者尋病死。

曹毗，字輔佐，譙國（今安徽亳州）人，魏大司馬曹休後人。歷任著

作郎、句章令、太學博士、尚書郎、下邳太守等職，累遷至光祿勳。他的專集《志怪》已佚，僅存〈杜蘭香傳〉一題。如劉向的〈江妃二女〉，曹毗〈杜蘭香傳〉寫的也是神女。從西王母的養女杜蘭香降臨，硬要南郡的張碩以她為妻，之後又離去，並作為友人助碩制服妒妻，用的也是不合情理卻又能讓人接受的神邏輯。神女杜蘭香「說事渺然久遠」，並作詩言己已入塵世，豈復恥於塵穢，但人神有別，這就是她行事矛盾的原因吧。茲引其部分文字：

神女姓杜，字蘭香，自稱南陽人。以建興四年春，數詣南郡張傳。傳年十七。望見其車在門外，婢通言：「阿母所生，遣授配君，君不可不敬從。」傳先改名碩。碩呼女前，視可十八九，說事邈然久遠。自云家昔在青草湖，風溺大小盡沒。香時年三歲，西王母接而養之於崑崙之山，於今千歲矣。有婢子二人，大者萱支，小者松支。鈿車青牛，上飲食皆備。作詩曰：

阿母處靈嶽，時游雲霄際。

眾女侍羽儀，不出墉宮外。

飄輪送我來，豈復恥塵穢。

從我與福俱，嫌我與禍會。

名士風範

本以為《世說新語》的文體和主題都是獨創的，讀裴啟《語林》，才知道底稿原來在這裡，且更為無覊而有趣。《世說新語》有言：「裴郎作《語林》始出，大為遠近所傳，時流年少，無不傳寫，各有一通」；「時人多好其事，文遂流行」。看來是由於裴啟《語林》的巨大成功，才使得劉義慶和他的寫作團隊採用了這種當時最為流行的文體，很像今天的小小說，或者是社交媒體上的貼文、動態。

裴啟，字榮期，河東聞喜（今山西聞喜）人。生卒年不詳，與謝安（西元三二〇至三八五年）同時代，為處士，即沒有出仕做過官。作為權相、名士的謝安，在裴啟面前扮演了一個極不光彩的角色，他指責裴啟所記二事失實，封殺了《語林》。

現代人看不懂古代的小說，更多是由於時俗和心理的差異，可如果傳統中斷了，那思想、道德、情感和審美都會改變。《語林》中有個東漢故事，說裴信遭遇父喪過於悲痛，搞得形銷骨立，母親心疼他，便讓他躺在床上休息，並為他蓋上了錦被。郭林宗來弔唁看到了，說你裴信是海內俊傑，四方人士都把你的行為當作準則，你怎麼能在大喪之日蒙著錦被躺在床上呢？

日本電影《海街日記》（*Our Little Sister*），片中的長女去參加多年未曾謀面的父親的葬禮，見繼母以悲痛為由，想讓未成年的小妹去應接來賓，便果斷地說不合適，實在不行的話自己可以做主人。對比前面的中國東漢故事，二者在文化上是相通的，是能夠彼此理解的。反之，在如今的中國文藝作品中，就很難找到這樣的例子。

還有諸葛亮的名士形象，在《三國演義》中已然變異，但在裴啟的筆下卻仍很鮮明，他是將名士風範作為一種超越現實的審美對象來看待的：

諸葛武侯與宣王在渭濱，將戰。宣王戎服蒞事，使人觀武侯。乃乘素輿，著葛巾，持白羽扇，指麾三軍，眾軍皆隨其進止。宣王聞而嘆曰：「可謂名士矣！」

吳景帝孫休愛射獵野雞，到了季節，每天早出晚歸。群臣勸諫他說：「身為國君，怎麼會對這種微不足道的小動物著迷啊？」孫休說：「野雞雖說只是微不足道的小動物，但它們的正直和節操卻勝過常人，這便是朕所喜好的。」

再如石崇的洗手間，由於過於前衛、高級，有點像現在的桑拿浴室、豪華套房。賓客們上廁所要坐在有漂亮墊子的絳紗帳大床上，服務員又都是美女，她們讓你更衣，遞給你錦香便囊而非帶你去蹲坑。面對如此陣

仗，一般人確實受用不起，上不出來：

劉寔詣石崇，如廁。見有絳紗帳大床，茵蓐甚麗，兩婢持錦香囊。寔遽反走，即謂崇曰：「向誤入卿室內。」崇曰：「是廁耳。」寔更往，向兩守廁婢所進香囊實篝。良久不得，便行出。謂崇曰：「貧士不得如此廁。」乃如他廁。

石崇廁常有十餘婢侍列，皆佳麗藻飾，置甲煎沉香，無不畢備。又與新衣，客多羞不能著。王敦為將軍，年少，往，脫故衣，著新衣，氣色傲然。群婢謂曰：「此客必能做賊。」

此外，如王子猷愛竹、不可一日無此君之說，以及他在大雪之夜乘興去訪戴安道，造門不入、興盡而歸的故事，寫得也很是瀟散。

嵇康、印度故事及其他

《靈鬼志》的作者荀氏，生平不詳，只知其所寫之〈外國道人〉言事在晉孝武帝太元十二年（西元三八七年），故其書有可能作於晉末安帝朝。文中多引民謠，作為預言和徵兆，或者就是一種對人生的感慨。如〈庾文康〉：

庾文康初鎮武昌，出石頭，百姓看者於岸歌曰：

庾公上武昌，翩翩如飛鳥；

庾公還揚州，白馬牽旒旐。

唱的是庾亮初鎮武昌的時候，騎在馬上，輕盈瀟灑得像一隻翩翩的飛鳥。等他歸來之時，卻已像民謠預言的那樣，躺在了白馬所拉的靈車裡。

〈嵇康〉中嵇康對待二鬼截然不同的態度，極是高絕；而他不懼鬼亭、得授《廣陵散》的故事，成為後世人鬼結交、包括恐怖小說的主要導入方式：

嵇康燈下彈琴，忽有一人，長丈餘，著黑單衣，革帶。康熟視之，乃

吹火滅之，曰：「恥與魑魅爭光！」

嘗行，去洛數十里，有亭名月華。投此亭，由來殺人。中散心神蕭散，了無懼意。至一更操琴，先作諸弄，雅聲逸奏。空中稱善，中散撫琴而呼之：「君是何人？」答云：「身是故人，幽沒於此。聞君彈琴，音曲清和，昔所好，故來聽耳。身不幸非理就終，形體殘毀，不宜接見君子。然愛君之琴，要當相見，君勿怪惡之。君可更作數曲。」中散復為撫琴，擊節曰：「夜已久，何不來也？形骸之間，復何足計！」乃手挈其頭曰：「聞君奏琴，不覺心開神悟，怳若暫生。」遂與共論音聲之趣，辭甚清辯。謂中散曰：「君試以琴見與。」乃彈《廣陵散》。便從受之，果悉得。中散先所受引，殊不及。與中散誓，不得教人。

天明，語中散：「相與雖一遇於今夕，可以遠同千載。於此長絕，不勝悵然！」

〈周子長〉中的佛教徒周子長被鬼捉住了，鬼就跟他開了個玩笑。〈張應〉中的張應信的是鬼，被稱作「魔家」，他的妻子信的是佛，被稱為「佛家」。應妻得病後，跳神無效，妻子便請張應為自己做佛事。在如今的民間，又何嘗不是如此呢。

〈外國道人〉中的故事，出自古印度《舊雜譬喻經》（《大正新修大藏經》卷四）卷上之〈梵志吐壺〉，可見印度佛教故事對中國志怪的影響。以下依次是〈梵志吐壺〉的故事原型，以及〈外國道人〉對它的相關演義，於是在中國小說裡，又增添了一種新的魔幻敘述方式：

昔有國王，持婦女急。正夫人謂太子：「我為汝母，生不見國中，欲一出，汝可白王。」如是至三。太子白王，王則聽。太子自為御車出，群臣於道路奉迎為拜，夫人出其手開帳，令人得見之。太子見女人而如是，便詐腹痛而還。夫人言：「我無相甚矣！」太子自念：「我母尚如此，何況餘乎！」夜便委國去，入山中遊觀。

時道邊有樹，下有好泉水，太子上樹，逢見梵志獨行來，入水池浴。出飯食，作術吐出一壺，壺中有女人。與於屏處作家室，梵志遂得臥。女

人則復作術，吐出一壺，壺中有年少男子，復與共臥，已便吞壺。須臾，梵志起，復內婦人著壺中，吞之已，作杖而去。

太子歸國白王，請道人及諸臣下，持作三人食，著一邊。梵志既至，言：「我獨自耳。」太子曰：「道人當出婦共食。」道人不得止，出婦。太子謂婦：「當出男子共食。」如是再三，不得止，出男子共食，已便去。王問太子：「汝何因知之？」答曰：「我母欲觀國中，我為車，母出手令人見之。我念女人能多欲，便詐腹痛還。入山見是道人藏婦腹中，當有奸。如是，女人奸不可絕，願大王赦宮中，自在行來。」王則赦後宮中，欲行者從志也。師曰：「天下不可信女人也。」

太元十二年，有道人外國來，能吞刀吐火，吐珠玉金銀。自說其所受術，師白衣，非沙門也。嘗行，見一人擔擔，上有小籠子，可受升餘。語擔人云：「吾步行疲極，欲暫寄君擔上。」擔人甚怪之，慮是狂人，便語云：「自可爾耳，君欲何許自厝耶？」其答云：「若見許，正欲入籠子中。」籠不便，擔人逾怪其奇：「君能入籠中，便是神人也。」下擔，入籠中，籠不更大，其亦不更小，擔之亦不覺重於先。

既行數十里，樹下住食，擔人呼共食，云：「我自有食。」不肯出，止住籠中。出飲食器物羅列，肴膳豐腴亦辦，反呼擔人食。未半，語擔人：「我欲與婦共食。」即復口出一女子，年二十許，衣裳容貌甚美，二人便共食。食欲竟，其夫便臥。婦語擔人：「我有外夫，欲來共食，夫覺，君勿道之。」婦便口出一年少丈夫，共食。籠中便有三人，寬急之事，亦復不異。有頃，其夫動，如欲覺，其婦便以外夫內口中。夫起，語擔人曰：「可去。」即以婦人內口中，次及食器物。

〈梵志吐壺〉中的太子，意在以事實說明「女人奸不可絕」乃人之天性，並說服父王赦放了眾多的後宮之女。而國師據此所說的「天下不可信女人也」，則是道德判斷。荀氏的〈外國道人〉只意在講故事、寫小說，用魔幻方式表現人性的真實、複雜，並以為娛樂。

《甄異傳》的作者戴祚，字延之，江東（今安徽蕪湖以下長江下游南岸地區）人。晉安帝義熙十二年（西元四一六年）隨劉裕西征姚泓，次年為西戎校尉府主簿，《甄異傳》即作於此時。原書三卷，佚文不足二十篇，後世亦多有效法之作。

〈張闓〉中的城裡人張闓從鄉下回來，見路邊躺著一個人，說是腳痛家遠。張闓憐憫他，便扔掉了車後所載之物，將其拉到了家中。誰知此人不但不感激，還說自己的腳其實並不痛，只是想試試他罷了。張闓大怒，說君是何人，敢這樣戲弄於我？偽裝者這才說明自己是鬼，受北臺使之命，前來收錄張闓。晉代就要結束了，但冥府地獄仍未在小說中出現。《甄異傳》中的另一篇同類小說〈王思規〉，也無佛教影響的痕跡。

〈華逸〉寫的是寓居江陵的廣陵人華逸死後七年，其亡靈才回來對家人說，他生前因罰撻失道又殺過卒奴，所以折壽。〈夏侯文規〉中的譙郡人夏侯文規死後一年，其身形乘牛車還家，賓從數十人，言其已任北海太守，當然是冥官。他在家裡吃過飯後，所有的飯菜仍原封不動。

還有〈庾亮〉中恐怖的廁神，見者必死：

忽見廁中一物如方相，兩眼盡赤，身有光耀，漸漸從土中出。庾乃攘臂，以拳擊之，應手有聲，縮入地。

〈阿褐〉中的女鬼阿褐卻勤勞善良，不僅為主人張牧一家做飯，還幫他們發財致富。阿褐的模樣只有張牧的母親見過：

形是少女，年可十七八許，面青黑色，遍身青衣。

以下是《甄異傳》中兩篇必引的文字：一為〈秦樹〉，言半夜迷路，豔遇女鬼，向曉煙消雲散，才知昨夜投宿墓塚；二為〈楊醜奴〉，言乘船而行，暮遇獺精，並與之共寢的故事。敘述古樸、魅惑，為後世所仿：

沛郡人秦樹者，家在曲阿小辛村。義熙中，嘗自京歸。未至二十里許，天暗失道。遙望火光，往投之。見一女子秉燭出，云：「女弱獨居，不得宿客。」樹曰：「欲進路，礙夜，不可前去，乞寄外住。」女然之。

樹既進坐竟，以此女獨處一室，慮其夫至，不敢安眠。女曰：「何

以過嫌，保無慮，不相誤也。」為樹設食，食物悉是陳久。樹曰：「承未出適，我亦未婚，欲結大義，能相顧否？」女笑曰：「自顧鄙薄，豈足伉儷？」遂與寢止。

向晨樹去，乃俱起執別。女泣曰：「與君一睹，後面莫期。」以指環一雙贈之，結置衣帶，相送出門。樹低頭急去，數十步，顧其宿處，乃是塚墓。居數日，亡其指環，結帶如故。

河南楊醜奴，常詣章安湖拔蒲。將暝，見一女子，衣裳不甚鮮潔，而容貌美。乘船載蕈，前就醜奴。家湖側，逼暮不得返，便停舟寄住。借食器以食，盤中有乾魚生菜。

食畢，因戲笑。醜奴歌嘲之，女答曰：「家在西湖側，日暮陽光頹。託蔭遇良主，不覺寬中懷。」俄滅火共寢，覺有臊氣，又手指甚短，乃疑是魅。此物知人意，遽出戶，變為獺，徑走入水。

《異苑》的作者劉敬叔乃廣陵江都（今江蘇揚州）人，晉安帝義熙五年（西元四〇九年）為南平郡公劉毅郎中令，義熙十三年（西元四一七年）為長沙景王劉道鄰驃騎參軍，入宋後的元嘉三年（西元四二六年）為給事黃門侍郎。

劉敬叔十卷本的《異苑》敘事極簡，不加演義，被《四庫全書總目提要》贊之為「詞旨簡澹，無小說家猥瑣之習」，故極精簡，作為小說的成就不高。有〈燃犀照渚〉、窺見地府一篇，意境奇詭，夢幻交織，當採自傳說，不僅成為典故，對後世小說如鄭還古的《博異志敬元穎》等也有影響：

晉溫嶠至牛渚磯，聞水底有音樂之聲。水深不可測，傳言下多怪物，乃燃犀角而照之。須臾，見水族覆滅，奇形異狀，或乘馬車，著赤衣幘。其夜，夢人謂曰：「與君幽明道隔，何意相照耶？」嶠甚惡之。未幾卒。

另有〈大客〉，寫的是大象報恩的故事，為同類傳說、小說較早的一篇：

始興郡陽山縣有人行田，忽遇一象，以鼻卷之，遙入深山。見一象，腳有巨刺。此人牽挽得出，病者即起，相與躑陸，狀若歡喜。前象覆載

人，就一汗濕地，以鼻掘出數條長牙，送還本處。

彼境田稼，常為象所困，其象俗呼為「大客」。因語云：「我田稼在此，恆為大客所犯。若念我者，勿復見侵。」便見躑躅，如有馴解。於是一家業田，絕無其患。

從晉唐的大象題材小說裡，可知當時的兩廣、安徽、湖南和四川等地，仍有野象分布。

卷三　南北朝

作家小說

　　干寶是信鬼的，想做鬼之董狐；陶淵明則不然，他追求的是融精神於大化，與自然為一體。但他們共同為鬼神作記，都未把人鬼分開，也未將虛擬和寫實對立起來，二人完整整併且能夠自由轉換的才能，是後世偏重現實的儒生所不易理解的。需要說明的是，隨著杜甫詩聖地位在宋、明的逐漸確立，中國文學注重人生、現實和功利的一面，才得到了特別的重視和強調。

　　陶淵明，字元亮，又名潛，世稱靖節先生，潯陽柴桑（今江西九江）人，生於東晉哀帝興寧三年（西元三六五年），卒於宋文帝元嘉四年（西元四二七年）。這位大名鼎鼎的一流詩人生平，就不多介紹了。陶淵明續干寶《搜神記》而作的《搜神後記》，輯錄的是一些看上去較為原始的志怪，如〈丁令威〉中去家千年、化鶴而歸的丁令威，〈袁相根碩〉則很像劉晨阮肇故事的民間版，〈韶舞〉已具備了〈桃花源〉的某些要素。

　　陶淵明對小說的貢獻，在於他創作的小說〈桃花源〉及另一篇同樣極具創意的小說〈五柳先生傳〉，後者甚至沒有收錄在《搜神後記》裡。當然，我們現在看到的《搜神後記》和《搜神記》一樣，都只是後世輯錄的佚文，並非原貌。〈桃花源〉與我們熟悉的〈桃花源記〉詞句多有不同，當寫於後者之前：

　　晉太元中武陵人，捕魚為業。緣溪行，忘路遠近，忽逢桃花，夾岸數百步，中無雜樹，芳華鮮美，落英繽紛。漁人甚異之。漁人姓黃，名道真。復前行，欲窮其林。林盡水源，便得一山。山有小口，彷彿若有光。便舍舟，從口入。初極狹，才通人。復行數十步，豁然開朗，土地曠空，屋舍儼然。有良田、美池、桑、竹之屬。阡陌交通，雞犬相聞。男女衣著，悉如外人。黃髮垂髫，並怡然自樂。見漁人，大驚，問所從來，具答之。便要還家，為設酒殺雞作食。村中人聞有此人，咸來問訊。自云先世避秦難，率妻子邑人至此絕境，不復出焉。遂與外隔。問今是何世，乃不知有漢，無論魏、晉。此人一一具言所聞，皆為嘆惋。餘人各復延至其家，皆出酒食。停數日，辭去。此中人語云：「不足為外

人道也。」既出，得其船，便扶向路，處處誌之。及郡，乃詣太守，說如此。太守劉歆即遣人隨之往，尋向所志，不復得焉。

　　文學史將此虛構的，有人物、情節的小說當成了散文。陶淵明透過桃花源中人物的言行所傳遞的，即為避暴政甘入絕境，對社會、歷史雖也好奇，但僅限於聽聞、嘆惋，絕無復出意願，表達的是他本人對現實的思考和立場，所用的卻完全是想像、幻想的小說筆法。

　　在將〈桃花源〉視為中國最早由作家創作的幻想小說的同時，我還將未收入《搜神後記》的作品〈五柳先生傳〉，視為中國最早的作家自傳體小說雛形，它們都將在唐五代成熟並發揚光大。

　　先生不知何許人也，亦不詳其姓字。宅邊有五柳樹，因以為號焉。閒靜少言，不慕榮利。好讀書，不求甚解；每有會意，便欣然忘食。性嗜酒，家貧不能常得。親舊知其如此，或置酒而招之。造飲輒盡，期在必醉；既醉而退，曾不吝情去留。環堵蕭然，不蔽風日。短褐穿結，簞瓢屢空，晏如也。常著文章自娛，頗示己志。忘懷得失，以此自終。

　　贊曰：黔婁之妻有言：「不戚戚於貧賤，不汲汲於富貴。」極其言茲若人之儔乎？酣觴賦詩，以樂其志。無懷氏之民歟？葛天氏之民歟？

魏晉風度

　　劉義慶和他的寫作團隊編撰的三部小說集，《世說新語》、《幽明錄》和《宣驗記》，影響都很大，不但繼續著兩晉的小說集成工作，更有了重要的突破與拓展。如《世說新語》的絕大部分篇幅，所記皆東漢末至劉宋初近三百年間事，而《幽明錄》的殘本，也有四分之三採自晉書及劉宋時聞，均在輯錄古籍、傳說的同時，加入了大量晉宋的現當代內容。《宣驗記》則為佛教輔教類志怪的開端。

　　劉義慶（西元四○三至西元四四四年），生於晉安帝元興二年，卒於宋文帝元嘉二十一年，彭城（今江蘇徐州）人。宋武帝劉裕之姪，景王劉道憐次子，幼時過繼給了叔父臨川王劉道規為嗣，永初元年（西元四二○

年）襲封。宋文帝元嘉六年（西元四二九年）為尚書左僕射、丹陽尹，元嘉九年（西元四三二年）為荊州刺史，元嘉十六年（西元四三九年）為江州刺史，後為南兗州刺史。擁有優渥的條件又「愛好文義」的劉義慶，便「招聚文學之士，遠近畢至」，編撰了一部又一部極具份量的小說集。當時著名的文士袁淑、陸展、何長瑜等，都曾在他的幕府中任職。

《宋書》裡的劉義慶小傳意味深長，提到了他的性格、愛好、信仰和處世態度：

為性簡素，寡嗜欲，愛好文義，才詞雖不多，然足為宗室之表。受任歷藩，無浮淫之過，唯晚節奉養沙門，頗致費損。少善騎乘，及長以世路艱難，不復跨馬。

現存《世說新語》為南宋刻本，凡三十六門，計一千一百三十篇。南朝梁人劉峻（西元四六二至西元五二一年）為之作注，所引書籍有四百餘種，而那些書籍後來差不多全部失傳了。

《世說新語》被稱作清談之書，最具魏晉士族文化特點，雖言志人，但並非完整的小說，只能說是小說的片段、細節。比如這樣的句子：

叔度汪汪如萬頃之波，澄之不清，擾之不濁，其器深廣，難測量也。

對比一下法國作家雨果（Victor Marie Hugo）小說《悲慘世界》（*Les Misérables*）裡的高品味雞湯：

世界上最寬闊的是海洋，比海洋更寬闊的是天空，比天空更寬闊的是人的胸懷。

它們當然會被人引用、借用，不過引借的方式卻有高下之分。唐代小說家張鷟引前者讚美妻師德「表晦而裡明」，如「萬頃之波，渾而不濁」，就很高明。

再看這個與淝水之戰有關的著名細節：

謝公與人圍棋，俄而謝玄淮上信至，看書竟，默然無言，徐向局。客問淮上利害，答曰：「小兒輩大破賊。」意色舉止，不異於常。

《晉書》對它尚有補充，說的是謝安貌似平靜掩飾著的大喜過望：

既罷，還內，過戶限，心喜甚，不覺屐齒之折，其矯情鎮物如此。

還有用一句話來評價一個人：

晉文王稱阮嗣宗至慎，每與之言，言皆玄遠，未嘗臧否人物。

阮籍對晉文王司馬昭當然要防備，不能亂講話，就說點玄的、遠的，司馬昭對他的評價也只是表象。

至於別的時候，如醉臥在鄰家賣酒美婦身邊，得知步兵校尉廚中儲酒百斛便請求去做步兵校尉，那才是看透了現實的真實的阮籍。他的真話，在這樣的片段裡：

阮籍嫂嘗還家，籍見與別，或譏之。籍曰：「禮豈為我輩設也？」

再看王戎對嵇康的描述，同樣也是品評：

王戎云：「與嵇康居二十年，未嘗見其喜慍之色。」

這性格，這氣質，確實與寫〈聲無哀樂論〉的天才嵇中散相配。

嵇中散既被誅，向子期舉郡計。入洛，文王引進，問曰：「聞君有箕山之志，何以在此？」對曰：「巢、許狷介之士，不足多慕。」王大諮嗟。

初讀此段，我對司馬昭的「諮嗟」還有點不解。轉念一想，他剛殺了持不合作態度且影響很大的名士嵇康，另一位名士向秀便馬上來投靠自己，這著實撓到了司馬昭心頭的最癢處。司馬家的天下，是靠兩代人的堅持不懈才得來的，直到當時他都尚未稱帝。哎呀，這個向秀簡直是太識時務了！

有些篇章裡的辭令，就只是一種風度、風雅的展現，是屬於那個時代的：

顧悅與簡文同年，而髮蚤白。簡文曰：「卿何以先白？」對曰：「蒲柳之姿，望秋而落；松柏之質，經霜彌茂。」

那清談是否會誤國呢？王羲之就做過這樣的指責，不過謝安卻不以為然，他反問道：

「秦任商鞅，二世而亡，豈清言致患邪？」

為暴政勞心勞力付出，才會加速它的滅亡。

《世說新語》裡也偶有情節完整的小小說，如鄧攸的悲劇。鄧攸在逃難途中捨棄了自己的兒子，保住了弟弟的兒子。好不容易渡過長江投奔東晉，並娶了愛妾，多年後才發現她竟然是自己的外甥女。一向德行高潔的鄧攸為此哀恨終身，不再蓄妾：

鄧攸始避難，於道中棄己子，全弟子。既過江，取一妾，甚寵愛。歷年後，訊其所由，妾具說是北人遭亂，憶父母姓名，乃攸之甥也。攸素有德業，言行無玷，聞之哀恨終身，遂不復畜妾。

不過鄧攸也真夠粗心大意，納妾並寵愛多年了，才問及人家的父母。

《世說新語》中還有不少流行語，很像眼下不時爆紅網路的句子和短文：

林公見東陽長山，日：「何其坦迆。」

王子敬云：「從山陰道上行，山川自相映發，使人應接不暇。若秋冬之際，猶難為懷。」

林公云：「王敬仁是超悟人。」

畢茂世云：「一手持蟹螯，一手持酒杯，拍浮酒池中，便足了一生。」

簡文入華林園，顧左右日：「會心處不必在遠，翳然林水，便自有濠、濮間想也，覺鳥獸禽魚自來親人。」

如此看來，眼下才是《世說新語》文體的黃金時代。

靈界幽明

《世說新語》和《幽明錄》，一個志人一個志怪，一個正常一個奇怪。說前者正常，是它與我們的世界處在同一時空，是我們能夠理解的；說後者奇怪，是它是個人鬼雜處、生死莫測的奇幻之境。二十卷的《幽明錄》約失傳於宋代，魯迅於二十世紀初輯得一個殘本，與完整的《世說新語》

相較，肯定亡佚甚多。無論是從內容還是從主題上看，《幽明錄》都是《洞冥記》的延續。

《幽明錄》得名於《周易·繫辭》：「是故知幽明之故」；「幽明者，有形無形之象」。無形為幽，有形為明，幽明相連，意指互為晝夜、虛實、生死、善惡之人鬼同在的陰陽兩界，亦為中國小說的時空。《搜神記》奇幻，但它輯錄的多為古代之事，是相隔甚遠的神話傳說。《幽明錄》不同，它講述的多是晉、宋現當代的事，晉、宋的人怎麼會把幻境當作現實呢？

因為《幽明錄》裡的廟宇、亭臺、樓閣、古井、泉水、水潭、天象、異物、異象、墳塚、寶物、夢兆、死亡、孕育、動物、婚姻、豔遇、奇蹟、夢魘、祭祀、精靈鬼怪、山與石等，無一不能連接幽明、溝通生死，既是一個萬物有靈的巫鬼世界，同時也是人們的靈魂世界，是與《世說新語》中的現實世界並存的魔界空間、靈界空間。

〈劉晨阮肇〉是個託名漢代的傳說，言劉晨、阮肇在天臺山遇仙，其中的仙女「言聲輕婉，令人忘憂」，是一篇成熟、美麗的人仙豔遇小說，影響了初唐張鷟的名作〈遊仙窟〉及後世諸多同類作品：

漢明帝永平五年，剡縣劉晨、阮肇，共入天臺山取穀皮，迷不得返。經十三日，糧乏盡，飢餒殆死。遙望山上有一桃樹，大有子實，而絕巖邃澗，永無登路。攀緣藤葛，乃得至上。各啖數枚，而飢止體充。

復下山，持杯取水，欲盥漱，見蕪青葉從山腹流出，甚新鮮。復一杯流出，有胡麻飯糝。相謂曰：「此必去人徑不遠。」便共沒水，逆流行二三里，得度山。出一大溪邊，有二女子，姿質妙絕。見二人持杯出，便笑曰：「劉、阮二郎捉向所失流杯來。」晨、肇既不識之，緣二女便呼其姓，如似有舊，乃相見忻喜。而悉問來何晚，因邀還家。

其家銅瓦屋，南壁及東壁下各有一大床，皆施絳羅帳，帳角懸鈴，金銀交錯。床頭各有十侍婢，敕云：「劉、阮二郎經涉山岨，向雖得瓊寶，猶尚虛弊，可速作食。」食胡麻飯、山羊脯、牛肉，甚甘美。食畢行酒。有一群女來，各持三五桃子，笑而言：「賀汝婿來。」酒酣作樂。劉、阮忻

怖交並。至暮，令各就一帳宿，女往就之。言聲清婉，令人忘憂。

至十日後，欲求還去。女云：「君已來是，宿福所牽，何復欲還耶？」遂停半年。氣候草木，常是春時，百鳥啼鳴，更懷悲思，求歸甚苦。女曰：「罪牽君，當可如何！」遂呼前來女子，有三四十人，集會奏樂，共送劉、阮，指示還路。

既出，親舊零落，邑屋改異，無復相識。問訊得七世孫，傳聞上世入山，迷不得歸。至晉太元八年，忽復去，不知何所。

豔遇小說的特點是萍水相逢，此前完全陌生的男女碰到了一起，並馬上發生愛情或者性關係。〈江妃二女〉中的女主角是仙女，〈劉晨阮肇〉也類似，後世則多為狐精鬼魅，她們與士子的豔遇和戀情，折射出的應該是一種狹邪經歷。因人神有別，人鬼殊途，二者的結合是不可能長久的。還有人間與仙界完全不同的時空，所謂山中方數日，世上已千年。

〈焦湖廟祝〉雖短，卻是中唐沈既濟傳奇名作〈枕中記〉的原型。那種對史書的虛擬戲仿，以及現在和未來的瞬息轉換，表明巫方的時空已完全演化成了小說的時空：

焦湖廟祝有柏枕，三十餘年，枕後一小坼孔。縣民湯林行賈，經廟祈福，祝曰：「君婚姻未？可就枕坼邊。」令林入坼內，見朱門、瓊宮、瑤臺，勝於世見。趙太尉為林婚，育子六人，四男二女，選林祕書郎，俄遷黃門郎。林在枕中，永無思歸之懷，遂遭違忤之事。祝令林出外間，遂見向枕，謂枕內歷年載，而實俄忽之間矣。

再讀〈石氏女〉，它又是另一篇中唐傳奇名作〈離魂記〉的原型，至少離魂的構思出自於此。石氏女見過帥哥龐阿之後，連著兩次做白日夢去找他，她的夢魂居然被龐阿的妻子抓住了，身體卻仍在家中。被龐妻抓去石家對質的石女之魂，不是在途中如煙霧般飄散，就是當著大家的面玩失蹤：

鉅鹿有龐阿者，美容儀。同郡石氏有女，曾內睹阿，心悅之。未幾，阿見此女來詣阿。阿妻極妒，聞之，使婢縛之，送還石家，中路遂化為煙

氣而滅。婢乃直詣石家，說此事。石氏之父大驚，曰：「我女都不出門，豈可讒謗如此！」

阿婦自是常加意伺察之。居一夜，方值女在齋中，乃自拘執，以詣石氏。石氏父見之愕眙，曰：「我適從內來，見女與母共作，何得在此？」即令婢僕於內喚女出，向所縛者，奄然滅焉。父疑有異故，遣其母詰之。女曰：「昔年龐阿來廳中，曾竊視之。自爾彷彿即夢詣阿，及入戶，即為妻所縛。」石曰：「天下遂有如此奇事！夫精情所感，靈神為之冥著，滅者蓋其魂神也。」

既而女誓心不嫁。經年，阿妻忽得邪病，醫藥無徵，阿乃授幣石氏女為妻。

〈永嘉之亂〉中的彭娥為盜賊所擒，被害前，她仰天高喊道：

皇天寧有神不？我為何罪，而當如此！

這是中國小說裡第一位質問天帝是否存在的人物，是一位女子。這一聲驚天之問，迴響在五代皇甫枚的小說〈綠翹〉中。

〈阮瞻〉改寫自《搜神記》中的同名小說。這次，「秉無鬼論，世莫能難，每自謂理足可以辨正幽明」的阮瞻，在清談名理時不敵才情過人的鬼客，被對方反覆的詰問所屈，只得認輸。隨後，來客才表明了自己鬼的身分，並義正詞嚴地指責阮瞻不承認鬼神的存在：

阮瞻素秉無鬼論，世莫能難，每自謂理足可以辨正幽明。忽有一鬼，通姓名作客詣阮，寒溫畢，聊談名理。客甚有才情，末及鬼神事，反覆甚苦，遂屈。乃作色曰：「鬼神，古今聖賢所共傳，君何獨言無耶？僕便是鬼！」於是忽變為異形，須臾消滅。阮默然，意色大惡。後年餘，病死。

〈衣冠族姓〉更有趣，說的是衣冠士人甲，因陽壽未盡死而復生，卻意外地被司命調換了一雙「叢毛連結」且有狐臭的胡人之腳。這位出身顯貴、愛玩手足的士人，為此痛感生不如死。滑稽的是，至情至性的胡人之子得知士人體著亡父之腳，便不住地在節朔時趕來抱住他的雙腳嚎啕大哭，連行路偶遇時也是如此。這樣一來，搞得我們高貴的士子狼狽不堪，

在嚴防眾胡子的同時愈發自慚形穢，終身不願讓自己的胡腳見人：

晉元帝世，有甲者，衣冠族姓。暴病亡，見人將上天，詣司命。司命更推校，算曆未盡，不應枉召，主者發遣令還。甲尤腳痛，不能行，無緣得歸。主者數人共愁，相謂曰：「甲若卒以腳痛不能歸，我等坐枉人之罪。」遂相率具白司命。司命思之良久，曰：「適新召胡人康乙者，在西門外，此人當遂死，其腳甚健，易之，彼此無損。」主者承敕出，將易之。胡形體甚醜，腳殊可惡，甲終不肯。主者曰：「君若不易，便長決留此耳。」不獲已，遂聽之。主者令二人並閉目，倏忽，二人腳已各易矣。仍即遣之。

豁然復生，具為家人說。發視，果是胡腳，叢毛連結，且胡臭。甲本士，愛玩手足，而忽得此，了不欲見。雖獲更活，每惆悵，殆欲如死。旁人見識此胡者，死猶未殯，家近在茄子浦。甲親往視胡屍，果見其腳著胡體，正當殯斂，對之泣。

胡兒並有至性，每節朔，兒並悲思，馳往抱甲腳號咷。忽行路相逢，便攀援啼哭。為此每出入時，恆令人守門，以防胡子。終身憎穢，未曾誤視，雖三伏盛暑，必複重衣，無暫露也。

〈鼠從坎出〉中，吳北寺的老鼠才叫大膽頑皮，竟鑽出洞來宣布該寺和尚終祚數日必死，氣得終祚忙叫人買狗來。老鼠一聽樂壞了，說：「我怎麼會怕狗呢，這個笨和尚連隻貓也不會買，狗來必死。」果然，狗來了就死了。終祚又叫人買來十擔水，老鼠一聽笑得更厲害了，說：「我的洞像道地一樣四通八達，來灌吧。」第二天，終祚灌了一天也沒用。多次較量失敗，終祚乾脆對老鼠採取共存的態度。由於鼠洞就在屋內，他還將臥室交給老鼠看管，自己去做生意發了大財。這應該是中國第一篇以動物為主角的小說吧：

吳北寺終祚道人臥齋中，鼠從坎出，言終祚後數日必當死。終祚呼奴令買犬，鼠云：「亦不畏此也。但令犬入此戶，必死。」犬至，果然。終祚乃下聲語其奴曰：「明日市雇十擔水來。」鼠已逆知之，云：「止！欲水澆

取我？我穴周流，無所不至。」竟日澆灌，了無所獲。密令奴更借三十餘人，鼠云：「吾上屋居，奈我何？」至時，處在屋上，奴名周，鼠云：「阿周盜二十萬錢叛。」後試開庫，實如所言也。奴亦叛去。終祚當為商賈，閉其戶而謂鼠曰：「汝正欲使我富耳！今有遠行，勤守吾房中，勿令有所零失也。」時桓溫在南州，禁殺牛甚急。終祚載數萬錢，竊買牛皮還東，貨之，得二十萬。還，室猶閉，一無所失，其怪亦絕，遂大富。

〈干慶〉一題，寫的是干寶的哥哥干慶的瀕死體驗，但要比《搜神後記》中的〈干寶父妾〉具體、詳細，開創了死而復生後自述其冥府經歷的敘述模式，而閻羅王及佛教地獄與審判的雛形也已出現：

晉有干慶者，無疾而終。時有術士吳猛，語慶之子曰：「干侯算未窮，方為請命，未可殯殮。」屍臥靜舍，唯心下稍暖。居七日，時盛暑，慶形體向壞。猛凌晨至，教令屬候氣續，為作水，令以洗，並飲漱，如此便退。日中許，慶甦焉，旋遂張目開口。尚未發聲，闔門皆悲喜。猛又令以水含灑，遂起，吐腐血數升，稍能言語。三日，平復如常。說初見十數人來，執縛桎梏到獄。同輩十餘人，以次語對。次未至，俄而見吳君北面陳釋斷之，王遂敕脫械令歸。所經官府，莫不迎接。請謁吳君，而吳君皆與之抗禮，即不知悉何神也。

晉代尚行血祭，自然就有巫師。《幽明錄》裡的〈巫師舒禮〉，寫的是晉永昌年間，巴丘縣有個叫舒禮的巫師病死了，土地爺便將他的亡靈送往泰山冥司。當時的百姓，將巫師、道士與和尚一律稱作道人。土地爺這樣的小俗神也分辨不清，路過冥司福舍，便將舒禮的亡魂也送了進去，卻不知道那裡只接受出自釋道名門的鬼魂。後來發覺不對，才有神又把舒禮捉回冥司。泰山府君問他：「卿在世間，皆何所為？」舒禮答道：「事三萬六千神，為人解除、祠祀，或殺牛犢、豬羊、雞鴨。」這便是一位晉代巫師的日常工作。而泰山作為地府在這裡被稱作「冥司」，並有了「福舍」，泰山冥神也有了「府君」的官名和形象。這是一篇難得的巫、道、佛相容並存的小說，讀起來格外有趣：

巴丘縣有巫師舒禮，晉永昌元年病死，土地神將送詣太山。俗人謂巫

師為道人。路過冥司福舍門前，土地神問吏：「此是何等舍？」門吏曰：「道人舍。」土地神曰：「是人亦是道人。」便以相付。

禮入門，見數千間瓦屋，皆懸竹簾，自然床榻，男女異處。有誦經者，唄偈者，自然飲食者，快樂不可言。禮文書名已，至太山門，而又身不至到。推土地神，神云：「道見數千間瓦屋，即問吏，言是道人，即以付之。」於是遣神更錄取。禮觀未偏，見有一人，八手四眼，捉金杵逐，欲撞之，便怖，走還出門。神已在門迎，捉送太山。

太山府君問禮：「卿在世間，皆何所為？」禮曰：「事三萬六千神，為人解除、祠祀，或殺牛犢、豬羊、雞鴨。」府君曰：「汝佞神殺生，其罪應上熱鏊。」使吏牽著鏊所。見一物，牛頭人身，捉鐵叉，叉禮著鏊上。宛轉，身體燋爛，求死不得。已經一宿二日，備極冤楚。

府君問主者：「禮壽命應盡？為頓奪其命？」較錄籍，餘算八年。府君曰：「錄來！」牛頭人復以鐵叉叉著鏊邊。府君曰：「今遣卿歸，終畢餘算，勿復殺生淫祀。」禮忽還活，遂不復作巫師。

在〈趙泰〉中，完整的佛教化的冥府地獄終於出現了，包括死後的審判、受刑和轉世等，後來成為無數同類小說、傳說的敘述模式。〈趙泰〉開始的死而復生與〈干慶〉一樣，然趙泰已非東晉之初的干慶，而是劉宋太始年間的當代之人，他已能見到奇異壯觀的駭人景象，過去簡單模糊的泰山冥司，變成了肅殺、恐怖的冥府地獄：

趙泰，字文和，清河貝邱人。公府辟不就，精進典籍，鄉黨稱名。年三十五，宋太始五年七月十三日夜半，忽心痛而死，心上微暖，身體屈伸。停屍十日，氣從咽喉如雷鳴，眼開，索水飲，飲訖便起。

說初死時，有二人乘黃馬，從兵二人，但言捉將去。二人扶兩腋東行，不知幾里，便見大城如錫鐵崔嵬。從城西門入，見官府舍，有二重黑門，數十梁瓦屋。男女當五六十，主吏著皂單衫，將泰名在第三十。須臾將入，府君西坐，斷勘姓名。復將南入黑門，一人絳衣，坐大屋下，以次呼名前，問生時所行事，有何罪故，行何功德，作何善行。言者各各不

同。主者言：「許汝等辭。恆遣六部都錄使者，常在人間疏記人所作善惡，以相檢校。人死有三惡道，殺生禱祠最重。奉佛持五戒十善，慈心布施，生在福舍，安穩無為。」泰答：「一無所為，永不犯惡。」

斷問都竟，使為水官監作吏，將千餘人，接沙著岸上。晝夜勤苦，啼泣悔言：「生時不作善，今墮在此處。」後轉水官都督，總知諸獄事。給馬，東到地獄按行。復到泥犁地獄，男子六千人，有火樹，縱廣五十餘步，高千丈，四邊皆有劍，樹上然火，其下十十五五，墮火劍上，貫其身體。云：「此人咒咀罵詈，奪人財物，假傷良善。」泰見父母及一弟在此獄中涕泣。

見二人齎文書來，敕獄吏，言：「有三人，其家事佛，為有寺中懸幡蓋，燒香，轉《法華經》，咒願救解生時罪過，出就福舍。」已見自然衣服，往詣一門，云「開光大舍」。有三重門，皆白壁赤柱。此三人即入門，見大殿珍寶耀日，堂前有二師子並伏，負一金玉床，云名「師子之座」。見一大人，身可長丈餘，姿顏金色，項有白光，坐此床上。沙門立侍甚眾，四座名「真人菩薩」。見泰山府君來作禮，泰問吏：「何人？」吏曰：「此名佛，天上天下，度人之師。」便聞佛言：「今欲度此惡道中及諸地獄中人，皆令出。」應時云有萬九千人，一時得出地獄。即時見呼十人，當上生天，有車馬迎之，升虛空而去。

復見一城縱廣二百里，名為「受變形城」。云生來不聞道法，而地獄考治已畢者，當於此城更受變報。入北門，見數千百土屋，中央有瓦屋，廣五十餘步，下有五百餘吏，對錄人名作善惡事狀，受所變身形之路，各從其所趣去：殺生者當作蜉蝣蟲，朝生夕死；若為人，常短命。偷盜者作豬羊，身屠，肉償人。淫逸者作鵠鶩蛇身。惡舌者作鴟梟鵂鶹惡聲，人聞皆咒令死。抵債者為驢馬牛魚鱉之屬。大屋下有地房北向，一戶南向。呼從北戶，又出南戶者，皆變身形作鳥獸。

又見一城，縱廣百里，其中瓦屋，安居快樂。云生時不作惡，亦不為善，當在鬼趣，千歲得出為人。又見一城，廣有五千餘步，名為「地中」。罰謫者不堪苦痛。男女五六萬，皆裸形無服，饑困相扶。見泰，叩

頭啼哭。

　　佛教的引入，又為中國小說打開了一個奇異而廣闊的空間。如果我們看懂了《幽明錄》中人鬼同體，鬼界、神界與人界不斷轉換的奇妙，那它的現實感和普遍性，甚而要超過寫實的《世說新語》。所謂的鬼神之界，既是人的情慾世界，又是人靈魂和精神的境界，它們與現實的俗界是相互轉化的，如陰陽太極，所以真鬼比假人美善，就不奇怪了。儘管散佚較多，但《幽明錄》在先唐小說史上的地位應不低於《搜神記》和《神仙傳》。

天帝的質問

　　《宣驗記》據說為劉義慶晚年所撰，猜想仍是集體創作並由他主編執筆的，本有十三卷，存佚文三十餘篇。其中〈張融〉裡的張融之孫為羅剎鬼，這在佛教傳入之前是不可想像的。別的故事有殺生受罰、信佛病癒、掠寺被蜇、經堂草舍在大火中安然無恙、母奉佛念佛其子得以脫困、臨刑前誦觀音之名刀刃自斷並被釋放等；而蔑佛、辱佛、滅佛者均遭報應，雖非輔教讀物，亦相去不遠了。

　　《宣驗記》之〈鸚鵡〉一文，出自吳康僧會譯古印度之《舊雜譬喻經》卷上第二十三條，又與玄奘《大唐西域記》卷六中的故事相近。三個故事說的都是鸚鵡或野雉以羽沾水，欲撲滅森林大火拯救其他動物，只是在回答天神（或天帝）的質疑時，說辭各有不同：

　　我由知而不滅也。我曾客是山中，山中百鳥禽獸，皆仁善，悉為兄弟，我不忍見之耳。（《舊雜譬喻經》卷上第二十三條）

　　今天帝釋有大福力，無欲不遂，救災拯難，若指諸掌。反詰無功，其咎安在？猛火方熾，無得多言！（《大唐西域記》卷六）

　　雖知不能救，然嘗僑居是山。禽獸行善，皆為兄弟，不忍見耳。（《宣驗記·鸚鵡》）

〈吳唐〉是我所見最早的果報主題小說，其中的因果報應才叫驚心動魄。如〈鸚鵡〉一樣，此文也具有極為鮮明的眾生平等、生命至上和仁愛的思想，是中國第一篇動物保護宣言，結尾處來自天神（或天帝）的質問振聾發聵：

吳唐，廬陵人也。少好驅媒獵射，發無不中，家以致富。後春月，將兒出射，正值麞鹿將麛。母覺有人氣，呼麛漸出。麛不知所畏，徑前就媒。唐射麛，即死。鹿母驚還，悲鳴不已。唐乃自藏於草中，出麛致淨地。鹿母直來地，俯仰頓伏，絕而復起。唐又射鹿母，應弦而倒。

至前場，復逢一鹿。上弩將放，忽發箭反激，還中其子。唐擲弩抱兒，撫膺而哭。聞空中呼曰：「吳唐，鹿之愛子，與汝何異？」唐驚聽，不知所在。

另有《妒記》一集，作者虞通之為劉宋時的會稽餘姚人。《妒記》僅存佚文數篇，所寫均為嫉妒吃醋的婦人，開後世妒婦主題小說的先河。

〈士人婦〉寫一個嫉妒成性沒有安全感的婦人，對她的士人丈夫又打又罵，甚而在丈夫的腳上拴了繩子，像狗一樣對待他。後來士人找到一個老巫婆想出了辦法，讓自己假裝變成了羊，才將妻子的心病嚇好了。

〈劉夫人〉看上去寫的是妒婦，實則是諷刺欲找藉口納妾的謝安：

謝太傅劉夫人，不令公有別房寵。公既深好聲樂，不能令節，後遂欲立妓妾。兄子及外生等微達此旨，共問訊劉夫人；因方便稱〈關雎〉、〈螽斯〉有不忌之德。夫人知以諷己，乃問：「誰撰此詩？」答云：「周公。」夫人曰：「周公是男子，乃相為爾；若使周姥撰詩，當無此語也。」

〈李勢女〉寫的則是一個美貌和修養戰勝了嫉妒的奇蹟，也或許只是身為女性的同感和同情在發揮作用吧，說的是桓溫滅蜀後的一件事：

桓大司馬平蜀，以李勢女為妾。桓妻南郡主凶妒，不即知之；後知，乃拔刀率數十婢往李所，因欲斫之。見李在窗前梳頭，髮垂委地，姿貌絕麗；乃徐下地結髮，斂手向主曰：「國破家亡，無心以至今日；若能見殺，實猶生之年。」神色閒正，辭氣悽婉。主乃擲刀，前抱之曰：「阿姊見汝，

不能不憐，何況老奴。」遂善遇之。

化虎、鬼魅及無用之用

《齊諧記》為劉宋散騎侍郎東陽無疑所撰，原著七卷，存佚文十五篇，取《莊子‧逍遙游》「齊諧者，志怪也」為名，記吳至劉宋元嘉年間異事。與「小說」一詞一樣，「志怪」一詞也出自《莊子》。

〈董昭之〉寫吳當陽縣民董昭之過錢塘江，救了一隻落水的螞蟻，並於夢中得知此蟻為「蟲王」。十餘年後董昭之有難，便向蟲王求救，蟲王果然助其脫險。動物化人前來報恩的故事，在後世很常見，亦屬果報主題小說。

人化虎的記述早已有之，如《淮南子‧俶真訓》言：「昔公牛哀轉病也，七日化為虎，其兄掩戶而入覘之，則虎搏而殺之。」高秀注：「江淮之間公牛氏，有易病化為虎，若中國有狂疾者，發作有時也。其為虎者，便還食人，食人者因作真虎，不食人者復化為人。公牛氏，韓人。」《括地圖》云：「越俚之民，老者化為虎。」

看來化虎之說或許來自古越人，且化虎之人，很可能是指有暴力傾向的精神病患者，如《齊諧記》中的〈薛道恂〉：

太元元年，江夏郡安陸縣薛道恂，年二十二。少來了了。忽得時行病，差後發狂，百藥治救不損，乃復病，狂走猶劇。忽失蹤跡，遂變作虎，食人不可復數。有一女子，樹下採桑，虎往取之食。食竟，乃藏其釵釧著山石間。後還作人，皆知取之。

〈薛道恂〉寫的是一個年輕人化虎。在〈吳道宗母〉中，還有做母親的婦女化虎吃人的。將狂暴的精神病患者視為猛虎，歸為異類，或許能夠緩解人們由此產生的情感障礙和心理矛盾，也算文學的功用之一吧。

劉宋郭季產的《集異記》僅存佚文十來篇，所記皆異物、卜筮、解夢

和鬼魅精怪之事，從文體到內容，看上去都有點像戰國時期的《瑣語》。其中〈劉玄〉一題所寫物魅為枕頭所變，其貌如此：

中山劉玄，居越城。日暮，忽見一人，著烏袴褶來。取火照之，而首無七孔，面莽黨然。

《錄異傳》為劉宋佚名者所著，存文二十餘篇，其中的〈魏安釐王〉是個葉公好龍的故事。安釐王想如鴻鵠高飛，體驗視天下為大草原的感覺。等有人獻來可乘之飛翔的木雕，他又指責人家是投機的刁民，根本搞不懂什麼叫做無用之用：

魏安釐王曰：「寡人得如鵠之飛，視天下如莽也。」吳客有隱游者聞之，作木雕而獻之。王曰：「此有形無用者也。夫作無用之器，世之奸民也。」召游者加刑焉。遊者曰：「臣聞大王之好飛也，故敢獻雕；安知王之惡此也。可謂知有用之用，未窹無用之用矣。」乃取而騎之，遂翻然而飛去，莫知所之。

〈夫差小女〉，說的是吳王夫差的小女兒玉私許童子韓重，韓重便託父母向夫差求婚。夫差大怒不允，玉也因此憂鬱而死。三年後，在齊魯求學的韓重歸來，去玉的墳前弔唁，與出墓迎接他的玉女之魂一起入墓歡聚。此後，持有玉女所贈明珠的韓重，以盜墓罪被捕，玉女之魂又再次顯現向父王夫差解釋，並在母親的懷中如煙霧般消散。

〈楊度〉言句章民楊度至餘姚，夜行被一鬼連嚇兩次。那鬼先假扮作人彈奏琵琶，之後瞪眼吐舌露出鬼樣，把楊度嚇個半死，頑皮又可惡。〈倪彥思〉中的鬼魅則在人家裡居住，能說話吃飯，就是看不見它在哪裡。這類鬼魅的行徑與性格，在後世的小說中很常見。

冥界穿行

《冥祥記》的作者王琰無傳，約生於劉宋孝武帝孝建元年（西元四五四年），太原（今山西太原）人。幼時在交阯（今越南河北省仙遊縣）從賢

法師受五戒，後歸建康（今南京），宋明帝泰始末年（西元四七一年）遷烏衣。約於齊高帝建元、永明年間任太子舍人，後因家貧出為郢州義安左郡太守，並於任上著十卷本《冥祥記》。梁時任吳興令，著《宋春秋》二十卷。

今本《冥祥記》為魯迅所輯，加上王國安所補二則，正文一百三十三篇，另有王琰自序一篇。作為佛教徒，王琰還撰文反駁過范縝的〈神滅論〉。《冥祥記》與劉義慶的《宣驗記》相仿，有輔教性質，存文甚多又不乏佳作，是佛教人物小說的集成。

〈桓溫〉中的尼僧能自剖腹腔、斷截身首，當與幻術、魔術有關。〈丁承〉中的淮陰民婦腹痛之後能說胡語、作胡書，且所書皆為失傳了的佛經，與當今西藏〈格薩爾〉說唱藝人的神授經歷相仿，目不識丁的他們在大病一場之後，便能說唱幾部甚至是幾十部〈格薩爾〉了。〈竺護〉中有清溪被穢乾涸，也是佛教徒的老生常談。不過在當時，這些都是令人驚異的神蹟。

〈陳秀遠〉寫的是一個人因信仰篤定，從而見到了自己的前世和前前世的奇蹟，文字優美，意境高妙，穿越得如夢似幻：

陳秀遠者，潁川人也。嘗為湘州西曹，客居臨湘縣。少信奉三寶，年過耳順，篤業不衰。宋元徽二年七月中，於昏夕間，閒臥未寢，嘆念萬品死生，流轉無定，自唯己身，將從何來。一心祈念，冀通感夢。

時夕結陰，室無燈燭。有頃，見枕邊如螢火者，冏然明照，流飛而去。俄而一室盡明，爰至空中，有如朝晝。秀遠遽起坐，合掌端念，頃見中寧四五丈上，有一橋閣焉，欄檻朱彩，立於空中。秀遠了不覺升動之時，而已自見平坐橋側。見橋上士女往還填衢，衣服妝束，不異世人。末有一嫗，年可三十許，上著青襦，下服白布裳，行至秀遠左邊而立。有頃，復有一婦人，通體衣白布，為偏環髻，手持華香，當前而立。語秀遠曰：「汝欲睹前身，即我是也。以此華供養佛故，故得轉身作汝。」回指白嫗曰：「此即復是我先身也。」言畢而去。

去後，橋亦漸隱。秀遠忽然不覺，還下之時，光亦尋滅也。

〈耆域〉中的天竺僧耆域，從伏虎、說法到治病、濟貧，不僅顯現了諸多神蹟，更昭示著在現實中該如何去踐行佛法。這位來自天竺的高僧衣服弊陋，為人所輕。晉惠帝末年，洛陽的僧侶都來禮敬他，耆域卻不站起身來，還透過翻譯用外語說：「你們學習佛法不以真誠，但為浮華，不過是想被人供養而已。」見到洛陽的皇宮，耆域說：「如此巍峨壯麗，只有須彌山上的切利天宮能與之相比較吧。建這樣的宮殿當以道力來成就，使用人畜之力也太辛苦了。」

滿水寺中的名僧竺法行向耆域求教，耆域便口誦一偈道：「守口攝意身莫犯，如是行者度世去。」竺法行不滿地說：「您作為得道者，應該講授一些別人沒有聽說過的道理。但您說的話八歲的小沙彌都會背誦，不是大家希望從您那裡聽到的。」耆域笑道：「這樣的話是八歲就能背誦，但活到一百歲也做不到啊。」之後，他又說，「人皆知敬得道者，不知行之即自得」。此語與孔子「人能弘道，非道弘人」之意相仿，且更為直接明瞭：

滿水寺中有思唯樹，先枯死，域向之咒，旬日樹還生茂。時寺中有竺法行，善談論，時以比樂令。見域，稽首曰：「已見得道證，願當稟法。」域曰：「守口攝意身莫犯，如是行者度世去。」法行曰：「得道者當授所未聞，斯言八歲沙彌亦以之誦，非所望於得道者。」域笑曰：「如子之言，八歲而致誦，百歲不能行。人皆知敬得道者，不知行之即自得。以我觀之，易耳。妙當在君，豈慍未聞！」

〈支法衡〉中的瀕死體驗，與夢境無異。支法衡見到的地獄中有來去自如的鐵輪，輪上還有鐵爪，能把人碾得稀爛。他又被卡在通天的孔洞裡，上不沾天下不著地。此外，更有不同的地獄描寫，如〈劉薩荷〉中的：

遙見一城，類長安城，而色甚黑，蓋鐵城也。見人，身甚長大，膚黑如漆，頭髮曳地。沙門曰：「此獄中鬼也。」其處甚寒，有冰如石飛散，著人頭頭斷，著腳腳斷，著臂臂斷。二沙門曰：「此寒冰獄也。」

〈程道惠〉中的：

行至諸城，城城皆是地獄。人眾巨億，悉受罪報。見有掣狗，齧人百節，肌肉散落，流血蔽地。又有群鳥，其喙如鋒，飛來甚速，鳩然血至，入人口中，表裡貫洞；其人宛轉呼叫，筋骨碎落。

〈智達〉中的：

次至一門，高數十丈，色甚堅黑，蓋鐵門也，牆亦如之。達心自念：「經說地獄，此其是矣！」乃大恐怖，悔在世時，不修業行。及大門裡，鬧聲轉壯，久之靖聽，方知是人叫呼之響。門裡轉暗，無所復見。時火光乍滅乍揚，見有數人，反縛前行，後有數人，執扠扠之，血流如泉。其一人乃達從伯母，彼此相見，意欲共語，有人曳之殊疾，不遑得言。入門二百許步，見有一物，形如米囷，可高丈餘。二人執達，擲置囷上，囷裡有火，焰燒達身，半體皆爛，痛不可忍，自囷墜地，悶絕良久。二人復將達去，見有鐵鑊十餘，皆煮罪人，人在鑊中，隨沸出沒，鑊側有人，以扠刺之。或有攀鑊出者，兩目沸凸，舌出尺餘，肉盡炘爛而猶不死。

在《幽明錄》和《冥祥記》中，都有一篇名叫〈趙泰〉的小說，它們均來自佚名者所撰之〈趙泰傳〉。先把它演義成小說的是劉義慶。不過王琰的地獄描寫更為出色，後來佛寺、道觀裡的地獄場景，就是據此來描繪、塑造的：

所至諸獄，楚毒各殊。或針貫其舌，流血竟體，或被頭露髮，裸形徒跣，相牽而行，有持大杖，從後催促。鐵床銅柱，燒之洞然，驅迫此人，抱臥其上，赴即焦爛，尋復還生。或炎爐巨鑊，焚煮罪人，身首碎墜，隨沸翻轉。有鬼持叉，倚於其側。有三四百人，立於一面，次當入鑊，相抱悲泣。或劍樹高廣，不知限量，根莖枝葉，皆劍為之。人眾相訾，自登自攀，若有欣競，而身首割截，尺寸離斷。

南朝還有兩位差不多同時代的作家，都寫了一部名叫《述異記》的小說集，後世也被混編在一起。他們一位是祖沖之（西元四二九至五○○年），字文遠；一位是任昉（西元四六○至五○八年），字彥昇。前者仕劉宋與齊二代，官終長水校尉；後者仕劉宋、齊、梁三朝，官終寧朔將軍、

新安太守。

　　祖沖之的《述異記》本為十卷，佚於宋。任昉的《述異記》不見隋唐志書著錄，內文多採自古書。其中，《黃父鬼》前所未有地對一個鬼祟的模樣和行徑，進行了詳盡的描繪：

　　黃州治下有黃父鬼，出則為祟，所著衣袷皆黃，至人家張口而笑，必得癘疫。長短無定，隨籬高下，自不出已十餘年，土俗畏怖。盧陵人郭慶之，有家生婢名采薇，年少有色。宋孝建中，忽有一人，自稱山靈，如人裸身，長丈餘，臂腦皆有黃色，膚貌端潔，言音周正，土俗呼為黃父鬼，來通此婢。婢云：意事如人。鬼遂數來；常隱其身，時或露形，形變無常，乍大乍小，或似煙氣，或為石，或作小兒，或婦人，或如鳥如獸，足跡如人，長二尺許，或似鵝跡，掌大如盤，開戶閉牖，其入如神，與婢戲笑如人。

　　〈張氏少女〉和〈崔基〉兩篇，據說是祖沖之的作品，初具傳奇筆調。前者寫的是地府故事，男主角庾某誤入冥府，出城又遇門吏敲詐索物。此時，美麗善良的少女張氏的亡靈出現了，以自己的三個金釧，助庾某早歸人世。這位因霍亂而死的少女，與庾某揮淚長嘆而別：

　　至城門，語吏差人送之。門吏云：「須覆白，然後得去。」門外一女子，年十五六，容色閒麗，曰：「庾君幸得歸，而留停如此，是門司求物。」庾云：「向被錄輕來，無所齎持。」女脫左臂三隻金釧，投庾云：「並此與之。」庾問女何姓，云：「姓張，家在茅渚，昨霍亂亡。」庾曰：「我臨亡，遺齎五千錢，擬市材。若更生，當送此錢相報。」女曰：「不忍見君艱厄，此我私物，不煩還家中也。」庾以釧與吏，吏受，竟不覆白，便差人送去。庾與女別，女長嘆泣下。

　　〈崔基〉中與崔基相約為婚的朱姓美女，不幸因暴疾而亡，其魂魄來與崔基死別：

　　清河崔基，寓居青州。朱氏女姿容絕倫，崔傾懷招攬，約女為妾。後三更中，忽聞扣門外，崔披衣出迎。女雨淚嗚咽，云：「適得暴疾喪亡，

忻愛永奪。」悲不自勝。女於懷中抽兩疋絹與崔，曰：「近自織此絹，欲為君作褌衫，未得裁縫，今以贈離。」崔以錦八尺答之。女取錦曰：「從此絕矣！」言罷，豁然而滅。

改寫和杜撰

《續齊諧記》為梁吳均所作，存文十七篇。吳均（西元四六九至五二〇年），字叔庠，吳興故鄣（今浙江安吉）人。吳興郡主簿，官至奉朝請。曾自撰《齊春秋》三十卷，因實錄為梁武帝所惡，被焚。尋奉詔撰《通史》，未成而卒。《南史》稱其「好學有俊才」，受沈約稱賞。善詩，創「吳均體」；精史，注《後漢書》等。

本書之文亦多引自他處，有的是近乎原文引用，如〈張華〉一題即與王嘉《拾遺記》中的文字幾近相同。

〈陽羨書生〉一篇則又改寫了荀氏的〈外國道人〉，終於將一個印度故事完全中國化、小說化了，且淡化了幻術，重在表現人物的心理。在〈外國道人〉中，對男女各自從口中吐出的伴侶或情人，均沒有做任何交代；而在〈陽羨書生〉中，他們卻都說出了各自的理由，每個人的情慾心理，確實只有他們自己知曉：

陽羨許彥，於綏安山行。遇一書生，年十七八，臥路側，云腳痛，求寄鵝籠中。彥以為戲言。書生便入籠，籠亦不更廣，書生亦不更小，宛然與雙鵝並坐，鵝亦不驚。彥負籠而去，都不覺重。

前行，息樹下，書生乃出籠，謂彥曰：「欲為君薄設。」彥曰：「善。」乃口中吐出一銅奩子，奩子中具諸肴饌，海陸珍饈，方丈盈前。其器皿皆銅物，氣味香旨，世所罕見。

酒數行，謂彥曰：「向將一婦人自隨，今欲暫邀之。」彥曰：「善。」又於口中吐一女子，年可十五六，衣服綺麗，容貌殊絕，共坐宴。俄而書生醉臥，此女謂彥曰：「雖與書生結要，而實懷怨。向亦竊得一男子同行，

書生既眠，暫喚之，君幸勿言。」彥曰：「善。」女子於口中吐出一男子，年可二十三四，亦穎悟可愛。乃與彥敘寒溫，揮觴共飲。書生臥欲覺，女子口吐一錦行障遮書生。書生乃留女子共臥。男子謂彥曰：「此女子雖有心，情亦不甚。向復竊得一女人同行，今欲暫見之，願君勿洩。」彥曰：「善。」男子又於口中吐一婦人，年可二十許，共酌戲談甚久。

聞書生動聲，男子曰：「二人眠已覺。」因取所吐女人，還內口中。須臾，書生處女乃出，謂彥曰：「書生欲起。」乃吞向男子，獨對彥坐。然後書生起，謂彥曰：「暫眠遂久，君獨坐，當悒悒邪？日又晚，當與君別。」遂吞其女子、諸器皿，悉內口中。留大銅盤，可二尺廣，與彥別曰：「無以藉君，與君相憶也。」

彥大元中，為蘭臺令史，以盤餉侍中張散。散看其銘題，云是永平三年作。

〈屈原〉寫的是有關粽子的風俗和傳說，文稱此風俗始於漢代，南朝還有用竹筒盛米投水以祭的。不過以竹筒儲米、做飯，用葉片包裹燒製菜餚的方式，現多留存在越、濮系民族中，漢族只有個粽子。

〈趙文韶〉、〈王敬伯〉兩篇，被認為是傳奇筆法的起始，但我們在更早的小說中便能見到端倪，如劉向的〈江妃二女〉、曹毗的〈杜蘭香傳〉、劉義慶的〈劉晨阮肇〉、戴祚的〈秦樹〉、祖沖之的〈張氏少女〉和〈崔基〉等。〈趙文韶〉、〈王敬伯〉寫的是人神、人鬼之戀，其中〈王敬伯〉寫得尤為旖旎、纏綿。

看日本電影《向陽處的她》（*Girl in the Sunny Place*），講的是年輕人的職場故事，但除了青春和愛情之外，還有親情、衰老、輪迴、命運和生死等主題。之所以能同時表現這些，是因為它的志怪傳奇結構，還加入了一點西方童話的成分。

女主角真緒是個報恩的貓精，她求巫婆將其變為女子，來陪伴救助過自己的青年浩介。她為浩介求學、求職，到終於結婚能在一起的時候，真緒已到達了貓齡的極限，便只得遵從自己與巫婆的約定，從浩介的生活和

所有人的記憶中消失了。儘管如此，貓精真緒仍感到滿足，她完成了自己的愛，「因為痛苦，所以很開心」。親情、愛情，包括我們每個人，最終都會消失並被遺忘，但這正是我們完成自己、愛我所愛的原因。

這個以傳奇方式演義的現代志怪，仍遵循著傳統的某些規則，如人鬼殊途，沒辦法長久結合。最終還採用轉世的辦法，讓有九條命的小灰貓精真緒，又作為波斯貓精復活了，穿著類似金色毛皮的衣服，以完全不同的性格，站在了浩介的面前。

《殷芸小說》所述乃先秦至東晉逸事，從帝王逸聞到民間傳說，雖云「小說」，但文學性不高，屬較早之野史筆記。對宋前文言小說的劃分，主要有兩種，一種是將眾多的筆記囊括在內，另一種主要是指志怪、傳奇和雜傳。前者是經史學家們對小說籠統的劃分，後者是作家、文士們對小說明確的意識。

殷芸（西元四七一至五二九年），字灌蔬，陳郡長平（今河南西華）人。南齊武帝永明年間，為宜都王蕭鏗的行參軍。入梁，遷國子博士，為昭明太子蕭統侍讀。後任豫章王蕭綜長史，受梁武帝敕令編撰此書。《南史》稱其「性倜儻，不拘細行。然不妄交遊，門無雜客。勵精勤學，博洽群書」。

《殷芸小說・秦漢魏晉宋諸帝》中的〈漢高祖手敕太子書〉未見史傳，或為好事者杜撰，卻很好看：

漢高祖手敕太子云：「吾遭亂世，生不讀書，當秦禁學問，又自喜，謂讀書無所益。洎踐阼以來，時方省書，乃使人知作者之意，追思昔所行多不是。」又云：「堯舜不以天下與子，而與他人，此非為不惜天下，但子不中立耳。人有好牛馬尚惜，況天下邪？吾以汝是元子，早有立意，兼群臣咸稱汝友四皓，吾所不能致，而為汝來，為可任大事也。今定汝為嗣。」又云：「吾生不學書，但讀書問字而遂知耳，以此故不大工，然亦足自解。今視汝書，猶不如吾，汝可勤學習。每上疏，宜自書，勿使吏人也。」又云：「汝見蕭、曹、張、陳諸公侯，吾同時人，年倍於汝者，皆

拜，並語汝諸弟。」又云：「吾得疾遂困，以如意母子相累，其餘諸子皆足自立，哀此兒猶小也。」

　　卷二〈周六國前漢人〉中與孔子及其弟子相關的文字，有十則之多，均為民間傳說，品質欠佳，故事不合情理，道理似是而非。此類孔子傳說至今仍在民間流傳，可見中國鄉土社會的老舊。如有鬼魅求見孔子：

　　顏淵、子路共坐於門，有鬼魅求見孔子，其目若日，其形甚偉。子路失魄口噤；顏淵乃納履拔劍而前，卷握其腰，於是化為蛇，遂斬之。孔子出觀，嘆曰：「勇者不懼，智者不惑，仁者必有勇，勇者不必有仁。」

新價值與新方式

　　《高僧傳》沒有像《神仙傳》一樣成為小說經典，在於它並非小說，而是佛教人物的傳記，記述的是他們的思想和所成就的業績。但《高僧傳》取材於六朝小說之處甚多，其中來自《冥祥記》的傳主就有三十人，寫法上難免會受影響。《高僧傳》的作者慧皎（西元四九七至五五四年），是齊梁時的會稽上虞（今屬浙江紹興）人。

　　〈晉淮陽支孝龍〉一篇，寫的是佛教宣導的一種新的價值觀。有人嘲諷高僧支孝龍說：「大晉龍興，天下為家，沙門何不全髮膚，去袈裟，釋梵服，被綾羅？」支孝龍回答說：「抱一以逍遙，唯寂以致誠。剪髮毀容，改服變形，彼謂我辱，我棄彼榮。故無心於貴而愈貴，無心於足而愈足矣。」

　　在〈晉豫章山康僧淵〉中，另一位晉代高僧康法暢又將新的價值觀與當時的清談時尚結合，形成了一種新風度；而苦行僧康僧淵，也以自己不俗的言行，讓大家接受了他西域胡人的相貌：

　　康僧淵，本西域人，生於長安。貌雖梵人，語實中國，容止詳正，志業弘深，誦放光、道行二波若，即大小品也。晉成之世，與康法暢、支敏度等俱過江。

暢亦有才思，善為往復，著〈人物始義論〉等。暢常執塵尾行，每值名賓，輒清談盡日。庾元規謂暢曰：「此塵尾何以常在？」暢曰：「廉者不求，貪者不與，故得常在也。」敏度亦聰哲有譽，著傳《譯經錄》，今行於世。淵雖德愈暢、度，而別以清約自處，常乞丐自資，人未之識。後因分衛之次，遇陳郡殷浩，浩始問佛經深遠之理，卻辯俗書性情之義，自晝至曛，浩不能屈，由是改觀。琅玡王茂弘以鼻高眼深戲之，淵曰：「鼻者面之山，眼者面之淵，山不高則不靈，淵不深則不清。」時人以為名答。

《高僧傳》中的〈晉洛陽耆域〉，改寫自《冥祥記》中的〈耆域〉一文，文學性較差，但內容更加完整，在耆域所說的「人皆知敬得道者，不知行之即自得」後面，加了一句「吾雖言少，行者益多」，以補充「行即自得」。

人物傳記與小說的區別，在於前者多為實錄，而後者則是對人物和世界的重構；史書、傳記講求的是真實性，小說講求的是真實感。《高僧傳》的出現，預示著佛教在中國的漸趨成熟，是唐代文化多元與文學繁榮的思想基礎。

小說讀到南朝的梁、陳之際，從《續異記》、《神鬼傳》、《錄異傳》和《稽神異苑》等志怪集僅存的零散佚文中，已能嗅到些許不同的味道，儘管這些專集連作者的姓名都未能保留下來。

與此同時，北朝北魏小說集《妖異記》所存佚文〈審雨堂〉，即是唐傳奇名作〈南柯太守傳〉的前身。該文槐樹洞中的殿宇、宴會和音樂，乃大槐安國的雛形，而被大風連根拔起之古槐樹下的蟻巢，已完成了人世為蟻穴的絕妙構想。

《冤魂志》乃北朝北齊顏之推所作，本為三卷，存文三十餘篇。顏之推（西元五三一至約五九〇年以後），字介，原籍琅邪臨沂（今山東臨沂），生於建康（今江蘇南京）。他少時事梁，後投北齊，續事北周，最後被隋文帝召為學士，自嘆「三為亡國人」，「備荼苦而蓼辛」。《北齊書‧顏之推傳》說他不好虛談，「還習《禮》、《傳》，博覽群書，無不該洽，詞情典麗」；又說他「好飲酒，多任縱，不修邊幅，時論以此少之」。顏之推最

有名的著作為《顏氏家訓》，除《冤魂志》外，尚有志怪集《集靈記》二十卷，然僅存文一篇。

《冤魂志》之〈諸葛元崇〉，寫的是晉永嘉年間，元真太守諸葛覆病故，長子元崇在送喪途中，被謀取其財的何法僧所害。當晚，元崇之母陳氏便夢到元崇歸來，向她講述了自己被何氏等人推入水中而死，屍骸漂流，怨酷無雙的情形。後來家人為他報了仇。這個故事對中唐李公佐的〈霍小玉傳〉和晚唐溫庭筠的〈陳義郎〉等復仇、俠義小說，有著直接的影響。

在對古代故事的重述中，顏之推也試圖表現出某種因果報應的關係來，但並不牽強。如〈劉毅〉、〈何敞〉等篇，冤魂或直接現身，或託夢告白，都達到了討還公道的目的，這些表現方式亦為後世所取。每一個冤魂的產生，往往都伴隨著一次殘忍的謀殺。〈孫願弼〉、〈太樂伎〉、〈徐鐵臼〉和〈張絢部曲〉中的冤鬼，則是自己來復仇的。

《窮怪錄》又稱《八朝窮怪錄》，作者不詳，存文十篇，所記皆南北朝事，似為難得罕見之隋代小說集。〈劉導〉寫西施見劉導「志道高閒」，便與他相會，為晚唐范攄《雲溪友議》中的〈苧蘿遇〉所仿。〈首陽山天女〉言霓虹下飲溪泉，化為美女，被魏明帝召入宮中逼幸，於是復化為虹，經天而去。而〈劉子卿〉一文，從形式到主題，都與中晚唐成熟、精美的唐傳奇作品無異了：

宋劉子卿，徐州人也，居廬山虎溪。少好學，篤志無倦，常慕幽閒，以為養性。恆愛花種樹，其江南花木，溪庭無不植者。文帝元嘉三年春，臨玩之際，忽見雙蝶，五彩分明，來遊花上，其大如燕。一日中，或三四往復，子卿亦訝其大。

凡旬有三日，月朗風清。歌吟之際，忽聞扣扃，有女子語笑之音。子卿異之，謂左右曰：「我據此溪五歲，人尚無能知，何有女子而詣我乎？此必有異。」乃出戶，見二女，各十六七，衣服霞煥，容止甚都。謂子卿曰：「君常怪花間之物，感君之愛，故來相詣，未度君子心若何？」子卿

延之坐，謂二女曰：「居止僻陋，無酒敘情，有慚於此。」一女曰：「此來之意，豈求酒耶？況山月已斜，夜將垂曉，君子豈有意乎？」子卿曰：「鄙夫唯有茅齋，願伸繾綣。」二女東向坐者笑謂西坐者曰：「今宵讓姊，余夜可知。」因起，送子卿之室，入謂子卿曰：「郎閉戶雙棲，同衾並枕。來夜之歡，願同今夕。」

及曉，女乃請去。子卿曰：「幸遂繾綣，復更來乎？一夕之歡，反生深恨。」女撫子卿背曰：「且女妹之期，後即次我。」將出戶，女曰：「心存意在，特望不憂。」出戶，不知蹤跡。

是夕，二女又至，宴好如前。姊謂妹曰：「我且去矣。昨夜之歡，今留與汝。汝勿貪多娛，少惑劉郎。」言訖大笑，乘風而去。於是同寢。卿問女曰：「我知卿二人非人間之有，願知之。」女曰：「但得佳妻，何勞執問。」乃撫子卿曰：「郎但申情愛，莫問閒事。」臨曉將去，謂卿曰：「我姊妹實非人間之人，亦非山精物魅。若說於郎，郎必異傳，故不欲取笑於人世。今者與郎契合，亦是因緣，慎跡藏心，無使人曉。即姊妹每旬更至，以慰郎心。」乃去。常十日一至，如是數年會合。後子卿遇亂歸鄉，二女遂絕。

廬山有康王廟，去所居二十里餘。子卿一日訪之，見廟中泥塑二女神，並壁畫二侍者，容貌依稀有如前遇，疑此是之。

至此，志怪已完成了向傳奇的演化。中國文言小說經過自戰國以來上千年的發展和累積，形式成熟，理想高遠，為一個輝煌時代的來臨，做好了所有準備。可見小說傳統一旦形成，便會在自身的內部演進，即使沒有唐朝，傳奇也已出現。

先唐小說以志怪為主，間有紀事的雜史小說和幻想的雜傳小說。此時志怪與雜史、雜傳小說融合，又孕育出了傳奇這一全新的文體，可自由地探尋並演義真實。傳奇與志怪不同，它不是蒐羅、輯錄別人的故事，而是自己的個人創作，且當代題材絕對占優，是典型的作家小說。這一特徵和方式，也使得唐五代傳奇比絕大多數明清白話小說都要現代。作家小說

的出現，意味著文士們掌握了神話創作的祕訣，開始書寫每個人自己的傳奇。

卷四　初、盛唐

初唐大家

　　小說由隋入唐的序曲，是兩個單篇傳奇，〈古鏡記〉和〈補江總白猿傳〉。〈古鏡記〉的作者王度為山西絳州龍門（今山西河津）人，好陰陽占卜之學，隋大業八年（西元六一二年）兼任過著作郎，寫過《周史》，唐武德初撰《隋書》未成而終。其父王隆為國子博士，其弟王通（西元五八四至六一七年）為隋末大儒、王績（約西元五八九至六四四年）為唐初著名詩人。在聞一多〈詩的唐朝〉原稿中，有一段對王家的描述，寫的是王度的父親和他的兩個弟弟，從中可以看到這位小說家的家庭：

　　靠近汾水入河處，約當今山西河津縣南三十里，在隋時，有個地方名萬春鄉。在鄉中的甘澤裡，住著一家姓王的望族。王隆在開皇初，曾以國子博士待詔龍門，留在京師多年，未被錄用。後來補過幾次縣令的缺，感覺沒有意思，便在最後一任銅川縣滿秩後，還鄉歸隱了。隋末大儒文中子王通，和隱逸詩人東皋子王績，是這位王府君的七個兒子中最著名的兩個。

　　王度的〈古鏡記〉構思巧妙，用串聯志怪的方式來演義古鏡，行文典雅，但觀念較為正統，將「往往有異義出於言外」，狀似胡人、野人的山公和毛生化為龜猿，不留性命。

　　另一唐初單篇，為佚名所撰之〈補江總白猿傳〉，寫的是猿怪劫婦之事。另類的白猿雖說驕蠻淫暴，竟還會常讀「字若符篆，了不可識」的木簡。多年以後，其遺腹子也成為了「文學善書」的知名人物。

　　這兩個單篇傳奇的共同點，是情節曲折多變，故事離奇精彩，以傳奇的筆法來演義志怪，酣暢淋漓，篇幅要比簡短的志怪長得多。

　　唐初的小說家受佛教影響，寫了不少輔教讀物，故事中的人物只要猛讀《金剛經》，就萬事大吉了。儘管當時的作家多為上層仕宦、王公貴族，但即便是「大手筆」的小說，也不見得出色。

　　唐臨是初唐（也是唐代）的第一位大小說家，他的小說集《冥報記》雖亦言佛事，然人性顯現，極為生動。唐朝強盛、自信，且受佛教影響，眾生平等的意識前所未有，加上民族、種族及文化多元，道狐鬼神

的世界也很強大，人的個性張揚，這些都注定了唐傳奇和唐詩繁榮世界的興起。到中唐時，唐人小說已經完全成熟，作品精美絕倫，令人目眩神迷。

應該注意的是，初唐兩位元大小說家的作品，唐臨的小說集《冥報記》和張鷟的代表作〈遊仙窟〉，均為日本的遣唐史、留學生或者是學問僧帶去，保存至近現代才又傳回到中國的。〈遊仙窟〉是大師張鷟桂冠上的明珠；而無《冥報記》，作為大小說家的唐臨將不復存在。

唐臨（西元六〇〇至六五九年），字本德，官宦世家出身，京兆長安（今西安）人，初唐名臣，新舊唐書皆有傳。唐臨少年成名，為原太子李建成舊臣，為人寬恕、公正，即使他人有錯也不張揚其過。曾以《虞書》之「罪疑唯輕，功疑為重，與其殺弗辜，寧失弗經」諫君，得高宗李治信任。《舊唐書》對他的評價是：「儉薄寡慾，不治第宅，服用簡素，寬於待物。」《新唐書》對他的評價是：「性旁通，專務掩人過。見妻子，必正衣冠。」顯然是位仁人君子，有推己及人的雅量。作為大作家，他的《冥報記》「大行於世」。

今存《冥報記》三卷及補遺一卷，計收小說六十七篇。《冥報記》直承王琰之《冥祥記》，雖亦備輔教讀物特點，但全是小說筆法，將瀕死體驗、夢遊幻想和果報故事都寫得神異無比。所述多六朝、隋代及唐武德貞觀事。果報即因果報應，唐臨對之深信不疑，尤重誦讀《法華》、《金剛》二經之神效。

《冥報記》裡人物的善行涉及精進、憫窮、治病、敬佛、供佛、解惑、智慧、放生等，但也無過於虔誠而至變態者。所得福報無非祿壽官位、闔家平安等。有些福報則信不得，會要人命的，如念經即可履水如地、鐐銬自開等。

在〈孫寶〉中，孫寶之母死後所得的福報與眾不同，她進了「樂堂」。所謂樂堂就是天堂吧，乃劉義慶《幽明錄‧巫師舒禮》中「冥司福舍」的升級版，與如今的幼稚園、敬老院差不多，孫寶在那裡流連忘返。故事是從孫氏死去，在陰曹中見到了被拘禁的亡母開始的：

江都孫寶本是北齊人，隋末徙居焉。少時，死而身暖，經卅餘日乃

甦。自說，初被收，詣官曹內，忽見其母在中受禁。寶見悲喜，母因自言：「從死以來，久禁無進止，無由自訴。」明旦，主司引寶見官，官謂寶無罪，放出，寶因請問曰：「未審生時罪福定有報不？」官曰：「定報。」又問：「兼作罪福得相折除不？」官曰：「得。」寶曰：「寶鄰里人某甲等，生平罪多福少，今見在外，寶母福多罪少，乃被久留。若有定報，何為如此？」官召問主吏，吏曰：「無案。」乃呼寶母勘問，知其福多罪少。責主吏，吏失案，故不知本案狀輕重。官更勘別簿，如所言，因命釋放，配生樂堂。母子俱出，寶送生處。其樂堂者，如好宮殿，有大堂閣。眾人男女，受樂其中。寶無復還意，但歷觀諸堂，遊戲而已。可月餘日，遇見其伯父於路，責之曰：「汝未合死，何不早還？」寶曰：「不願還也。」伯怒曰：「人死各從本業受報，汝業惡，不得生樂堂。但以未合死，故得客遊其中耳。若死，官當收錄，汝豈得見母耶！」因以瓶水灌之，從頂至足，遍淋其體，唯臂間少有不遍而水盡。指一空舍，令寶入中，既入而甦。其灌水不遍之處，肉遂糜爛墮落，至今見骨。

　　在唐臨的小說中，作惡的項目與行善相比，顯然要更豐富多彩一些，涉及盜竊、殺生、殺人、毒舌、粗野、桀驁、不仁、不孝、背叛、慳吝、暴虐、說謊、失信等。作惡者的下場，也比福報的種類要多，所受報應千奇百怪，殘酷無比。

　　在〈冀州小兒〉中，一個十三歲的孩子因為飢餓，常偷鄰家的煎蛋來吃，即被地獄之火將其膝下燒成了枯骨。而〈長安市裡〉中的小女孩更慘，也是十三四歲，只因偷拿了父母的一百文錢，想買點脂粉來擦著玩，還沒上街便被廁神勒死在廁所裡。說不定是她害怕自殺了吧？又被罰轉世為羊。這樣的故事，顯然是編來嚇唬小孩子的。

　　唐臨的本事，在於他能把虛幻離奇的故事，寫得情真意切又動人萬分。如〈韋仲珪〉中的孝子，在父親的墓前結廬守孝三年，夜誦經文，竟引得老虎前來蹲坐傾聽，接著環墓又長出了靈芝，野鳧也銜來了雙鯉。這當然是亂講，但我相信，因為畫面美麗。唐臨就是用這種藝術，挖空心思地勸人讀經信佛的。

　　隋朝的首都長安有個大德叫釋信行，可能是個私生子。之所以這樣

講，是唐臨在〈釋信行〉裡這樣寫道：「初，其母無子，久以為憂。有沙門過之，勸念觀世音菩薩。母日夜祈念，頓之有娠，生信行。」不知那個遊方僧在勸誦觀音菩薩的同時，是否也留下了生命的種子。

但即便是名師之徒，貌似高超，也有漏洞。在〈釋慧如〉中，釋信行的弟子釋慧如坐禪七日不動，人人都以為他深得三昧、已然入定。誰知他卻涕泣交加地醒了過來，一把鼻涕一把眼淚地說，他去到地獄門口，被隨大火迸濺的火星燒傷了，疼得要死。眾僧一看，果見其腳上有塊銅錢大的灼創：

京城真寂寺沙門慧如，少精勤苦行，師事信行。信行亡後，奉遵其法。隋大業中，因坐禪修定，遂七日不動，眾皆嘆異之，以為入三昧也。既而慧如開目，涕泣交流，僧眾怪問之，答曰：「火燒腳痛，待視瘡畢乃說。」眾逾怪問，慧如曰：「被閻羅王請，行道七日滿。王問：『須見先亡知識不？』如答曰：『欲見二人。』王既遣喚一人。唯見龜來，舐慧如足，目中淚出而去。更一人者，云：『罪重，不可喚。』令就見之。」使者引慧如至獄門，門閉甚固。使者喚守者，有人應聲，使者語慧如：「師急避道，莫當門立。」如始避而門開，大火從門流出，如鍛鐵者，一星迸著如腳，如拂之。舉目視門，門已閉訖，竟不得相見。王施絹卅匹，固辭不許，云：「已遣送後房。」眾僧爭往後房視之，則絹在床矣。其腳燒瘡大如錢，百餘日乃愈。武德初卒。真寂寺，即今化度寺是也。

〈崔彥武〉的奇特之處，是說隋朝的魏州刺史崔彥武，居然認出了自己是一位老人亡婦的轉世。見崔刺史「愕然驚喜」地找到了前世戴過的金釵，甚至是剪下的長髮，你會覺得這個興致勃勃的大叔很是滑稽，有點變態。

在〈孔恪〉中，地獄反腐也執行得太厲害了。冥界判官認為，孔恪按照人家的風俗殺牛聚會，是用功求賞，以為己利；做縣令時殺鴨待客是為求美響；並將其兒時在寒食日煮食的六個雞蛋，定性為「殺雞卵六枚」，也要受罰。

不過，〈釋道縣〉裡的僧人釋道縣圓寂後遍體開滿鮮花的故事，我卻喜歡，不管那些花是從他身上長出來的，還是別人獻給他的：

蒲州仁壽寺僧釋道縣，少聰慧好學，為州裡所崇敬，講《涅槃》八十餘遍，號為精熟。貞觀二年，崔義直任虞鄉縣令，人請縣講經。初發題，悲泣，謂眾人曰：「去聖遙遠，微言隱絕，庸愚所傳，不足師範，但以信心歸向，自當識悟。今之講說，止於〈師子〉，時日既促，願各在心。」既而講至〈師子〉，一旦無疾而卒。道俗驚慟，義直身自徒跣，送之南山之陰。時十一月，土地冰凍，下屍於地，地即生花，如蓮而小，頭及手足，各有一花。義直奇之，令人夜守。守者疲睡，有人盜折其花，明旦視之，周身並有花出，總五百餘莖，經七日乃萎乾。

　　將唐臨《冥報記》中的冥府地獄，與之前劉義慶《幽明錄》、王琰《冥祥記》，以及之後薛漁思《河東記》裡的冥府地獄加以比較，會是個很有意趣的話題。《幽明錄》和《冥祥記》裡的冥府地獄，以〈趙泰〉、〈智達〉兩篇所述較為詳盡，凜然是一個陌生而又恐怖的世界，與但丁（Dante Alighieri）筆下的地獄相較也不遜色，無論環境還是氣氛，都是全然異己的，確實有一種嚴酷、肅殺的懲戒力量。唐臨《冥報記》中的冥府地獄已然世俗化了，在〈眭仁蒨〉裡，六道輪迴也按人世的官品、階層來劃分。如一縣之內沒有五品官，故也無一人能得天道（五品以下的官員不能上朝），僅有數人得了人道，入地獄的人則與縣大牢裡的犯人數量差不多，有幾十個，大多數人做了鬼和牲畜。這樣的冥府地獄後來在薛漁思的筆下，自然便成了笑話，被嘲弄得無地自容。

　　但唐臨的另一篇冥府小說〈王璹〉，那種神祕、幽暗、淒迷的夢幻氣氛，就是連薛漁思也要學習的了，可作為範文詳析。在〈孫回璞〉中還有個例子，說的是男主角孫回璞死了，其魂魄歸家卻不自知：

　　既至家，繫馬，見婢當戶眠，喚之不應。越度入戶，見其身與婦並眠，欲就之而不得。但著南壁立，大聲喚婦，終不應。屋內極明，見壁角中有蜘蛛網，網中有二蠅，一大一小，並見梁上所著藥物，無不分明，唯不得就床。知是死，甚憂悶，恨不得共妻別，倚立南壁，久之微睡。忽驚覺，覺身已臥床上，而屋中暗黑無所見。

　　讀到這裡，你是否也像孫回璞還魂一樣，見到了那個一千三四百年前的夜晚？

日前，讀到對唐山大地震重傷者所做的瀕死體驗調查，上述那種脫離身軀的感受很常見，包括肢體散落在空中，或沉入萬丈深淵，或進入深不可測的洞穴；還有意識流般對自己一生的「全景式回憶」，身體透過管道般的「隧道體驗」，以及與故去和在世的親友重逢團聚，共同生活在一個類似樂堂的地方。可見冥府、地獄和天堂的經歷，很可能來自瀕死體驗。或許是人體臨終時分泌的多巴胺，讓孤獨、慘痛而虛無的死亡，在幻覺中變得可以接受。

　　唐臨小說的特點是講人情，可即便是認已故民婦為前世的崔刺史，也還是需要勇氣，起碼對眾生平等的理念貫徹執行得很到位。在〈大業客僧〉中還有僧人入地獄的。他的沙門同學、一個客行僧念往日之誼，想去地獄探望一下他，就找到了山神幫忙。客行僧與其見面後憫其慘狀，抄《法華經》為之贖罪。在〈兗州人〉中，赴選的士人張某與泰山神第四子結交，同遊泰山冥府。那冥府，與多年前我在泰山頂上所見之玉皇廟無異。

　　唐臨是君子，但像同為佛教徒的前輩王琰駁斥范縝一樣，也抑制不住對唐初「反佛鬥士」傅奕的憤恨，撰小說〈傅奕〉加以貶斥。雖肯定傅氏「少好博學，善天文曆數，聰辯劇談」，仍痛責其「性不信佛法，每輕僧尼，至以石像為磚瓦之用」。並以小說筆法，將死後的太史令傅奕轉世到了越州做泥犁人。所謂泥犁人，即受無間大地獄苦的耕田者，終生勞苦，為泥所拘，乃「拘泥」一詞的由來。

　　〈釋道英〉裡的釋道英和尚，那才叫有智慧的禪師。釋道英只是練心，不講究儀表穿著，或著俗衣，髮長數寸不說，還幫農民放牛趕車，就著大蒜大吃大喝。在過午不食的寺院裡，他晚間仍去要吃的。寺僧道：「大和尚您沒有吃相，不怕人家非議嗎？」釋道英笑著說：「您也是費心費力不得休息，還餓著肚子，這是何苦呢？」釋道英作為禪師的高明之處，是他知道真問題是什麼。見那些自以為有疑問的僧尼前來求教，釋道英便說：「汝尚未疑，宜且思疑，疑成然後來問。」在我們的工作和生活中，又有幾個真問題呢？

　　河東沙門釋道英，少修禪行，以練心為本，不慎威儀。然而經律

奧義，莫不一聞懸解。遠近僧尼爭就請決，英輒報謂曰：「汝尚未疑，宜且思疑，疑成然後來問。」問者退而思疑，多因思自解而去。有思而不寤重來問者，英為說其機要，皆喜寤而還。嘗與眾人乘船黃河，中流船沒，眾人皆死。道俗望見英沒，臨河慟哭。是時冬末，河水始泮，兩岸猶堅。英乃水中出行至岸，穿冰而去。岸人敬喜，爭欲解衣衣之，英曰：「體中尚熱，勿覆衣也。」徐出而皈，了無寒色，視其身體，如火炙處，其識者以為入定故也。或時為人收牛駕車，食蒜啖飲，或著俗衣，髮長數寸。嘗至仁壽寺，道懸敬安處之。日晚求食，懸謂曰：「上德雖無食相，豈不為息譏嫌？」英笑答曰：「懸公心方馳鶩，不暫休息，而空飢餓，何自苦也？」道懸嘆服。貞觀中卒。

高宗朝，唐臨遞任刑部、兵部、度支、吏部四部尚書，加金紫光祿大夫。但武則天不喜歡這個篤信因果、宣揚果報的大小說家，便找了個理由，以唐臨所奏官職委任有意照顧了被貶謫的官員，將其罷免。後來唐臨被降級任命，任潮州刺史，年六十而終。

《冥報記》成書後不久，即有郎餘令續作的《冥報拾遺》。郎餘令，字元休，定州新樂（今屬河北）人，善畫，武則天垂拱三年（西元六八七年）為著作佐郎，撰《隋書》未竟而卒。

《冥報拾遺》亦為果報主題小說，凡四十五則，皆短小，少情節。其中的地獄描寫有特點，如噴火的巨蛇和滿是熱灰的地面。〈李信〉言李信之母轉世為馬，被李信騎乘、鞭打；〈耿伏生〉言耿伏生之母轉世為豬，被耿家飼養，令人驚駭。

來自底層

值得特別注意的，是唐初的底層小說家句道興。說句道興出身底層，不僅由於其行文活潑，時有俚俗之語，更由於其思想和所寫題材的與眾不同。唐朝的文言小說，已開始自然地融入白話的成分，不同社會階層的觀念和審美，也未像宋代那樣產生裂變，甚或發展到截然相悖。

在敦煌遺書中與變文一起保存下來的句道興小說集《搜神記》，存文三十五篇，顯示出了唐傳奇的另外一個維度，即民間、底層的角度。以《搜神記》為名，表明句道興意在模仿干寶，不過作為小說家，他卻極具創造力。句道興生平一無可考，我們只能從他文中的避諱，推斷他為唐高祖時期的下層民間文人。

〈樊寮〉中臥冰求魚的故事，便出自干寶的《搜神記》，只是將「楚僚」一名改為「樊寮」，再加以演義，敷衍出更多的文字。但句道興畢竟是在寫小說，而非品質低劣的變文，他對唐傳奇的貢獻不容忽視。除了抄錄、演義干寶的《搜神記》，句道興也試圖寫一寫先唐史書中的怪異之事，又非嚴謹的輯錄，所引史書不明，看上去更像是在記錄民間傳說而借名籍載，文後所注出自《史記》者多是假託，並非出自司馬遷的大作。

讀句道興的《搜神記》，無論主題還是趣味，如孝順、復仇、報恩、富貴、大團圓結局等，多數篇目都給人似曾相識之感。因為那種底層民間的方式，不僅一直在現實中存在，更被後世的白話小說和戲曲故事重複演義著，耳熟能詳到令人厭倦。其中的女鬼傳說，直到《聊齋志異》裡，仍在以近乎原型的面目出現。

下面，讓我們來看看句道興的非凡之處。〈董永〉也改寫自干寶的《搜神記》，但句道興將此文演義得既浪漫理想又富有人情。辦法是增添細節，言獨養老父的董永，農忙時還用獨輪車將父親推到田邊樹下，不讓他感到孤單。遇到願與己為伴的織女，董永又誠懇地對她說：「我孤窮如此，身復與他人為奴，恐屈娘子。」而織女的回答是：「不嫌君貧，心相願矣，不為恥也。」

在〈張嵩〉中，還有一段文字：

嵩後長大成人，母患命終。家中富貴，所造棺槨墳墓，並自手作，不役奴僕之力。葬送亦不用車牛人力，唯夫婦二人，身自負上母棺，已力擎於車上推之，遣妻牽挽而向墓所。

句道興的底層出身和趣味，在這裡顯露無遺。富貴人家出殯，怎麼可

能不叫一人幫忙，夫妻倆像苦力一樣自抬棺槨，男推女拉？這種細節只有底層人才寫得出來。

　　人們多嚮往自己沒有的、得不到的，故底層趣味常假託達官顯貴、富足圓滿。句道興借言史載，也是想獲得某種權威性和可信度，但他最熟悉的是底層生活，是底層的傳說、故事和思想。何況在他寫作的年代，書寫底層的這種方式還很新穎，沒有程式化，我們從那種傳說和故事的原型中，尚可看到具體實在的細節，以及在那些細節裡隱藏著的真實。

　　〈田崑崙〉為句道興的代表作，改寫自干寶《搜神記》中的〈毛衣女〉，將一個簡單的傳說演義成了一篇精彩、獨創的傳奇。三個身著天衣、化身白鶴的仙子來到人間的池塘裡洗澡，最小的仙女因為害羞，被村民田崑崙趁機抱走天衣，無奈只得做了他的妻子。這類仙女故事我們再熟悉不過了，但細讀就會發現，這個人仙戀故事並非美妙的神話，而更像是一個被拐婦女的悲慘遭遇，田崑崙母子和小仙女的行為和心理，都能夠證實這一點。

　　小仙女並未獲得愛情，她是在田崑崙的脅迫下來到這個貧寒農家的，未舉行婚禮便與之成家，並很快生子。此後，田崑崙被徵入伍或被迫去西部服勞役，肯定不是自願的，且一去不歸。孩子三歲後，小仙女終於從婆婆那裡取得天衣逃走了。田崑崙臨行前曾與母親商議，共藏天衣於床下，絕不讓小仙女跑掉。而小仙女哄騙婆婆的話，與如今的被拐賣婦女無異：「今與阿婆兒為夫妻，又產一子，豈容離背而去？必無此事！」事實卻是，一旦獲得天衣，她立即衝窗化鶴而去，氣得婆婆「聲徹黃天，淚下如雨」；「痛切心腸，終朝不食」。

　　小仙女回到天宮，被兩個姐姐罵為「老嫗」，既是底層人的表達方式，也可見她被五年的奴役生活摧殘得很厲害。接著，像每個生了孩子才被解救回家的婦女一樣，小仙女很想念自己的孩子。兩個姐姐同樣用底層語言，讓她不要「乾啼濕哭」，隨即帶她盜回了自己的孩子。讀到這裡，誰還看不見隋唐的底層生活呢？因為我們仍處在那樣的現實中。

句道興的文言夾雜著白話和他習慣了的口頭語，如「其」字的不斷重複出現，「急捉」、「阿耶」、「牢處」、「安庠」等應為方言。以下是〈田崑崙〉的前半部分：

　　昔有田崑崙者，其家甚貧，未娶妻室。當家地內，有一水池，極深清妙。至禾熟之時，崑崙向田行，乃見有三個美女洗浴。其崑崙欲就看之，遙見去百步，即變為三個白鶴。兩個飛向池邊樹頭而坐，一個在池洗垢中間。遂入穀芟底，匍匐而前，往來看之。其美女者乃是天女。其兩個大者抱得天衣，乘空而去，小女遂於池內不敢出池。其天女遂吐實情，向崑崙道：「天女當共三個姊妹，出來暫於池中遊戲，被池主見之。兩個阿姊當時收得天衣而去，小女一身邂逅中間，天衣乃被池主收將，不得露形出池。幸願池主寬恩，還其天衣，用蓋形體出池，共池主為夫妻。」崑崙進退思量，若與此天衣，恐即飛去。崑崙報天女曰：「娘子若索天衣者，終不可得矣。若非吾脫衫，與且蓋形，得不？」其天女初時不肯出池，口稱至暗而去。其女延引，索天衣不得，形勢不似，始語崑崙：「亦聽君脫衫，將來蓋我者，出池共君為夫妻。」其崑崙心中喜悅，急捲天衣，即深藏之。遂脫衫與天女，被之出池。語崑崙曰：「君畏去時，你急捉我著，還我天衣，共君相隨。」崑崙生死不肯與天女，即共天女相將歸家見母。母實喜歡，即造設席，聚諸親情眷屬之言，日呼新婦。雖則是天女，在於世情，色慾交合，一種同居。日往月來，遂產一子，形容端正，名曰田章。

　　其崑崙點著西行，一去不還。其天女曰：「夫之去後，養子三歲。」遂啟阿婆曰：「新婦身是天女，當來之時，身緣幼小，阿耶與女造天衣，乘空而來。今見天衣，不知大小，暫借看之，死將甘美。」其崑崙當行去之日，殷勤屬告母言：「此是天女之衣，為深弄（密藏之意），勿令新婦見之，必是乘空而去，不可更見。」其母告崑崙曰：「天衣向何處藏之，時得安穩？」崑崙共母作計，其房自外，更無牢處，唯只阿娘床腳下作孔，盛著中央，恆在頭上臥之，豈更取得。遂藏弄訖，崑崙遂即西行。去後天女憶念天衣，肝腸寸斷，胡至竟日無歡喜，語阿婆曰：「暫借天衣著看。」頻被新婦咬齧，不違其意，即遣新婦且出門外小時，安庠入來。新婦應聲

即出。其阿婆乃於床腳下取天衣，遂乃視之。其新婦見此天衣，心懷憷切，淚落如雨，拂摸形容，即欲乘空而去。為未得方便，卻還吩咐與阿婆藏著。於後不經旬日，復語阿婆曰：「更借天衣暫看。」阿婆語新婦曰：「你若著天衣，棄我飛去。」新婦曰：「先是天女，今與阿婆兒為夫妻，又產一子，豈容離背而去？必無此事！」阿婆恐畏新婦飛去，但令牢守堂門。其天女著衣訖，即騰空從屋窗而出。其老母搥胸懊惱，急走出門看之，乃見騰空而去。姑憶念新婦，聲徹黃天，淚下如雨，不自捨死，痛切心腸，終朝不食。

其天女在於閻浮提經五年已上，天上始經兩日。其天女得脫到家，被兩個阿姊皆罵老嫗：「你共他閻浮眾生為夫妻，乃此悲啼泣淚其公母。」乃兩個阿姊語小女曰：「你不須乾啼濕哭，我明日共姊妹三人，更去遊戲，定見你兒。」

句道興的底層思想，在〈孔子〉一題中有明確的表達。這類民間傳說不僅《殷芸小說》裡有，我前幾年採訪百姓還聽到過。說的是孔子周遊列國，見一老人在路上歌吟而行，便問他：「你面有飢色，為何高興呢？」老人反問道：「我事情都做完了，怎麼不高興呢？」孔子又問：「什麼叫事情都做完了？」老人說：「我黃金已藏，五馬已絆，滯貨已盡，所以說做完了。」黃金藏，指父母生得養、死得葬；五馬絆指兒娶婦；滯貨盡指女已嫁。於是孔子讚嘆道：「好啊好啊，這都是應該做的事啊！」

昔孔子遊行，見一老人在路，吟歌而行。

孔子問曰：「驗（臉）有飢色，有何樂哉？」

老人答曰：「吾眾事已畢，何不樂乎？」

孔子曰：「何名眾事畢也？」

老人報曰：「黃金已藏，五馬已絆，滯貨已盡，是以畢也。」

孔子曰：「請解其語。」

老人報曰：「父母生時得供養，死得葬埋，此名黃金已藏。男已娶婦，此名五馬已絆。女並嫁盡，此名滯貨已盡。」

孔子嘆曰：「善哉善哉，此皆是也！」

民間底層的思想，是以實在見長的。這種思潮，到了宋元話本和明清的白話小說中，表達得更為充分乃至極端，且一直延續到現在。不過在唐初，無名作家句道興，儘管置身底層，也自覺地加入了士人小說家自由創作的行列，並極有建樹。〈王子珍〉一篇，就閃耀著人性的光彩。

太原王子珍為求學上進，去定州師從孔子之後的唯一大儒邊先生（這種誇張的說法，也只能出自底層）。在路邊槐樹下小憩時，王子珍結識了鬼書生李玄，並與之結拜為兄弟。求學三年，李玄的才藝已超過了邊先生，成了先生的助教。為了幫助王子珍完成學業，李玄仍留在他身邊加以輔導，為此被閻羅王痛杖一百。李玄鬼書生的身分暴露後，他還將王子珍導入地府，救出其父，完成了他們兩個的兄弟情義。

〈梁元浩段子京〉說的是梁元浩與段子京二人「少小相愛」、「誓不相遺」，直到成年為官，仍「相愛，曉夜不相離別」。後兩人分任荊、秦二州刺史，梁元浩即患失音症而死。死後十天，他的亡靈告令妻子不許殯葬，並託夢段子京前來葬他。段子京趕來，哭得昏死過去。梁元浩亡靈又現，留彈琴玉爪、紫檀如意手杖及對方寫給他的七卷書信作為信物。段子京更絕，把繫靴的絲帶解下來作為信物，梁元浩便將絲帶編成同心結，繫在了自己的腳上。梁元浩在冥府找到了好官位，便來邀段子京與他相伴。年僅三十二歲、陽壽有九十七年的段子京哭著不願意去，梁元浩便要殺他。段子京自知不免，求緩一年只得三日，便無奈地與妻兒眷屬永別，去往冥府了。這種以暴力逼愛的方式，亦非士子行為。

句道興為此感嘆道：「王子珍得鬼力，段子京得鬼殃。」他或許不知道自己寫下的，竟然是中國的第一篇同性戀小說，或許也是全世界最早的同性戀小說吧。該文的原型為干寶《搜神記》中的名篇〈范巨卿張元伯〉，但句道興把友情改寫成了愛情。

中國白話小說脫胎於民間說書人的「低微出身」，表現在某種缺乏傳統的隨性和不自信，特徵是思想的極端、矛盾，審美的粗劣、混搭。還有

學者認為，隋唐宣講佛教故事的說書人，「促進了唐傳奇的成長」。但從句道興的例子來看，底層民間受中上層文士傳奇之風的影響應該更大。

大師張鷟

我們將唐初的大小說家唐臨遺失了，包括句道興。那對初唐另一位更為重要、也更具思想和才情的小說大師張鷟，又如何呢？張鷟（約西元六五八至約西元七三〇年），字文成，道號浮休子，深州陸澤（今河北深州）人。他生活於高宗、武周和玄宗三朝，新舊唐書均在其孫張薦的傳仲介紹了他的生平。對張鷟，有兩種截然不同的評價：一種是「聰警絕倫，書無不覽」；另一種是「性褊躁，不持士行」。

在《朝野僉載》中，張鷟自述兒時夢五彩成文之紫鳳臨家，祖父得知，預言他「當以文章瑞於明廷」。高宗上元二年（西元六七五年），張鷟進士及第，被考官贊為「天下無雙」。之後八登制科，成績皆極為優秀，被譽為學問才華成色十足的「青錢學士」。儀鳳二年（西元六七七年）授襄樂縣尉。次年黑齒常之破吐蕃，進為河源軍副使。調露二年（西元六八〇年）為河源軍經略大使，充行軍總管記室。又改河陽尉。武則天永昌元年（西元六八九年）轉洛陽尉、長安尉。武周證聖元年（西元六九五年）為監察御史。神功元年（西元六九七年）出處州司曹參軍。長安元年（西元七〇一年）為柳州司戶參軍。中宗神龍二年（西元七〇六年）改平昌令。睿宗景雲二年（西元七一一年）任岐王府參軍。

儘管應選的舉子多不願做縣尉，相當於縣警察局兼國稅局局長，大都也不會從軍，但我們可以看到，長年的邊塞軍旅生活及一個基層警察兼國稅局局長的經歷，對張鷟創作的重大影響。入岐王府後他又登賢良方正科，得授鴻臚丞，在主管外交、禮儀、祭祀和宗教的鴻臚寺任職，位居五品。

玄宗開元二年（西元七一四年），朝廷弄新生活運動，「澄正風俗」。

御史李全交彈劾張鷟，說他奉使江南受遺並訕短時政，張鷟即被敕令處死。其子張不耀上表請代父死，黃門侍郎張廷珪、刑部尚書李日知等連奏請恕，方配流嶺南，又追改桂林，才算死裡逃生。後張鷟入為刑部司門員外郎，主持審判覆核並卒於任上。

張鷟的「聰警絕倫，書無不覽」，與他的「性褊躁，不持士行」是一體的，對愚蠢、散漫的人來說，他當然會「褊躁」，對假正經、偽君子來說，他還「不持士行」，故「罕為正人所遇」。作為端士或自以為端士的宰相姚崇，便很鄙薄張鷟，視其為「儻蕩無檢」，很可能是嫉妒他吧。當時的張鷟不僅才名風靡大唐，更是名震東亞乃至中亞的國際級大文豪，連東突厥的大可汗默啜也很欽佩他的才識。其作品的流行程度，是舉國上下，無論什麼樣的人都會背誦他的文字，是東亞諸國的使節均攜帶重金前來求購其文，後來王維、李白的知名度都趕不上他。《舊唐書》云：

鷟下筆敏速，著述尤多，言頗詼諧。是時天下知名，無賢不肖，皆記誦其文。天后朝，中史馬仙童陷默啜，默啜謂仙童曰：「張文成在否？」曰：「近自御史貶官。」默啜曰：「國有此人而不用，漢無能為也。」新羅、日本東夷諸蕃，尤重其文，每遣使入朝，必重出金貝以購其文，其才名遠播如此。

對所謂的正人端士，默啜是不以為意的。《朝野僉載》卷四載，默啜的哥哥，前任東突厥大可汗骨咄祿，就曾逼唐使李良弼吃了一盤屎，以示輕蔑。怯懦的李良弼後來秩滿回瀛洲，竟勸鹿城令李懷璧投降契丹將領孫萬榮，說孫萬榮是猢猻，像孫悟空，難以抵擋。南北朝時，北方的胡人很多，如陳寅恪所言，在隋末起義的山東豪傑中，就有不少是胡人或者是胡化了的漢人，唐朝胡人部隊的戰鬥力也遠在漢軍之上。

我們知道，張鷟的名作〈遊仙窟〉，是由日本遣唐使花重金購去方得以保存的，同時還買去了他的一些詩作，而《全唐詩》僅收錄了張鷟的殘詩數句。張鷟「下筆敏速，著述尤多」，他在中國傳世的著作，小說集《朝野僉載》尚存一個七卷殘本；《龍筋鳳髓判》十卷僅存四卷，以至如今的中國法學界，還據此稱他為大法學家。其餘如〈才命論〉、〈雕龍策〉和〈帝

王龜諫〉等，皆佚。

《新唐書‧藝文志》言《朝野僉載》為二十卷，南宋的《直齋書錄解題》言其有三十卷。《宋書‧藝文志》所載與《新唐書》同，另增《僉載補遺》三卷。《讀書志》又言該書分三十五門。無論二十卷還是三十卷，《朝野僉載》原書應在十萬字上下，並如《世說新語》般分門別類。今存唐傳奇作家的個人小說專集，字數最多的為戴孚的《廣異記》，也不過十餘萬字。

有個現象，後世對《朝野僉載》的評價極低，只說有史書引用過其中的史料，包括《資治通鑑》。《朝野僉載》為人詬病的地方，是所謂的「諧噱荒怪纖悉臚載而失之瑣碎」。連洪邁也說：「《僉載》記事，皆瑣尾擷裂，且多媟語。」就是說《朝野僉載》搞笑、荒誕、古怪、瑣碎、支離而且輕浮，糟到不能再糟。

其實，《朝野僉載》是張鷟開創的新文體，集志怪、志人和傳奇為一體。「僉載」的意思是都載、皆載，無論江湖廟堂還是朝廷民間，包括自己的經歷。從現存的七卷殘本來看，仍然具有一種宏大而有機的格局，各種體裁、題材和主題的段落既獨具意味，又能夠彼此串聯。這種由幻覺、寫實加自由聯想，集傳說、預言、現實、歷史和社會批判為一體的百科全書式的寫法，不僅與正史形成了鮮明的對比，更像是某種具有超現實意味的文學文本，是一種可以處理多種題材，包容更多主題，視域廣闊，內涵也更為複雜、深刻的複合式文體，具有陰陽五行般的結構。

《朝野僉載》中的「媟語」部分，應大都被後世的端士們刪除了，剩餘的這個七卷殘本為散佚文字的組合。儘管如此，《朝野僉載》仍然散發著奇異而卓絕的光芒。張鷟的出現，為唐傳奇注入了直率不羈的性情和犀利不凡的思想，還有幻想瑰麗的色彩。

卷一多志怪，開篇便說有人的眼睛瞎了，卻又離奇復明，充滿了各種荒誕之事，涉及相面、占卜、惡疾與治療、巫蠱和毒蟲。接著，忽然說到朝廷選官的良莠不分、濫竽充數，考試「假手冒名，勢家囑請」，「賄貨縱橫，贓汙狼藉。是以選人冗冗，甚於羊群；吏部喧喧，多於蟻聚。若銓實

用，百無一人。積薪化薪，所從來遠矣」。有的候選人甚至把錢繫在靴帶上備用，因「當今之選，非錢不行」。於是「小人多幸，君子恥之」，「庸才者得官以為榮，有才者得官以為辱」。

張鷟寫的雖說是唐高宗乾封年以前的事，但抨擊得如此直接而「憤青」，御史李全交彈劾他「訕短時政」，還真不算冤枉了他。其後仍是大談政事、皇家事，從契丹設計敗屠唐軍，到韋皇后的興起和覆亡，包括唐高宗三封中嶽不遂，以致患病駕崩。還有駱賓王應己賦之讖投江而死，「倏忽轉風生翅羽，須臾失浪委泥沙」。再加上從武后臨朝稱帝到被廢，武三思被斬，三十位進士沉船溺死等。事無大小，皆有預兆、預言，還穿插了不少民謠和讖語。但無因果，更無果報，彷彿只是一種無常的命運，可以預見，卻無法避免，「死生，命也」。

在卷一中，分列有幾種不同主題的文字，各成一組，只要將其分門別類，便是相對完整的章節。一組寫的是慳吝，如有奴僕私取食鹽一撮，便被主人鞭之見血；又有家奴偷吃了幾塊肉，主人竟將蒼蠅塞到他嘴裡，讓他把吃進去的肉吐出來等。之後是一組帶有傳奇色彩的文字，寫的是被貶謫、流配官員的命運，家國的喪亂，與吐蕃、契丹和突厥的戰事，自然災害，直到武則天的死等，最後講的是一則庸人笑話。

即便卷一原本就是如此編排的，它也有自己的主題，即人類的可笑。臨近結尾處有一節文字，說的是睿宗延和元年，左羽林大將軍兼幽州大都督孫佺想立功，竟不顧酷暑強令將士們出征。連幽州的烏鴉鷹鷟都看出這將是一場人肉的盛宴，全部隨軍而行。卡爾維諾的小說《分成兩半的子爵》（*The Cloven Viscount*），就是這樣開的頭。人類是否比動物更聰明，真的是一個疑問。

幽州都督孫佺之入賊也，薛訥與之書曰：「季月不可入賊，大凶也。」佺曰：「六月宣王北伐，訥何所知。有敢言兵出不復者斬。」出軍之日，有白虹垂頭於軍門。其夜，大星落於營內，兵將無敢言者。軍行後，幽州界內鴉烏鷗鷟等並失，皆隨軍去。經二旬而軍沒，烏鷟食其肉焉。

《朝野僉載》卷二，仍可作為一個整體來看，其中描述的殘虐與變態，在人類歷史上都是罕見的。北齊的南陽王高綽入朝，與他的兄弟齊後主高緯一同找樂子。他們兩個叫人連夜收來了五斗毒蠍子，放入一個大浴桶裡，又下旨把一個人脫光了扔進去，作為人間至樂之事加以欣賞。隋末荒亂，自稱迦樓羅王的朱粲，將男女老幼都放到一口大銅鐘裡煮來吃。到武則天當政時，杭州的臨安尉薛震還在吃人，連自己的老婆也想吃。瀛洲刺史獨孤莊同樣酷虐異常，病中唯一想吃的是人肉，沒有活的，就叫人割死人肉來給他吃。

　　張鷟是個寫黑暗的大師，在《朝野僉載》卷六中，便描述了貞觀年間，恆州門豪彭達和高瓚以獸性為樂，比賽著將一豬一貓生吃而又讓其不死。另一段對隋末深州門豪諸葛昂與渤海門豪高瓚鬥豪吃人的描繪，則收錄在一本名叫《耳目記》的《朝野僉載》佚文集裡。豪俠吃人之事在唐傳奇中絕非罕見，但並不是無緣無故的行為。像諸葛昂、彭達和兩個高瓚那樣變態到極點的，大概已無人能夠打破他們的紀錄了。在與渤海高瓚群魔亂舞的鬥豪高潮中，諸葛昂將自己的愛妾蒸熟了，坐在銀盤裡，化了濃妝，身著錦繡，再切她的腿肉、撮她的乳房來吃：

　　隋末，深州諸葛昂性豪俠，渤海高瓚聞而造之，為設雞肫而已。瓚小其用，明日大設，屈昂數十人，烹豬羊等長八尺，薄餅闊丈餘，裹餡粗如庭柱，盤作酒碗行巡，自作金剛舞以送之。昂至後日，屈瓚所屈客數百人，大設，車行酒，馬行炙，挫碓斫膾，磑轢蒜齏，唱夜叉歌，獅子舞。瓚明日復，烹一奴子，十餘歲，呈其頭顱手足，座客皆攫喉而吐之。昂後日報設，先令美妾行酒，妾無故笑，昂叱下。須臾蒸此妾，坐銀盤，仍飾以脂粉，衣以錦繡。遂擘腿肉以啖，瓚諸人皆掩目；昂於奶房間撮肥肉食之，盡飽而止。瓚羞之，夜遁而去。

　　這種殘虐變態，是上下一致的，張易之、張宗昌被殺，百姓們同樣塊割其肉去做燒烤，吃得興高采烈。武后當政期間，告密的、陷害別人的，多得到了好處。酷吏來俊臣按武則天的旨意辦案，羅織人罪，再由索元禮施以名稱美妙的酷刑。

不過，譴責武則天的周朝就夠了，張鷟居然對玄宗開元盛世的官吏也不留情，包括後來彈劾他的李全交。他說作為監察御史，李嵩和李全交，還有一個叫王旭的，此三人被首都長安人民稱為「三豹」：

監察御史李嵩、李全交，殿中王旭，京師號為「三豹」。嵩為赤髭豹，交為白額豹，旭為黑豹。皆狼戾不軌，鴆毒無儀，體性狂疏，精神慘刻。每訊囚，必鋪荊臥體，削竹籤指，方梁壓髁，碎瓦搘膝，遣作「仙人獻果」、「玉女登梯」、「犢子懸駒」、「驢兒拔橛」、「鳳凰曬翅」、「獼猴鑽火」、「上麥索」、「下闌單」，人不聊生，囚皆乞死。肆情鍛鍊，證是為非；任意指麾，傅空為實。周公、孔子，請伏殺人，伯夷、叔齊，求其劫罪。訊劾乾整，水必有期；推鞫濕泥，塵非不久。來俊臣乞為弟子，索元禮求作門生。被追者皆相謂曰：「牽羊付虎，未有出期；縛鼠與貓，終無脫日。妻子永別，友朋長辭。」京中人相要，作咒曰：「若違心負教，橫遭三豹。」其毒害也如此。

這就不只是「訕短時政」了，難怪李全交不放過他，更可見張鷟的個性。總之，從帝王將相到官吏百姓的暴行、醜行，張鷟是一個都不放過。

相形之下，在張鷟的筆端，倒是異國他族的奇風異俗更近人情，更為可愛。與東突厥可汗默啜相比，朔方總管張仁亶將投化自己的突厥人滿身刻上辱罵對方的文字，並「涅之以墨，灸之以火」，再遣返給默啜，那才叫野蠻。在官紳家中，也是夫淫妻妒，子嘲父，父笞子。除了捉弄侮辱地方官及法外徵物，讓百姓破家十戶有九的親王，還有眾多愚蠢、膽怯、骯髒、粗心、庸碌，乃至異想天開追求政績，讓百姓受苦、國財損失的奇葩官員。由於武則天的暴虐，當時的官員們過得朝不保夕，命懸一線。

卷二有一篇傳奇文，時而以〈稠禪師〉為題單列，不過在《朝野僉載》中它才更具意味，更能表現張鷟面對殘酷現實的理想和態度。說的是稠禪師自幼入寺，弱小的他不時被人欺侮。為了自強，他以必死之心祈求金剛，最終如願成為大力士。證果之後，稠禪師又以神力令北齊文宣帝叩頭悔過。

在周公、孔子的才能成為禍患，伯夷、叔齊也不能潔身自處的時代，很難說什麼是重要、什麼是不重要的，或者重要與不重要的事情，都已經發生了變化。所以，當張鷟將離奇古怪、瑣碎荒誕的事，全部夾雜在有關歷史和現實的宏大敘述中，卻一點不顯得彆扭，是因為歷史與現實本身就是瑣雜荒怪的。

卷二還有個故事，說的是一位寺僧在旅途中碰到了一位遊方僧，晚宿後，寺僧見遊方僧誦經精勤而疏於防範，第二天上路後就被人家殺人越貨了。張鷟在行文中自述己事，按理也是犯忌的，但由此，我們才能看到他那些被史書忽略了的重要經歷和故事。

張鷟知道，最了解武則天心理的，肯定不是向她上書的官員兼詩人陳子昂，而是在司刑寺裡服刑的三百名囚犯。他們偽造了一個巨大的腳印，在半夜同聲高呼聖人降臨、天子萬歲，不僅得到了大赦，那一年還被武則天命名為大足元年，堪稱創造了歷史。

民間崇巫信蠱，皇室貴胄又何嘗不是如此，從宮中時尚，我們還得知唐代不僅佛道昌盛，長安尚有祆教、摩尼教和景教的寺院，祆教法師們的魔術、幻術很是流行。獸性瀰漫，但人性同樣堅定，來俊臣們並非無所不能。張鷟的文鳳之夢雖未得顯明廷，自己也沒能成為帝輔，但他卻成為了中國第一位具有國際聲譽和影響的文學大師。時至今日，他的文學和思想成就，包括唐五代小說的巨大成就，仍未能得到人們的認識和承認。

隋唐的皇家宮殿、園林和寺院，尤其是隋煬帝窮奢極欲的迷樓和武則天宏偉壯麗的明堂，都灰飛煙滅一千好幾百年了，得意的大多仍是像趙履溫那樣諂媚權貴的奸佞，一朝得勢便「氣勢回山海，呼吸變霜雪」。用張鷟的話說，乃「猖獗小人，心佞而險，行僻而驕，折肢勢族，舔痔權門，諂於事上，傲於接下，猛若飢虎，貪若惡狼」。

崔湜屢屢投靠權貴，出賣他人，他的進取策略是：「丈夫當先居要路以制人，豈能默默受制於人。」為此，他甚至將美貌的妻子和兩個女兒都獻給了太子，真是豁得出去。宗楚客為武則天寵信的薛懷義作傳二卷，贊

其為聖從天降，是釋迦化身、觀音再世，便被武氏提拔為內史。淺鈍醜陋的朱前疑，上書說「臣夢見陛下八百歲」，即授拾遺，遷郎中；他出差回來又上書「聞嵩山高唱萬歲聲」，復賜緋魚袋。中郎李慶遠初事太子，宰相以下的官員都不敢得罪，他以騙術偽造自己與太子關係密切的假象，賣官鬻爵，無所不能。

不過作家、詩人和藝術家們，仍然在進行著嚴肅、認真的創作。張鷟言盧照鄰的文字「時人莫能評其得失矣」，未嘗不是對自己的自我評價。歐陽詢的兒子歐陽通也是書法家，他「必以象牙、犀角為筆管，狸毛為心，覆以秋兔毫，松煙為墨，末以麝香，紙必須堅薄而白滑者，乃書之。蓋自重其書」。

看到這一切，我們才能理解張鷟寫〈遊仙窟〉時的心情，那種完全自由的幻想與炫才，那種對生命美麗的體驗、快樂的遊戲，什麼無聊的現實、歷史，什麼虛假的道德、責任，全都拋到了九霄雲外。

張鷟的思想，在《朝野僉載》卷六中，借神鼎師之口表述得很清晰：既不脫世俗，又可上可下不拘物相，既知萬物流變，又知物理有常；最重要的是要做一個真實的人，一個有人性、有性情、有尊嚴的普通人。這就是唐朝的時代精神吧：

神鼎師不肯剃頭，食醬一斗。每巡門乞物，得粗布破衣亦著，得綢錦羅綺亦著。

於利貞師座前聽，問貞師曰：「萬物定否？」

貞曰：「定。」

鼎曰：『闍梨言若定，何因高岸為谷，深壑為陵？有死即生，有生即死，萬物相糾，六道輪迴，何得為定耶！』

貞曰：「萬物不定。」

鼎曰：「若不定，何不喚天為地，喚地為天，喚月為星，喚星為月？何得為不定！」

貞無以應之。

時張文成見之，謂曰：「觀法師即是菩薩行人也。」

鼎曰：「菩薩得之不喜，失之不悲，打之不怒，罵之不嗔，此乃菩薩行人也。鼎今乞得即喜，不得即悲，打之即怒，罵之即嗔。以此論之，去菩薩遠矣。」

對唐太宗入冥事，張鷟寫得特別從容。說的是太史令李淳風預見到太宗將死，李世民的回答是：「人生有命，亦何憂也。」

兵部尚書任瑰的妻子個性很強，李世民賜給任瑰兩個宮女，其妻便將二女的頭髮全剃光了。太宗得知，賜了壺假鴆給任妻，說要是她以後不再嫉妒，就不用喝了。任妻拜受說：「我和任瑰是結髮夫妻，從一無所有奮鬥到今天，倘若他還要那麼多小老婆，我不如死了算了。」說完便把假鴆喝了。李世民得知後說：「她的性情如此，我也該敬畏她啊。」

南宮縣丞崔敬被迫許婚冀州長史吉懋，大女兒不願意，傷心得臥床不起。小女兒說：「父有急難，殺身救解。設令為婢，尚不合辭。姓望之門，何足為恥？姊若不可，兒自當之。」遂登車而去。

有一盧姓美女，其夫早亡，姐夫羽林將軍李思沖在其姐死後，重禮聘其續弦。盧女關門大罵道：「老奴，我非汝匹也！」誓不再嫁。

張鷟喜歡幫貪殘昏庸的官員取諢名，民間底層的童謠、民歌也是提筆就來。由於長期擔任州縣乃至兩京的警察、國稅局局長，他深知社會、人性最黑暗的一面，筆錄的案例不少。與一般謹慎的端士不同，張鷟最愛評論臧否人物，直截了當、褒貶鮮明，不用說還大寫時評、訕短朝政了。

武則天當政，舉人不試皆與官，做到御史、評事、拾遺、補闕的人數不勝數。張鷟為此編寫了一首歌謠：「補闕連車載，拾遺平斗量。杷推侍御史，碗脫校書郎。」沈全交也跟著來了一首，直接譏諷到女皇。武則天乾脆把責任推卸給了彈劾沈氏的官員，說：「但使卿等不濫，何慮天下人語！」

在初唐的官員中，張鷟對婁師德、狄仁傑最為欣賞。他贊婁師德「直而溫，寬而栗，外愚而內敏，表晦而裡明。萬頃之波，渾而不濁；百煉之

質，磨而不鱗」。又贊狄仁傑「箴規切諫勸，有古人之風；剪伐淫詞，有烈士之操。心神耿直，涅而不淄；膽氣堅剛，明而能斷」。不過對狄氏晚年貪財也不放過。而對婁師德，他還專門寫了一篇精彩的傳奇，述其公正而又不失人性與憐憫的處世和為人。

對靠上書「夢見陛下八百歲」起家、官至兵部郎中的朱前疑，張鷟則透過另一段文字，透露出了其真實的心理。朱有妻且美，卻對一蓬頭垢面、背駝腹大的酒家婢女情有獨鍾，喜愛到廢寢忘食。原因是相貌極醜且淺鈍無識的他，只有在酒家醜婢那裡，才能獲得對方發自內心的敬重和愛戴吧。

朱前疑出使歸來，又奏「聞嵩山唱萬歲聲」，得賜緋魚袋，但未加五品。他只得一個人身著綠色官服，挎著與其官品不符的緋魚袋上朝，成了朝野的大笑話。後來，朱前疑為晉升五品作假，被趕回老家，活活氣死了，他也有人性。

張鷟的傑出，在於他即便言常人之所言，角度、筆法也全然不同，故有人在《考異》中說：「張鷟語事，多過其實。」不僅是語過其實，《朝野僉載》所言的，更是他人所不敢言、不屑言者。

卷七的輯佚痕跡更重，最後部分僅剩一些殘句。張鷟描述的，是人性的怯懦和勇敢，變態與黑暗。好色的唐滕王遍淫手下諸官之妻，唯有崔簡妻鄭氏不買帳，打破了他的頭，抓爛了他的臉。小小的南皮縣丞郭務靜也有此好，對百姓之妻下手，被人家的丈夫抓到鞭笞，打得啊呀亂叫。舒州刺史張懷素和左司郎中任正名，迷信病態，好食人精。八十五歲的老翁曹泰娶少女生子，為了消除自己的心理陰影，便給兒子取名日中，意為正午的太陽沒有影子。此外，還有愛洗稿翻用別人文字的張懷慶，以奉承內官獲譽的武三思，自創惡法酷刑而自作自受者，以及告密者、傲物者、凶戾者、狠毒者、無賴者和作假者等。

張鷟將暴君稱為獅子王，將酷吏稱作豺狼，將濫竽充數的庸官視為冒充麒麟的蠢驢，去掉那套官服就是個木偶。他是性情中人，不喜歡嫉妒的

女人，也不避諱自己的自私。張鷟的詩歌被端士們貶斥為「猥褻淫靡，幾傷風雅」，卻部分保存在日本。這首〈別十娘〉即為其中之一，應該是寫給情人的：

忽然聞道別，愁來不自禁。

眼下千行淚，腸懸一寸心。

兩劍俄分匣，雙鳧忽異林。

殷勤惜玉體，勿使外人侵。

張鷟，就是這麼真實。在〈遊仙窟〉以前，也沒有誰像他那樣，把自己當作豔遇故事的主角，驚豔性感地大書特書，誇張且毫不羞慚。現代的郁達夫與之相較，真是虛弱而又病態。隨手摘錄〈遊仙窟〉中幾句與性愛有關的描繪：

眼子盱睺，手子膃脤。一雙臂腕，切我肝腸；十個指頭，刺人心髓。

夜深情急，透死忘生。

當時腹裡癲狂，心中沸亂……

花容滿目，香風裂鼻。心去無人制，情來不自禁。

〈遊仙窟〉未脫駢文形式，還有不少張鷟根據人物和情節創作的詩歌，開中國小說插入詩歌之先河，對唐傳奇文體影響很大。後來的話本和白話小說也加以模仿，又沒有作詩填詞的功力，只得胡亂引用名人詩詞，不僅很不協調，還將其程式化了。直到《紅樓夢》出現，才避免了審美混搭的尷尬，回到了文言小說開創的優雅傳統。

魯迅在《中國小說史略》中，謂〈遊仙窟〉是「文近駢儷而時雜鄙語，氣度與所作《朝野僉載》、《龍筋鳳髓判》正同」，與其引《新唐書》評張鷟作品「下筆輒成，浮豔少理致，其論著率訛誚蕪穢」，看法是一致的。這種態度，直到他一九二七年寫〈遊仙窟序言〉時，也未改變。但這並非是張鷟作品的缺點，而正好是其傑出、優異之處。

志人與寫實

　　唐詩了不起，可唐詩所欠缺的新銳、深刻的思想，以及更為豐富、現代的文學表現方式，均蘊藏在唐人的小說中。鄭振鐸寫《插圖本中國文學史》時，發現唐傳奇與唐散文比較起來，要偉大得多，就他當時所能讀到的唐傳奇作品而言，成就即已遠超唐宋八大家的碑傳論札。可如今的中國文學史，仍將韓愈、柳宗元、歐陽脩、蘇軾等人淺簡的論文和寒儉的小品文，置於恢宏、瑰麗的唐傳奇之上。

　　鄭振鐸誤以為唐傳奇乃古文運動的附庸，是他沒有釐清先唐小說的源流，不知道宋前中國文言小說的傳統，一直是獨立存在的。眾多當代學者所持之經史源流論，亦無視中國先唐文言小說的千年傳統，以及在唐代所取得的輝煌成就，還是經史正統的意識作怪。

　　韓琬所著十二卷的《御史臺記》也是部大作品，惜散佚文字僅編得一卷，但仍很好看、耐讀。與一般志怪、傳奇不同，源自《西京雜記》的《御史臺記》是志人、紀事又寫實的，很像一部現實主義小說。要想了解初唐，尤其是武則天當政時期朝堂官員們的日常百態，看它要比讀史有趣、真切得多。

　　韓琬，字茂貞，鄧州南陽（今屬河南）人。他與張鷟同朝為官，但要年輕一些，是武周初年（西元六九〇年）的進士。中宗神龍三年（西元七〇七年）任監察御史，還做過監軍兼按察使。開元中遷殿中侍御史、著作郎，後坐事被貶。《新唐書》在其父韓思彥傳後附其小傳，稱琬少時「喜交酒徒，落魄少崖檢。有姻勸舉茂才，名動里中」，也是位很有個性和才學的人。

　　《御史臺記》的開篇〈高志周〉，寫的是五個青年士子在一起縱論從政的理想。其中之一說他想總攬朝政，哪怕一天也好。之二、之三與之相同。之四說總攬朝政恐怕不易，得當上宰相，他想做個通事舍人，在殿廷上周旋吐納一番就滿足了。之五是傾家蕩產招待他們的人，還請來個看相的。那相面先生也會說話，說主人將因所請的四位客人而通達。

此後所寫的官員才具各有不同，在太宗朝還行，能得賞識，武周朝不被冤殺，就是老天長眼了，還有人為朋友死去而傷心殉命的。所以在朝廷上班，相互開開玩笑、起起諢名，戲謔開心一下，才是正事。

御史的工作是糾察郡司、綱紀庶務，跟中紀委差不多，百官對他們很是忌憚，形容御史為人做事很是「冷峭」。吐蕃的使團來了，他們的御史也顯得不合群，以詼諧著稱的官員張元一便說：「大家都說本朝的御史冷峭，這吐蕃的御史，也很是冷峭啊。」於是滿朝百官大笑。

開玩笑在唐代的官員之間，應該是很常見的。韓琬有一段文字寫到張鷟，說晚年做司門員外郎的他好為俳諧詩賦，且流行朝野。當年黑齒常之出征，有人勸青年張鷟說：「你官太小，不如跟著黑齒將軍去邊塞立功。」他卻說：「寧可且將朱唇飲酒，誰能逐你黑齒常之。」

則天朝也有惹不起的正直官員，如狄仁傑。至於虛榮的庸官，被捉弄了也沒脾氣。可要是有個聰慧的老婆做賢內助，別人便不敢隨意戲弄於他。

滑稽的是韋鏗、蕭嵩和邵炅這三個同僚的故事。蕭、邵二人得授朝散大夫，著五品緋袍上朝，落選的韋鏗只能從簾子的縫隙中張望一下他們兩個。蕭嵩和邵炅的相貌長得像胡人，一個是大鬍子，一個是高鼻子，矮胖的韋鏗既妒忌又惱火，便賦詩嘲弄他們，寫得極妙，成了朝中的流行曲：

一雙獠子著緋袍，一個鬚多一鼻高。

相對廳前捵且立，自慚身品世間毛。

不過韋鏗連「世間毛」的五品官也當不上，所以不能上朝。

閒極無聊，戶部郎侯味虛就寫了一部《百官本草》，把官位與藥材相對應。御史一職為：「大熱，有毒。……服之長精神，減姿媚，久服令人冷峭。」觀者捧腹。賈言中覺得這樣寫監察部門不妥，又從監察官的角度，撰寫了一部《監察本草》，言御史一物「服之心憂，多驚悸，生白髮」。

當然，做御史也有不擔責任還很養生的職位，如「侍御史為脆梨，漸

入佳味。遷員外郎為甘子，可久服」。武則天雖酷，但智商不低，也愛聽看笑話。她任命的酷吏侯思止話都說不清楚，被人恥笑。侯去找她告狀，武則天開始大怒，聽人講了實情，也大笑。

武周嚴刑峻法，官員不能自保，便揣摩著武則天之意以示效忠，出賣他人乃至親屬，升官染紅緋袍者不乏其人。武則天禁屠，御史出差不得吃葷，還要裝假正經，官驛也不好接待。只有像魏元忠那樣直率的官員，才不會悄悄地躲著吃肉，而是公開地同食乾肉和雞蛋，說自己並未耽誤國事，不屑於偷吃，失國士之禮：

唐御史出使，久絕滋味。至驛，或竊脯臘置於食，偽叱侍者撤之，侍者去而後徐食，此往往而有，殊失舉措也。嘗有御史，所留不多，不覺，侍者見之，對曰：「乾肉驛家頗有，請吏留。」御史深自愧焉。亦有膳者爛煮肉，以汁作羹，御史偽不知而食之。或羹中遇肉，乃責庖人。或值新庖人，未閑應答，但謝曰「羅漏」，言以羅濾之漏也。神龍中，韓琬與路元殼、鄭元父充判官，至萊州，親睹此事，相顧而笑。僕射魏元忠時任中丞，謂琬之曰：「元忠任監察，至驛，乾肉雞子並食之，未虧於憲司之重。蓋盜之，深失國士禮。」魏公之言當矣，但不食不竊，豈不美歟？

但後來魏元忠也被下獄，被侯思止推倒在地上，拖拽著行走。

婁師德詼諧，他做御史大夫時出使陝地，見廚師上肉便問緣由。聽對方說是被豺咬死的羊，未犯屠禁，就稱讚說：「這個豺太懂事了！」吃完廚師又端魚來，再問也說是豺咬死的，婁師德便責備他說：「笨蛋，你怎麼不說是水獺？」

韓琬把精通經學卻不知時事的人，稱之為「愚儒、樸儒、腐儒、豎儒」。他的現實主義是尊重事實，不誇張也不隱諱，一切從實道來，又講究細節的描繪，以及人物與故事的選取，並非沒有輕重的羅列。讀這樣的藝術作品，與讀史書的感覺大不相同，也絕對不會把它與《隋唐佳話》、《大唐新語》之類專事紀錄的雜史混淆起來。

李肇的《國史補》以魏晉南北朝的標準來看，不失為一部精彩的小

說，但這樣的叢殘小語在傳奇興起的唐代，已不入流。在《國史補·序》中，李肇說自己寫作的取捨是「言報應，敘鬼神，徵夢卜，近帷箔，悉去之；紀事實，探物理，辨疑惑，示勸戒，採風俗，助談笑，則書之」。說明紀事的雜傳小說，有向寫實的紀實小說轉化的趨向。

卓異的鮮卑族作家

說唐朝民族、種族、文化多元，這就出現了一位名叫竇維鋈的鮮卑族作家。竇維鋈生平不詳，有專家考證「鋈」為「鋈」誤，說他極有可能是竇誕之孫、竇孝果之子竇維鋈，不然也是其兄弟或者族兄弟，此說可信。

據《舊唐書》載，竇維鋈乃鮮卑拓跋部後裔，京兆始平（今陝西興平）人，唐睿宗昭成順聖皇后之姪，是皇室的外戚，做過玄宗朝的詹事司直和水部郎中。與一般崇事車馬的外戚不同，竇維鋈好學，清儉自守，以著作為業，與張說、盧藏用、裴子余等親善。

竇維鋈的小說集《廣古今五行記》本為三十卷，按五行分為五門，佚散後無法歸類，編為三卷。內容是「集歷代五行咎變，敘其徵應，類例詳備」的志怪，多甚簡略。但其中收錄的傳奇文極具特點，表現了竇維鋈作為鮮卑族作家完全不同的歷史視野和文學趣味，是繼葛洪《神仙傳》後最具理想熱情的小說，獨特而超卓。

〈續生〉寫的是一個流浪漢，他身材高大，又黑又胖，剪了個平頭，穿件齊膝破衫，連褲子也沒有。但續生討到點錢財，便轉手布施給了窮人，據說他是一條豬龍。每年的四月八日，續生都在濮陽最熱鬧的市場上看戲，一場不落。

〈鄧差〉中的暴發戶鄧差，見到兩個流動商販在路邊大吃大喝，心生不忿。後來聽了人家的話覺得很對，便回家殺鵝享受，竟然被噎死了。因為他沒有保護自家的家神，不僅家裡失火兒姪喪命，自己也背到了極點：

差又於道逢估人，先不相識，道旁相對共食，羅布甘美，味皆珍味。

二人呼差同飲，謂曰：「觀君二人，遊行商估，勢不在豐，何為頓爾珍羞美食？」估人曰：「寸光可惜，人生在世，終止為身口耳。一朝病死，安能復進甘美乎？終不如臨沮鄧生，平生不用，為守錢奴耳。」差亦不告姓名，默然歸，至家，宰鵝以自食，動筋咬骨，哽其喉，病而死。

〈通公〉寫的則是一個名叫通公的流浪僧人，不知姓氏，居無定所，喝酒吃肉，說話狂妄而怪誕。他預示了揚州將被屠城，以及屠城者羯人侯景的結局，侯景也不敢把他怎麼樣。羯人為匈奴別支，是白種人。

〈阿禿師〉中所寫的北齊浪蕩僧，性格同樣不像漢人。他憐憫百姓，自稱阿禿師，在晉陽「游諸郡邑，不居寺舍。出入民間，語讖必有徵應。」也是位預言家。北齊所有的軍國大事還未出帷幄，阿禿師就已知曉並到處宣揚。神武帝以洩露國家機密罪將其處斬，和尚無髮，便用繩子拴著他的脖子行刑。

〈阿專師〉極精練，寫的仍是一位浪蕩僧，連是什麼氏族的人也不知道。阿專師在侯景治下的定州到處逍遙，有會社齋供、婚喪嫁娶，他都要去宴席上蹭吃蹭喝，又與放鷹走狗的少年混在一起，喧囂打鬧。後來阿專師在正月十五的晚會上罵了人，差點遭到暴打，被市井哥們救出後，人家又來抓他。騎在一堵破牆上的阿專師說：「既然你們的這個世界如此厭賤我，那我就走了。」說完吆喝了兩聲，便騎著那堵破牆飛走了，與卡夫卡（Franz Kafka）短篇〈木桶騎士〉（*der kubelreiter*）的結尾異曲同工：

侯景為定州刺史之日，有僧不知氏族，名阿專師。多在州市，聞人有會社齋供、嫁娶喪葬之席，或少年放鷹走狗、追隨宴集之處，未嘗不在其間。鬥爭喧囂，亦曲助朋黨。如此多年。後正月十五日夜，觸他長幼坐席，惡口聚罵。主人欲打死之，市道之徒，救解將去。其家兄弟明旦捕覓，正見阿專師騎一破牆上坐，嬉笑謂之曰：「汝等此間何厭賤我，我捨汝去。」捕者奮杖欲擲，前人復遮約。阿專師復云：「定厭賤我，我去。」以杖擊牆，口唱「叱叱」，所騎之牆一堵，忽然升上，可數十仞。舉手謝鄉里曰：「好住！」百姓見者，無不禮拜悔咎。須臾映雲而滅。可經一年，聞在長安，還如舊態。於後不知所終。

〈惠炤師〉的意味更多，是竇維鋈的代表作。北齊末年，瘋癲僧惠炤師騎著一根竹竿馳騁盤旋，晨往南殿，暮至北城，到處散布重大謠言，且事後均如其所說。惠炤師崇拜黑色，見到黑雲、烏鴉、豬群一類都要鞠躬致敬，並用北齊語稱自己為「伏嘍囉語」，國人見了忍俊不禁。有人不知道他的名字，便也用北齊語稱他為「伏喻調馬」，意思大概是「竹馬癲僧」吧。京城百官上朝，惠炤師都要騎著竹馬揮著馬鞭到場，站在武成帝后面。武成帝敕令將他交給天平寺，寺裡便派了三個和尚守著他，且不許聽他胡言亂語，他仍說個不停。

有天晚上，惠炤師跟寺裡的一位高僧私聊，從開天闢地說到上古君王的無為，再講到君臣父子和仁義道德，又談及老子與佛法的優劣，凡涉幽隱之事無所不論。天亮臨別前，惠炤師警告高僧說：「不要把我講的話洩漏出去，不然打死你。」那高僧覺得惠炤師是大聖人，怕人家不知道對他不尊重，忍不住對一兩個大德說了。惠炤師得知後就真用石頭一下把他給砸死了。

北齊亡國前，惠炤師還翻牆去太后的宮院裡亂竄。被抓住了便說：「以後人人都能進來，為什麼單單不許我來？」見到初一十五乘車去禮佛的信教貴婦，他就跟在車後以電眼傳情說：「等你們不再拜佛，就做我的老婆。」當差的趕他也趕不走，貴婦們只是笑笑，並不介意。遇到寺僧，他便用磚瓦沒頭沒腦地怒打，罵他們沒用。後周的軍隊攻入晉陽時，惠炤師來到太后宮寺的佛塔前，合掌流淚道：「法輪傾！」即伏地不起：

齊末惠炤師者，不知從何許而來。騎一竹枝為馬，振策馳驛，盤辟回轉。或時屬聲云：「某處追兵甚急，何不差遣？」遂放杖馳走，不遑寧息。或晨往南殿，暮至北城。如其所言，果有烽檄之急。每遙見黑雲、飛鳥、群豕，但是黑之物，必低身恭敬。忽自稱云「伏嘍囉語」。國人見者，莫不怪笑。京內咸識，不知名字者，呼為「伏喻調馬」。

齊末動之前，惠炤走杖馬，來到殿西騎省，密告諸貴唐邕等：「急救東方，吳兒大欲入。」曉夕孜孜，守關不去。數日，吳明徹自廣陵北侵淮楚，國家遣兵將救。始集兵馬，惠炤已去城四十里，於白壁南待軍，指麾

號令。大將至，謂齊安王高敬德曰：「努力，好慎漿水！」後吳人縱水淹漬，齊軍多有傷沒。

在京百官朝集，惠炤亦騎杖執筭，立於武成之後。敕付天平寺，常令三人守之，勿聽浪語。炤狂言如舊，不可止約。後於天平寺宿，與一大德僧共密語。天地開闢，上古無為，下至君臣父子、道德仁義、老經佛法，優劣多少，凡所顧涉幽隱之事，無所不論。迨至天曉將去，謂曰：「慎莫漏我此語。若洩，打殺汝。」去後，此僧語一二老宿名德者云：「伏喻乃是大聖人，非尋常，不可輕忽。聞其所說，諸佛得道者，咸經親事，序述猶如指掌。見語勿道，恐諸不知，懷驕慢心，將來獲罪，所以相告。」午後，惠炤密將拳石手巾裹來，語此僧云：「戒你莫說，乃不能忍。」以巾打之，一下死。寺家執以奉聞，恕而不問。

齊將破之時，北宮東北角割十步為弘善寺，惠炤曾到寺宿。其夜驀牆往太后宮院，盜入宮人房裡，被捉。炤曰：「不久人人皆入，何為獨自約我？」又以狀奏，詔復舍之。時宮校貴人、內外戚妃媵出家者，朔望參謁，車馬衣服，侍從綺麗。惠炤尋逐車後，眼語挑弄，云：「罷道之日，與我作婦。」官者驅逐，且語且前。貴人等以炤狂悖，為後主所容，但笑而不責。每逢見僧眾，則惡罵嗔打，手持甎瓦，不避頭面。云：「無用之時除剪。」僧徒值者亦必避之。

於後失經五六日，忽復自來，則廁上而眠，或把杖坐睡。云：「官府甚多，軍馬遍滿，晝夜供承，不可周悉，圖籍不得不造。」及周兵入晉陽，炤到太后寺浮圖前，合掌落淚云：「法輪傾！」即伏地不起。武帝平東夏，不收圖籍，府庫典誥，州縣戶口，洛京故實，並為軍人毀棄。至今大比民貫，創始營造。炤所說造籍，悉符驗焉。而炤竟不知所在。

殘文中的傑作

唐五代可考的二百多部筆記，留傳至今僅剩五十多部，且幾乎都是重

輯的殘本。三秦出版社的《全唐五代筆記》收錄了一百四十餘部名錄，大多只有數段或幾句殘文。但就是在這些零落的文字中，也有傑作。

據張鷟之孫、張薦之兄張著所著的《翰林盛事》記載，唐代有國際影響的文士除了他的祖父，還有蕭穎士等。新羅國就常派使者來說：「東夷士庶願請蕭夫子為國師。」蕭氏文章學術俱冠詞林，聲名遠播，在唐朝卻只能官終揚州功曹參軍，真是浪費。還有王勃，靠寫作即可金帛盈積，也放著「舌織而衣，筆耕而食」的暢銷大作家生活不過，去走他極不擅長的仕途，命途多舛，英年早逝。

比王勃更具才情的也大有人在，盛唐的無名作家沈氏，其小說集《沈氏驚聽錄》中所存一段兩三百字的佚文〈韋老師〉，在我看來，境界便在王勃的〈滕王閣序〉之上。儘管一為小說，一為韻文，似不可比。

嵩山道士韋老師者，性沉默少語，不知以何術得仙。常養一犬，多毛，黃色，每以自隨，或獨坐山林，或宿雨雪中，或三日五日至嶽寺求齋餘而食，人不能知也。唐開元末歲，牽犬至嶽寺求食，僧徒爭競，怒問何故復來。老師云：「求食以與犬耳。」僧發怒慢罵，令奴盛殘食與乞食老道士食，老師悉以與犬。僧之壯勇者又慢罵，欲毆之。犬視僧，色怒，老師撫其首。久之，眾僧稍引去，老師乃出，於殿前池上洗犬。俄有五色雲遍滿溪谷，僧駭視之，雲悉飛集池上。頃刻之間，其犬長數丈，成一大龍。老師亦自洗濯，服綃衣，騎龍坐定，五色雲捧足，冉冉升天而去。僧寺作禮懺悔，已無及矣。

奧地利作家卡夫卡、英國作家吉卜林（Joseph Rudyard Kipling）、美國作家愛倫坡（Edgar Allan Poe）也寫傳奇，更不用說法國的小說家了。當代法國作家尤瑟娜（Marguerite Yourcenar）的短篇集《東方奇觀》（*Nouvelles orientales*）和莫洛亞（André Maurois）的短篇集《栗樹下的晚餐》（*Pour Piano Seul*），採用的便是典型的傳奇筆法。其中《東方奇觀》裡的中國題材小說〈王佛脫險記〉，結尾與竇維鋈的〈阿專師〉、沈氏的〈韋老師〉和卡夫卡的〈木桶騎士〉如出一轍，主題也是近似或者一致的。寫的是漢代畫家王佛，為了不讓皇權統治自由的藝術世界，便帶著林姓弟子，由皇帝的

宮殿，從自己的畫中，划船消失在藍天般的海洋裡。這種神話筆法，表現的是一種人生與藝術的獨立、自由之境。

竇維鋈〈阿專師〉裡的浪蕩僧阿專師，熱愛自由和快樂，為世俗所不容，最後騎牆飛離了厭賤他的塵世。卡夫卡〈木桶騎士〉裡的「我」，同樣因世道的寒涼與人情的冷漠而離去，騎著他的煤桶上升到冰山地帶，方向不辨，永不復返。沈氏〈韋老師〉中的老道韋氏的離開，又何嘗不是如此呢？現實中的他和他的黃狗，是注定只能餓死的。正如波赫士在他晚年的小說《帕拉塞爾蘇斯的玫瑰》中所說的那樣，是信仰而非金錢，才能讓生命和藝術的玫瑰在灰燼中重放。

盛唐史詩

唐人稱武則天為「天后」，在小說中時有出現。盛唐大作家牛肅的〈蘇無名〉就與天后有關，還是較早的偵探、推理小說雛形。其中的主角蘇無名，便成為中國小說中較早的偵探形象，其從容、自信的推理，給人印象頗深。〈趙夏日〉雖短，卻塑造了一個控制慾極強的人，死後仍在靈帳內發號施令，一如生前，是戴孚名作〈李霸〉的原型。

牛肅是盛唐大小說家，懷州河內（今河南沁陽）人，祖籍京兆涇陽（今陝西咸陽）。其弟牛聳做過太常博士。牛肅生活在武周、玄宗和代宗三朝，開元二十八年（西元七四〇年）在懷州，官終岳州刺史。他的小說集《紀聞》當成書於晚年，多寫玄宗朝事。該書本為十卷，久佚；今本為上、下兩卷，存文一百二十七篇。

卷上多修道飛仙，冥府地獄也基本世俗化了。卷下言鬼神之事甚多，包括山林川澤之神，還有動物精怪等，與傳統志怪無異。志怪書寫的是靈魂、欲望和死亡，與現實中的理性、生命和健康相對，即人的生命既由理性和健康主宰，亦受制於命運和災異的無常。在《紀聞》中，成熟的天狐小說已然出現，如〈葉法善〉，言胡（狐）僧持花誘人繞塚而行，在迷幻中

步入虛假的天堂。同樣，人也可以利用狐。不過牛肅最優秀的作品，卻是現實題材的史詩類傳奇小說，主題是人的遭遇和意志。

〈儀光禪師〉，說的是李唐宗室瑯玡王起兵討伐武則天失敗被殺，其子流落民間入寺為僧。唐室中興，王子被從父發現。從父之女逼婚王子，王子竟自閹明志，以示不願還俗的決心，後來他成了影響甚大的儀光禪師。王子確實經歷了很多，但他以這樣極端的方式躲避一個姑娘有點魯莽的追求，還是令人震驚，亦可見此前的經歷對他的傷害之深。〈屈突仲仁〉寫的是一位終身刺血寫經的長者，原因是他要為自己所殺的無數動物追福贖罪。

〈裴伷先〉寫的也是武周時候的事。十七歲的裴伷先因伯父遇害當面頂撞了武則天，即被仗放南中（今雲南）。妻亡後裴伷先攜子潛回，被發現又杖遷北庭。在北疆，他靠做生意成為巨富，得娶降唐可汗之女。得知武則天將殺害流放者，裴伷先遂避難胡地。後僥倖得還故里，唐室再造才復出。整個故事宛若史詩，在相距萬里的背景中演義個人的命運、時代的悲歡，情節曲折、氣勢恢宏。

另一篇史詩類傳奇名作〈吳保安〉，也與兩爨時期的古雲南有關。說的是河北人吳保安，將老鄉郭仲翔介紹給去姚州（今雲南姚安）做都督的李蒙，以求取功名。孰料李蒙輕敵冒進，身死軍沒，郭仲翔則做了蠻夷的俘虜。由此我們得知，當時滇中的頭人酋長，被稱為洞主，他們將俘虜來的漢人作為人質，由對方出錢物贖回。郭仲翔在雲南為奴十年，如果不是由於他想逃跑而被轉賣各洞，待遇還算不錯，吃的和主人一樣。其實直到一九四〇、五〇年代，雲南邊遠地方的土司頭人，吃的也和自家的奴僕差不多。郭仲翔還記得，他被轉賣過的一個南洞有號，叫「菩薩蠻」：

初，仲翔之沒也，賜蠻首為奴，其主愛之，飲食與其主等。經歲，仲翔思北，因逃歸，追而得之，轉賣於南洞。洞主嚴惡，得仲翔，苦役之，鞭笞甚至。仲翔棄而走，又被逐得，更賣南洞中，其洞號「菩薩蠻」。仲翔居中經歲，困厄復走，蠻又追而得之，復賣他洞。洞主得仲翔，怒曰：「奴好走，難禁止邪？」乃取兩板，各長數尺，令仲翔立於板，以釘自足

背釘之，釘達於木。每役使，常帶二木行。夜則納地檻中，親自鎖閉。仲翔二足，經數年瘡方癒。木鎖地檻，如此七年。仲翔初不堪其憂。保安之使人往贖也，初得仲翔之首主，輾轉為取之，故仲翔得歸焉。

〈竇不疑〉寫的是人與鬼、生命和死神的關係。竇不疑是唐朝的開國功臣，少時任俠，呼朋喚友，鬥雞走狗，以意氣相期。他與人打賭，射殺了恐怖的道鬼，自此以雄勇聞名。年逾古稀告老還鄉，竇不疑依舊意氣不衰，可這次再遇狐鬼卻失魂落魄，不久就病死了。可見在生命力旺盛的青壯年，死神自然不是對手，但到了垂暮之年，人們卻不得不面對它的陡然降臨，無力抗拒。

〈牛應貞〉寫的是牛肅早逝的女兒牛應貞。應貞是讀書天才，十三歲便能背誦經史子集數百卷、佛經三百餘卷。「後遂學窮三教，博涉多能」，夢中都在與人談文論理或撕書而食。可惜天才早逝，二十四歲就去世了。牛應貞「文名日遺芳」，證實了唐代已有筆名。

牛肅對鬼怪的描繪很有想像力，既奇特怪異又樸質生動。如道鬼：

身長二丈，每陰雨昏黑後，多出，人見之，或怖而死。

如廁神：

無有至廁，於垣穴中，見人背坐，色黑且壯。無有以為役夫，不之怪也。頃之，此人回顧，深目巨鼻，虎口鳥爪，謂無有曰：「盍與子鞋？」無有驚，未及應，怪自穴引手，直取其鞋，口咀之，鞋中見血，如食肉狀，遂盡之。

再如死神：

忽梁間有物，墮於其腹，大如盆盎。不疑擊之，則為犬音，自投床下，化為火人，長二尺餘，光明照耀。入於壁中，因爾不見。

身如狗，項有九頭，皆如人面，面狀不一，有怒者、喜者、妍者、醜者、老者、少者、蠻者、夷者，皆大如拳。尾甚長，五色。

不愧是唐朝，連死神都是多民族、國際化的。有時死神又以美女的面孔從房柱中出現；或以朱眼大口的鐵孩模樣自床下出現；或以恐怖的嘴臉

出現在南牆：

赤色，大尺餘，趺鼻眇目，鋒牙利口，殊可憎惡。

此後，又化為白、青、黑等色，依次在四壁出現，且越變越大。卷下〈李虞〉中，還有以屍體面目出現的死神，更為可怖：

歲暮，野外從禽，禽入墓林，訪之林中。有死人面仰，其身洪脹，甚可憎惡，巨目大鼻，挺動其眼，眼仍光起，直視於虞。虞驚怖殆死……

在鄭常（西元？至西元七八七年）的《洽聞記》殘本中，有兩篇寫美人魚的文字，但這種文學胚胎後來並未發育、生長起來。第一篇採自東晉祖臺之《志怪》中的〈江黃〉篇，只是把「江黃」改成了「江神」。第二篇寫的是東海的美人魚，似乎更像魚一點，無鱗尾，分男女，仍只是意淫的產物：

海人魚，東海有之。大者長五六尺，狀如人，眉目口鼻手爪頭皆為美麗女子，無不具足。皮肉白如玉，無鱗，有細毛，五色輕軟，長一二寸。髮如馬尾，長五六尺。陰形與丈夫女子無異。臨海鰥寡多取得，養之於池沼。交合之際，與人無異，亦不傷人。

卷五　中唐

顧況論小說

　　作為中唐大詩人，一句話便讓白居易名滿長安的大批評家，顧況為戴孚小說集《廣異記》所作之序當然很重要。況且自宋代以後，詩話、詞話，包括為白話小說作論者，均層出不窮，而論及志怪、傳奇者，卻較為罕見。

　　顧況，字逋翁，蘇州海鹽橫山（今屬浙江海寧）人，生卒年不詳。他與戴孚為唐肅宗至德二年（西元七五七年）同年，兩人同登一科。雖說後來官都不大，但顧況在京城做過著作佐郎，文名很盛，而戴孚由校書終饒州錄事參軍，五十七歲便去世了。

　　顧況自言為戴孚作序，一念同年之舊（從《廣異記》中就能看到兩人素有交往）；二為二十卷的《廣異記》用紙千幅，計十餘萬言，不容輕忽；三為其二子求請。不過顧況所寫的，更是一篇真正的中國小說史論：

　　予欲觀天人之際，變化之兆，吉凶之源，聖有不知，神有不測。其有乾元氣，汨五行，聖人所以示怪力亂神，禮樂刑政，著明聖道以糾之。故許氏之說，天文垂象，蓋以示人也。古文「示」字，如今文「不」字。儒者不本其意，云「子不語」，此大破格言，非觀象設教之本也。

　　大鈞播氣，不滯一方，檮杌為黃熊，彭生為大豕，萇弘為碧，舒女為泉，牛哀為虎，黃母為黿，君子為猿鶴，小人為蟲沙，武都婦人化為男，成都男子化為女，周娥殉墓十載卻活，嬴諜暴市六日而甦，蜀帝之魂曰杜鵑，炎帝之女曰精衛，洪荒窈窕，莫可紀極。古者青鳥之相塚墓，白澤之窮神奸，舜之命夔以和神，湯之問革以語怪，音聞魯壁，形鏤夏鼎，玉牒石記，五圖九簡，說者紛然，故漢文帝召賈誼問鬼神之事，夜半則前席。

　　志怪之士，劉子政之《列仙》，葛稚川之《神仙》，王子年之《拾遺》，東方朔之《神異》，張茂先之《博物》，郭子橫之《洞冥》，顏黃門之《稽聖》，侯君素之《旌異》，其中神奧。陶君之《真誥》，周氏之《冥通》，而《異苑》、《搜神》、《山海》之經，《幽冥》之錄，襄陽之《耆舊》，楚國之《先賢》、《風俗》所通，《歲時》所記，《吳興》、《陽羨》、《南越》、

《西京》，注引《古今》，辭標《淮海》。裴松之、盛弘之、陸道瞻等諸家之說，蔓延無窮。國朝燕公《梁四公傳》，唐臨《冥報記》，王度〈古鏡記〉，孔慎言《神怪記》，趙自勤《定命錄》，至如李康成、張孝舉之徒，互相傳說。

　　譙郡戴君孚，幽賾最深。安道之胤，若思之後，邈為晉僕射，達為吳隱士，世濟文雅，不隕其名。至德初，天下肇亂，況始與同登一科。君自校書，終饒州錄事參軍，時年五十七。有文集二十卷。此書二十卷，用紙一千幅，蓋十餘萬言。雖景命不融，而鏗鏘之韻，固可以輔於神明矣。二子鋮、雍，陳其先志，泣請父友，況得而敘之。

　　顧況言天人變化出自陰陽五行，原理與干寶《搜神記》卷十二之〈五氣變化〉相同，其中人與動物間的變化，來自圖騰的印記明顯。之後，又從上古神話說到了漢代的小說，從六朝志怪說到了初唐的傳奇，以及當時「李庚成、張校舉之徒，互相傳說」的傳奇創作方式。可見唐人對中國小說傳統的源流，及其形而上觀念的由來，已極為清晰、明確了。一直對小說有些輕蔑又語焉不詳，卻總在給小說歸類、下定義的，是經史學家。

　　顧序想為志怪正名，甚而將「子不語怪力亂神」，釋為「子示語怪力亂神」，言古之「不」字為唐之「示」字，與今人以不同的斷句，言孔子並無此義類似，都是將孔子奉為至聖而非百家之一，才會去做的傻事。如果孔子之前的聖賢多語神怪，那「子不語怪力亂神」，就只是孔子個人的方式。可一旦獨尊一家，我們的儒家聖賢，便只知道歷史和政治了。漢文帝有靈魂需要，夜半前席問賈誼鬼神之事，我們還認為是對他的輕視，嘆其不遇呢。

　　小說的緣起和由來，用顧況文中的頭一句話來說，最貼切：「予欲觀天人之際，變化之兆，吉凶之源，聖有不知，神有不測。」於是，小說就出現了。沒有形而上的追求，便沒有傳統。顧況也寫過小說《遊仙記》，是一篇〈桃花源〉般的故事，其中的世外之人仍行血祭。

狐精傳奇

　　戴孚生卒亦不詳，他是譙郡（今安徽亳縣）人，肅宗至德二年（西元七五七年）與顧況同登進士第，授校書郎。代宗大曆六年（西元七七一年）在睦州桐廬縣為官。約卒於德宗興元初（西元七八四年），時年五十七歲，官終饒州錄事參軍。《廣異記》的傳世，得益於《太平廣記》多達三百一十三條的徵引，字數與顧況序中所言相近，應該能夠反映戴孚小說的面貌。

　　不知《廣異記》的目錄是如何排定的，但開始的三十餘篇，就是對民間佛道傳說的紀錄，有構思也沒有完成，想描狀又缺乏能力，還有不少模仿痕跡，看上去很像初唐的小說，但比《冥報記》差得遠。之所以推斷它們是民間傳說，是因為故事紛紜、人物駁雜，得道成仙者五花八門，誦經得報的敘述又雷同近似。不過這樣的紀錄也有意義，至少能看到唐代佛道信眾們的情狀。如在〈劉清真〉中，居然有二十來個茶葉販子一起棄商修道，最終靈藥卻被一人偷吃了。其餘篇目中服食成仙的，甚而還有胡人，連孩子也有修道的。

　　如〈李仙人〉中所講的故事，前些年我還聽一位雲南道姑說過，她跟個老道士就有過類似的同居經歷。文中的李仙人自稱謫仙，拋棄妻子飛天而去。現實中厭倦了雲南道姑的老道士也謊稱自己領受了天命，要獨自去完成。有的故事如〈張李二公〉，則成了牛僧孺小說〈裴諶〉的原型。然而，當你讀到第三十四篇〈王琦〉，一個全然不同的戴孚便出現了，儼然是一位手法純熟、技巧高超、視野開闊的小說大家，無論何等離奇荒誕之事，寫來都巧妙逼真、引人入勝。

　　〈楊元英〉裡死了二十年的太常卿楊元英，還惦記著修理寶劍，忙冥中公務，甚至不知道自己的妻子已於十五年前故去並與之合葬，好不容易見到了陽間的兒子仍步履匆匆，真是了無生趣。〈常夷〉中耿直清正、博覽經典、雅有文藝的士人常夷在鄉間居住，有志趣相投之鬼前來造訪，對他講述梁、陳宮廷舊事，遂引為好友，大限未至便去往冥府與之做伴了。

〈李霸〉為戴孚的代表作，寫一個死後仍在棺材裡發號施令，牢牢控制著家族和官署的縣令，讓屬下、親戚驚恐不說，家人也很困擾，後來被薛漁思改寫成〈韋齊休〉。薛氏的諸多改寫皆遠勝原作，但〈韋齊休〉與〈李霸〉只打了個平手，生動之處尚有不如。最有趣的是，在他自己的葬禮上，李霸決定與來弔唁自己的賓客見面。專橫暴虐的人，自我感覺都好過頭了：

岐陽令李霸者，嚴酷剛鷙，所遇無恩，自丞、尉以下，典吏皆被其毒。然性清婞自喜，妻子不免飢寒。一考後暴亡，既殮，庭絕弔客。其妻每撫棺慟哭，呼曰：「李霸在生云何，令妻子受此寂寞！」

數日後，棺中忽語曰：「夫人無苦，當自辦歸。」其日晚衙，令家人於廳事設案几，霸見形，令傳呼召諸吏等。吏人素所畏懼，聞命奔走見霸，莫不戰懼股慄。又使召丞及薄、尉。既至，霸訶怒云：「君等無情，何至於此！為我不能殺君等耶？」言訖，悉顛僕無氣。家人皆來拜，庭中祈禱。霸云：「但通物數，無憂不活。率以五束絹為準，絹至便生。」各謝訖去後，謂兩衙典：「吾素厚於汝，何故亦同眾人？唯殺汝一身，亦復何益，當令兩家馬死為驗。」須臾，數百匹一時皆倒欲死。遂人通兩匹細絹，馬復如故。因謂諸吏曰：「我雖素清，今已死謝，諸君可能不惠涓滴乎？」又卒以五匹絹（此處缺五字）。畢，指令某官出車，某出騎，某吏等修（此處缺五字），違者必死。一更後方散。

後日，處分悉了。家人便（此處缺四字）引道，每至祭所，留下歆饗。饗畢，又上馬去。凡十餘里，已及郊外，遂不見。至夜，停車騎，妻子欲哭，棺中語云：「吾在此，汝等困弊，無用哭也。」霸家在都，去岐陽千餘里。每至宿處，皆不令哭。行數百里，忽謂子曰：「今夜可無寐，有人欲盜好馬，宜預為防也。」家人遠涉困弊，不依約束，爾夕竟失馬。及明啟白，霸云：「吾令防盜，何故貪寐？雖然，馬終不失也。近店東有路向南，可遵此行十餘里，有蘙林，馬繫在林下。」往取，如言得之。

及至都，親族聞其異，競來弔慰，朝夕謁請。霸棺中皆酬對，莫不蹹跙。觀聽聚喧，家人不堪其煩。霸忽謂子云：「客等往來，不過欲見我耳。

汝可設廳事，我欲一見諸親。」其子如言。眾人於庭伺候，久之曰：「我來矣。」命卷幄，忽見霸，頭大如甕，眼赤睛突，瞪視諸客，客莫不顛僕，稍稍引去。霸謂子曰：「人神道殊，屋中非我久居之所，速殯野外。」言訖不見，其語遂絕。

戴孚是只寫小說的作家，作品數量多。文言的特點是精練，張鷟七萬字的《朝野僉載》殘本，其思想和藝術的豐饒，就夠讓人瞠目結舌了。顧況言戴孚的小說「幽賾最深」，亦指其創作深度涉及了志怪與傳奇的各類題材，累積深厚，多有建樹。戴孚小說的成就，可分為不少專題來探討，其中最重要的，應該是他的狐精傳奇。

早年讀蒲松齡，還以為《聊齋志異》裡的狐精小說是他的原創。讀到隋朝《窮怪錄》中的〈劉子卿〉，才知道蒲氏的狐精小說是早有原型的；讀到《廣異記》，又得知那樣的小說已成系列，蒲松齡不過是走得更遠罷了。昨日好友打來電話，談到唐人小說的氣象，言其恢宏非後世可比，那就讓我們來看看戴氏狐精小說的氣象吧。

《廣異記》裡與狐精有關的小說多達三十三篇，其中「聊齋式」的狐精傳奇就有二十餘篇，都是精彩成熟的作品，可以說蒲氏的狐精小說是模仿戴孚的。且「聊齋式」的美麗女狐精傳奇，只是戴孚狐精小說的一部分，除此之外，他還有可愛的男狐精傳奇，愛假扮菩薩的天狐精傳奇等，對各種狐精題材均有涉及。就此而言，他的氣象和格局，就比蒲松齡要大。在《聊齋志異》的序言裡，蒲松齡談到過干寶，包括不相干的蘇軾，卻絕口不提戴孚，也是想避嫌吧。

曾幾何時，中國的小說家們都是以創造自負、以天才自詡的，即便模仿也要避嫌，至少要比前人走得更遠，只會聽從自己內心的召喚和思想的指引。一件文學或者藝術作品如果沒有創意，不是獨一無二的，那它的價值就要大打折扣了。只有沒有尊嚴的人與文化，才會自輕自賤。

先看〈孫緬家奴〉，這個狐精短篇較為特別，寫的是一隻被獵人射殺的野狐轉世為人的不幸經歷，先為動物，後在底層，可謂三生不幸：

曲沃縣尉孫緬家奴，年六歲，未嘗解語。後緬母臨階坐，奴忽睜視，母怪問之，奴便笑云：「娘子總角之時，曾著黃裙白袘襦，養一野狸，今猶憶否？」母亦省之。奴云：「爾時野狸，即奴身是也。得走後，伏瓦溝中，聞娘子哭泣聲。至暮乃下，入東園，園有古塚，狸於此中藏活。積二年，後為獵人擊殪。因隨例見閻羅王，王曰：『汝更無罪，當得人身。』遂生海州，為乞人作子。一生之中，常苦飢寒，年至二十而死。又見王，王云：『與汝作貴人家奴。奴名雖不佳，然殊無憂懼。』遂得至此。今奴已三生，娘子故在，猶無恙有福，不其異乎！」

再看〈阿胡〉（又名〈焦鍊師〉），也是戴孚狐精小說中別具一格的。寫的是狐精阿胡用自己絕妙的法術教訓了焦姓道士，告訴他不配再做自己的老師，更為難不了自己，並證明不僅正法能被妖狐所學，太上老君也可由狐精來扮：

開元中，有焦鍊師修道，聚徒甚眾。有黃裙婦人自稱阿胡，就焦學道術。經三年，盡焦之術，而固辭去。焦苦留之，阿胡云：「己是野狐，本來學術。今無術可學，義不得留。」焦陰欲以術拘留之，胡隨事酬答，焦不能及。乃於嵩頂設壇，啟告老君，自言：「己雖不才，然是道家弟子，妖狐所侮，恐大道將墜。」言意懇切。壇四角忽有香菸出，俄成紫雲，高數十丈，雲中有老君見立。因禮拜，陳云：「正法已為妖狐所學，當更求法以降之。」老君乃於雲中作法，有神立於雲中以刀斷狐腰，焦大歡慶。老君忽從雲中下，變作黃裙婦人而去。

辛辣的諷刺

陸長源的《辨疑志》，主題乃「辨裡俗流傳之妄」，存佚文十餘篇，是邯鄲淳《笑林》諷刺風格的延續與發展。德宗朝，陸長源歷任建、湖、信、汝四州刺史。貞元十二年（西元七九六年），授檢校禮部尚書、宣武軍節度行軍司馬。貞元十五年（西元七九九年），他以峻法繩驕兵，為亂

軍所殺。新舊唐書皆有傳，《舊唐書》說他「性輕佻，言論容易，恃才傲物，所在人畏而惡之」，《新唐書》言其「性剛不適變」，「好諧易，無威儀，而清白自將」。但都未提及陸長源最重要的特點，即他是一個無神論者，還是個恃才傲物的諷刺作家。

《辨疑志》所存的十幾篇文字，是我讀過唐五代小說中最辛辣的。〈蕭穎士〉寫蕭穎士誤以為夜行遇到的胡姓民婦是狐精，不但不保護人家，還罵她是「死野狐，敢媚蕭穎士！」〈李恆〉中的巫祝李恆，用明礬在紙上畫畫，浸入水中顯形騙人，被揭穿後只得退還錢物，狼狽逃竄。〈姜撫〉中自稱已活了幾百歲的老道士姜撫，不僅受到唐玄宗禮遇，地方官崇拜，粉絲都難得見他一面，卻被一位精通歷史的隱士指出其毫無常識，幾天就氣死了。〈李長源〉中的李長源擅服氣導引、禹步方術，在火災來臨時不讓別人拆屋斷火，獨自上房跨禹步念咒語，結果被大火燒得摔了下來。〈靈應臺〉中的長安佛教信眾，稱城南靈應臺塔內觀音顯靈，夜見聖燈一雙。有士兵呼喚著觀音之名走近聖燈，居然被老虎拽去，原來那對聖燈不過是老虎發光的兩眼。〈石老者〉中的逆子謀害了久病的老父，竟謊稱其顯現神蹟，駕鶴西去了。

還有〈明思遠〉中的華山道士明思遠，雖勤於修道，信仰篤定，遇虎之時仍端然不動，閉氣存思，卻被老虎吃得只剩下鞋子。這篇文字短小、沉痛，茲引於後：

華山道士明思遠，勤修道籙三十餘年。常教人金水分形之法，並閉氣存思，師事甚眾。永泰中，華州虎暴，思遠告人云：「虎不足畏。但閉氣存思，令十指頭各出一獅子，但使向前，虎即去。」思遠兼與人同行，欲暮，於谷口行逢虎。其伴驚懼散去，唯思遠端然，閉氣存思，俄然為虎所食。其徒明日於谷口相尋，但見松蘿及雙履耳。

早年娛樂生活少，人們百無聊賴，常常會做一些莫名其妙的事情。夏天天陰欲雨，湖裡的魚常浮上水面來大口喘氣，周邊的市民便悉數躍入湖中徒手捉魚，兒時的我也抱住了一條有我一半大的鱸魚。過了些時日，又聽說城郊小村大樹冒煙，不知是何異兆，於是好多人又趕往該村觀光，把

幾棵大樹旁邊的莊稼都踏平了。後來得知，所謂大樹冒煙，不過是秋季物燥，雲集在有洞大樹頂端的萬千蚊蟲飛舞，如煙狀隨風飄蕩。《辨疑志》中的〈萬歲樓〉，寫的就是這樣的事：

> 潤州城南隅有樓，名萬歲樓。俗傳樓上煙出，刺史即死，不死即貶。開元已來，以潤州為凶闕。董琬為江東採訪使，嘗居此州。其時，晝日煙出，刺史皆憂懼狼狽，愁情至死。乾元中，忽然又晝日煙出，圓可一尺餘，直上數丈。有吏密伺之，就視其煙，乃出於樓角隙中。更近而視之，乃蚊子也。樓下有井，井中無水，黑而且深。小蟲蟻蠓蛛蝸之類，色黑而小，每晚晴，出自於隙中，作團而上，遙看類煙，以手攬之，即蚊蚋耳。從此知非煙，刺史亦無慮矣。

而〈聖姑棺〉裡被挖出來的聖姑骨骸，〈北大河〉中被洪水沖毀的女媧墓，都讓我想起兒時所見被從墓中掘出的屍骸，骷髏頭上還黏連著花白的髮辮。

陸長源雖不信鬼神，但對信仰和卜算亦非全然否定，只是強調事在人為。有關辨山擇地，他便寫了兩個相反的故事。對信仰，則寫了一真一假。〈沙門信義〉中的信義和尚，將信眾施捨來的錢財分為三份，拿去備修寺院、賑濟貧困、供養寺僧。還有一個叫裴玄智的僧人，貌似精勤守戒，十幾年如一日，誰知卻是個黃金大盜。他盜竊得手潛逃後，還在寢室裡留詩一首，嘲弄所有的同門。詩歌大意是：你們這些傻瓜，反腐敗靠的不是制度而是道德，等於在狼口下放羊，狗嘴前放骨頭；人不是佛，不用制度來約束，都免不了做賊：

> 武德中，有沙門信義習禪，以三階為業，於化度寺置無盡藏。貞觀之後，舍施錢帛金玉，積聚不可勝計。常使此僧監當，分為三份，一份供養天下伽藍增修之備，一份以施天下饑餒悲田之苦，一份以充供養無礙。士女禮懺闐咽，施捨爭次不得。更有連車載錢絹，舍而棄去，不知姓名。

> 貞觀中，有裴玄智者，戒行精勤，入寺灑掃，積十數年。寺內徒眾，以其行無玷缺，使守此藏。後密盜黃金，前後所取，略不知數，寺眾莫之

覺也。因僧使去，遂便不還。驚疑所以，觀其寢處，題詩云：

放羊狼頷下，置骨狗前頭。

自非阿羅漢，安能免得偷！

更不知所之。

靈怪通幽

張薦（西元七四四至八〇四年），字孝舉，張鷟之孫。少精史傳，敏銳有文辭，得顏真卿賞識成名。代宗大曆中遞授左司御率府兵曹參軍、史館修撰、左拾遺。德宗貞元中歷任太常博士、工部員外郎、左諫議大夫和祕書監等。貞元二十年（西元八〇四年），為工部侍郎兼御史大夫，充吐蕃弔祭史，至青海赤嶺而卒，贈禮部尚書。張鷟之孫張薦、玄孫張讀，均為唐代著名小說家，且官做得都比他大。故史書介紹張鷟，要說他是「贈禮部尚書張薦之祖，吏部侍郎張讀高祖」。張鷟當然不需要這樣的抬舉，是他影響了自己的孫輩。

張薦的小說集《靈怪集》存文不多，收入其中的〈薛放曾祖〉和〈姚康成〉等據考又非其所作，那他重要的作品就只剩下兩三篇了。最具意義的當屬〈郭翰〉，可視為張薦對祖父張鷟名作〈遊仙窟〉的改寫。同樣是豔遇故事，文筆華美，但不用第一人稱，而是把這種題材寫得更像純小說，自此成為一種小說類型。不過這類小說的激情和性感程度，均比不上〈遊仙窟〉，直到蒲松齡讓狐精女鬼同時參與其中，寫出了更有魅力也更具人性之美的〈蓮香〉。

〈郭翰〉中有兩句話很重要，乃中國小說的形而上追求之一，即顧況所說的「天文垂象，蓋以示人」之意：

萬物之精，各有像在天，成形在地。下人之變，必形於上也。

能將萬物與天象對應，人生與宇宙對應，自然是小說的至高境界，文

學和宗教的神祕之處就在於此。有人說：上天庭，如果像《辨異志》中的道士李長源那樣禹步踏火，非燒死不可，但要像禹王那樣越崑崙踏北，便可得道升天。

〈泊舟河湄〉中，主角因憐憫路邊的屍骨，也得到了亡靈的感謝。〈關司法〉中的傭婦鈕婆，用幻術為自己的孫子萬兒，爭得了與主人之子同穿新衣的權利，並躲過了對方的謀害，若無其事地說笑遊戲著，便得到了主人的敬畏和平等相待：

鄆州司法關某，有傭婦人姓鈕，關給其衣食，以充驅使。年長，謂之鈕婆。並有一孫，名萬兒，年五六歲，同來。關氏妻亦有小男，名封六，大小相類。關妻男常與鈕婆孫同戲，每封六新製衣，必易其故者與萬兒。一旦，鈕婆忽怒曰：「皆是小兒，何貴何賤？而彼衣皆新，而我兒得其舊。」甚不平也。關妻問曰：「此吾子，爾孫僕隸耳。吾念其與吾子年齒類，故以衣之，奈何不知分理？自此故衣亦不復得矣。」鈕婆笑曰：「二子何異也？」關妻又曰：「僕隸那與好人同？」鈕婆曰：「審不同，某請試之。」遂引封六及其孫，悉內於裙下，著地按之。關妻驚起奪之，兩子悉為鈕婆之孫，形狀衣服皆一，不可辨。乃曰：「此即同矣。」關妻大懼，即與司法同祈請懇至，曰：「不意神人在此。自此一家敬事，不敢以舊禮相待矣。」良久，又以二子致裙下，按之，即各復本矣。關氏乃移別室居鈕婆，厚待之，不復使役。

積年，關氏頗厭怠，私欲害之。令妻以酒醉之，司法伏戶下，以钁擊之。正中其腦，有聲而倒。視之，乃栗木，長數尺。夫妻大喜，命斧斫而焚之。適盡，鈕婆自室中出曰：「何郎君戲之酷也！」言笑如前，殊不介意。鄆州之人知之。關不得已，將白於觀察使。入見次，忽有一關司法，已見使言說，形狀無異。關遂歸。及到家，堂前已有一關司法先歸矣，妻子莫能辨之。又哀祈鈕婆，涕泣拜請。良久，漸相近，卻成一人。自此其家不復有加害之意，至數十年，尚在關氏之家，亦無患耳。

據《新唐書·藝文志》記載，張薦的《靈怪集》本為兩卷。顧況在《廣異記》序中，言「李庾成、張孝舉之徒，互相傳說」，指的就是張薦（字孝

舉）等人互相傳說、徵異話奇的小說創作方式。

對這種在士人中極為流行的重要的唐傳奇創作方式，沈亞之在他的小說《異夢錄》中有過展示。文稱某年某月某日，一次士人聚會中，作者聽主人講了一個奇異的夢，在座的人「皆嘆息曰：『可記。』故亞之退而著錄。」次日有新客到來，沈亞之將所錄示之，便有人又講述了另一個異夢。

此外，在〈離魂記〉、〈任氏傳〉、〈李娃傳〉、〈長恨歌傳〉和〈鶯鶯傳〉等諸多唐傳奇名篇內，也有大致相同的說明文字。而李公佐在他的小說〈古岳瀆經〉裡，更有對此類聚會環境和意境的描寫：

貞元丁丑歲，隴西李公佐泛瀟湘蒼梧，偶遇征南從事弘農楊衡泊舟古岸，淹留佛寺，江空月浮，徵異話奇。

公佐至元和八年冬，自常州餞送給事中孟簡至朱方，廉使薛公蘋館待禮備。時扶風馬植、范陽盧簡能、河東裴蘧皆同館之，宵環爐會語，終夕焉。

與張薦的《靈怪集》一樣，陳劭的小說集《通幽記》也失傳了，不過在《太平廣記》中還存文近三十篇。與《靈怪集》相較，《通幽記》的娛樂性更強，有意將道理講得似是而非，令人發笑。陳劭生平不詳，約為德宗朝（西元七七九至八〇五年）人。他的小說最大的特點是追求好看，志怪就寫得最怪，怎麼恐怖嚇人就怎麼寫。

〈趙旭〉是人仙豔遇小說，但女主角卻不像〈郭翰〉中的織女那樣鄭重其事，只是個調皮的「天上青童」，未見其人，先聞笑聲切切。自我介紹是「位居末品，時有世念，帝罰我人間隨所感配。」之後，又有嫦娥之女來加入遊戲。分手之際，這個十四五歲的少女推薦給情人的修持方法是：「其大要以心死可以身生，保精可以致神。」面對情郎的感傷，她的勸解是：「身為心牽，鬼道至矣。」其實寫的就是一段嫖宿雛妓的經歷。

當然，無論張薦還是陳劭，在小說中都強調男女相配，郭翰是「少簡貴，有清標，姿度美秀，善討論，工草隸」，趙旭是「少孤介好學，有姿

貌，善清言，習黃老之道」，且二人均為少年。晚唐孫棨的自傳體紀實小說集《北里志》，寫的便是唐代長安的妓館。到了明代，仍有不少名門出身的少年士子，其情感和性愛經歷，都是從高檔娼家開始的。

再來看陳劭的恐怖小說，這才是他最傑出的作品。〈牛爽〉一篇，寫的是瘡中出蟬，而蟬又被灶神支配。牛爽驅巫捕蟬之後，在夢幻中見鬼殺鬼，可他殺掉的竟然是自己的三個女兒，自己也病死了。〈王容李咸〉中的王容和表弟李咸夜宿驛站，李被一個「綠裙紅衫，素顏奪目」的婦人勾魂，先甚歡狎，之後又受了魅惑，莫名其妙地封物留書辭訣家人，並險些被現形為三尺白臉且無面目的廁神勒死。

陳劭小說的恐怖，在於情節和細節描繪的真實，尤其是〈李咸〉和〈王垂〉，我們像其中的旁觀者一樣知道情況不妙，卻無法避免災禍降臨到親朋的身上。旁觀人物的設置，使讀者如同身臨其境，緊張而有懸念。〈王垂〉寫王垂、盧收二人謀盜一婦人的錦囊，見婦人色藝俱佳，王垂貪色，與婦人繾綣，盧收竊囊，發現囊中全是骷髏。後王垂被四面有眼、腥穢異常的女鬼拖拽著啃咬，數月後就死了：

太原王垂，與范陽盧收友善。大曆初，嘗乘舟於淮浙往來，至石門驛旁，見一婦人於樹下憩，容色殊麗，衣服甚華，負一錦囊。王、盧相謂曰：「婦人獨息，婦囊可圖耳。」乃彌棹伺之。婦人果問曰：「船何適？可容寄載否？妾夫病在嘉興，今欲省之，足痛不能去。」二人曰：「虛舟且便，可寄爾。」婦人攜囊而上，居船之首。又徐挑之，婦人正容曰：「暫附，何得不正耶？」二人色怍。垂善鼓琴，以琴悅之，婦人顧盼，美艷粲然。二人振盪，乃曰：「娘子固善琴耶？」婦人曰：「少所習。」王生拱琴以授，乃撫軫泛弄泠然。王生曰：「未嘗聞之，有以見文君之誠心矣。」婦人笑曰：「委相如之深也。」遂稍親和。其談諧慧辯不可言，相視感悅。

是夕，與垂偶會船前，收稍被隔礙，而深嘆慕。夜深，收竊探囊中物視之，滿囊髑髏耳。收大駭，知是鬼矣，而無因達於垂，聽其私狎，甚繾綣。既而天明，婦人有故暫下。收告垂，垂大懼，曰：「計將安出？」收曰：「宜伏簀下。」如其言。須臾，婦人來，問：「王生安在？」收紿之曰：

「適上岸矣。」婦人甚劇，委收而追垂。望之稍遠，乃棄囊於岸，並棹倍行。數十里外，不見來，夜藏船鬧處。半夜後，婦人至，直入船，捜垂。婦人頭四面有眼，腥穢甚，齧咬垂，垂困。二人大呼，眾船皆助，遂失婦人。明日，得紙梳一枚於席上。垂數月而卒。

〈厲鬼〉則繪聲繪色地描述了一場人鬼大戰。說的是建中二年，湖南的厲鬼掃蕩江淮，明明是子虛烏有，卻寫得電閃雷鳴。這場地動山搖的人鬼攻防戰，從全景到細節乃至特寫，從呼嘯而來的群鬼到有名有姓有官職的人物，從猙獰的惡鬼到無助的弱女，全都歷歷在目。〈李哲〉寫的則是一個愛戲弄人的調皮鬼，或化為胡人，盜人所讀之《春秋》，或到處題詩留言，捉弄大家，令人哭笑不得。

〈盧仲海〉寫的則是一個驚心動魄的逃離死亡的故事。盧仲海和從叔盧纘去吳地做客，盧纘大醉，半夜嘔吐而亡。仲海大呼從叔名字數萬聲，將其從冥府喚回。二人生怕冥王又招盧纘，遂趁雞鳴天曉，乘船倍道兼程，逃脫了死神的追索和召喚。

〈崔氏婢〉寫的是一個神魂附體的通靈女童。文中，該女童一直在唱獨角戲，扮演著諸多神靈，到最後也不知道她是人是神，可能是個天生的巫女吧。在〈薛二娘〉中，陳劭還以小說筆法寫到了唐代楚州（今江蘇淮安）的巫婆作法，亦實亦虛，煞是好看：

唐楚州白田，有巫曰薛二娘者，自言事金天大王，能驅除邪厲，邑人崇之。村民有沈某者，其女患魅發狂，或毀壞形體，蹈火赴水，而腹漸大，若人之妊者。父母患之，迎薛巫以辨之。既至，設壇於室，臥患者於壇內，旁置大火坑，燒鐵釜赫然。巫遂盛服，奏樂鼓舞請神。須臾神下，觀者再拜。巫奠酒祝曰：「速召魅來！」言畢，巫入火坑中坐，顏色自若。良久，振衣而起，以所燒釜覆頭鼓舞。曲終去之，遂據胡床，叱患人令自縛。患者反手如縛，敕令自陳。初泣而不言，巫大怒，操刀斬之，剨然刃過而體如故。患者乃曰：「伏矣。」自陳云：「淮中老獺，因女浣紗悅之，不意遭逢聖師，乞自此屏跡。但痛腹中子未育，若生而不殺，以還某，是望外也。」言畢嗚咽，人皆憫之。遂秉筆作別詩曰：「潮來逐潮上，潮落在

空灘。有來終有去，情易復情難。腸斷腹中子，明月秋江寒。」其患者素不識書，至是落筆，詞翰俱麗。須臾，患者昏睡，翌日乃釋然。方說，初浣紗時，有美少年相誘，因而來往，亦不自知也。後旬月，產獺子三頭，欲殺之。或曰：「彼魅也而信，我人也而妄，不如釋之。」其人送於湖中，有巨獺迎躍，負而沒之。

韓、柳的小說

　　中唐的大詩人、大散文家，古文運動的領袖、中堅韓愈和柳宗元也寫小說，且狠辣無比。韓愈（西元七六八至八二四年）的〈石鼎聯句序〉，寫的是道士軒轅彌明在聯句遊戲中對附庸風雅者的嘲弄，且有詩為證。柳宗元（西元七七三至八一九年）的〈李赤傳〉，寫的是一個自比李白而號李赤的人，在迷狂中把世界當茅廁、茅廁當世界，並說不這樣做的人沒有幾個：

　　柳先生曰：李赤之傳不誣矣。是其病心而為是耶？抑固有廁鬼耶？赤之名聞江湖間，其始為士，無以異於人也。一惑於怪，而所為若是，乃反以世為溷，溷為帝居清都，其屬意明白。今世皆知笑赤之惑也，及至是非取與向背絕不為赤者，幾何人耶？反修而身，無以欲利好惡遷其神而不返，則幸矣，又何暇赤之笑哉？

　　柳宗元的傑作〈河間傳〉，則是一篇淑女變淫婦的小說，乃中國版《包法利夫人》（*Madame Bovary*），或者《安娜‧卡列尼娜》（*Anna Karenina*）。一個「貞順靜專」的婦人原本自閉在家，非禮勿視、非禮勿聽，連偶然間聽到陌生男子的咳嗽聲都要哭泣數日，像受到了莫大的委屈和冒犯，卻在「美貌陰大」的惡少強姦她時，發現了性樂趣繼而愛上了惡少。回家後，她忽然覺得關心疼愛自己的丈夫變得慘不忍睹，害死丈夫之後，墮落成了一個十足的蕩婦：

　　河間，淫婦人也，人不欲言其姓，故以邑稱。始婦人居戚里，有賢

操。自未嫁，固已惡群戚之亂牝，羞以為類，獨深居為蔮制縷結。既嫁，不及其舅，獨養姑，謹甚，未嘗言門外事，又禮敬夫賓友之相與為肺腑者。

　　其族類醜行者謀曰：「若河間何？」其甚者曰：「必壞之。」乃謀以車眾造門，邀之遨嬉，且美其辭曰：「自吾里有河間，戚里之人日夜為飭厲，一有小不善，唯恐聞焉。今欲更其故，以相效為禮節，願朝夕望若儀狀以自惕也。」河間固謝不欲，姑怒曰：「今人好辭來，以一接新婦來為得師，何拒之堅也？」辭曰：「聞婦人之道，以貞順靜專為禮。若夫矜車服，耀首飾，族出歡鬧，以飲食觀遊，非婦人宜也。」姑強之，乃從之遊。過市，或曰：「市少南入浮圖祠，有國工吳叟始圖東南壁，甚怪。可使奚官先辟道乃入觀。」觀已，延及客位，具食幃床之側。聞男子欬者，河間驚，跣走出，召從者馳車歸。泣數日，愈自閉，不與眾戚通。戚里乃更來謝曰：「河間之遽也，猶以前故，得無罪吾屬耶？向之欬者，為膳奴耳。」曰：「數人笑於門，如是何耶？」群戚聞且退。

　　期年，乃敢復召，邀於姑，必致之。與偕行，遂入阝豐隰州西浮圖兩池間，叩檻出魚龜食之。河間為一笑，眾乃歡。俄而，又引至食所，空無帷幕，廊廡廓然，河間乃肯入。先，壁群惡少於北牖下，降廉，使女子為秦聲，倨坐觀之。有頃，壁者出宿，選貌美陰大者主河間，乃便抱持河間。河間號且泣，婢夾持之，或諭以利，或罵且笑之。河間竊顧視持己者甚美，左右為不善者已更得適意，鼻息咈然，意不能無動，力稍縱，主者幸一遂焉。因擁致之房，河間收泣甚適，自慶未始得也。至日仄，食具，其類呼之食，曰：「吾不食矣。」且暮，駕車相戒歸，河間曰：「吾不歸矣。必與是人俱死。」群戚反大悶，不得已，俱宿焉。夫騎來迎，莫得見，左右力制，明日乃肯歸。持淫夫大泣，齧臂相與盟而後就車。

　　既歸，不忍視其夫，閉目曰：「吾病甚。」與之百物，卒不食。餌以善藥，揮去。心怦怦恆若危柱之弦。夫來，輒大罵，終不一開目，愈益惡之，夫不勝其憂。數日，乃曰：「吾病且死，非藥餌能已。為吾召鬼解除之，然必以夜。」其夫自河間病，言如狂人，思所以悅其心，度無不為。

時上惡夜祠甚，夫無所避。既張具，河間命邑人告其夫召鬼祝詛。上下吏訊驗，笞殺之。將死，猶曰：「吾負夫人！吾負夫人！」河間大喜，不為服，辟門召所與淫者，裸逐為荒淫。

居一歲，所淫者衰，益厭，乃出之。召長安無賴男子，晨夜交於門，猶不慊。又為酒壚西南隅，己居樓上，微觀之，鑿小門，以女侍餌焉。凡來飲酒，大鼻者，少且壯者，美顏色者，善為酒戲者，皆上與合。且合且窺，恐失一男子也，猶日呻呼懵懵以為不足。積十餘年，病髓竭而死。自是雖戚里為邪行者，聞河間之名，則掩鼻頯頞皆不欲道也。

柳先生曰：天下之士為修潔者，有如河間之始為妻婦者乎？天下之言朋友相慕望，有如河間與其夫之切密者乎？河間一自敗於強暴，誠服其利，歸敵其夫，猶盜賊仇讎，不忍一視其面，卒計以殺之，無須臾之戚。則凡以情愛相戀結者，得不有邪利之猾其中耶？亦足知恩之難恃矣！朋友固如此，況君臣之際，尤可畏哉！余故私自列云。

〈河間傳〉略帶反諷又有樂趣的敘述，開市民、市井小說的先河，我們可在諸多明清白話小說中看到其印記。河間令人震驚的，是她似乎在一夜之間，就變成了另外一個完全不同的人。唐人生命力旺盛，河間嚴守婦道是真實的，一旦意識到婦道的虛幻，她追求快樂的瘋狂也是真實的，前面壓抑得有多重，後面反彈得就有多猛。

只是柳宗元對她謀害丈夫一事處理得太過簡單。河間守婦道是自覺的，即使後來在生理上再厭惡丈夫，也不至於馬上去謀害善良的他，並毫無罪惡和恐懼之感，她的變化不會如此突兀。這樣處理，只可能是有意為之。考慮到柳氏將淫婦暗喻為皇帝，那河間的善變、寡恩和刻毒，便可以解釋了，柳宗元被唐憲宗一貶，就是一輩子啊。

李吉甫說，「姜牙得璜而尚父，仲尼無鳳而旅人」，即聖賢也要有神靈相助，也要靠運氣，否則他們與常人無異。但韓愈的〈獲麟解〉，講的卻是另外一種道理，其從容、神祕的筆調，被波赫士譽為卡夫卡風格的先驅。文說，人人都知道載於典籍的麒麟是神靈，是吉祥的，但誰也沒有見

過麒麟。所以人們根本不知道麒麟是什麼，即便麒麟出現了，也沒人認得出來，那說麒麟是不祥之物，同樣是可以的。麒麟是為聖人出現的，聖人認得出麒麟來，那說麒麟是吉祥的是合適的。但如果麒麟在沒有聖人的時候出現了，那說它是不吉祥的也是可以的：

> 麟之為靈，昭昭也。詠於《詩》，書於《春秋》，雜出於傳記百家之書，雖婦人小子皆知其為祥也。然麟之為物，不畜於家，不恆有於天下。其為形也不類，非若馬牛犬豕豺狼麋鹿然。然則雖有麟，不可知其為麟也。角者吾知其為牛，鬣者吾知其為馬，犬豕豺狼麋鹿，吾知其為犬豕豺狼麋鹿。唯麟也，不可知。不可知，則其謂之不祥也亦宜。雖然，麟之出，必有聖人在乎位。麟為聖人出也。聖人者，必知麟，麟之果不為不祥也。又曰：「麟之所以為麟者，以德不以形。」若麟之出不待聖人，則謂之不祥也亦宜。

這種卡夫卡式的敘述，顯然更貼近我們這個沒有聖人，也不知神靈為何物的時代。神靈在現代的說法，應該是靈魂吧，它的載體是每個有意識的個人。但如果我們並非獨立的個體，也不知道靈魂是什麼，不知道它是不是吉祥的，有什麼用處，靈魂一旦出現了，我們也認不出來，還會認為它是不吉祥的，所以我們其實生活在一個沒有靈魂的時代。

陳寅恪的〈韓愈與唐代小說〉一文，引張籍來信責韓愈「多尚駁雜無實之說」，以致「有以累於令德」，是「擾氣害性，不得其正」的無益之舉。又考此「駁雜無實之說」，當為唐代舉子應考前投獻給主考官，藉以顯才揚名而被稱作「行卷」或「溫卷」的小說作品。

因唐人小說不僅深受佛道思想影響，且一篇之中常兼有散文、詩歌、議論等數種文體，並多涉鬼神怪異之事，故從形式、內容到思想，均負「駁雜無實」之名。還有專家認為，張籍所指的，可能是韓愈失傳了的作品，類似〈獲麟解〉或者〈毛穎傳〉。

在給張籍的回信中，韓愈說自己不過是在做文字遊戲，又言孔子也「猶有所戲」，再引《詩經》、《禮記》為據，應對張籍升級為「苟正之不得，

曷所不至」的嚴厲指責。後來，裴度對韓愈的「以文為戲」也加以批評，可見文學的遊戲、娛樂功用，在現實、功利的儒士們看來，是有害無益的。如張籍所說：「君子發言舉足，不遠於理，未嘗聞以駁雜無實之說為戲也。」後來，韓愈以博物志怪加雜傳小說筆法寫出了〈毛穎傳〉，柳宗元談讀後感，也要打著聖人的旗號，以《詩經》、《史記》為據美言之。

雖說唐代的主流文化觀念是平等、多元，但在崇儒之風、雅正之文的壓力下，以韓、柳的文宗地位，竟不敢直截了當地承認：中國小說就是擁有自己獨立的傳統，就是駁雜不實，就是充滿了遊戲和娛樂性，就是以道、佛思想為本，就是主要寫怪、力、亂、神。韓、柳不得已附和張籍，以經史、聖賢為據來評價小說和作家的做法，背離了中國文言小說的獨立傳統，錯誤地將經史地位置於文學之上。

傳奇之夢

不少唐傳奇與夢有關，至少是借用了夢幻的形式。與上古的神話相仿，這類小說的時空都是虛擬的，以便在歷史時間和現實空間的縫隙中，表現生命的可能性。虛擬的夢幻時空給人一種陌生感，在陌生的時空中演義熟悉的現實，又擁有了不受拘束的自由，可任情、盡興地加以遊戲。這種小說方式所表現的可能性，正是生命與生活的虛擬性，以及歷史和現實的虛幻性。

比如在夢幻中演義歷史和人生的〈枕中記〉與〈南柯太守傳〉，我們從中看到的，是現實表達得越充分，它的虛幻性就越明顯，甚至可以說，現實其實就是我們的幻想，是盲目的。當我們在現實中沉溺得太深，小說家便會用夢幻來滿足我們的欲望，讓我們從夢中醒來，看清這個夢幻的現實。沈既濟的〈枕中記〉和李公佐的〈南柯太守傳〉，均是由美夢開始又以噩夢結束的，將美夢和噩夢都演義到了極致。

南柯太守名叫淳于棼，本是個嗜酒使氣的遊俠之士，他在一個美夢中

來到了天國般的大槐安國，被國王招為駙馬。此後，淳于棼窮奢極欲不說，還建功立業位極人臣，當上了南柯太守，深受人民的愛戴。李公佐對這個夢境的描繪之所以成功，是因為它既與我們的夢想相同，又帶有諷刺和滑稽的色彩，讓我們在看到對方虛妄的同時，也看到了自己的可笑。淳于棼入戲太深，把夢中的駙馬公卿身分當了真，以致樂不思蜀，最後要由大槐安國的國王來提醒他：「卿本人間，家非在此。」而天堂般的大槐安國，不過是幾個蟻巢而已。這個結尾在一千多年以後，又在海明威（Ernest Miller Hemingway）的《戰地春夢》（*A Farewell to Arms*）中重現。

〈枕中記〉裡的盧生，在黃粱夢中實現了一個士子所有的理想，也遭遇了所有與之相伴的殘酷。中國傳統的史書，主要是以人物傳記來記述歷史和政治的，沈既濟便透過對史傳自由、瀟灑的戲仿，來表達自己對歷史和人生的看法，讓我們領悟到什麼才是生命與生活的真諦。同時也表明，中國先唐及唐代的文言小說，儘管有借用史傳形式之處，但表達的方式和主題卻與史傳全然不同，並非依附於史傳，而是對史傳的超越：

開元七年，道士有呂翁者，得神仙術，行邯鄲道中，息邸舍，攝帽弛帶，隱囊而坐。俄見旅中少年，乃盧生也。衣短褐，乘青駒，將適於田，亦止於邸中，與翁共席而坐，言笑殊暢。久之，盧生顧其衣裝敝褻，乃長嘆息曰：「大丈夫生世不諧，困如是也！」翁曰：「觀子形體，無苦無恙，談諧方適，而嘆其困者，何也？」生曰：「吾此苟生耳。何適之謂？」翁曰：「此不謂適，而何謂適？」答曰：「士之生世，當建功樹名，出將入相，列鼎而食，選聲而聽，使族益昌而家益肥，然後可以言適乎。吾嘗志於學，寓於游藝，自惟當年，青紫可拾。今已適壯，猶勤畎畝，非困而何？」言訖，而目昏思寐。

時主人方蒸黍，翁乃探囊中枕以授之，陰：「子枕吾枕，當令子榮適如志。」其枕青瓷，而竅其兩端。生俛首就之，見其竅漸大，明朗。乃舉身而入，遂至其家。數月，娶清河崔氏女。女容甚麗，生資愈厚。生大悅，由是衣裝服馭，日益鮮盛。明年，舉進士，登第；釋褐祕校；應制，轉渭南尉；俄遷監察御史；轉起居舍人，知制誥。三載，出典同州，遷陝

牧。生性好土功，自陝西鑿河八十里，以濟不通。邦人利之，刻石紀德。移節汴州，領河南道採訪使，徵為京兆尹。

是歲，神武皇帝方事戎狄，恢宏土宇。會吐蕃悉抹邏及燭龍莽布支攻陷瓜沙，而節度使王君㚟新被殺，河湟震動。帝思將帥之才，遂除生御史中丞、河西道節度。大破戎虜，斬首七千級，開地九百里，築三大城以遮要害。邊人立石於居延山以頌之。歸朝冊勛，恩禮極盛。轉吏部侍郎，遷戶部尚書兼御史大夫。時望清重，群情翕習。大為時宰所忌，以飛語中之，貶為端州刺史。三年，徵為常侍。未幾，同中書門下平章事。與蕭中令嵩、裴侍中光庭同執大政十餘年，嘉謨密命，一日三接，獻替啟沃，號為賢相。同列害之，復誣與邊將交結，所圖不軌。下制獄。府吏引從至其門而急收之。生惶駭不測，謂妻子曰：「吾家山東，有良田五頃，足以禦寒餒，何苦求祿？而今及此，思衣短褐，乘青駒，行邯鄲道中，不可得也。」引刃自刎。其妻救之，獲免。其罹者皆死，獨生為中官保之，減罪死，投驩州。

數年，帝知冤，復追為中書令，封燕國公，恩旨殊異。生五子，曰儉，曰傳，曰位，曰倜，曰倚，皆有才器。儉進士登第，為考功員外；傳為侍御史；位為太常丞；倜為萬年尉；倚最賢，年二十八，為左襄。其姻媾皆天下望族。有孫十餘人。兩竄荒徼，再登臺鉉，出入中外，徊翔臺閣，五十餘年，崇盛赫奕。性頗奢蕩，甚好佚樂，後庭聲色，皆第一綺麗。前後賜良田、甲第、佳人、名馬，不可勝數。後年漸衰邁，屢乞骸骨，不許。病，中人候問，相踵於道，名醫上藥，無不至焉。

將歿，上疏曰：「臣本山東諸生，以田圃為娛。偶逢聖運，得列官敘。過蒙殊獎，特秩鴻私，出擁節旌，入升臺輔。周旋中外，綿歷歲時。有忝天恩，無裨聖化。負乘貽寇，履薄增憂，日懼一日，不知老至。今年逾八十，位極三事，鐘漏並歇，筋骸俱耄，彌留沉頓，待時溘盡。顧無成效，上答休明，空負深恩，永辭聖代。無任感戀之至。謹奉表陳謝。」詔曰：「卿以俊德，作朕元輔。出擁藩翰，入贊雍熙，升平二紀，實卿所賴。比嬰疾疹，日謂痊平。豈斯沉痼，良用憫惻。今令驃騎大將軍高力士就第

候省。其勉加針石，為予自愛。猶冀無妄，期於有瘳。」是夕，薨。

　　盧生欠伸而悟，見其身方偃於邸舍，呂翁坐其傍，主人蒸黍未熟，觸類如故。生蹶然而興，日：「豈其夢寐也？」翁謂生日：「人生之適，亦如是矣。」生憮然良久，謝曰：「夫寵辱之道，窮達之運，得喪之理，死生之情，盡知之矣。此先生所以窒吾欲也。敢不受教！」稽首再拜而去。

　　為了讓盧生體驗他夢寐以求的功名仕途，道士呂翁就讓他進入幻境，實現夢想。這篇仿史傳而作的小說並未刻意誇張，它只是截取並集中了眾多士人共同的經歷和遭遇，既不像讀者想像的那麼好，也不像讀者預測的那麼糟。目標的順利實現，以及隨之而來的挫折和死亡威脅，讓一切都失去了意義。這不禁讓人懷疑，盧生的夢想本身可能就是虛幻的，反倒是原先那個耕讀少年的生活，才更為實在而有意味。在盧生生命之外的那種由功名利祿構成的大歷史，很可能是盲目而虛幻的。

　　盧生一生追逐功名利祿，他的收穫，不過只是滿足了自己的聲色欲望罷了。故在其被誣下獄、惶急自殺之前，他才對妻子說：「吾家山東，有良田五頃，足以禦寒餒，何苦求祿？而今及此，思衣短褐，乘青驄，行邯鄲道中，不可得也。」這一情節演化自《史記‧李斯列傳》，當功名顯赫的李斯被判腰斬、誅三族時，他回頭對自己的次子說：「吾欲與若復牽黃犬，俱出上蔡東門逐狡兔，豈可得乎！」李斯並非不珍惜自己的生命與生活，但仍一心去謀求那誤國害家的功名利祿，以滿足自己膨脹的野心和欲望，卻忘記了生命與生活的真實需求。

　　白居易的弟弟白行簡有小說兩篇存世。〈李娃傳〉後續再論。他的〈三夢記〉，描述了三種非同尋常的夢：「或彼夢有所往而此遇之者；或此有所為而彼夢之者；或兩相通夢者。」這樣的夢，在唐傳奇中時有所見。

　　第一種可稱之為我撞到了你的夢，即在現實中走入了別人的夢境，很離奇。第二種可稱之為我在夢中見到了你在幹什麼，太厲害了，還有點恐怖。第三種更甚，根本不認識的兩個人，居然夢到了彼此在未來的相遇，神奇到令人不敢相信。第二種有白居易和元稹的經歷與詩歌為證，白行簡

就是證人：

人之夢，異於常者有之：或彼夢有所往而此遇之者；或此有所為而彼夢之者；或兩相通夢者。

天后時，劉幽求為朝邑丞，常奉使夜歸。未及家十餘里，適有佛堂院，路出其側。聞寺中歌笑歡洽，寺垣短缺，盡得睹其中。劉俯身窺之，見十數人，兒女雜坐，羅列盤饌，環繞之而共食。見其妻在坐中語笑，劉初愕然，不測其故。久之，且思其不當至此，復不能捨之。又熟視容止言笑無異，將就查之，寺門閉，不得入。劉擲瓦擊之，中其罍洗，破迸走散，因忽不見。劉踰垣直入，與從者同視，殿廡皆無人，寺扃如故。劉訝益甚，遂馳歸。比至其家，妻方寢。聞劉至，乃敘寒暄訖。妻笑曰：「向夢中與數十人同遊一寺，皆不相識，會食於殿庭。有人自外以瓦礫投之，杯盤狼藉，因而遂覺。」劉亦具陳其見。蓋所謂彼夢有所往而此遇之也。

元和四年，河南元微之為監察御史，奉使劍外。去逾旬，予與仲兄樂天、隴西李杓直同遊曲江。詣慈恩佛舍，遍歷僧院，淹留移時。日已晚，同詣杓直修行里第。命酒對酬，甚歡暢。兄停杯久之，曰：「微之當達梁矣。」命題一篇於屋壁，其詞曰：「春來無計破春愁，醉折花枝作酒籌。忽憶故人天際去，計程今日到梁州。」實三月二十一日也。十許日，會梁州使適至，獲微之書一函，後寄〈紀夢詩〉一篇，其詞曰：「夢君兄弟曲江頭，也入慈恩院裡遊。屬吏喚人排馬去，覺來身在古梁州。」日月與遊寺題詩日月率同，蓋所謂此有所為而彼夢之者矣。

貞元中，扶風竇質與京兆韋旬同自亳入秦，宿潼關逆旅。竇夢至華嶽祠，見一女巫，黑而長，青裙素襦，迎路拜揖，請為之祝神。竇不獲已，遂聽之。問其姓，自稱趙氏。及覺，具告於韋。明日，至祠下，有巫迎客，容質妝服，皆所夢也。顧謂韋曰：「夢有徵也。」乃命從者視囊中，得錢二鐶與之。巫撫拿大笑，謂同輩曰：「如所夢矣。」韋驚問之，對曰：「昨夢二人從東來，一髯而短者祝醑，獲錢二鐶焉。及旦，乃遍述於同輩，今則驗矣。」竇因問巫之姓氏，同輩曰：「趙氏。」自始及末，若合符契。蓋所謂兩相通夢者矣。

行簡曰：《春秋》及子史言夢者多，然未有載此三夢者也。世人之夢亦眾矣，亦未有此三夢。豈偶然也，抑亦必前定也？予不能知。今備記其事，以存錄焉。

單篇作品與作家

　　就單篇傳奇而言，初唐便出現了兩篇成熟的作品，即王度的〈古鏡記〉和闕名的《補江總白猿傳》，在當時肯定很獨特、精彩，對唐傳奇的興起有影響。但它們還算不上初唐最傑出的小說，成就更不能與張鷟的《朝野僉載》、唐臨的《冥報記》、韓琬的《御史臺記》、牛肅的《紀聞》和句道興的《搜神記》那樣的小說集相比。

　　在初、盛唐的單篇傳奇中，張鷟的〈遊仙窟〉和〈稠禪師〉更具唐人性情，不過他有《朝野僉載》，〈遊仙窟〉和〈稠禪師〉可併入其中討論。餘下的，便只有《沈氏驚聽錄》中的佚文〈韋老師〉及唐晅的《唐晅手記》了。《唐晅手記》和〈遊仙窟〉，可稱之為類自傳體小說。之所以稱「類自傳體」，是儘管均為言之鑿鑿的第一人稱，唐晅還讓全家人出來做證，但幻想虛構的成分太大。這樣的類自傳體小說重在表現，而非寫實。不過，當自傳體和類自傳體，虛擬與寫實，各種方式交叉組合，並被不斷地實踐著，新的更加成熟的文體必將出現。

　　唐晅生平不詳，據其手記，僅知他為開元間晉昌（今甘肅酒泉）人。在小說中，唐晅為了表達對亡妻和亡女的思念，又讓她們暫歸人世。亡妻見他已續弦，便笑問道：「君情既不易平生，然聞已再婚，新故有間乎？」夜裡，唐晅與亡妻親熱，並感嘆道：「同穴不遠矣。」亡妻的回答是：「曾聞合葬之禮，蓋同形骸，至精神，實都不見，何煩此言也。」唐人注重生命的快樂與真實，於此可見。

　　接下來，是唐傳奇的興盛期中唐和晚唐。此時出現的單篇作品，如陳玄祐的〈離魂記〉、沈既濟的〈任氏傳〉、〈枕中記〉、李朝威的〈洞庭靈

姻傳〉、許堯佐的〈柳氏傳〉、李公佐的〈南柯太守傳〉、〈謝小娥傳〉、元積的〈鶯鶯傳〉、陳鴻的〈長恨歌傳〉、陳鴻祖（或名陳鴻）的〈東城老父傳〉、白行簡的〈李娃傳〉、〈三夢記〉、蔣防的〈霍小玉傳〉、闕名的〈薛放曾祖〉、房千里的〈楊娼傳〉和薛調的〈無雙傳〉等，均為中晚唐小說的傑作，亦為唐傳奇代表作的一部分。但單篇傳奇作家沒有自己的小說專集，儘管有傑作，仍稱不上是大小說家。

陳玄佑為代宗、德宗朝人，生卒字里皆不詳。

陳鴻祖，潁川（今河南許昌）人，憲宗元和年間在世。

李朝威，隴西（今甘肅隴西）人，唐宗室子弟，德宗貞元前後在世。

許堯佐，峽州（今湖北宜昌）人。德宗貞元六年（西元七九〇年）擢進士第，十年授太子校書郎，官至諫議大夫。有詩作，無文集紀錄。

沈既濟，吳興德清縣（今浙江湖州境內）人。代宗大曆十四年（西元七七九年）以才堪史任，試太常寺協律郎。德宗建中元年（西元七八〇年），楊炎薦其為左拾遺、史館修撰。楊炎得罪，貶處州司戶參軍。約興元元年（西元七八四年）任禮部員外郎。約貞元二年（西元七八六年）卒官，贈太子少保。

李公佐，字顓蒙，隴西（今甘肅隴西縣）人，曾舉進士。貞元十三年（西元七九七年）泛遊瀟湘、蒼梧。憲宗元和六年（西元八一一年）為淮南節度使從事，後為江南西道觀察使判官，八年罷居建業。李公佐一生浪跡江湖，與白行簡為友。他留下了五個優秀的短篇，還寫過〈建中河朔記〉。

陳鴻，字大亮。德宗貞元二十一年（西元八〇五年）進士及第。約憲宗十三年（西元八一八年）為太常博士，十五年（西元八二〇年）任虞部員外郎。穆宗長慶元年（西元八二一年）官至主客郎中。曾盡七年之力撰編年史《大紀》。

白行簡（西元七七六至八二六年），字知退，華州下邽（今陝西渭南）人，白居易胞弟。憲宗元和二年（西元八〇七年）進士及第。穆宗長慶元年（西元八二一年）為左拾遺，後遞任主客員外郎、司門員外郎、主客郎

中等。敬宗寶曆二年（西元八二六年）病卒，時年五十歲。文集已佚，今存詩文不足三十篇，在敦煌遺書中發現了他的〈天地陰陽交歡大樂賦〉。《舊唐書》稱其「文筆有兄風，辭賦尤稱精密，文士皆師法之」；《新唐書》稱其「敏而有辭，後學所慕尚」，是個偶像級人物。

蔣防，字子微，常州義興（今江蘇宜興）人。十八歲作〈秋河賦〉成名。約憲宗元和十五年（西元八二〇年）任右拾遺。穆宗長慶元年（西元八二一年）改右補闕，入翰林院充學士。後被貶為汀州刺史，文宗太和二年（西元八二八年）調任袁州刺史。

薛調（西元八三〇至八七二年），河中寶鼎（今山西運城萬榮縣）人。宣宗大中八年（西元八五四年）及第。懿宗咸通元年（西元八六〇年）為右拾遺內供奉。十一年（西元八七〇年）由戶部員外郎加駕部郎中，充翰林學士。十三年（西元八七二年）四十三歲中鴆暴卒，贈戶部侍郎。薛調是有名的美男子，被稱為「生菩薩」，他的死應與此有關。薛調的傳奇名作，「事大奇而不情」的〈無雙傳〉，有一種很酷的風格。

房千里後面有專節講評，此處先不提。

〈古鏡記〉和〈補江總白猿傳〉是以情節取勝的，象徵著作家虛構的自由和世俗化程度的加深。此後的單篇傳奇作品也多延續著這一特點，把故事講得越來越好。盛唐的〈韋老師〉和《唐晅手記》不同，前者有理想、有激情，後者注重表現人物的性情，還有自嘲的特點。到了中唐陳玄祐的〈離魂記〉，構思巧妙，比〈古鏡記〉單純串聯故事複雜精緻，也不像〈補江總白猿傳〉只是以離奇見長。

原型出自《幽明錄·石氏女》的〈離魂記〉，故事看似簡單，但在離魂與還魂之間，還隱藏著一個祕密。宦居衡州的張鎰有愛女名倩娘，倩娘與表哥王宙青梅竹馬，感情甚深。後張鎰將倩娘許婚給了別人，王宙也不得不離去。當晚，倩娘追上了王宙的船，二人連夜遠走。在蜀地待了五年，生下兩子之後，他們才回到了衡州。王宙先行請罪，孰料倩娘仍在家中，只是離魂病臥，渾然如醉。後二女相見，復為一人。這個精妙構思掩飾著

的祕密，是倩娘的私奔：

天授三年，清河張鎰因官家於衡州。性簡靜，寡知友。無子，有女二人。其長早亡，幼女倩娘，端妍絕倫。鎰外甥太原王宙，幼聰悟，美容範。鎰常器重，每曰：「他時當以倩娘妻之。」後各長成，宙與倩娘，常私感想於寤寐，家人莫知其狀。後有賓寮之選者求之，鎰許焉。女聞而鬱抑，宙亦深恚恨。託以當調，請赴上國。止之不可，遂厚遣之。

宙陰恨悲慟，決別上船。日暮，至山郭數里。夜方半，宙不寐。忽聞岸上有一人行聲甚速，須臾至船。問之，乃倩娘，徒行跣足而至。宙驚喜發狂，執手問其從來，泣曰：「君厚意如此，寢夢相感。今將奪我此志，又知君深情不易，思將殺身奉報，是以亡命來奔。」宙非意所望，欣躍特甚。遂匿倩娘於船，連夜遁去。倍道兼行，數月至蜀。凡五年，生兩子。與鎰絕信，其妻常思父母，涕泣言曰：「吾曩日不能相負，棄大義而來奔君。向今五年，恩慈間阻，覆載之下，胡顏獨存也？」宙哀之曰：「將歸，無苦。」遂命舟楫，俱歸衡州。

既至州郭，宙獨身先至鎰家，首謝女負恩義而奔。鎰愕然，曰：「何女也？」宙曰：「倩娘也。」鎰大驚曰：「倩娘病在閨中數年，何其詭說也！」宙曰：「見在舟中。」鎰大驚，促使人驗之，果見倩娘在船中，顏色怡暢。訊使者曰：「大人安否？」家人異之，疾走報鎰。家人以狀告室中女，女聞，喜而起，飾妝更衣，笑而不語。倩娘下車，家中女出與相迎，翕然二形而合為一體，其衣裳皆重。

鎰曰：「自宙行，女不言，常如醉狀，信知神魄去耳。」女曰：「實不知身在家，初見宙抱恨而去，某以睡中倉皇走，及宙船，亦不知去者為身耶，住者為身耶。」其家以事不正，祕之，唯親戚間有潛知之者。後四十年間，夫妻皆喪。二男並孝廉擢第，至丞、尉。

玄祐少常聞此說，而多異同，或謂其虛。大曆末，遇萊蕪縣令張仲規，因備述其本末。鎰則仲規堂叔祖，而說極備悉，故記之。

同樣注重構思的，還有沈既濟的〈枕中記〉、李公佐的〈南柯太守傳〉

等，均堪稱經典。而在表現唐人性情、展現人性魅力方面，沈既濟的〈任氏傳〉、許堯佐的〈柳氏傳〉、李公佐的〈謝小娥傳〉、白行簡的〈李娃傳〉、薛調的〈無雙傳〉、房千里的〈楊娼傳〉等，都在敘述上登峰造極。後世甚或當時便以它們作為唐傳奇代表作的原因，在於這些作品都是成熟的由作家創作的小說，顯得很現代也很時尚，有一種無與倫比的風格。

唐代是以民族、種族和文化的多元、平等為特徵的，初中唐作家風格大異，思想、文化視域極為不同，且各具個性的眾多小說作品，已充分說明了這一點。

宋人鄙視小說，卻注重文化累積，先唐及唐五代所存的小說，多收錄在《太平廣記》等類書裡。其中有不少佚名（闕名）之作，即失去了作者姓名，再不知為何人所撰的作品，〈薛放曾祖〉即屬此類。

說的是薛氏閒居長安，做過刺史的他善於治家，早晚都要策杖巡檢其宅，不料卻碰到了一隻難治的猴怪，便請道士前來禳解。道士認為此猴與薛氏有積世深冤，必使他飽受屈辱，才得免禍患。薛氏願意受辱，可家人不願意，最後想出了一個體面的辦法，但薛氏卻就此消失了。人做了壞事，就該坦然受辱，被人嘲弄。如果一個人做了壞事還不以為恥，還要講體面，那他自我的消失，也是很正常的事：

薛放尚書曾祖為湖南刺史，罷郡，京中閒居。善治家，旦暮必策杖檢校其宅。常晨起，因至廚中，見灶內有燈熒熒然。薛怒其爨者曰：「燈不滅，又置灶中，何也？」及至灶前視之，忽見一獼猴子，長六七寸，前有一小臺盤子，方圓尺餘，內食品物皆極小而甚備。又前置一盞燈，猴對之而食。薛大駭異，乃以拄杖刺之。灶雖淺，而盡其杖終不能及。乃命妻子童僕觀之，皆莫測，不知所為。其猴忽置燈於盤子上，以頭戴盤而出灶，人行至堂前階上，復設燈置盤而食，旁若無人。薛氏驚懼，乃令子弟出外，訪求術士以禳之。

及出門，忽逢一起士乘驢，謂薛氏子曰：「郎君神情，極甚倉卒，必有事故。適過此宅，見妖氣甚盛。某平生所學道術，以濟急難，如有事，

請為郎君除之。」薛子大喜，下馬拜請至宅。使君具簪簡出迎，妻女等悉拜迎。坐於中堂，猴見道士，亦無懼色。道士曰：「此乃使君積世深冤，今之此來，為禍不淺。」使君及妻子悲涕求請良久，道士曰：「有幸相遇，當為祛除。然此物終當屈辱使君，方肯解釋。」薛曰：「苟得無他，敢辭屈辱？」道士曰：「此猴今欲將臺盤及燈，上使君頭上食。必當去，可乎？」薛不敢辭，妻子皆泣曰：「此是精魅物，安可置頭上？乞尊師別為一計。」道士曰：「不然，先將臺盤子於頭上，後令於盤中食之，可乎？」妻子又曰：「不可。」道士曰：「不然，無計矣。」薛又哀祈之，良久，道士曰：「家有櫥櫃之類乎？今使君入其中，令猴於其上食，可乎？」皆曰：「可。」乃取木櫃，中施裀褥，薛入櫃中，閉之。猴即戴臺盤，提燈而上，乃置之而食。妻子環繞其旁，共憂涕泣。忽失道士所在，驚駭求覓之次，猴及臺盤、燈亦皆不見。遂開櫃視之，使君亦不見。舉家號哭求覓，無復蹤跡。遂具喪服，以櫃招魂而葬焉。

還有一個特別的單篇，是牛李黨爭中，李黨的韋瓘冒牛僧孺之名所寫的〈周秦行記〉。這篇模仿〈遊仙窟〉的劣作，意淫漢唐后妃，欲置牛僧孺於死地，是以小說搆陷他人的開端，只是未能奏效。開成年間，又有人把它翻出來做文章，唐文宗看了一下笑道：「此必假名，僧孺是貞元中進士，豈敢呼德宗為沈婆兒也。」有唐一代，因言被貶謫者有之，但未聽說過有文字獄，作家、詩人盡可任情地演義一切。

還有兩篇與唐代女神相關的傳奇。〈后土夫人傳〉借后土夫人貶抑天后武則天，消解其權勢與神力，只說武則天是個大羅天女，位列岳瀆河海、山林樹木等眾神之後，在天下諸國之王中作為地主壓軸出場。

武則天的權勢，她對自己的美化、神化，只要看看洛陽龍門石窟的盧舍那大佛便可一目瞭然。但要在唐人的世界裡，我們才能見到那種恢宏、壯美，以及如身軀般可以觸及的肌理。

沈既濟的〈任氏傳〉所寫的，則是一位「市井貴妃」。文中雖言任氏為狐，然觀其所述，應為一美貌、率真的妓女，並讓人不由自主地聯想到楊玉環。結尾任氏在馬嵬化狐而死，更確定了沈既濟所指的就是楊氏，他心

目中的貴妃。

有關楊玉環的史載、傳說也很多，包括李白的詩篇，可真實的她，似乎要在〈任氏傳〉裡才能略見一二。不管怎樣，沈既濟就是有這種能力，他能讓你相信任氏就是楊妃，正如李白在他的詩篇裡，讓我們身臨其境般地見到了楊玉環夢幻般的美麗。

奇怪的元稹和〈鶯鶯傳〉

在單篇作品與作家中，元稹（西元七七九至八三一年）和他的〈鶯鶯傳〉最奇怪：〈鶯鶯傳〉從諸多角度來看，都稱不上是典型的唐傳奇，卻影響最大；元稹只寫了一兩篇小說，卻成了最有名的唐傳奇作家。這裡有他作為大詩人和高官的因素，更有後來〈鶯鶯傳〉被改編為《西廂記》等原因，但表現的，卻是中國文學在審美、思想和人性上的變異、封閉和退化，是一個極為矛盾的現象。

〈鶯鶯傳〉的特別之處，在於它是中國文學史上第一部自傳體紀實小說。〈五柳先生傳〉、〈遊仙窟〉和《唐晅手記》那樣的自傳體或者類自傳體小說，只在感受上是真實的，情節和細節多屬虛構、臆想，或不那麼具體。元稹以他的個人經歷作為素材來寫小說，確實是一大突破，可這篇愛情主題小說的作者和男主角，在情感上卻是虛偽的。

據王銍、陳寅恪、孫望等古今學者對〈鶯鶯傳〉人物的考證，可以確定男主角張生就是元稹本人。由於是寫自己的親身經歷，〈鶯鶯傳〉最吸引人的地方，便是有大量具體、鮮活的情節和細節。元稹透過張生來偽裝、掩飾自己，可對於其他人物，他的描繪還是真實的。只是這種虛偽的自我偽飾竟然成了一種惡趣，不僅流傳後世，還被反覆玩味並重複演義著，成為了中國士人趣味和人格的象徵，敗壞了他們的形象。

元稹是如何透過張生對自己進行偽飾的呢？先看他對青年自我的評價：「張生者，性溫茂，美風容。內秉堅孤，非禮不可入。」這位二十三歲

仍未近女色的士子，對問詰他的人，還有一番做作的高論：

> 登徒子非好色者，是有淫行。餘真好色者，而適不我值。何以言之？大凡物之尤者，未嘗不留連於心，是知其非忘情者也。

對這個回答，問詰者的態度有兩個版本：一為「詰者識之」，是表示理解、認同；二為「詰者哂之」，是表示懷疑，或不以為然。以元稹的自戀，當是「識之」；以我的態度，自然是「哂之」了。這牽扯到唐五代小說不同的版本，異文不少，先唐小說亦如此。

果然，張生一見到美貌的鶯鶯，便迫不及待地向她示愛。聽鶯鶯一語道破了他乘人之危的居心，甚而讓人懷疑，張生之所以幫助崔家，或許原本就是此意。鶯鶯為了感激和愛獻身張生，是不求報答的慷慨、純潔的行為，她早知道張生想要什麼。元稹對張生非禮不入的評價，等於是扇自己的耳光。張生的虛偽在於，他最要緊的是仕途，給不了鶯鶯任何明確的承諾，鶯鶯也沒要求他什麼，可他在放縱情慾、享受性愛的同時，卻非要裝出一副為情所困的樣子來。

此時，元稹對鶯鶯深情的諸多描述，那種觀賞、把玩的態度，等於是對她的侮辱。那些為此與元稹唱和的官宦詩友，都跟他一個德行。最令人難以容忍的，是張生拋棄鶯鶯後的自我辯解，就是元稹打定主意背棄鶯鶯、謀娶官女的自我解釋。在那段裝神弄鬼、恬不知恥、紅顏禍水的胡說八道中，他竟然將鶯鶯誣為妖孽：

> 大凡天之所命尤物也，不妖其身，必妖於人。使崔氏子遇合富貴，乘寵嬌隆，不為雲為雨，則為蛟為螭，吾不知其所變化矣。昔殷之辛，周之幽，據百萬之國，其勢甚厚，然而一女子敗之。潰其眾，屠其身，至今為天下僇笑。予之德不足以勝妖孽，是用忍情。

一位朋友邊闖入裡地說，「肉體那麼純潔的東西不能用意淫的愛情來玷汙」；我加了一句，「見不到真實的人性，人不可能變得更好」。美好的激情確實不能用虛偽的道德、骯髒的盤算來侮辱、褻瀆。唐傳奇裡有無數男性的形象，就數張生噁心，因為他情虛意假，對深愛自己的女子竟無半

點感激之情，還侮辱人家，說自己是如何的有德忍情。

元稹以〈鶯鶯傳〉開創的作家自傳體小說，要到晚唐的孫棨寫出《北里志》，才算是修成正果；而要到清代的沈復寫出《浮生六記》，才算是完全成熟並達到巔峰。可惜真人難覓，繼者寥寥，民國陳渠珍的《芫野塵夢》算是難得的一例。《北里志》和《浮生六記》的價值，至今仍未能得到充分的認識。

〈鶯鶯傳〉的故事和主題，在中晚唐很流行，白行簡的〈李娃傳〉、沈既濟的〈任氏傳〉、蔣防的〈霍小玉傳〉、房千里的〈楊娼傳〉等，都與之相仿，且作為傳奇，文體都比它典型。李娃、霍小玉和楊娼，皆出自娼門，任氏雖是狐精，其來處也與娼家無異。這些最具魅力的女性，居然多為娼妓。再加上被元稹當作妓女對待的鶯鶯。

在愛情主題的單篇傳奇中，白行簡的〈李娃傳〉、許堯佐的〈柳氏傳〉和薛調的〈無雙傳〉，才是真正動人的愛情傳奇。陳鴻的〈長恨歌傳〉，則像它的前身《漢武帝內傳》和《漢武故事》一樣平庸。倒是陳鴻祖的〈東城老父傳〉有史詩意味，可與牛肅的〈裴伷先〉、〈吳保安〉媲美。李公佐的〈謝小娥傳〉，當是與薛用弱的〈王立〉同時出現的俠女小說。

言〈李娃傳〉、〈柳氏傳〉和〈無雙傳〉乃真愛情傳奇，是其中的男女才是對方的至愛，他們對彼此的信任、追求與等待，都是無條件的。在這類愛情傳奇中，要數〈李娃傳〉最優秀，情節曲折不說，人物也更複雜，性格有變化。而與柳氏、無雙、李娃相仿的任氏、霍小玉和崔鶯鶯，均為人所負。

白行簡在〈李娃傳〉的開頭便說，皇封貴婦汧國夫人李娃本是長安的妓女，但她的節操和行為卻是如此的奇特、尊貴而又令人稱道，所以就由我監察御史白行簡來替她作傳吧：

汧國夫人李娃，長安之娼女也。節行瑰奇，有足稱者，故監察御史白行簡為之傳述。

結尾，白行簡竟然稱頌妓女李娃比古代的烈女還要有節行：

嗟乎，倡蕩之姬，節行如是，雖古先烈女，不能逾也！

唐人真實，才有如此瑰麗的傳奇。

把元稹當作唐代小說家的代表，將〈鶯鶯傳〉視為唐傳奇最傑出的代表作，顯然都是不負責任的誤判，反映了學界對唐傳奇由來已久的輕忽。宋人崇尚現實，講求功利，科舉重在策論，士大夫鄙夷、嘲笑傳奇，多退出了小說寫作，取而代之的是層次很低的「俚儒野老」，文言小說式微，加之底層平話興起，導致了中國小說傳統的斷裂、分離和變異。此後的中國小說乃至中國文學，在很大程度上退化成了一種封閉的地域、地方性文學。

文言和白話失去了小說這一最佳交流方式，各自分離，文言漸趨僵化，白話難脫粗俗。如唐五代那般燦若群星的作家陣容，那種意識超前、形式新穎現代的眾多傳奇小說，此後再也沒有出現過，只有少數作家和作品，在不同的時期有著特別的貢獻，延續著傳統的潛流。宋代，中國文言小說的數量貌似更多，實則已退化為筆記，沒有多元文化活力的刺激，喪失了新銳的思想和奇異的想像力，形式上幾無創新，失去了創造力。

小說專題或系列

薛用弱小說的題材和質樸的文筆，讓人很容易看出其與唐初佛教輔教類作家和作品的聯繫。儘管他的小說佛道摻雜，並完全世俗化了，開篇便在編排唐玄宗等帝王的信教傳奇。〈平等閣〉裡的奇僧釋澄空，六十年間兩鑄七十尺高之鐵佛不成，最後一次，八十歲的他將自己的肉身投入熔爐才算大功告成，完全是浪漫的想像。而〈裴珙〉中的死亡體驗，仿效的則是唐臨的經典描述，甚而省去了地府之旅，不過是一個冥神跟主角裴珙所開的玩笑，在人間就能完成。要知道唐傳奇中的官員，有不少是在幽明兩界同時任職的。

薛用弱，字中勝，河東（今山西永濟市西南蒲州鎮）人。穆宗長慶年

間（西元八二一至八二四年）自禮部郎中出任光州刺史，文宗大和中（西元八二七至八三五年）以儀曹郎出守弋陽郡，為政嚴而不殘。他的小說集《集異記》尚存五十一篇完整的佚文，內容涉及社會的諸多方面。如〈邢曹進〉寫的是胡僧治創；〈寧王〉寫的是相馬高手；〈奚樂山〉寫的是長安車行來了一位技藝高超到出神入化的神祕工匠，他在一夜之間就做完了三五十個匠人才能完成的技術活，並將全部所得用於賑濟無望的窮人。

　　薛用弱最為人所知的小說，是有關幾位著名詩人的。〈王維〉說的是詩人王維的成名之路，無論是歧王的舉薦還是玉真公主的賞識，寫得都很有情趣，一點都不骯髒庸俗。〈王之渙〉裡的王昌齡、高適和王之渙三位詩人在酒樓上，以被梨園伶人詠唱絕句多少一決勝負的傳奇，更成為了唐代詩人才情趣味與風尚生活的象徵，於熱鬧的市井中，彰顯著唐詩的韻律和意境之美：

　　開元中，詩人王昌齡、高適、王之渙齊名，時風塵未偶，而遊處略同。一日天寒微雪，三詩人共詣旗亭，貰酒小飲。忽有梨園伶官十數人，登樓會燕，三詩人因避席隈，映擁爐火以觀焉。俄有妙妓四輩，尋續而至，奢華豔曳，都冶頗極。旋則奏樂，皆當時之名部也。昌齡等私相約曰：「我輩各擅詩名，每不自定其甲乙。今者，可以密觀諸伶所謳，若詩入歌詞之多者，則為優矣。」俄而一伶拊節而唱，乃曰：「寒雨連江夜入吳，平明送客楚山孤。洛陽親友如相問，一片冰心在玉壺。」昌齡則引手畫壁曰：「一絕句。」尋又一伶謳之曰：「開篋淚沾臆，見君前日書。夜臺何寂寞，猶是子雲居。」適則引手畫壁曰：「一絕句。」尋又一伶謳曰：「奉帚平明金殿開，強將團扇共徘徊。玉顏不及寒鴉色，猶帶昭陽日影來。」昌齡則又引手畫壁曰：「二絕句。」之渙自以得名已久，因謂諸人曰：「此輩皆潦倒樂官，所唱皆巴人下俚之詞耳，豈陽春白雪之曲，俗物敢近哉！」因指諸妓中之最佳者曰：「待此子所唱如非我詩，吾即終身不敢與子爭衡矣。脫是吾詩，子等當須拜列床下，奉吾為師。」因歡笑而俟之。須臾，次至雙鬟發聲，則曰：「黃沙遠上白雲間，一片孤城萬仞山。羌笛何須怨楊柳，春風不度玉門關。」之渙即揶揄二子曰：「田舍奴，我豈妄

哉！」因大諧笑。諸伶不喻其故，皆起詣曰：「不知諸郎君何此歡噱？」昌齡等因話其事。諸伶競拜曰：「俗眼不識神仙，乞降清重，俯就筵席。」三子從之，飲醉竟日。

〈衛庭訓〉寫的是屢試不中的落第士子衛庭訓與梓桐神的友情。梓桐神先助衛庭訓得財，衛氏的酒卻喝得更屬害了，但梓桐神仍將其過歸咎於己，並助衛氏成名為官。〈鄔濤〉寫的是人鬼豔遇的故事，託之以鬼，絕之以符，此類小說已然定型。

〈王立〉寫的是一個失業士人與一個為了報仇而隱瞞身分的俠女同居，是最早的俠女小說之一，且是由豔遇故事導入的。在度過了兩年相濡以沫的生活並產下一子之後，大仇得報的俠女才提著仇家的頭顱回來，與情人訣別。這類小說的結尾有個相似之處，就是俠女會藉口最後給孩子哺一次乳而將嬰兒殺死，以斬斷情人和自己的聯繫，斷絕彼此的思念。只是這種「俠義之舉」根本就沒有考慮到孩子的生命，顯得冷血而又殘忍。

薛用弱最具內涵的作品，是一組與修仙求道有關的小說。唐代作家的小說是分專題的，一部小說集裡往往有多個專題，每個專題中的小說為一個系列，有連續性，有的專題讀下來，就像在讀一部中篇或者長篇小說。在《集異記》中，薛用弱的三篇修仙求道小說，就是一個系列。

先看〈李清〉，六十九歲差十天的染布坊主李清，決定完成自己一生的夢想，入山求道。之所以選擇在六十九歲開始他的終極冒險，是李清覺得再過一年便是古稀，他的生命就要結束了。於是李清不顧家人的勸阻，毅然以祝壽得來的數千丈麻布為繩，坐在一個大竹筐裡，讓人用轆轤把他放入了雲門山下的萬丈深淵，去探尋神仙的洞窟。這當然只是幻想，現實版的探險是像徐霞客那樣用大半生的時間準備、等待，在五十歲出頭的最後時刻行動，但三年之後便走廢了腿腳。不過和徐霞客的探險行動一樣，李清的探險幻想也是真實的，無論是夢想中的洞窟還是現實中的山水，都是一種永恆的誘惑。

〈玉女〉則要現實、殘酷得多，寫的是得了惡疾的老婢玉女，在深山

中治好了自己的疾患，並繼續留在那裡修道。數十年後，她變成了一個「髮長六七尺，體生綠毛，面如白花」的綠毛女。可野人般的百歲玉女，竟然被一個野蠻的書生強姦，隨後便死去了。

與前二者相較，〈趙操〉中的求道者趙操，看上去倒更自然隨性些，因為他根本就不想求道。作為相國孽子的趙操，自小性情疏狂不服管教，什麼也不想做，父親一死便再無拘束了。他最大的愛好是遊山玩水，而且遊玩得心安理得。兩個白髮老道把煉金術的祕訣展示、傳授給了趙操，可他卻什麼也不想傳授給別人，只想無羈於世地在江湖中遊歷：

趙操者，唐相國憬之孽子也。姓疏狂不慎，相國屢加教戒，終莫改悔。有過懼罪，因盜小吏之驢，攜私錢二緡，竄於旗亭下。不日錢盡，遂南出啟夏門，恣意縱驢，從其所往。俄屆南山，漸入深遠，猿鳥一徑，非畜乘所歷。操即繫驢山木，躋攀獨往。行可二十里，忽遇人居，因即款門。既入，有二白髮叟，謂操曰：「汝既至，可以少留。」操顧其室內，妻妾孤幼，不異俗世。操端無所執，但恣遊山水，而甚安焉。月餘，二叟謂操曰：「勞汝入都，為吾市山中所要。」操則應命。二叟曰：「汝所乘驢，貨之可得五千，汝用此，依吾所約，買之而還。」操因曰：「操大人方為國相，今者入京，懼其收維。且驢非己畜，何容便貨？況繫之山門，今已一月，其存亡不可知也。」二叟曰：「第依吾教，勿過憂苦。」操即出山，宛見其驢尚在，還乘之而馳，足力甚壯。貨之，果得五千。因探懷中二叟所示之書，唯買水銀耳。操即為交易，薄晚而歸，終暝遂及二叟之舍。二叟即以雜藥燒煉，俄而化為黃金。因以此術示之於操。自爾半年，二叟徐謂操曰：「汝可歸寧，三年之後，當與汝會於茅廬。」操願留不獲，於是辭訣。及家，相國薨再宿矣。操過小祥，則又入山，歧路木石，峰巒樹木，皆非向之所經也。操亟返，服闋，因告別昆仲，游於江湖。至今無羈於世，從學道者甚眾，操終無傳焉。

這時我在想像一座山，一座人世間沒有的山，陌生、荒蕪而又親切、神祕。有點像畫家的一幅畫，翻紅色，多土石，但沒有溪流。就是一座單純、孤獨的山，充實、自在、不高，卻離天際很近，占滿了我的整個

視野。

　　無論是以西方還是以中國現當代文學的標準來衡量，唐傳奇都是小說，或接近於小說，與史類和博物類筆記差異明顯，易於區分。這種極為超前又具有中國先唐小說傳統特徵的作品，其多彩瑰麗，顯示出唐代作家自由創造旺盛的生命力，與西方最優秀的現當代短篇小說都可以加以比較。本該是詩之所長的主觀幻想，在中國的古典文學中，反倒是宋前文言小說之所長。

　　中國先唐與唐五代的文言小說，實際上還承擔著詩歌的部分任務和功用。中西方文學並非從源頭就有異，跟特殊的地理環境更不沾邊，我們的文化並非貧瘠的。古希臘羅馬神話、史詩中的神與英雄，包括形而上的理想和信仰追求，以及後來西方的為藝術而藝術、為娛樂而藝術等，在中國先唐和唐代的小說中，都有展現。由於注重現實、不言鬼神的孔子及後世儒家的介入，中國文學才會更多走向關注社會、反映人生、傾訴苦難的道路，最終完全被現實政治左右。而中國文言小說的詩性傳統也由於儒家的介入，在宋代便中斷了。

　　與中國的志怪、傳奇相較，日本傳奇、怪談的興起要晚一些。受唐傳奇影響，平安時代有《今昔物語》。江戶時期，怪談在日本已成為傳統，到今天仍在當代的都市中演義著。中國的志怪和傳奇被根除後，變成了半死不活的民間傳說，在香港電影裡低級土氣地演出著，失魂落魄，沒有前途，與迷信和胡鬧無異。

　　這幾天在追日本電視劇《深夜食堂》，有一集的主角是兩個脫衣舞女，一個退役一個現役。退役的早已歸隱，正按自己的喜好生活；現役的仍在打拚，但灰心地認為女人最有價值的還是只有肉體。現役舞女有個前男友，在紐約的百老匯演出戲劇。二人在深夜食堂相遇，現役舞女深感慚愧，前男友則以藝術家的身分可憐她仍在展示肉體。退役老舞女給了他一耳光，說戲劇演出與裸體舞表演無異，沒有高下之分，並肯定現役舞女認為自己是舞者（即舞蹈家）沒錯。這就是現代傳奇。

窮極幻想

　　牛僧孺（西元七八〇至八四八年），字思黯，安定鶉觚（今甘肅靈臺）人，在穆宗、敬宗兩朝都當過宰相。牛僧孺是「牛李黨爭」的牛黨黨首，是與白居易吟詠的名士，又是被稱為「唐傳奇專集代表作」《玄怪錄》的作者，還曾任集賢殿大學士，監修過國史。《玄怪錄》本有十卷，佚文編為四卷，作品的風格和思想，也像牛氏的身分一樣複雜而有特點。

　　卷一的開頭兩篇，是牛僧孺的名作。〈杜子春〉明顯是由前後兩部分組成的，除了人物，其他並不連貫。前半部分說的是心閒氣縱、嗜酒邪游的杜子春屢屢耗盡錢財，一老道士又連續三次贈送他鉅資，以測試其是否窮入膏肓。最後杜子春終於醒悟過來，未再揮霍，走上了人生的正道。這個故事是牛僧孺的原創。而後面那個出自《大唐西域記》的印度故事就熱鬧了，牛僧孺只是第一個重新演義它的人。

　　下半部分，杜子春莫名其妙地跟著老道士去修仙，原因只能解釋為對方拯救過自己吧，但他購置的良田、建起的甲第，以及需要他照顧的孤兒寡母們怎麼辦呢？總之，牛僧孺急於重寫這個外國故事，便什麼也沒有考慮和交代。

　　修仙成功的條件，是不能說話表態，就是要做到對所有的一切都無動於衷，無論遇到鬼神、夜叉和猛獸，還是看到親人在煉獄中受罪，因為所有的一切都是幻象。如此說來，修仙也不過是一場測試。可杜子春卻在這場測試的最後關頭失敗了，他未能放棄親情，所以只能做人，不能成仙。

　　看唐傳奇，能感覺到它對西方現當代文學有著若隱若現的影響。有個例子，就是芥川龍之介根據牛僧孺原作改寫的〈杜子春〉。經過芥川氏改寫的〈杜子春〉已經完全現代化，充滿了人性的光輝，與魯迅糾結的《故事新編》不同。芥川龍之介的杜子春，修仙時才看到父母被鞭打的幻象便沉不住氣了，因為那是一個正常人所無法容忍的。他也不想成仙，而是想「做個真實的人，過著真正的生活」。

牛僧孺的另一篇名作〈張老〉，同樣前後相悖、很不協調。開始那個勤勞、智慧、坦然的圓叟形象，以及那一場特別有趣的老少戀，都被其道仙生活和豪華山莊搞得不倫不類，以致影響了小說審美的完整。儘管牛氏文筆甚佳，寫情狀物都很高超。

　　牛僧孺思想的矛盾與審美的混搭，與之受道教影響有關。葛洪在《神仙傳‧陰長生》中引陰長生序語，言修仙的目的是「妻子延年，仙享無極，黃金已成，貨財十億，役使鬼神，玉女侍側」。即在世俗方面，修道就是為了照顧家人，自己又能得壽、得財、得勢、得色。

　　〈裴諶〉亦是如此。裴諶、王敬伯和梁芳三友相約入山修道，十幾年後，梁芳身死，給人打擊很大。王敬伯自述己志，言修道是為了能點石成金、長生不老，如今無望，不如下山去享受世俗生活，追求功名利祿。後來，王敬伯當上了五品官，並娶到了大將軍之女。在旅途中，他與裴諶偶遇，才發現對方遠比自己富有、奢侈而瀟灑，深感慚愧和羨慕。衡量修道成功與否的標準，竟然比世俗還要世俗，完全看能否更多滿足人的物質與聲色欲望。

　　審美混搭、思想矛盾是小說的大忌，由宗教引發的也不例外，本身就是思辨能力缺乏、審美品味低下的表現。源於隋唐變文、宋元話本的明清白話小說，除《紅樓夢》前八十回等少數作品外，多數也存在這個問題，而在唐五代和先唐的文言小說中，卻甚為罕見。

　　《玄怪錄》卷二中的〈尼妙寂〉，改寫自李公佐的〈謝小娥傳〉，牛僧孺的敘述優勢多有發揮，不僅變換了人稱，且比李文更加動人、真切。如妙寂與李公佐重逢之後，再親口來講述自己的復仇故事，比李公佐越俎代庖的介紹，要高明多了。

　　在卷二的〈黨氏女〉中，牛僧孺的正義感又恢復了，巧妙地利用轉世手法，寫出了一個痛快的復仇故事。

　　六朝和唐代小說中的冥府地獄描寫，從干寶、劉義慶、王琰到唐臨、戴孚等，經歷了一個由具有宗教力量的異己形式，到逐漸世俗化、人情化

的過程。在牛僧孺筆下，第三種冥府地獄又出現了，這是一種不僅完全世俗化，更是完全文學化了的形式。卷二的〈崔環〉、卷三的〈齊饒州〉、〈吳全素〉，寫的就是這種完全世俗化、文學化了的冥府地獄，其中的冥府官院和權勢、排場，與最顯赫的官府衙門無異，地獄雖狀似恐怖、複雜，然一看便知是出自想像，頗具觀賞性。在卷三〈南纘〉中，還將陰陽兩界視為平行宇宙般，以兩個完全不同的向度同時展開、並存著。

陶淵明的〈桃花源〉可被視為作家幻想小說的開端，是因為在南北朝和唐代的小說中，便有不少延續其幻想的例子。到牛僧孺，又出現了一種新的幻境，卷三的〈古元之〉就虛構了一個極為完整的「美麗新世界」。當然不能用二十世紀意識形態的烏托邦去解讀它，但其中的不少細節，還是會給人某種似曾相識之感。最近看到西晉竺法護所譯的《佛說彌勒下生經》，見到了其中對閻浮提的描繪，牛僧孺受其啟發、影響的可能性很大。

古元之隨遠祖負囊乘竹，飛到了和神國。和神國的山上泉流鳥鳴，到處是山珍野味。平原上也是四時不改的百果纍纍、花紅葉綠。田野中全是大瓜，瓜中自有甘香的五穀，人們不必耕種。樹枝間生出絲綿，人們盡可隨意收取紡織。沒有昆蟲和不吉祥的鳥類，連八哥都被清除了。也無虎豹豺狼和狐狸，連鼠貓豬狗都沒有。注意，是貓、豬和狗！老鼠也就算了。更驚人的是，和神國的人高矮胖瘦和相貌完全一致，像機器人，且沒有特別的嗜好和愛憎，連姓名也沒有。不過，如果相貌和生活都一樣，姓名還有什麼意義呢？他們世代與鄰為婚，每對夫妻各生二男二女。每人年壽一百二十，沒有殘疾，也不會生病，過一百歲便失去了記憶。死亡就是完全失聯並人間蒸發，連屍首都找不到，別人也不再記得他們，所以不會憂傷。大家喝酒吃果子，不解手，沒有廁所。不需要糧倉儲存食物，因為隨時可到田地裡按需收取，到處是美酒飄香的酒泉。說不通的是「人人都有婢僕」，那婢僕有沒有婢僕？婢僕不算人嗎？六畜中只有馬，且像婢僕那樣溫順、自覺而聽話，還很能跑，又不用人放養。和神國的官員都不知道自己是當官的，因為吃飽了沒事做。和神國的皇帝同樣不知道自己是皇

帝，也是吃飽了沒事做。老天爺都溫柔到不打雷，白天吹一點和煦的風，晚上下一點津潤的雨。這就是牛僧孺沒有政治和歷史，沒有好惡、痛苦與不適，連戀愛也不用談的懶漢理想國。好在尚可歌詠遊樂，還有點簡單的勞作，只是慵懶至極，毫無興奮、刺激可言：

　　古元之，不知何許人也。嘗暴疾，屍臥數日，家以為死，已而醒，卻生矣。元之云：當昏醉時，忽如有人沃冷水於體中。仰見一衣冠，絳裳霓帔，儀容甚偉，顧元之曰：「吾乃古弼也，是汝遠祖。適欲至和神國中，無人擔囊侍從，因來取汝。」即令負一大囊，可重一鈞。又與一竹杖，長丈二餘。令元之乘騎隨後，飛舉甚速，常在半天。西南行，不知里數，山河愈遠，欻然下地，已至和神國。

　　其國無大山，高者不過數十丈，山皆積碧瑤，石際生青彩籬篠。異花珍果，軟草香媚，好禽嘲。山頂皆正平如砥，清泉迸下者二三百道。原野無凡樹，悉生百果及相思、楠榴之輩。每果樹花卉俱發，實色鮮紅，映翠葉於香叢之下，分錯滿樹，四時不改。唯一歲一度，暗換花實葉等，更生新嫩，人不知覺。田疇盡長大瓠，瓠中實皆五穀，甘香珍美，非中國稻粱所擬。人得足食，不假耕種。原隰滋茂，蓚穢不生。一年一度，出色絲樹，枝幹悉纏繞五色絲纊，人得隨色收取，任意織紝，異錦纖羅，不假蠶杼。四時之氣，常熙熙和淑，如中國二三月。無蚊、虻、蟆、蟣、虱、蜂、蠍、蛇虺、守宮、蜈蚣、蛛、蟻之蟲，又無鶪鴞、鴉、鷂、鶻鵃、蝙蝠之禽，又無虎、狼、豺、豹、狐狸、騺蛟之獸，又無貓、鼠、豬、犬擾害之類。其人長短妍嬌皆等，無有嗜欲愛憎之志。人生二男二女，為鄰則世世為婚姻。笄年而嫁，二十而娶。人壽百二十，中無夭折、疾病、瘖聾、跛躄之患。百歲以下，皆自記憶，百歲已外，皆不知其壽幾何。至壽盡，則欻然失其所在，雖親戚子孫，皆忘其人，故常無憂戚。每日午時一食，中間唯食酒漿果實耳。餐亦不知所化，不置溷所。人無私積囷倉，餘糧棲畝，要者取之。無灌園鬻蔬，野菜皆足人食。十畝有一酒泉，味甘而香。國人日相攜遊覽歌詠，陶陶然，暮夜而散，未嘗昏醉。人人有婢僕，皆自然謹慎，知人所要，不煩役使。隨意屋室，靡不壯麗。其國六畜唯有

馬，馴擾而駿，不用芻秣，自食野草，不近積聚。人要乘則乘，乘訖而卻放，亦無主守。其國千官皆足，而仕宦不自知其身之在仕，雜於下人，以無職事操斷也。雖有君主，而君不自知為君，雜於千官，以無職事升貶也。又無迅雷風雨，其風常微輕如煦，襲萬物不至木有鳴條。其雨十日一降，降必以夜，津潤調暢，不至地有淹流。一國之人，皆自相親，有如戚屬，人各相惠多與，無市易商販之輩，以不求利故也。

古弼既到其國，顧謂元之曰：「此和神國也，雖非神仙，風俗不惡。汝回，當為世人言之。吾既至此，回即別求人負囊，不用汝矣。」因以酒飲元之。元之引滿數巡，不覺沉醉冥然。既而復醒，身已活矣。自是元之疏逸人事，無宦情之意，遊行山水，自號「知和子」。竟不知其終也。

牛僧孺的「美麗新世界」就是個幻想遊戲，的確很舒適，為了躲避痛苦盡了最大努力，且很有創意。牛氏的小說多在窮極幻想，如卷二〈滕庭俊〉中，與廁所裡的蒼蠅及禿帚唱和的士人，卷三〈張左〉裡的耳中之國，〈巴邛人〉裡在大橘子中下棋的仙叟，〈刁俊朝〉中藏在甲亢大脖子裡的猿猴，卷四〈張寵奴〉中與犬妖交遊的進士王泰客等，都在極力將簡單的故事演義得更為可觀。

再如卷二〈曹惠〉中精靈可愛的木偶，卷四〈王煌〉中的女鬼。豬精化女的志怪過去有過，到了《玄怪錄》卷四的〈尹縱之〉中，牛僧孺筆下的豬精女因為太過美麗，又有情調和才藝，並與士子綢繆繾綣，一旦現形為豬，倒令人難以接受了。卷二〈崔書生〉中的人神之戀也頗具特點，亦為牛氏的經典傳奇之一。

牛僧孺的小說涉及求道修仙者不少，當與其好道有關。在卷二〈董慎〉中，兗州佐使董慎因性格公正、通明法理，被泰山冥府請去做兼職的法律顧問。他所講的法理是以水鏡為例：

夫水照妍蚩而人不怒者，以其至清無情。

總之，世俗、現實、人性、再加上無邊的幻想，就是牛僧孺小說的特點。

小說的節奏

《博異志》的作者鄭還古，自號谷神子，榮陽（今屬河南）人。初寓青、齊，少有才，好學、善書。憲宗元和年間（西元八〇六至八二〇年）進士及第，為河中從事，因謗貶吉州掾。後閒居東都，與薛用弱交遊。文宗開成中（西元八三六至八四〇年）入京赴選，授國子太學博士。武宗會昌二年（西元八四二年）至濟陰，稍後卒。

程曜兄問，唐代的作家、文士有無筆名？像張鷟的浮休子、范攄的雲溪子、鄭還古的谷神子等類似道號的自號，均屬筆名。筆名來自諡與字，還有道號、居士號等。葛洪道號抱朴子，並以之為書名。陶淵明自號五柳先生，已具筆名色彩。筆名是一種自期或自詡，與諡與字，以及道號、居士號不同，是自號，作為文中的自稱，亦可避自己名諱。在牛肅的紀實小說〈牛應貞〉中，其女牛應貞「文名曰遺芳」，證實了唐代已有被稱作「文名」的筆名。

在范攄、張鷟和鄭還古三人的自號（即筆名）中，范攄的雲溪子很簡單，因為他居住在越州的五雲溪，除雲溪子外，也自號五雲溪人。張鷟的浮休子出自《莊子》「其生若浮，其死若休」，與其張揚的個性相符。鄭還古的谷神子出自《老子》「穀神不死，是謂玄牝」，強調的是生生不息的創造。但鄭氏的這個自號、筆名，還得結合其小說集《博異志》的序言，才好理解。

《博異志》最吸引我的，正是它的序言。由於唐五代及先唐作家們的小說專集幾乎全部散佚過，即使作品留存較多的，序言也多缺失了，故《博異志》的自序，尤其是一篇作家專門談論自己小說觀的文字，就顯得彌足珍貴了。從中我們可以看到一位唐代的小說家，是如何看待小說的：

夫習讖譚妖，其來久矣，非博聞強識，何以知之。然須與抄錄，見知雌黃事類。語其虛則源流具在，定其實則姓氏罔差。既悟英彥之討論，亦是賓朋之節奏。若纂集克備，即應對如流。余放志西齋，從宦北闕，因尋往事，輒議編題，類成一卷（《博異志》本為三卷，此語疑為宋人所改）。

非徒但資笑語，抑亦粗顯箴規。或冀逆耳之辭，稍獲周身之誠。只求同已，何必標名。是稱「谷神子」。（序下原署「谷神子纂」，注「名還古」。）

鄭還古《博異志》的自序再次說明，唐代作家對中國小說傳統的意識非常明確。那種源自巫方之術的預言虛擬方式，以及如何透過虛構表現真實，並在其中探討思想、結交賓朋、告誡人生，既有認真的寫作態度，又有放達的娛樂精神。「語其虛則源流具在，定其實則姓氏罔差。既悟英彥之討論，亦是賓朋之節奏。」這便是中國小說的節奏。

在《廣異記》的序言中，顧況是從上古的神話談到漢代的小說、雜傳，再到六朝的志怪、志人，以及初唐的傳奇，可見唐人對中國小說傳統源流的梳理、劃分，是極為清晰的。這也是鄭還古《博異志》自序中「習識譚妖，其來久矣」之意，即小說由遠古巫方的預言、神話而來，說的是怪力亂神，所記乃「雌黃事類」，與經史無關。然「非博聞強識，何以知之」，「博聞」指知識和閱歷的廣博豐富，「強識」指具有自己的思想和理解能力，這些是讀懂小說的基礎。以此探尋真實，討論真知，有益於人生和友誼，包括娛樂生活，都是小說創作的主題與功用。以谷神子為筆名，表明小說家的工作是像生生不息的自然之母那樣不斷地去創造，而非因循守舊地服從於現實。

《博異志》存文三十四篇，多寫得中規中矩。〈敬元穎〉述及井水作為鏡像，對人的致命誘惑：

天寶中有陳仲躬，家居金陵，多金帛。仲躬好學，修詞未成，乃攜數千金，於洛陽清化里假居一宅。其井尤大，甚好溺人。仲躬亦知之，以靡有家室，無所懼。仲躬常抄習不出。月餘日，有鄰家取水女子，可十數歲，怪每日來於井上，則逾時不去，忽墜井中而溺死。井水深，經宿方索得屍。仲躬異之，閒乃窺於井上。忽見水影中一女子面，年狀少麗，依時樣妝飾，以目仲躬。仲躬凝睇之，則紅袂半掩其面微笑，妖冶之姿，出於世表。仲躬神魂恍惚，若不支持，然乃嘆曰：「斯乃溺人之由也！」遂不顧而退。

井水乾涸後，陳仲躬與來拜訪自己的井中魅影敬元穎對談，問道：「汝以紅綠脂粉之麗，何以誘女子小兒也？對曰：「某變化無常，各以所悅，百方謀策，以供龍用。」龍指的是在井中吞噬人的毒龍。人們在乾涸的井底，只找到了一面古鏡。從這面來自王度〈古鏡記〉中的古鏡，以及後來《紅樓夢》裡的風月寶鑑，直到如今的欲望之鏡，一直映照著的，仍舊是我們每個人的靈魂。那深不可測的鏡像的誘惑，正如我們凝視著死亡的深淵。

　　〈陰隱客〉中的仙界，是鑿井二年、深愈千尺方至的。而成仙的結果，就是離棄所有的親朋，只剩下自己獨自一人，永遠活在無人知曉的洞天。〈王忠憲〉裡為報仇而誤食無辜者心臟之人，最終顛倒錯亂、失心瘋癲而死。喪失人性的事，是不能做的。

　　〈張竭忠〉裡的仙鶴觀，可謂道士們修仙的最佳去處，每年九月三日夜晚常有人得道升天，已成慣例。觀中常住的七十多位道士皆修法精專，齋戒俱全，不專心的道士也不會去那裡。孰料升仙之夜道士們的去處並非天界，而是盡數落入了幾頭老虎之口。該文辛辣、精練，有陸長源《辨疑志》之風：

　　天寶中，河南緱氏縣東太子陵仙鶴觀，常有道士七十餘人，皆精專修習法籙，齋戒皆全。有不專者，自不之住矣。常每年九月三日夜，有一起士得仙，已有舊例。至旦，則具姓名申報，以為常。其中道士，每年到其夜，皆不扃戶，各自獨行，以求上升之應。後張竭忠攝緱氏令，不信。至時，乃令二勇者以兵器潛覘之。初無所睹。至三更後，見一黑虎入觀來，須臾銜出一起士。二人遂射，不中，奔棄道士而往。至明，並無人得仙，具以此白竭忠。竭忠申府，請弓矢，大獵於太子陵東石穴中，格殺數虎。或金簡玉籙泊冠帔，或人之髮骨甚多，斯皆謂每年得仙道士也。自後仙鶴觀中即漸無道士，今並休廢，為守陵使所居也。

小說的自覺

唐傳奇到薛漁思，終於出現了一位作家中的作家，即對形式、主題，對小說本身感興趣的大師。這種對小說形式和主題的自覺，僅在西方的現代和後現代小說中出現過。

薛漁思生平不詳，只知其為中晚唐轉換時期的河東郡（今山西永濟）人。薛姓為河東汾陰大姓，是有名的士族。薛氏小說集《河東記》裡的故事，多發生在文宗大和年間（西元八二七至八三五年），已入晚唐。《河東記》今存小說三十四篇，序言僅剩一句「續牛僧孺之書」，故我仍把他與鄭還古一起，列為中唐小說家，其實將他們兩個歸入晚唐也行。

薛漁思續《玄怪錄》之處，是以〈蕭洞玄〉為名，重寫了牛僧孺〈杜子春〉裡的印度故事。首先，要將前面那個不相干的故事去掉，以使得小說結構完整。修道要有一個同心者，於是在〈蕭洞玄〉中，薛漁思便讓道士蕭洞玄在遊歷天下的同時尋找自己的修道夥伴，並找到了終無為這個經過考察的搭檔。在修道過程中，受到的考驗除了暴力和自然力的恐嚇之外，更有偽裝的矇騙、美色的誘惑，以及鬼神以親屬為人質並施以酷刑，對人心理和精神的折磨，所以薛作的側重點與牛作不同。最終的考驗，父子之情同樣深刻，故薛漁思沒有讓終無為轉世為婦人，但他也未能承受住喪子之痛。

這類遊歷冥府地獄的小說，由六朝、初唐的瀕死體驗，發展到人性加入，再到牛、薛以體驗書寫的幻想小說，從上天入地到轉世託生，信手拈來無所不能。作為導入方式，人物也不必死而復生，做個夢，或者只要在恍惚中出出神就行了，意境卻更為真切、深邃。

薛漁思改寫的遠不止牛僧孺，改寫的方式和目的也各不相同。〈獨孤遐叔〉改寫的是白行簡〈三夢記〉中的第一個夢。白文行文簡略，意在說明該夢的特點。薛作卻將其完全演義成了小說，重在細節、心理和意境的描繪，主題則是人情和人性。〈盧傳素〉改寫的是李復言的〈驢言〉，主題也與李作不同，寫的是贖罪與報答，以及人畜之間的感情。薛氏的改寫說

明，只要切入的角度有異，感受的方式有別，故事就完全改變了，意味也迥然不同了。

在〈李知微〉中，薛漁思僅用了不到五百字，便完成了對李公佐〈南柯太守傳〉的改寫，將李公佐筆下的大槐安國，簡化到了只剩一些自以為官的人。不過李公佐的大槐安國是蟻國，都是蟻民，薛漁思古槐之下的小人國則是鼠國，皆為鼠輩。文中俱長數寸的小人們一本正經，「導從呵喝，如有位者」，「冠帶甚嚴」，作「理事之狀」。最後自報官位，入戲到「喜者，憤者，若有所恃者，似有果求者，唱呼激切，皆請所欲」，令人嘆息、發笑：

李知微，曠達士也，嘉遯自高，博通書史，至於古今成敗，無不通曉。嘗以家貧夜遊，過文成宮下。初月微明，見數十小人，皆長數寸，衣服車乘，導從呵喝，如有位者，聚立於古槐之下。知微側立屏氣，伺其所為。東復有堁垣數雉，旁通一穴，中有紫衣一人，冠帶甚嚴，擁侍十餘輩，悉稍長。諸小人方理事之狀。須臾，小人皆趨入穴中。有一人，白長者曰：「某當為西閣舍人。」一人曰：「某當為殿前錄事。」一人曰：「某當為司文府史。」一人曰：「某當為南宮書佐。」一人曰：「某當為馳道都尉。」一人曰：「某當為司城主簿。」一人曰：「某當為遊仙使者。」一人曰：「某當為東垣執戟。」如是各有所責，而不能盡記。喜者，憤者，若有所恃者，似有果求者，唱呼激切，皆請所欲。長者立，盰視，不復有詞，有似唯領而已。食頃，諸小人各率部位，呼呵引從，入於古槐之下。俄有一老父顏狀枯瘦，杖策自東而來，謂紫衣曰：「大為諸子所擾也。」紫衣笑而不言。老父亦笑曰：「其可言耶？」言訖，相引入穴而去。明日，知微掘古槐而求，唯有群鼠百數，奔走四散。紫衣與老父，不知何物也。

薛漁思的〈盧佩〉與牛僧孺的〈崔書生〉，寫的都是人仙戀。牛作深情，分手便有了怨懟與悔恨；薛作冷靜，故離別只是詫異和漠然。豈止小說，人生和世界，也因我們看法和感受的不同而改變。薛漁思是一位自負的天才，每篇必勝他人或必有異於人，才會下筆，因循的延續、漸進的演化，對他來說當是恥辱。所以讀薛漁思，不擔心沒有驚喜。

〈韋丹〉一題，寫的是唐臨以小說集《冥報記》、鐘輅以小說集《前定錄》、呂道生以小說集《定命錄》所表達的主題，卻透露出了別樣的意味。預知了全部的命運、前定的所有，無論機遇、食祿或壽命，就是最大的福報嗎？也許是的，就人類的感知而言，我們更多面對的其實只是過去，包括即刻便已成為過去的現在和未來。我們很難自由地把握現在，更難準確地預測未來，無論聖人還是凡人，神龍或者蠕蟲，都一樣會出錯。

　　〈韋丹〉故事精彩，說的是落第書生韋丹已年近四十，人生無望的他騎著一頭又瘸又瘦的毛驢，走向了等待著自己的命途。在洛陽中橋的橋頭，韋丹心生悲憫，以驢為酬放生了一隻被漁民捕獲的大黿。誰知那大黿竟是一條神龍，它告知了韋丹意欲了解的命運之後，便消失了。韋丹想再次找到神龍，問詢自己的不解之處。算命的葫蘆先生卻對他說，人生沒有奇蹟，無論你是誰：

　　「彼神龍也，處化無常，安可尋也？」

　　韋曰：「若然者，安有中橋之患？」

　　葫蘆曰：「迍難困厄，凡人之與聖人，神龍之與蠕蠕，皆一時不免也。又何得異焉。」

　　在〈板橋三娘子〉中，薛漁思表現的則是純粹的遊戲趣味，那種驚悚、離奇和滑稽，都不過是娛樂，在其中找尋善惡、對錯和因果的人，才叫愚蠢。楊憲益認為，〈板橋三娘子〉，應來自古希臘史詩《奧德賽》（*Odyssey*）中巫女竭吉使人變豬的故事。該故事亦見於古羅馬阿蒲流之《變形記》，其中也有能使人變驢的巫女。又有學者發現，〈板橋三娘子〉的情節、人物，都與阿拉伯故事集《一千零一夜》（*One Thousand and One Nights*）中的故事相似。由此可見〈板橋三娘子〉故事原型的國際化，及其世界性的流變。

　　〈盧佩〉寫的是嫌棄神的人，雖亦為神所棄，但並不後悔。〈韋浦〉和〈成叔弁〉寫的是愛惡作劇的鬼，捉弄人的手段雖然過分，也不乏可笑、可愛之處。還有改寫自戴孚〈李霸〉的〈韋齊休〉，多戲謔、滑稽，令人爆

笑不已。之後，薛氏的玩笑開得越來越大，取笑的對象更是百無禁忌。

到了〈蘊都師〉，戲弄的居然是僧侶和菩薩，包括人仙戀俗套。說的是經行寺的住持僧行蘊，於初秋盂蘭盆會臨近之際，在寺院中灑掃並籌辦佛事。心猿意馬的他，一大早便把一尊佛像看成了美女，當眾說世間要有那麼漂亮的女人，就娶來做自己的老婆。薛大師對行蘊眼中佛像的描繪是：「姿容妖冶，手持蓮花，向人似有意。」對鬼神可不敢亂講話，聽行蘊這麼一說，手持蓮花的佛爺居然動了凡心，當晚便自稱蓮花娘子前來敲門了。行蘊還以為是俗家女子呢，忙說：「官府現在查得很嚴，夫人是翻牆進來的嗎？」邊問邊忍不住把門打開了，貪饞地看著蓮花娘子和她的豔婢露仙。被薛大師形容為「妖姿麗質，妙絕無倫」的蓮花娘子嗔怪道：「您怎麼把今早說過的話給忘了？人家就是聽了大師您的話才動了凡心，現已被貶謫為俗女，來做您的愛人。本來人家可是了不起的蓮花神呢！」在行蘊惶恐之際，蓮花娘子已命露仙布置好了華美的床鋪。行蘊雖然興奮地發誓，可又怕破戒惹麻煩。蓮花娘子見狀大笑道：「我乃天上神女，不與凡人一般見識，不會拖累大師您的。」於是，便詞氣清婉地與行蘊談情說愛。這場僧神戀的結局並非神魂顛倒的豔遇，而是一場恐怖的噩夢，蘊都師最後竟然被兩個夜叉吃掉了。這時我們才明白，原來薛漁思在笑聲中嘲弄並解構的，是所有同類題材的小說：

經行寺僧行蘊，為其寺都僧。嘗及初秋，將備盂蘭會，灑掃堂殿，齊整佛事。見一佛前化生，姿容妖冶，手持蓮花，向人似有意。師因戲謂所使家人曰：「世間女人有似此者，我以為婦。」

其夕歸院，夜未分，有款扉者曰：「蓮花娘子來。」蘊都師不知悟也，即應曰：「官家法禁極嚴，今寺門已閉，夫人何從至此？」既開門，蓮花及一從婢，妖姿麗質，妙絕無倫。謂蘊都師曰：「多生種無量勝因，常得親奉大圓正智。不謂今日聞師一言，忽生俗想。今已謫為人，當奉執巾缽。朝來之意，豈遽忘耶？」蘊都師曰：「某信愚昧，常護僧戒。素非省相識，何嘗見夫人，遂相紿也？」即曰：「師朝來佛前見我，謂家人曰，儻貌類我，將以為婦。言猶在耳，我感師此言，誠願委質。」因自袖中出化生，

日：「豈相紿乎？」蘊始悟非人。回惶之際，蓮花即顧侍婢日：「露仙，可備帷幄。」露仙乃陳設寢處，皆極華美。蘊雖駭異，然心亦喜之，謂蓮花日：「某便誓心矣，但以僧法不容久居寺舍，如何？」蓮花大笑日：「某天人，豈凡識所及？且終不以累師。」遂綢繆敘語，詞氣清婉。

俄而滅燭，童子等猶潛聽伺之。未食頃，忽聞蘊失聲，冤楚頗極。遽引燎照之，至則拒戶闔，禁不可發，但聞猙牙齧詬嚼骨之聲，如胡人語音而大罵日：「賊禿奴，遣爾辭家剃髮，因何起妄想之心？假如我真女人，豈嫁與爾作婦耶？」於是馳告寺眾，壞垣以窺之，乃二夜叉也，鋸牙植髮，長比巨人，哮叫拏獲，騰踔而出。後僧見佛座壁上，有二畫夜叉，正類所睹，唇吻間猶有血痕焉。

從劉義慶、王琰到唐臨、戴孚等，六朝和唐代小說中的冥府地獄，經歷了一個由具有宗教力量的異己形式、到逐漸世俗化的過程。在牛僧孺筆下又出現的第三種冥府地獄，即不僅完全世俗化，還完全文學化了。薛漁思更用了三篇小說，解構了此前所有小說中的冥府地獄。

〈許琛〉毫不客氣，直接把冥府命名為「鴉鳴國」，言其雖如黃昏的陵園般陰慘，但在上萬棵古槐樹上鳴噪的無數烏鴉，讓人近在咫尺也聽不見對方說話。許琛被呼入地府的原因，是冥使誤將他作為捕鴉能手追來，想讓他在冥府當差。許琛此行所辦的正事，是為陰間的武相公帶話，說陽間的王僕射為他燒的紙錢太爛，不知道是品質差還是燒的時候翻動過，殘破不堪，無法使用。冥府昏暗，故鴉鳴國的明晦是以鴉鳴與否來區分的，相當於人間的晝夜。許琛又觀察到冥府的林間多空地，冥使的回答是，鬼同樣會死，也要有地方去埋。連鬼都會死的話，冥府還有什麼意義呢，與人世又有何分別呢？這篇小說的立意，與莎士比亞名劇《馬克白》（Macbeth）的主題詞相同，「人生就是一篇荒唐的故事，是白痴講的，充滿了喧譁與騷動，卻沒有任何意義」；也是美國作家福克納（William Cuthbert Faulkner）的名著《喧譁與騷動》的主題。

王潛之鎮江陵也，使院書手許琛因直宿，二更後暴卒，至五更又蘇，謂其儕日：「初見二人，黃衫，急呼出使院門，因被領去。其北可行

六七十里，荊棘榛莽之中，微有逕路。須臾，至一所，楔門，高廣各三丈餘，橫楣上大字書標榜，曰『鴉鳴國』。二人即領琛入此門，門內氣黯慘，如人間黃昏已後。兼無城壁屋宇，唯有古槐萬萬株，樹上群鴉鳴噪，咫尺之間不聞人聲。如此又行四五十里許，方過其處。又領到一城壁，曹署牙門極偉，亦甚嚴肅。二人即領過，曰：『追得取鴉人到。』廳上有一紫衣官人，據案而坐，問琛曰：『爾解取鴉否？』琛即訴曰：『某父兄子弟，少小皆在使院，執行文案，實不業取鴉。』官人即怒，因謂二領者曰：『何得亂次追人？』吏良久惶懼，伏罪曰：『實是誤。』官人顧琛曰：『即放卻還去。』又於官人所坐床榻之東，復有一紫衣人，身長大，黑色，以綿包頭，似有所傷者，西向坐大繩床，顧見琛訖，遂謂當案官人曰：『要共此人略語。』即近副坫立，呼琛曰：『爾豈不即歸耶？見王僕射，為我云，武相公傳語僕射，深愧每惠錢物，然皆碎惡，不堪行用。今此有事，切要五萬張紙錢，望求好紙燒之。燒時勿令人觸，至此即完全矣。且與僕射不久相見。』言訖，琛唱喏。

「走出門外，復見二使者卻領回，云：『我誤追你來，幾不得脫，然君喜，當取別路歸也。』琛問鴉鳴國之義，曰：『所捕鴉鳴國，周遞數百里，其間日月所不及，終日昏暗，常以鴉鳴知晝夜。是雖禽鳥，亦有謫罰。其陽道限滿者，即捕來，以備此中鳴噪耳。』又問曰：『鴉鳴國空地奚為？』二人曰：『人死則有鬼，鬼復有死，若無此地，何以處之？』」

初琛死也，已聞於潛。既甦，復報之。潛問其故，琛所見即具陳白。潛聞之，甚惡「即相見」之說，然問其形狀，真武相也。潛與武相素善，累官皆武相所拔用，所以常於月晦歲暮，焚紙錢以報之。由是以琛言可驗，遂市藤紙十萬張，以如其請。琛之鄰而姓許名琛者，即此夕五更暴卒焉，時大和二年四月。至三年正月，王僕射亡矣。

〈崔紹〉和〈魏式〉，則在向以往的同類小說致意，基本上沿用了過去的形式，透過主要人物對死亡的厭惡，以及出入冥府過程中的心不在焉、不悲不喜，以及那裡似乎也有妓院或後宮等細節，向世俗化的冥府做了一個遊覽式的告別，像是在觀賞一處古蹟。

崔紹因不到死期，故冥府判官說他「公尚未生」，並解釋說，「陰司諱死」，即陰間像人間一樣忌諱說死，「所以喚死為生」，將死後來到冥府的亡魂，一概稱之為獲得了新生。判官帶崔紹參觀官榜，金銀鐵榜開列了所有在世官員的名單，不在世的人名就被抹掉了，像沒存在過一樣。崔紹對地府王城的人多得像首都長安一樣感到不解，說難道他們都沒有罪，都不用下地獄嗎？判官說是的，這就是居住在地府王城裡的好處了，儘管那裡的房價必定像長安一樣高得離譜。

　　薛漁思對冥府地獄的解構，來自他對鬼神的認識和態度。唐臨當然是有神論者，虔誠的佛教徒，陸長源則是堅定的無神論者，其餘的唐代作家，多處在二者之間吧。薛漁思又與前三者不同，既然人與鬼神都處在世俗維度，在現實中便可同等看待。〈韋丹〉中的神龍雖說變化無常、神通廣大，但也有困窘於網、被人烹食的時候。不過在精神上，人不僅可以為鬼神，擁有自由意志，萬物之靈也能成精怪，還有人作為動物的生命血性，亦不能完全失去。

　　〈皇甫政〉說的是唐代的越州，還保留有古越人的魔母神堂，大家仍去堂內求子。越州觀察使皇甫政與他尚無子息的妻子陸氏，為祈生男捐鉅資修建廟堂，繪製魔母壁畫。孰料一高大黑醜的男子到來，以所荷之鋤毀掉了壁畫，理由是畫得還不如他的妻子漂亮。男子叫來了自己的美妻，大家引頸一看，果真如此。見有姿色的妻子也相形見絀，皇甫政不高興了，說黑醜男子身為賤民怎能擁有如此美色，當將其妻進獻給皇帝。在押送途中，黑醜男子與他的妻子攜手化鶴，衝天而去。在我們每個人的身上，又何嘗沒有一個仙或者是一個神存在呢？

　　薛漁思取材於人虎志怪的〈申屠澄〉，是同類題材小說中最優者之一。官員申屠澄之妻，本是個才貌雙全的美少女，儘管出身貧寒卻很守婦道。丈夫作〈贈內詩〉給她，她口中雖在吟和，卻不誦讀出口，說「為婦之道，不可不知書，倘更作詩，反似姬妾耳」。當丈夫任滿回京，帶其路過嘉陵江邊她的家鄉時，那少婦終於開口吟誦出自己深藏在心底的志向：

　　琴瑟情雖重，山林志更深。

常憂時節變，辜負百年心。

　　婦人自家的草屋仍在，家人已不知去向。她進屋發現了虎皮，竟化虎咆哮，奪門而去，回歸山林。除了婦道，還有自由的野性，這才是完整的女性。薛氏小說真實的心理，夢幻般的意境，以及依靠直覺展開的情節，是那樣的出人意料而又有魅力。

　　〈呂群〉中性情粗暴的主角呂群之死，倒具有某種命定的恐怖，讀者看著他怎樣一步步地走向無可避免的死亡。薛氏小說注重娛樂性，如上文提及的〈板橋三娘子〉中的驚悚與滑稽，以及〈胡媚兒〉中魔幻之術的神奇和瀟灑。而〈成叔弁〉中愛捉弄人搞惡作劇的精怪，〈韋浦〉中調皮搗蛋的倒楣鬼，又似與戴孚的男狐精小說有關。作為作家中的作家，薛漁思的構思絕對不會憑空而來，在一流的唐傳奇作家中，他是數一數二的「後現代」大師。

　　又看到了芥川龍之介改寫自〈枕中記〉的短篇〈黃粱夢〉，所用的是薛漁思式的極簡辦法。有關芥川氏的評論，多在說他的小說如何悲觀。但他改寫的兩篇唐傳奇卻恰好相反：〈黃粱夢〉生命澎湃，〈杜子春〉大徹大悟。誰能說這不是唐傳奇本身所具有的生命力對他的影響呢。

卷六　晚唐

虛與實

　　房千里的單篇傳奇〈楊娼傳〉，是個養小三的故事，所言卻是男女相處之道。楊娼本是長安的妓女，人長得漂亮，愛打扮，雍容嫺雅，極受寵。嶺南節度使游長安，出重金為之贖身，將其帶回南海做小三。節度使的妻子個性強悍，又是外戚家庭出身，對他很兇，婚後即與之立約說，誰要是出軌，就白刀子進去紅刀子出來。節度使當然不敢讓妻子知道，便把楊女藏於外室，既能安內，又可以在外面逍遙。

　　楊女聰慧，尊重節度使不說，還很謹慎，不會胡攪蠻纏，對其屬下也大方，深得他的歡心。過了一年，節度使得了大病，臥床不起，想見楊女一面，卻被妻子發現了。其妻帶著幾十個健壯的丫鬟，拿著棒子，燒開了煮肉的大鐵鍋等著。節度使只得厚贈楊女，派家丁護送她北歸，自己氣得不到十天就死了。

　　楊女走到南昌得知節度使已逝，設祭而哭說：「將軍因我而死，我還活著幹嘛呢？我不是那種讓將軍感到孤獨的人！」遂自殺以殉。房千里對楊女的評價是既義且廉。其實楊女只是知道人不能孤獨地生活罷了，無論結婚與否：

　　楊娼者，長安里中之殊色也，態度甚都，復以冶容自喜。王公巨人豪客，競邀致席上。雖不飲者，必為之引滿盡歡。長安諸兒，一造其室，殆至亡生破產而不悔。由是娼之名，冠諸籍中，大售於時矣。

　　嶺南帥甲，貴遊子也。妻本戚里女，遇帥甚悍。先約：「設有異志者，當取死白刃下。」帥幼貴，喜婬，內苦其妻，莫之措意。乃陰出重賂，削去娼之籍，而挈之南海。館之他舍，公餘而同，夕隱而歸。娼雅有慧性，事帥尤謹。平居以女職自守，非其理不妄發。復厚帥之左右，咸能得其歡心。故帥益嬖之而無歝。

　　會間歲，帥得病，且不起。思一見娼，而憚其妻。帥素與監軍使厚，密遣導意，使為方略。監軍乃紿其妻，曰：「將軍病甚，思得善奉侍煎調者視之，瘳當速矣。某有善婢，久給事貴室，動得人意。請夫人聽以婢安將軍四體，如何？」妻曰：「中貴人信人也。果然，於吾無苦耳。

可促召婢來。」監軍即命娼冒為婢以見帥。計未行而事洩。帥之妻乃擁健婢數十，列白挺，熾膏鑊於廷而伺之矣。須其至，當投之沸鬲。帥聞而大恐，促命止娼之至。且曰：「此自我意，幾累於渠。今幸吾之未死也，必使脫其虎喙，不然，且無及矣。」乃大遺其奇寶，命家僮榜輕舸，衛娼北歸。

自是，帥之憤益深，不逾旬而物故。娼之行適及洪矣，問至，娼乃盡返帥之賂，設位而哭，曰：「將軍由妾而死。將軍且死，妾安用生為？妾豈孤將軍者耶？」即撤奠而死之。

夫娼，以色事人者也，非其利則不合矣。而楊能報帥以死，義也；卻帥以賂，廉也。雖為娼，差足多乎！

有學者稽考〈楊娼傳〉本事，魯迅也加入了推測，看來紅學的方式是早有緣起的。不過這樣的考證也有它的意義，能看出作者現實的經歷，在這篇小說中究竟占有多大比重。

房千里，字鵠舉，河南（今河南洛陽）人。文宗大和初年（西元八二七年）進士及第後，到嶺南遊歷過，官至國子監博士。武宗會昌三年（西元八四三年）夏貶廬陵（今江西吉安），約宣宗大中初年（西元八四七年）貶端州（今廣東肇慶轄區）別駕，官終高州（今廣東茂名）刺史。

在房氏及第遊嶺南期間，曾有過與妾趙氏暫別以致分手一事。范攄在《雲溪友議·南海非》中，引房千里〈初上第遊嶺徼詩序〉云：

有進士韋滂者，自南海邀趙氏而來，十九歲，為余妾。余以鬢髮蒼黃，倦於遊從，將為天水之別，止素秋之期，縱京洛風塵，亦其志也。趙屢對余潸然恨恨者，未得偕行。即泛輕舟，暫為南北之夢。歌陳所契，詩以寄情。

只是後來的情況讓人大跌眼鏡。據〈南海非〉言：

房君至襄州，逢許渾侍御赴弘農公番禺之命，千里以情意相託，許具諾焉。才到府邸，遣人訪之，擬持薪粟給之，曰：「趙氏卻從韋秀才矣。」許與房、韋，俱有布衣之分，欲陳之，慮傷韋義；不述之，似負房言。素款難名，為詩代報。房君既聞，幾有歐陽四門詹太原之喪。

歐陽詹為中唐時人，一生未離國子監四門助教之職，故稱歐陽四門。詹遊太原，愛上了一個名叫李倩的藝妓，不料他回長安李即病逝了。收到李氏的髮髻、詩作等信物後，歐陽詹也傷感而亡。在李倩的詩作中，有這樣一首：「自從別後減容光，半是思郎半恨郎。欲識舊來雲髻樣，為奴開取縷金箱。」

對比歐陽詹，便知房千里的傷感只是單相思。從許渾寄給他的詩中可知，趙氏早已背棄了他：

春風白馬紫絲韁，正值蠶眠未採桑。

五夜有心隨暮雨，百年無節待秋霜。

重尋繡帶朱藤合，卻認羅裙碧草長。

為報西遊減離恨，阮郎才去嫁劉郎。

《唐詩紀事》卷五一概述房千里〈初上第遊嶺徼詩序〉道：「有進士韋滂者，自南海邀趙氏而來，為余妾。西上京都，調於天官，余乃與趙別，約中秋為會期。趙極悵戀，余乃抒詩寄情。」魯迅言：「此傳或即作於得報之後，聊以寄慨者歟？」也純屬猜測。

房千里的小說或與其經歷和體驗有關，可如果用寫實、紀實的手法，就是房氏的單相思故事，因為在他的經歷中，我們唯一可以確定的，是他愛上了趙氏。〈楊娼傳〉如有本事，與房千里後來在嶺南為官的經歷，關係理應更為密切。

曹鄴的〈梅妃傳〉也是個晚唐的單篇傳奇，寫的是梅、楊二妃如何先後得寵於唐玄宗，又如何爭寵，最後梅妃怎樣敗下陣來，細節比〈長恨歌傳〉精彩多了。曹鄴（西元八一六至？年），字鄴之，桂州（今廣西桂林）陽朔人。宣宗大中四年（西元八五〇年）十試及第。懿宗咸通元年（西元八六〇年）為太常博士，又歷任主客員外郎、度支、禮部郎中等。僖宗乾符元年（西元八七四年）為祠部郎中，後為洋州刺史兼御史中丞，官終祕書監。

范攄在《雲溪友議·題紅怨》中，寫過楊、梅二妃得寵時，寂寞的宮娥題寫在紅葉上的詩篇，以及顧況和詩、盧渥珍藏詩葉的行為，都很美

好，表達並傳遞的是一種人性的關懷。〈梅妃傳〉中有一句話，說的是梅妃得寵後，「長安大內、大明、興慶三宮，東都大內、上陽兩宮，幾四萬人，自得妃，視如塵土」。〈長恨歌傳〉中的楊妃得寵，亦是如此。

　　唐玄宗是否有四萬嬪妃宮女我沒有考證過，但無論楊、梅二妃有多美麗，那眾多嬪妃和宮女青春的生命，才更值得關注。她們是皇帝短命的原因。唐玄宗採取的策略是只看不吃去談戀愛，所以征服他的或許不是愛情，也不是楊妃、梅妃，而是恐懼，或者說愛情是與恐懼相伴的。

知己為鬼而行人事

　　李復言，隴西（今甘肅隴西）人。文宗大和元年（西元八二七年）為大理卿李諒門客，四年游巴蜀。開成五年（西元八四〇年），他以《纂異記》（《續玄怪錄》原名）十卷納省卷，被禮部侍郎李景讓斥為「事非經濟，動涉虛妄」，還卷不納，遂罷舉。要說明的是，這只是個意外事件，卻改變了李復言的命運。

　　李景讓《新唐書》有傳，除歷任中書舍人、禮部侍郎，及高、華、虢三州刺史之外，宣宗大中年間（西元八四八至八五九年）曾進御史大夫，又出西川節度使。「性方毅有守」，「獎士類，拔孤仄」，自命「孝於家，忠於國」，是個儒家正統思想很重的人。

　　李復言以自己的小說集《纂異記》納省卷，請人推薦給主考官禮部侍郎李景讓，誰知對方竟是個對小說懷有極大偏見的人。在唐代，小說雖未如詩賦那樣成為科舉考試的項目，但作為「行卷」，是顯示考生綜合能力的重要參考，為唐代科舉制的慣例。一個持儒家觀點的主考官，就能讓擅寫小說的考生罷舉，也預示著儒家思想一旦成為正統，小說的前景必然黯淡。不過也有專家認為，李復言罷舉，是因為牛李黨爭。

　　李復言的《續玄怪錄》創作態度嚴謹，三觀很正，又極大膽新銳。從原名《纂異記》來看，亦非續《玄怪錄》之作，而是構思完全不同的獨立的

小說集。專家們大都認為，《玄怪錄》和《續玄怪錄》因書名的緣故，後世常被合編，故篇目混淆，《玄怪錄》中的〈張老〉、〈黨氏女〉、〈齊饒州〉、〈張寵奴〉、〈尼妙寂〉、〈許元長〉、〈王國良〉、〈葉氏婦〉等，應為《續玄怪錄》中的作品，並懷疑〈崔環〉、〈吳全素〉、〈掠剩使〉、〈馬僕射摠〉和〈李沈〉等，也是李復言所作。在李劍國輯校的《唐五代傳奇集》和李時人編校的《全唐五代小說》中，已將上述篇目劃歸到了李復言的名下或存疑。這樣一來，情況就有點複雜了。但即便如此，我在「窮極想像」一節中探討過的作品，大都仍在牛僧孺名下。

〈楊敬真〉寫的是一個普通農婦，她以自己的天性誠實地面對日常生活，並以此得道升仙。有人問她是如何修行的，楊敬真回答說：「村婦何以知，但本性虛靜，閒即凝神而坐，不復俗慮得入胸中耳。此性也，非學也。」〈涼國公李愬〉寫的是攻城以仁恕為先，未嘗枉殺一人的涼國公李愬。〈麒麟客〉中的道仙，因逃厄來到一戶人家做傭僕，也極為誠懇勤勞，不以己為仙自傲，甚至不讓主人加工錢。

〈盧僕射從史〉中因不臣逆反之罪而被賜死的盧從史，死後仍做了福德之鬼，修煉有成。〈韋令公皋〉中韋皋的妻子見丈夫被父親蔑視，便激勵他說：「男兒固有四方志，大丈夫何處不安？」韋遂攜妻外出謀官，後任兵部尚書，令岳父無顏相見。〈鄭虢州夫人〉寫弘農令嫁女被新郎嫌棄，他即向眾賓客說道：「此女已奉見，眾賓客中有能聘者，願赴今夕。」當場便把女兒嫁給了一個誠摯表態的人。

〈蘇州客〉寫的是龍子蔡霞為遊歷江湖的劉貫詞籌措旅費，巧妙地借劉氏與胡客之手，歸還了自己竊得的罽賓國國寶，贖罪免災。〈寶玉妻〉中的處士寶玉則幸運地娶到了妖豔美麗、體貼如意的神仙妻子，令人羨慕。〈錢方義〉寫的是鬼神也有求於人。〈李岳州〉中的李公俊因求官心切，以致命途多舛。〈薛偉〉寫的是薛偉化身為魚，放游三江五湖，終為魚餌所釣，上鉤為膾。

還有〈張逢〉中描繪的張逢化虎，那種回歸自然時，在每個人身上都具有的蓬勃生命和自由的野性：

南陽張逢，貞元末薄遊嶺表，行次福州福唐縣橫山店。時雨初霽，日將暮，山色鮮媚，煙嵐靄然，策杖尋勝，不覺極遠。忽有一段細草，縱廣百餘步，碧鮮可愛。其旁有一小樹，遂脫衣掛樹，以杖倚之，投身草上，左右翻轉。既而酣甚，若獸蹂然。意足而起，其身已成虎也，文采爛然。自視其爪牙之利，胸膊之力，天下無敵。遂騰躍而起，超山越壑，其疾如電。

在〈驢言〉中，李復言著意講述了公平與平等的重要性。富商張高有頭驢，他死後驢卻不讓其子張和騎乘，並一五一十地跟張和算起帳來。計算的結果是它只欠張家一串半錢，張高騎它可以，但張和不行。張家可以把它賣掉，那它與張家便兩清了。張和的母親憐憫這頭老驢，說算了就養著它吧，驢卻不願意，非要跟張家兩不相欠。結果驢被賣出後便死了，而買它的人所付的一串半錢，也是那人欠驢的。公平與平等的重要，在於能夠免除「汝我交騎，何劫能止」的因果輪迴，故張家的老驢對此極為認真：

長安張高者，轉貨於市，資累巨萬，有一驢，育之久矣。元和十二年秋八月，高死。死十三日，妻命其子張和乘往近郊，營飯僧之具。

出里門，驢不復行，擊之即臥。乘而鞭之，驢忽顧和曰：「汝何擊我？」和曰：「吾家用錢二萬以致汝，汝不行，安得不擊也？」然甚驚。驢又曰：「錢二萬！不說父騎我二十餘年？吾今告汝：人道、獸道之倚伏，若車輪然，未始有定。吾前生負汝父力，故為驢酬之。無何，汝飼吾豐。昨夜，汝父就吾算，侵汝錢一緡半矣。汝父當騎我，我固不辭；吾不負汝，汝不當騎我。汝強騎我，我亦騎汝。汝我交騎，何劫能止？以吾之肌膚，不啻值二萬錢也。只負汝一緡半，出門貨之，人酬亦爾。然而無的取者，以他人不負吾錢也。麩行王鬍子負吾二緡，吾不負其力，取其緡半還汝，半緡充口糧，以終驢限耳。」

和牽歸，以告其母。母泣曰：「郎騎汝年深，固甚勞苦。緡半錢何足惜，將舍債豐秣而長生乎？」驢擺頭。又曰：「賣而取錢乎？」乃點頭。遽令貨之，人酬不過緡半，且無敢取者。牽入西市麩行，逢一人，長而胡者，乃與緡半易之。問其姓，曰：「王。」自是連雨，數日乃晴，和往覘

之，驢已死矣，王竟不得騎。又不負之驗也。

和東鄰有右金吾郎將張達，其妻，李之出也。余嘗造焉，云見驢言之夕，遂聞其事，且以戒欺暗者，故備書之。

〈辛公平〉是李復言的傑作，看題目，即知當時肯定有不少人以「公平」這樣的詞為孩子取名，可見這種隨佛教而來的新觀念已經深入人心。高安縣尉辛公平和廬陵縣尉成士廉，任滿一起去長安赴選。雨夜，二人入住榆林一家髒兮兮的旅店，只有一張床鋪看上去還算乾淨，但已有人臥於其上。店主見有官客到來，便欲將客人驅離床鋪，辛公平說不必了。

後來二人得知，早到的客人竟然是來迎接今上去地府的冥使。對辛公平印象甚佳的冥使，還邀請他去觀看迎駕的冥府部隊。冥府部隊的將軍對辛公平也很尊重，並對他說：

聞君有廣欽之心，誠推此心於天下，鬼神者且不敢侮，況人乎？

接駕時，冥府將軍只向洗了澡的皇帝作了個揖，還開玩笑，說他在人間難免心機勞苦、聲色淫逸。辛、成二人抵達長安後不久，皇帝果然就駕崩了。

小說可以直接去讀，不必理會所謂的時代背景和事實依據，否則就不是能夠穿越時空的文學了。上海古籍出版社出版的《玄怪錄》和《續玄怪錄》，李復言的〈葉氏婦〉被收在了牛僧孺的《玄怪錄》裡。我當時便覺得該文與《續玄怪錄》中〈定婚店〉的作者，應該是同一個人，要不二人的關係也很密切，並熟知對方的作品，且〈定婚店〉當寫於〈葉氏婦〉之前。證據是二文中兩段話的上下文關係，上文在〈定婚店〉中：

凡幽吏皆掌人生之事，掌人可不行冥中乎？今道途之行，人鬼各半，自不辨爾。

下文在〈葉氏婦〉裡：

天下之居者、行者、耕者、桑者、交貨者、歌舞者之中，人鬼各半。鬼則自知非人，而人則不識也。

生命的幽奧，大半仍掌握在冥行的幽靈手中，人類所知甚少。而人生

社會中的半人半鬼，我們又分辨得出來嗎？既然人與鬼都處在同一時空，那所謂人鬼各半的意思，其實是指人類本身的半人半鬼，知道自己也是鬼的人，顯然要比只知道自己是人的人成熟。但以上兩段話仍未完成，知己為鬼而行人事，才是做人的正道。人真鬼假，說現世人少鬼多，指的即是如今的假人太多，一是不知道自己是鬼的人，二是只知道自己是鬼的人。如果定要做鬼，只想用假貨忽悠別人，那就真的是鬼了。

解構經史，悲悼人生

　　中晚唐交替時的大小說家最多，有爆炸、噴發之感，令人嘆為觀止。今日的發現又令我大呼過癮，竟與閱讀張鷟和薛漁思的興奮相仿。這位天才作家名叫李玫，儘管他的小說集《纂異記》僅存佚文一十四篇。

　　李玫生卒字裡皆不詳。文宗大和元年（西元八二七年），他曾在洛陽龍門的天竺寺裡複習過功課，但身為名士多次應舉卻終身不第。不過晚唐像李玫那樣「苦心文華，厄於一舉」的名士很多，包括溫庭筠、賈島等，當時貢舉所取人數不過是應舉士子的十之一二，把這些文學奇才逼得只能去做他們的詩人和小說家了。李玫當初大概也是想做詩人的，所以在他的小說裡詩作最多。薛漁思是作家中的作家，對小說的形式和主題都有自覺。李玫則是作家中的詩人，這不是指他小說裡的詩歌多，而是指他作為小說家的優異程度和創造力。

　　〈岳嵩嫁女〉的開頭，就是兩個不通人情、看上去永遠不會及第的落魄書生：「三禮田璆者，甚有文，通熟群書，與其友鄧韶，博學相類，皆以人昧，不能彰其名。」中秋節的傍晚，田璆拿了個酒杯，出洛陽建春門，想去朋友鄧韶的別墅跟他一同飲酒賞月。半路見鄧韶也拿個酒杯過來了，可見他的別墅不怎麼樣，說不定連酒都沒有。二人駐馬彷徨，不知上哪裡才好。

　　這時候，兩個騎青驄馬的書生適時地出現了，邀請他們去自己的莊

園。騎青驄馬的書生可不是一般的書生，他們兩個是天使。在李玫的小說中，有個辨認天使的辦法，就是問他們的姓名，如果對方是天使的話，便會顧左右而言他。當然那樣做的也不一定是天使，還有可能是冥使或者鬼怪，那就表示你已經死了或者要倒大黴。此前的修道小說，找個修仙的去處都要跋山涉水撞大運，李玫筆下的書生只是出了洛陽城，便可直接前往天界的花園了。

　　一入天界才知道，原來李玫是在向先唐的中國小說致意，我們隨他進入的，是中國小說的傳統：從《穆天子傳》、《海內十州記》，到《漢武帝內傳》、《續搜神記》，甚而是本朝的〈長恨歌傳〉。西王母又在照空的花燭、喧天的樂曲聲中，乘雲母雙車降臨了。群仙演奏的，是唐明皇的最愛《霓裳羽衣曲》。還有駕鶴而來的漢武帝，他剛才在忙的公務，是李玫另一篇小說中的情節。可見《纂異記》裡的篇什是有聯繫的，或出自一個整體的構想，相當於現代的系列小說。接著，唐玄宗也騎黃龍、率嬪嬙而來。他來遲的原因就多了，因為他惹的事最多。最後來的穆天子跟西王母對過歌，李玫便可大展詩才，除代西王母、穆天子和漢武帝填寫歌詞外，還請出了陶淵明筆下的丁令威，讓化鶴而去的他不只會唱「有鳥有鳥丁令威，去家千年今始歸」。這，就是李玫小說的序曲。

　　薛漁思解構的是冥府地獄，李玫則更進一步，他解構的是經史。在〈進士張生〉中，李玫就寫了一個夢，拿《孟子》來開刀。說的是張生應舉落第後去遊覽蒲關，日暮城門將閉，他與人爭道入舜城，把騎乘的馬匹都擠死了，又像個流浪人一樣，寄宿在舜廟的廊簷之下。夜裡，舜帝召張生去見面，問他有何道藝。張生說自己是儒家弟子，常習孔孟之道，深諳經書文義，舜帝便讓他背點孟軻的書來聽。張生背誦的，正是《孟子》中寫舜帝的文字。聽張生背了一段，舜帝忙讓他停下來，失望地說：「那種不知道還要寫的人，說的就是孟軻吧。」接著，舜帝譴責了秦始皇竊位焚典、矇蔽群言、恣逞私慾的暴行。又言百代之後經史錯謬太多，甚而詞意相反，比如讚堯帝垂衣而天下治，那調理百姓、協和萬邦，或者遇到自然災害誰去管呢？還有讚頌舜帝無為而治的，那他眾多的功業，豈不是離無

為之道太遠了嗎？令舜帝嘆息不已的是，孟子根本不了解自己的內心，說什麼號泣於天是因為怨慕。他才不會那樣想呢，老天爺做事根本不會管你怎麼想，正如人的命運也不由自己來把握。舜帝對老天哭號，是怨自己的命不好，跟父母合不來。難道孟軻就是這樣傳達聖人之意的嗎？這樣做太糟了吧！

進士張生，善鼓琴，好讀孟軻書。下第游蒲關，入舜城。日將暮，乃排闥聳轡爭進，因而馬蹶。頃之馬斃，生無所投足，遂詣廟吏，求止一夕。吏指簷廡下曰：「舍此無所詣矣。」遂止。

初夜方寢，見絳衣者二人，前言曰：「帝召書生。」生遽往。帝問曰：「業何道藝之人？」生對曰：「臣儒家子，常習孔、孟書。」帝曰：「孔，聖人也，朕知久矣。孟是何人，得與孔同科而語？」生曰：「孟亦傳聖人之意也，祖尚仁義，設禮樂而施教化。」帝曰：「著書乎？」生曰：「著書七篇，二百餘章，蓋與孔門之徒難疑答問，及魯論齊論，俱善言也。」帝曰：「記其文乎？」曰：「非獨曉其文，抑亦深其義。」帝乃令生朗念，傾耳聽之。念：「萬章問：『舜往於田，號泣於旻天，何為其號泣也？』孟子曰：『怨慕也。』萬章問曰：『父母愛之，喜而不忘；父母惡之，勞而不怨。然則舜怨乎？』答曰：『長息問於公明高曰：「舜往於田，則吾得聞命矣。號泣於旻天，怨於父母，則吾不知也。』」

帝止生之誦，憮然嘆曰：「蓋有不知而作之者，亦此之謂矣。朕舍天下千八百二十載，暴秦竊位，毒痛四海，焚我典籍，泯我帝圖，矇蔽群言，逞恣私慾。百代之後，經史差謬，辭意相反，鄰於詼諧。常聞贊唐堯之美曰：『垂衣裳而天下理。』蓋明無事也。然則平章百姓，協和萬邦，至於滔天懷山襄陵，下民其諮，夫如是，則與垂衣之意乖矣。亦聞贊朕之美曰：『無為而治。』乃載於典則，云：『賓四門，齊七政，類上帝，禋六宗，望山川，遍群神，流共工，放驩兜，殛鯀，竄三苗。』夫如是，與無為之道遠矣。今又聞『號泣於旻天』，『怨慕也』，非朕之所行。夫莫之為而為之者，天也；莫之致而致之者，命也。朕泣者，怨己之命，不合於父母，而訴於旻天也。何萬章之問，孟軻不知其對！傳聖人之意，豈宜如是

乎！」嗟不能已。

久之，謂生曰：「吾聞君子無故不徹琴瑟，子學琴乎？」曰：「嗜之而不善。」帝乃顧左右取琴，曰：「不聞鼓五弦，歌《南風》，奚足以光其歸路！」乃撫琴以歌之曰：「南風薰薰兮草芊芊，妙有之音兮歸清絃。蕩蕩之教兮由自然，熙熙之化兮吾道全。薰薰兮思何傳！」歌訖，鼓琴為《南風》弄，音韻清暢，爽朗心骨。生因發言曰：「妙哉！」乃遂驚悟。

李玫在虛擬的故事中演義並探討人性的真實，無論聖賢帝王，不管你說得有多麼高尚動聽，一旦言行有虛幻不實之處，難免為人所笑。經史當然是嚴肅的，但如果它們被賦予了神聖不容冒犯的意味，擁有至高無上的權威，那本身就是滑稽可笑的。

唐傳奇之所以不可能如鄭振鐸所說，是古文運動的附庸，在於古文運動的目的是恢復儒學的道統，而小說所寫的怪力亂神卻是有悖儒術的，李玫解構經史的作品便是最好的例證。傳奇與古文共同的地方，是用散文，不用韻文，還有務去陳言、詞必己出等，然亦非絕對，張鷟的〈遊仙窟〉就有一半是駢文，晚唐大家薛漁思和李玫的小說，也時常使用駢句。至於韓愈所說的作文是為了載道、明道，那距離小說就更遠了。小說並非不載道，而是載道、明道的方式與經史全然不同。

陳寅恪的《元白詩箋證稿》，也如鄭振鐸的《插圖本中國文學史》一樣，沒有意識到中國先唐小說傳統的存在，僅強調古文運動對部分中唐傳奇作品的影響，並認為當時的「最佳小說之作者」（所指仍是單篇傳奇作者），如沈既濟、沈亞之、元稹、陳鴻、白行簡和李公佐等，均與古文運動有著直接或者間接的聯繫，還有的小說家如韓愈、柳宗元，本身就是古文運動的領袖和中堅。但我們知道，唐傳奇之所以出現，是此前一千多年中國小說傳統演化的結果，且以上作者的作品，遠不能完全代表唐傳奇的最高水準和多樣化的風格。

〈三史王生〉是李玫解構歷史的小說之一，諷刺搞笑的意味顯而易見，「三史」指的是《史記》、《漢書》和《後漢書》。自信精通三史的王生

醉入漢高祖廟，任情率性地嘲笑並挑釁廟主，將史書中「媼」的注音「烏老反」，當成了劉邦之母的外號。這一滑稽、放肆之舉，自然招致了對方的追究，只是教育程度不高的劉邦跟王生也扯辯不清，便乾脆令有司劾其犯上之罪。此時，劉邦的父親劉老太公來了，事情就越發有趣了，歷史在李玫的筆下變成了鬧劇。見劉老太公詢問，王生即瞪眼屬聲抗辯，說自己無罪。他此時的辯詞，又確實是完全正確、無懈可擊的：

有王生者，不記其名。業三史，博覽甚精。性好誇炫，語甚容易，每辯古昔，多以臆斷。有旁議者，必大言折之。嘗遊沛，因醉入高祖廟。顧其神座，笑而言曰：「提三尺劍，滅暴秦，翦強楚，而不能免其母『烏老』之稱，徒歌『大風起兮雲飛揚』，曷能威加四海哉！」徘徊庭廡間，肆目久之，乃還所止。

是夕才寐，而卒見十數騎，擒至廟庭。漢祖按劍，大怒曰：「史籍未覽數紙，而敢褻瀆尊神！『烏老』之言，出自何典？若無所據，爾罪難逃。王生頓首曰：「臣嘗覽大王本紀，見司馬遷及班固書云『母劉媼』，而注云『烏老反』，釋云：『老母之稱也。』見之於史，聞之於師，載之於籍，炳然明如白日，非臣下敢出於胸襟爾。」漢祖益怒，曰：「朕沛中泗水亭長碑，昭然俱載矣。曷以外族溫氏，而妄稱『烏老』呼？讀錯本書，且不見義，敢恃酒喧於殿庭！宣付所司，劾犯上之罪。」

語未終，而西南有清道者，揚言「太公來」。方及階，顧王生曰：「斯何人，而見辱之甚也？」漢祖降階，對曰：「此虛妄侮慢之人也，罪當斬之。」王生逞目太公，遂屬聲而言曰：「臣覽史籍，見侮慢其君親者，尚無所貶。而賤臣戲語於神廟，豈期肆於市朝哉！」漢祖又怒曰：「在典冊豈載侮慢君親者？當試徵之。」王生曰：「臣敢徵大王，可乎？」漢祖曰：「然。」王生曰：「王即位，會群臣，置酒前殿，獻太上皇壽，有之乎？」漢祖曰：「有之。」、「既獻壽，乃曰：『大人常以臣無賴，不事產業，不如仲力。今某之業，孰與仲多？』有之乎？」漢祖曰：「有之。」、「殿上群臣皆呼萬歲，大笑為樂，有之乎？」曰：「有之。」王生曰：「是侮慢其君親矣！」

太公曰：「此人理不可屈，宜速逐之。不爾，必遭杯羹之讓也。」漢祖

默然良久，曰：「斬此物，汙我三尺劍。」令搦髮者摑之。一摑惘然而甦，東方明矣。以鏡視腮，有若指蹤，數日方滅。

李玫的〈徐玄之〉，是在〈南柯太守傳〉的背景下來演義的〈枕中記〉。沈既濟〈枕中記〉的主題，是歷史的虛幻性。李公佐的〈南柯太守傳〉，則直接動搖了這種歷史的根基，言所謂的功名利祿，儘管看上去五光十色令人眼花繚亂，都不過是一場場蟻國的遊戲，在這種國度裡生活的人，皆為蟻民而已。

〈徐玄之〉乾脆在蟻國中進行演義，開篇即是蚍蜉王子盛大的狩獵場景，那無數的武士、隨從、侍者、俳優和賓客，儘管僅是俱長寸餘的小人，只能在士人徐玄之的花氈上打獵、硯臺裡釣魚，卻完全能夠控制住他。這當然很可怕，如果這世上只有蟻國和蟻民，那無論是誰都得置身其間，進入他們的遊戲。見蚍蜉王子當著眾蟻人嘲弄自己，徐玄之就用書卷蒙了一下他們，蟻人便消失了。誰料當晚蚍蜉王子即遣數十甲士，用白練繫住了徐玄之的脖子，將其拖拽而去，以驚嚇王子致病的罪名，等候處斬。注意，這個故事是在完全荒誕的背景下展開的，就像一個不醒的噩夢，那接下來發生的所有事情，肯定也都是荒誕的。李玫從蟻國開始演義歷史，正是想說明歷史和現實的荒誕性。

果然，蟻國太史令馬知玄為徐玄之進言，以史書中常見的口吻責王子失度，稱徐玄之不僅無罪，還是位博識深刻的有德哲人，並引證史實對國王加以規勸。國王大怒，斬馬知玄於國門，以禁妖言。接著天降暴雨，草澤臣蟄（白蟻的別稱）飛上書，更加危言聳聽地諫嚇國王，還稱徐玄之為一國之元老、大朝之世臣，照樣引經據典陳述利弊。誰知這次國王又聽明白了，拜蟄飛為諫議大夫不說，還追贈馬知玄為安國大將軍，以其子蚳（蟻卵之意）為太史令。可蚳卻覺得，是由於自己的不德才導致了父親無辜受戮，並讚美其父為比干、辛毗，泣血上表求請朝廷表彰其父，流放自己。原因是他觀天象將變，算曆數堪憂，不想遭遇家國的喪亂。後來，蟻國國王做了一個美夢，但經蟄飛解釋，不過是蟻國將被焚燬的預言。果然，待徐玄之夢醒，便焚燬了這個噩夢般的蟻國。

與其他唐傳奇大家相較，學界對李玫還算重視，但重點討論的，是其小說與中晚唐政局、科舉、宗教和風俗的關係，走的還是文學是社會現實生活反映的老路。中國現當代文學自斷傳統，緣木求魚，最終完全將小說視為現實的翻版、政治的附庸，已逾百年。那現實在小說中究竟占有多大的比重呢？波赫士有個有趣的回答：百分之二十。

專家們討論李玫小說與時政的關係，主要集中在〈噴玉泉幽魂〉一題，稱該作影射了甘露之變，並將其中的人物與現實一一對位。如白衣叟為詩人盧仝，四丈夫為甘露四相等。李玫確實與遇害的四相之一有舊，他的這篇小說也確實與甘露之變有關，但一定要與現實對位，非得找到完全相符的證據，反而忽略了該作真正的主題。李玫悲悼的，是所有晚唐士人的命運，以及人類與自身靈魂共同的命運，那種面對死亡和虛無的無力感。

言白衣叟為甘露之變中遇害的詩人盧仝，是有依據的，盧仝布衣終生，賈島便有詩說他「平生四十年，唯著白布衣」。這位興致勃勃前去赴會，口中還吟誦著「繡嶺宮前鶴髮人，猶唱開元太平曲」的天真的詩人，不知道等待著他的竟然是無端的死亡。而四丈夫的形象，又何嘗不是唐代士人風采的展現：「有少年神貌揚揚者，有短小氣宇落落者，有長大少髭髯者，有清瘦言語及瞻視迅速者。」專家們的對位，在此就遇到了麻煩。如果真是注重現實的話，李玫再大膽，也會避免在小說中留下可以完全對號入座的證據，寫這篇小說，他已經冒了很大的風險。

李玫借白衣叟看到的詩章，還有四丈夫的和詩，表達了自己對盧仝和甘露四相被害的憤慨，以及對他們的悲悼和哀思：「六合茫茫皆漢土，此身無處哭田橫」；「文章高韻傳流水，絲管遺音托草蟲」；「天爵竟為人爵誤，誰能高叫問蒼蒼」；惆悵林間中夜月，孤光曾照讀書筵」；「珍重昔年金谷友，共來泉際話幽魂。」因是與故友的亡魂在冥間訣別，所以小說的結尾籠罩在濃重的死亡氣息和悲戚的氣氛當中：

詩成，各自吟諷，長號數四，響動岩谷。逡巡，怪鳥鴟梟，相率啾唧；大狐老狸，次第鳴叫。頃之，驟腳自東而來，金鐸之聲，振於坐中。

各命僕馬，頗甚草草。慘無言語，掩泣攀鞍。若煙霧狀，自庭而散。

李玫的另一篇名作〈韋鮑生〉，被認為是抨擊晚唐貢舉之弊的，當然也沒錯。不過，如果類似的弊端一直存在，我們就該知道衡量文章好壞的標準，歷來是由掌握著權力的外行人來制定的。所以，「雖有周、孔之聖賢，班、馬之文章，不由此製作，靡得而達矣」。李玫這樣的「皓月長歌手」，也只得受制於「雕文刻句者」，終身不能登第了。

平等

胡璩的《譚賓錄》仍有十卷，存文一百三十餘條，可稱得上小說的，只有為數不多的幾篇，其餘均為史類筆記。胡璩，字子溫，成都（今四川成都）人，文宗開成元年（西元八三六年）及第，後歸成都，文而好古。

〈王知遠〉中的老道士王知遠，對與房玄齡一起微服來訪的唐太宗說：「方作太平天子，願自愛也。」一位老人對國君講這樣的話，無論用意還是用詞，都很得體，還說明對方態度誠懇，是像晚輩一樣來求教的。〈牛生〉中赴長安趕考的舉子牛生，遇到了衣衫襤褸的冥使，善待之。冥使報恩，予其三信，頭兩信使其富裕並登第得官，拆開第三封信時，大限就到了。

〈萬回師〉寫的是佛教對唐代多元文化形成的基礎性影響，即使得中國擁有了一個前所未有的普世理念：平等。萬回師本姓張，他的母親是佛教徒。萬回師童年愚鈍，八九歲才會說話，父母便把他當小豬小狗一樣養著。成年後，父親讓他去耕作自家的田地，他竟一直向前，連別人家的地也耕了，口中還不住地念叨著：「平等！平等！」父親生氣地打他，他卻說：「彼此總耕，何須異相？」後來萬回師的哥哥去安西戍邊，音訊隔絕，眼見父母朝夕憂思流淚，他即前去探望。雖說是依靠法術當天往返，但從父母為他準備的衣物、乾糧來看，萬回師其實是隻身遠赴安西的。從家鄉到安西有上萬里，萬回師之名，便來自其萬里而歸。得知此事的玄奘法師，還親自授予了他三衣一缽：

萬回師，閡鄉人也，俗姓張氏。初，母祈於觀音像，而因娠回。回生而愚，八九歲乃能言，父母亦以豚犬畜之。年長，父令耕田。回耕田，直去不顧，口但連稱「平等」。因耕一壟，耕數十里，遇溝坑見阻乃止。其父怒而擊之，回曰：「彼此總耕，何須異相？」乃止擊而罷耕。回兄戍役於安西，音問隔絕，父母謂其死矣，日夕涕泣而憂思焉。回顧父母感念之甚，忽跪而言曰：「涕泣豈非憂兄耶。」父母且疑且信，曰：「然。」回曰：「詳思吾兄所要者，布裘糗糧巾履之屬，請悉備焉，某將往觀之。」忽一日，朝賚所備而往，夕返其家。告父母曰：「兄平善矣。」發書視之，乃兄跡也，一家異之。弘農抵安西，蓋萬餘里，以其萬里而回，故號曰「萬回」也。先是，玄奘法師向佛國取經，見佛龕題柱曰：「菩薩萬回，謫向閡鄉地教化。」奘師馳驛至閡鄉縣，問此有萬回師無。令呼之，萬回至，奘師禮之，施三衣瓶缽而去。

林登的《續博物志》僅存佚文四篇。他本人生平無考，應為憲宗元和（西元八〇六至八二〇年）以後人。

〈梁思遇〉寫的是主角與西施的一夜情，有些離譜。〈崔書生〉是大家熟悉的豔遇小說，並無特別之處。

〈元兆能〉寫有女孩被寺中恐怖的神像嚇病，噩夢不斷。我也不理解金剛護法一類的神像為何會那樣狂暴。作法者元兆能質問神像，但神卻不認帳：

「爾本虛空，而畫之所作耳，奈何有此妖形？」

其神應曰：「形本是畫，畫以象真，真之所示，即乃有神。」

於是元兆能施法，將嚇人的神化為空囊扔掉，女孩的病就好了。寺內的那塊壁畫也消失了，像被水洗去了一樣。

《瀟湘錄》的作者柳祥生平亦無考，只知其為懿宗（西元八五九至八七三年）、僖宗（西元八七三至八八八年）時人，於瀟湘間作此書，存文四十四篇。《瀟湘錄》充滿了自由的遊戲精神，幾乎所有篇什都是以真切動人的筆法，去書寫離奇古怪的故事。

〈呼延冀〉寫攜妻赴任的呼延冀，半道遭強盜打劫，便將宮女出身的妻子留在一老翁家中，自己先去赴任。他對老翁講：「我妻本出宮人也，能歌，仍薄有文藝。然好酒，多放蕩。」妻子則這樣對他說：「我本與爾遠涉川陸，赴一薄官，今不期又留我於此。君若不來迎我，我必奔出，必有納我之人也。」但妻子遇害了，失蹤的老翁父子可能很兇險，等呼延冀趕來，只見到了愛妻的屍體。這篇傳奇中最精彩的文字，是妻子寫給呼延冀的信，其率真可愛的性情呼之欲出，並留下了一個千古懸案：

妾今自裁此書，以達心緒，唯君少覽焉。妾本歌妓之女也，幼入宮禁，以清歌妙舞為稱，固無婦德婦容。及宮中有命，掖庭選人，妾得放歸焉。是時也，君方年少，酒狂詩逸，在妾之鄰。妾既不拘，君亦放蕩。君不以妾不可奉蘋蘩，遂以禮娶妾。妾既與君匹偶，諸鄰皆謂之才子佳人。每念花間同步，月下相對，紅樓戲謔，錦闈言誓，即不期今日之事也。悲夫，一何義絕！君以妾身，棄之如屣，留於荒郊，不念孤獨。自君之官，淚流莫遏。思量薄情，妾又奚守貞潔哉？老父家有一少年子，深慕妾，妾已歸之矣。君其知之。

〈牟穎〉中的牟穎收留了一個鬼做奴僕，那忠心的鬼便不問一切地為他服務，替他偷盜財物甚至是女人。〈姜修〉中的酒鬼姜修，只能與化身為酒徒的酒甕為友。〈王屋薪者〉寫一老道找一老僧辯論佛道的優劣，結果卻被負薪者嘲弄。〈賈祕〉寫書生賈祕遇到了七個樹精，樹精們對他說：

天地間人與萬物，皆不可測，慎勿輕之。

〈薛贇之女〉中涉及的人畜亂倫，到清代的《聊齋志異》裡也有，見〈犬奸〉。只是在蒲松齡筆下，此乃十惡不赦的罪行、醜行，除了千刀萬剮，還要進行強烈的道德譴責。而在唐人筆下，這就是件怪事而已，還要把它寫得更怪。

〈襄陽老叟〉中的木匠以神技造鶴，並盜走了主人之女。〈瀚海神〉寫的，則是一場有聲有色的神鬼大戰。〈魏徵〉中愛好道學卻不信鬼神的魏徵，在恆山遇風雪受阻，與一起士論道。那道士責備他說：

子之所奉者仙道也，何全誣鬼神乎？有天地來有鬼神。夫道高，則鬼神妖怪必伏之；若奉道自未高，則鬼神妖怪反可致之也，何輕之哉？

最有趣的是〈張安〉，落拓不羈、獨醉高歌的達人張安死後，他的鬼魂老纏著當地的刺史，非要人家給他立祠不可。理由是他生前是個獨一無二、快樂通達的人，對生死有自己的領悟，比按世俗道德去建功立業、孝順守節的人要強，理當立祠。當然，也只有唐代的中國人，才會欣賞這種離經叛道、個性張揚的達人：

玄宗時，詔所在功臣烈士貞女孝婦，令立祠祀之。江州有張安者，性落拓不羈。有時獨醉，高歌市中。人或笑之，則益甚，以至於手舞足蹈，終不愧恥。時或冠帶潔淨，懷刺謁官吏，自稱「浮生子」。後忽無疾而終。家人既葬之，每至夜，其魂即謁州牧，求立祠廟，言辭慷慨，不異生存。時李玄為牧，氣直不信妖妄。及累聞左右啟白，遂朝服而坐，召問之。其魂隨召而至，玄問曰：「爾已死，何能復化如人，言辭朗然，求見於余？得何道致此？必須先言，余即與爾議祠宇之事。」其魂曰：「大凡人之靈，無以尚之。物之妖怪，雖竊有靈，則雲與泥矣。夫人稟天地和會之氣，方能成形。故人面負五嶽四瀆之相。頭象天之圓，足象地之方。自有智可以料萬事，自有勇可以敵百惡。又那無死後之靈耶？況浮生子生之日，不以生為生；死之日，不以死為死。其生也既異於眾，其死也亦異於眾。生於今日，聞使君之明，遇天子之恩，若不求一祠，則後人笑浮生子不及前代死者婦人女子也。幸詳而念之。設若廟食自使君也，使浮生子死且貴於生，又足以見人間貪生惡死之非也。」州牧曰：「天子立前代之功臣烈士孝女貞婦之祠者，示勸戒，欲後人仿效之。苟立祠於爾，不知以何使後人仿效耶？」魂曰：「浮生子無功無孝無貞可紀也，使君殊不知達人之道高尚於功烈孝貞也。」州牧無以屈，命私立祠焉。

民間、市井與江湖

薛漁思善於改寫，嘗試不同的寫作方式和主題；皇甫氏則善重寫，講自己的故事。皇甫氏的小說集《原化記》存文約六十篇，頗具規模，但作者連名字也未能留存下來，只知其為文（西元八二六至八四〇年）、武（西元八四〇至八四六年）、宣（西元八四六至八五九年）三朝人。皇甫氏應該是個中下層文士，對民間市井很熟悉，還記寫過田螺姑娘的故事，但絕對稱得上大小說家，有點像句道興的升級版。

如戴孚的《廣異記》一般，皇甫氏的《原化記》開始，也是一些平庸的修道故事，不外乎得財得色得壽，再加上炫吃炫富炫奢拉仇恨。不過〈青城民〉裡發現仙洞的過程很有趣，主角是在挖一條粗大的類似葛根的藥材時，自己陷進洞去的。

還有〈陸生〉中的陸生隨驢入終南山求道，遇見的老道竟要他拐一個姑娘來作學費，還給了他以供隱身的作案工具。這個故事與《會昌解頤錄》中的〈張卓〉相仿，不知是誰改寫了誰，只是前者神奇飄逸的結尾，在這裡搞得像人販子畏罪潛逃。

〈華嚴和尚〉中的僧人儘管道業甚精，但底層性格難改，為失一破缽狂怒導致病重身死，化為蟒蛇。〈相、衛間有僧〉說的是一僧自謂超絕，可講經聽者稀少，不服氣的他便遊歷名山，以尋訪賞識自己的人。這樣做其實也是心中惶惑、缺乏自信，在衡獄寺遇到的老僧，就給他上了一課。老僧說：「大聖猶不能度無緣之人，況其初心乎？師只是與眾僧無緣耳。」又說，如果他想要更多聽眾的話，可以賣掉幾件多餘的僧袍，買些食物來。該僧便準備了夠幾千人吃的粥餅，隨老僧一起焚香祝禱，於是成千上萬前來聚餐的螻蟻鳥雀都轉世為人，二十年後成了他的粉絲。

〈崔慎思〉重寫的是薛用弱的俠女小說〈王立〉，但更為精練。〈清河崔氏〉應該是溫庭筠小說〈陳義郎〉的原型。在〈王叟〉中，無兒無女的王叟夫婦一生勤勞儉省，累積了巨額的財富，見有做小本生意的人過得充裕而又快樂，他們才醒悟過來，可再去享受已經來不及了，與竇維鋈的〈鄧

差〉相類。王叟領悟的道理是：

彼人小得其利，便以充身，可謂達理。吾今積財巨萬，而衣食陳敗，又無子息，將以遺誰？

〈漁人〉寫的是古鏡再現。〈魏生〉重寫的是李復言的〈蘇州客〉，意在講述自己熟悉的長安胡商。薛漁思對冥府地獄解構的成功，在皇甫氏的小說裡也能看到效果，〈京西市人〉僅用三言兩語去交代過去的小說家們津津樂道的冥府地獄，可見當時的讀者已對之缺乏興趣。

〈韋氏〉說的是墜入深谷為龍所救，只是在絕境中救人一命的已非〈張廣定女〉中的龜，而是演化成了龍。這個源自東漢陳寔〈張廣定女〉的故事，在張華的《博物志》、劉義慶的《幽明錄》和鄭還古的《博異志》中均有變體。《博異志》中的〈趙齊嵩〉、〈韋氏〉二題，與我三十年前在西藏聽到的傳說最為接近，可見這個故事的傳播之廣、歷時之長、變體之多。

〈近楚泗之間〉寫的是降神奪妻，且奪人之妻的神還是個胡神。〈書生〉中顯現的所謂神蹟，不過是一個書生隨手所畫的琵琶，竟被人們膜拜為「五臺山聖琵琶」，備受尊崇。

在〈韋滂〉中，大力士韋滂不僅善騎射弓矢，還喜歡野外生存訓練，吃蚯蚓、螻蛄、糞金龜，最後居然大膽到殺鬼而食。〈劉氏子〉中的劉氏子更厲害，與人打賭半夜去墓地不說，還把躺在棺材上的一個暴卒女子背回來，救活了，做他的妻子。

在〈神樹〉裡，皇甫氏透過一個信仰生成的故事，講述了迷信與精神和信仰的關係。迷信中如有精神因素加入，信仰即可成立，便不能簡單地以迷信看待。對此，百姓比士人知道得更多：

京洛間有士人子弟，失其姓名，素善雕鏤。因行他邑，山路見一大槐樹，蔭蔽數畝。其根旁，瘤癭如數斗甕者四焉，思欲取之。人力且少，又無斧鋸之屬，約回日採取之。恐為人先採，乃於衣簀中取紙數張，割為錢，繫之於樹瘤上，意者欲為神樹，不敢採伐也。

既捨去，數月而還，大率人夫並刀斧，欲伐之。至此樹側，乃見畫圖

影旁，掛紙錢實繁，復有以香醮奠之處。士人笑曰：「村人無知，信此可惑也。」乃命斧伐之次，忽見紫衣神在旁，容色屹然，叱僕曰：「無伐此木！」士人進曰：「吾昔行次，見槐瘤，欲取之，以無斧鋸，恐人採之，故權以紙錢占護耳，本無神也，君何止遏？」神曰：「始者，君權以紙錢繫樹之後，咸曰神樹，能致禍福，相與祈祀，冥司遂以某職受享醮。今有神也，何言無之！若必欲伐之，禍其至矣！」

　　皇甫氏的傑作〈車中女子〉是一篇經典的江湖傳奇，在《水滸》乃至金庸的武俠小說裡，都能見到其影響鮮明的印記。說的是開元年間，一吳郡士子來長安應舉，在大街上，有兩個穿大麻布衫的少年向他行禮，很卑敬。士子還以為是他們認錯了人，誰知過了幾天又遇到，二人不僅向他行禮，還恭敬地邀請他去做客。士子不由自主地隨他們來到一個很氣派的地方，主人是位美少女，對士子很在意，請他喝酒用膳展示才藝。在座的少年都能飛簷走壁。又過了數日，兩個少年向士子借馬，他不好推辭，便應允了。誰知第二天即傳來了皇宮失竊的消息，唯一的證據就是馱過贓物的士子的馬匹。士子被捕並被投入地牢，幸得美少女深夜來救，才得出牢獄。他連忙逃走，沿路乞食回到江淮，再不敢去長安應舉求名了。顯然，吳郡士子被一個盜竊集團利用，虧得美女幫主還講義氣，否則他身陷地牢，便永無出頭之日了：

　　開元中，吳郡人入京應明經舉。至京，因閒步坊曲，忽逢二少年，著大麻布衫，揖此人而過，色甚卑敬。然非舊識，舉人謂誤識也。後數日，又逢之，二人曰：「公到此境，未為主。今日方欲奉迓，邂逅相遇，實慰我心。」揖舉人便行，雖甚疑怪，然彊隨之。

　　抵數坊，入東市一小曲內，有臨路店數間，相與直入，舍宇甚整肅。二人攜引升堂，列筵甚盛。二人與客，據繩床坐定於席前。更有數少年，各二十餘，禮頗謹。數數出門，若佇貴客。至午後，方云來矣。聞一車直門來，數少年隨後，直至堂前。乃一鈿車，捲簾，見一女子從車中出，年可十七八，容色甚佳，花梳滿髻，衣則紈素。二人羅拜，此女亦不答。此人亦拜之，女乃答。遂揖客入宴，女乃升床，當局而坐，揖二人及客，乃

拜而坐。又有十餘後生，皆衣服輕新，各設拜，列坐於客之下。陳以品味，饌至精潔。飲酒數巡，至女子，執盃顧問客：「聞二君奉談，今喜展見，承有妙技，可得觀乎？」此人卑遜辭讓云：「自幼至長，唯習儒經，絃管歌聲，輒未曾學。」女曰：「所習非此事也。君熟思之，先所能者何事？」客又沉思良久，曰：「某唯學堂中，著靴於壁上行得數步，自餘戲劇，則未曾為之。」女曰：「所請只然，請客為之。」遂於壁上行得數步。女曰：「亦大難事。」乃回顧坐中諸後生，各令呈技。俱起設拜，然後有於壁上行者，亦有手攝椽子行者，輕捷之戲，各呈數般，狀如飛鳥。此人拱手驚懼，不知所措。少頃，女子起，辭出。舉人驚嘆，恍恍然不樂。

經數日，途中復見二人，曰：「欲假盛馴，可乎？」舉人曰：「唯。」至明日，聞宮苑中失物，掩捕失賊，唯收得馬，是將馱物者。驗問馬主，遂收此人，入內侍省勘問。驅入小門，吏自後推之，倒落深坑數丈。仰望屋頂七八丈，唯見一孔，才開尺餘。自旦入，至食時，見一繩縋一器食下。此人飢急，取食之。食畢，繩又引去。深夜，此人忿甚，悲惋何訴。仰望，忽見一物如鳥飛下，覺至身邊，乃人也。以手撫生，謂曰：「計甚驚怕，然某在，無慮也。」聽其聲，則向所遇女子也。云：「共君出矣。」以絹重系此人胸膊訖，絹一頭繫女人身。女人聳身騰上，飛出宮城。去門數十里乃下，云：「君且便歸江淮，求仕之計，望俟他日。」此人大喜，徒步潛竄，乞食寄宿，得達吳地。後竟不敢求名西上矣。

《原化記》裡還有兩篇較為特別的小說。〈賊曹〉寫的是一位有正義感的殺手，與《左傳》中趙盾的故事相仿。〈繩技〉寫的也是開元年間，朝廷敕令各州縣舉行歡慶盛世的大會，嘉興縣政府要與當地的監司聯歡。見監官很想賺個面子，值班的獄吏便對大家說，要是我們的表演輸給了別人，會被監官罵死，但只要有一個節目出色，大家就能得獎金，發福利。見獄吏們都在問犯人誰有才藝，有個因欠稅入獄的囚犯說自己繩技驚人。演出中，那因犯拉著自己拋向天空的繩索逃走了。我才在網路上看到，原來他表演的是印度流傳至今的通天繩技，絕對神奇：

開元年中，數敕賜州縣大酺。嘉興縣以百戲，與監司競勝精技。監官

屬意尤切，所由直獄者語於獄中云：「倘若有諸戲劣於縣司，我輩必當厚責。然我等但能一事稍可觀者，即獲財利，嘆無能耳。」乃各相問，至於弄瓦緣木之技，皆推求招引。獄中有一囚，笑謂所由曰：「某有拙技，限於拘繫，不得略呈其事。」吏驚曰：「汝何所能？」囚曰：「吾解繩技。」吏曰：「必然，吾當為爾言之。」乃具以囚所能，白於監主。主召問罪輕重，吏云：「此囚人所累，逋緡未納，餘無別事。」官曰：「繩技人常也，又何足異乎？」囚曰：「某所為者，與人稍殊。」官又問曰：「如何？」囚曰：「眾人繩技，各系兩頭，然後於其上行立周旋。某只須一條繩，粗細如指，五十尺，不用繫著，拋向空中，騰躑翻覆，則無所不為。」官大驚悅，且令收錄。明日，吏領至戲場。諸戲既作，次喚此人，令效繩技。遂捧一團繩，計百餘尺，置諸地，將一頭，手擲於空中，勁如筆。初拋三二丈，次四五丈，仰直如人牽之，眾大驚異。後乃拋高二十餘丈，仰空不見端緒。此人隨繩手尋，身足離地，拋繩虛空，其勢如鳥，旁飛遠颺，望空而去。脫身行狴，在此日焉。

日思夜夢

　　文宗朝（西元八二六至八四〇年）呂道生的《定命錄》、鍾輅的《前定錄》，以及不知為何，事蹟反多見於憲（西元八〇五至八二〇年）、穆（西元八二〇至八二四年）二朝的溫畬所著之《續定命錄》，寫的都是注定的命運。但這類主題系列小說並沒有把不可抗拒的宿命感寫出來，只簡單交代了一下結局，既不恐怖也不驚悚，甚而不緊張，仍不是有意作小說。薛漁思的〈李自良〉改寫自呂道生《定命錄》之〈狄仁傑〉，當然是有意為小說，可強調的亦非宿命的緊張、無奈和恐懼，而是偶然的滑稽，即沒有命中注定這回事，有的只是可笑的意外和巧合。

　　鍾輅為文宗太和二年（西元八二八年）進士，與杜牧同榜。他的小說集《前定錄》存文二十三篇，主題延續的是果報類輔教讀物，但無論形式

還是內容都世俗化了，寫的是人的命運。鐘輅的宿命感很強，認為一切皆為前定，主張靜以待命。

　　鐘輅小說中的人物，有昭示未來命運的信使，有先知先覺者，有神奇的長者，有相面者、卜卦者，還有僧人甚而是鬼魂，即來自地府的兼職者，內容多為夢境和冥府經歷。文中的預言大都毫無來由、極為唐突，既令人難以置信又無法接受，卻一一被未來證實了，人根本逃避不了。既然沒有意外，閱讀就缺乏懸念，與唐初輔教類小說的弱點相類。

　　日有所思夜有所夢，近來每天都在讀寫，故夢中仍在繼續，邊寫邊斟酌字句。醒來才明白夢中的寫作與白天大為不同，我在夢裡品讀、點評的傳奇，竟然是自己在無意識中創作的。呂道生的《定命錄》、鐘輅的《前定錄》和溫佘的《續定命錄》，也想在夢中的平行時空裡，來揣測現實時空中的奧祕，看到的同樣只是自己的夢幻。

　　只是他們日有所思的念想，幾乎全都集中在了做官上，以至夜有所夢的內容，也幾乎全都是做官。比如能做什麼官，做多大的官，穿綠袍還是紅袍，甚或紫袍，有沒有緋魚袋等。他們對此的關注程度之大、之深，故而在兩個時空中都在探尋，不僅是夢裡，醒著的時候也會出現幻覺，所以《前定錄》、《定命錄》和《續定命錄》這樣的書，才會不斷湧現。但用薛漁思的話來說，對這樣的人與事，其實沒什麼可寫的，對這樣的書，也沒多少可說的。

　　與《續命定錄》同時出現的《會昌解頤錄》，倒有點像對前「三錄」的解答。這個集子的作者闕名，不知其姓甚名誰，尚存十三篇完整的佚文。

　　〈韋丹大夫〉中的大夫韋丹好道，有道士便讓他去找一位外號叫黑老的高人。韋丹找到了黑老，可黑老只在他睡著的時候才對他說：「你還是去求人間的富貴為好。」等黑老二十年後來找韋丹，他的死期也到了。

　　〈張卓〉寫的是貼符於頭便可隱身的法術，但即便有如此神奇的結尾，我們也知道，仙人只是行走在自己的夢中：

　　仙人以杖拄畫地，化為大江，波濤浩渺，闊三二里。妻以霞帔搭於水

上，須與化一飛橋，在半天之上。仙人前行，卓次之，妻又次之，三人登橋而過，隨步旋收，但見蒼山四合，削壁萬重……

盧肇是武宗會昌三年（西元八四三年）的狀元，他的小說集《逸史》尚存文八十餘篇，卻是我讀過品質最差的，原因在於他的寫作方式。盧肇在自序中說，《逸史》是他編纂史類筆記《史錄》的副產品，凡「聞見之異者」，就都蒐羅到《逸史》裡來了，並非他的創作。

在戴孚的《廣異記》和皇甫氏的《原化記》中，我就讀到過不少這類修仙傳說及果報故事，平庸而無創意。開始覺得奇怪，後來才明白，不少唐傳奇作家仍延續著先唐作家記錄志怪的風習，個人專集中的作品並非全都是自己的創作。但在唐傳奇時代，這類紀錄已較少或沒有文學價值了，只能看看它們反映的社會狀況。

如〈裴老〉中的王員外喜好道術，常與布衣道士來往，妻子便罵他說：「身為朝官，乃與此穢漢結交。」可見當時一般道士的地位之低。〈孟簡〉中所寫的浙東諸暨，到唐代仍有人在投毒放蠱，那是越、濮系民族的習俗。

兩大才子

段成式（西元？至八六三年），字柯古，淄州鄒平縣（今山東鄒平）人。其三十卷十餘萬字的《酉陽雜俎》，是源自張華《博物志》系列的博物類筆記。段氏不愧是與溫庭筠、李商隱齊名的晚唐三大才子之一，儘管走仕途靠的是做宰相的父親段文昌，自己的學問和才華倒不打折扣，為官也有善政。舊、新唐書裡的段成式小傳均極為傳神，茲錄於此：

成式，字柯古，以蔭入官，為祕書省校書郎。研精苦學，祕閣書籍，披閱皆遍。累遷尚書郎。咸通初，出為江州刺史。解印，寓居襄陽，以閒放自適。家多書史，用以自娛，尤深於佛書。所著《酉陽雜俎》傳於時。

子成式，字柯古，推蔭為校書郎。博學彊記，多奇篇祕笈。侍父於

蜀，以畋獵自放，文昌遣吏自其意諫止。明日以雉兔遍遺幕府，人為書，因所獲儷前世事，無復用者，眾大驚。擢累尚書郎，為吉州刺史，終太常少卿。著《酉陽書》數十篇。

《酉陽雜俎》大多都是簡短的志怪，其中的幾篇傳奇有奇趣、很神祕，只可惜數量太少了。〈僧智圓〉裡的老僧智圓已處於半退休狀態，曬曬太陽剪剪腳趾甲。孰料被他為難過的魔鬼又出現了，讓智圓捲進一場人命案裡，怎麼也脫不了關係。最後智圓與魔鬼交易，保證不再念經作法，才算清靜自在了。〈盧山人〉寫的則是一個不時顯露奇蹟，且深不可測的非常之人盧生。

〈盜僧〉中的強盜和尚，性格和心理都很有趣，與皇甫氏的〈車中女子〉一樣，該文亦為武俠小說之祖。說的是士人韋生搬家，不料在路上遇到了一個盜僧，並被其挾持。見韋生有武功，盜僧不僅未加害於他，還與之推誠交友，並請他去殺妨礙自己改過的兒子飛飛：

建中初，士人韋生移家汝州。中路逢一僧，因與連鑣，言論頗洽。日將銜山，僧指路謂曰：「此數里是貧道蘭若，郎君豈不能左顧乎？」士人許之，因令家口先行。僧即處分步者先排比。行十餘里，不至。韋生問之，即指一處林煙曰：「此是也。」及至，又前進，日已沒。韋生疑之。素善彈，乃密於靴中取弓卸彈，懷銅丸十餘，方責僧曰：「弟子有程期，適偶貪上人清論，勉副相邀。今已行二十里不至，何也？」僧但言：「且行。」至是，僧前行百餘步。韋知其盜也，乃彈之，正中其腦。僧初若不覺，凡五發中之，僧始捫中處，徐曰：「郎君莫作惡劇。」韋知無奈何，亦不復彈。

見僧方至一莊，數十人列炬出迎。僧延韋坐一廳中，喚云：「郎君勿憂。」因問左右：「夫人下處如法無？」復曰：「郎君且自慰安之，即就此也。」韋生見妻兒別在一處，供帳甚盛，相顧涕泣。即就僧，僧前執韋生手曰：「貧道盜也，本無好意，不知郎君藝若此，非貧道亦不支也。今日故無他，幸不疑也。適來貧道所中郎君彈悉在。」乃舉手捫腦後，五丸墜地焉。蓋腦銜彈丸而無傷，雖《列》言「無痕撻」，《孟》稱「不膚撓」不啻

過也。

　　有頃布筵，具蒸犢，犢扎刀子十餘，以籠餅環之。揖韋生就坐，復曰：「貧道有義弟數人，欲令伏謁。」言未已，朱衣巨帶者五六輩，列於階下。僧呼曰：「拜郎君。汝等向遇郎君，則成齏粉矣。」食畢，僧曰：「貧道久為此業，今向遲暮，欲改前非，不幸有一子，技過老僧，欲請郎君為老僧斷之。」乃呼飛飛出參郎君。

　　飛飛年才十六七，碧衣長袖，皮肉如臘。僧叱曰：「向後堂侍郎君。」僧乃授韋一劍及五丸，且曰：「乞郎君盡藝殺之，無為老僧累也。」引韋入一堂中，乃反鎖之。堂中四隅，明燈而已。飛飛當堂，執一短馬鞭。韋引彈，意必中，丸已敲落。不覺跳在梁上，循壁虛攝，捷若猱獷。彈丸盡，不復中。韋乃運劍逐之，飛飛倏忽逗閃，去韋身不尺。韋斷其鞭數節，竟不能傷。僧久乃開門，問韋：「與老僧除得害乎？」韋具言之。僧悵然，顧飛飛曰：「郎君證成汝為賊也，知復如何？」僧終夕與韋論劍及弧矢之事。天將曉，僧送韋路口，贈絹百疋，垂泣而別。

　　說到底，段成式小說追求的效果，是出人意料。〈劉積中〉裡的劉積中不得不與鬼打交道，幫鬼找女婿不說，還參加了鬼女的婚禮。接著他失去了耐心，鬼也對他不客氣了。最終幫劉積中取回妹妹心臟的人，任誰也想像不到。〈葉限〉寫的則是廣西一帶的古事，乃當地民族的民間傳說。孤女葉限與後母，一條神祕的魚，還有國王以金鞋找葉限的情節，與西方灰姑娘的故事相類，最終葉限真的當上了陀汗國的皇后。

　　《酉陽雜俎》的序言，也是一篇出自作家之手的重要的小說論。文中，段成式引經據典，言不僅《易經》在語怪，《詩經》同樣在想像、幻想和遊戲，所以一個儒生偶爾寫點小說，根本無傷大雅。如果經史子集是大肉塊和肉醬，那他烤隻貓頭鷹煮碗小鱉湯，又有什麼可奇怪的？所以自己吃飽了沒事幹，不怕出醜，就是堅持要寫志怪小說，且不以為恥。這完全是一篇小說家的宣言：

　　　夫《易》像一車之言，近於怪也；詩人南箕之興，近乎戲也。固服縫

掖者肆筆之餘，及怪及戲，無侵於儒。無若詩書之味大羹，史為折俎，子為醯醢也。炙鴞羞鱉，豈容下箸乎？固役而不恥者，抑志怪小說之書也。成式學落詞曼，未嘗覃思，無崔駰真龍之嘆，有孔璋畫虎之譏。飽食之暇，偶錄記憶，號《酉陽雜俎》，凡三十篇，為二十卷，不以此間錄味也。

溫庭筠是唐代大詩人中第一位真正的小說家，他的傳奇集《乾子》尚存文三十餘篇。溫氏與李商隱齊名，是花間詞鼻祖，又是段成式的好友兼親家。他的詩詞我記得三句：詩一句，「雞聲茅店月，人跡板橋霜」。詞兩句，「小山重疊金明滅，鬢雲欲度香腮雪」；「照花前後鏡，花面交相映」。

溫庭筠（約西元八〇一至八六六年），本名岐，字飛卿，筆名庭筠，太原祁縣（今山西晉中祁縣）人，唐初宰相溫彥博之後。文宗開成四年（西元八三九年）應舉被罷，後屢試不中，宣宗大中九年（西元八五五年）又因擾亂考場被貶。做過縣尉、巡官、四門博士、國子助教等，懿宗咸通七年（西元八六六年）貶方城尉卒。

《乾子》是一部極有建樹的傳奇集，至少有兩篇開山之作。在序言中，像他的親家段成式一樣，溫庭筠也以美食來做比喻，將自己的小說喻為「能悅諸心，聊甘眾口」的「乾」，即肉乾；並稱自己寫作的主旨和方式是「蠲蕩昏蒙，謂之快語」。顯然，這是一位注重娛樂和智慧，講究寫作與閱讀快感的作家。

〈陳義郎〉是個驚心動魄的犯罪、復仇故事，其中謀殺的突兀、兇險，與漫長、冷靜的復仇等待形成對比。〈陽城〉中的隱修，則寫得極為真實、辛酸。陽城與三弟在夏陽山中隱居修學，布衾蔬食，離群索居，饑荒之時甚至以樹皮充飢。有豪強送給他們不少細絹，陽城便將之贈給了有難的鄭俶。此後，一心報答陽城的鄭俶歸來，與他們一起修學，卻因知識有限無能為力，竟愧而自殺了。

《乾子》中的一些篇章，頗有《世說新語》之風，神韻皆備。如〈李丹〉，見來拜謁自己的蕭復意外失靴，李丹便說：「靴與履，皆一時之禮。古者解襪登席，即徒跣以為禮。靴，胡服也，始自趙武靈王，又有何典

據？此不足介君子之懷，但請述所求意。」〈武黃門〉中的楊嗣復耍酒瘋，逼元衡用大牛角杯喝酒，元衡不喝，他就把酒全部澆在了元衡的頭上。元衡拱手不動，等他澆完，再起身去換衣服，當沒事一樣，宴會也沒有因此而中斷。

〈寶義〉寫的是一個集經商、種植、製造、識才、經營和交際為一體的商業天才如何發家致富，並造福他人，應該是世界文學史上最早的商界精英小說吧，至少在中國文學史上是無出其右的。〈王諸〉寫的是託夢有誤，以致親人誤會，搞得王諸妻死妾散，萬念俱灰入羅浮山為僧。而〈華州參軍〉那樣的小說，收在《聊齋志異》裡也不會有違和感。

小說既是「小道」，不妨盡興幻想、遊戲三昧。溫庭筠還善於寫鬼，像這樣的老女鬼：「衣暗黃裙白裌襦老母，荷擔二籠，皆盛亡人碎骸及驢馬等骨，又插六七枚人肋骨於其髻為釵。」看著不可怕，倒很可笑。不過溫氏的恐怖小說才是無人能及的，他的「鬼故事」結構直到現當代也沒有改變，經典之作為〈寇鄘〉：

元和十二年，上都永平裡西南隅有一小宅，懸牓云：「但有人敢居，即傳元契奉贈，及奉其初價。」大曆年，安太清始用二百千買得，後賣與王姁，傳受凡十七主，皆喪長。布施與羅漢寺，寺家賃之，悉無人敢入。

有日者寇鄘，出入於公卿門，詣寺求買。因送四十千與寺家，寺家極喜，乃傳契付之。有堂屋三間，甚庳，東西廂共五間，地約三畝，榆楮數百株。門有崇屏，高八丈，基厚一尺，皆炭灰泥焉。鄘又與崇賢里法明寺僧普照為門徒。其夜，掃堂獨止，一宿無事。月明，至四更，微雨。鄘忽身體拘急，毛髮如磔，心恐不安。聞一人哭聲，如出九泉。乃卑聽之，又若在中天。其乍東乍西，無所定。欲至曙，聲遂絕。鄘乃告照曰：「宅既如此，應可居焉。」命照公與作道場。至三更，又聞哭聲。滿七日，鄘乃作齋設僧。方欲眾僧行食次，照忽起，於庭如有所見。遽屬聲逐之，喝云：「這賊殺如許人！」繞庭一轉，復坐曰：「見矣！見矣！」遂命鄘求七家粉水解穢。俄至門崇屏，灑水一盃，以柳枝撲焉。屏之下四尺開，土忽頹圮，中有一女人，衣青羅裙，紅褲、錦履、緋衫子，其衣皆是紙灰，風

拂盡飛於庭，即枯骨籍焉。乃命織一竹籠子，又命酈作三兩事女衣盛之，送葬渭水之沙洲。仍命勿回頭，亦與設酒饌。自後大小更無恐懼。

初，郭汾陽有堂妹，出家永平裡宣化寺。汾陽王夫人之頂謁其姑，從人頗多，後買此宅，往來安置。或聞有青衣不謹，遂失青衣，夫人令高築崇屏，此宅因有是焉。亦云，青衣不謹，洩漏遊處，由是生葬此地焉。

〈寇酈〉的開篇是個招帖，說要有誰敢住長安永平裡南隅的小宅，就按最初的價格賣給他。原來購買此宅的十七位房主，入住後家裡的長輩都死了，最後一位房主乾脆把它布施給了羅漢寺。寺裡想出租也沒人敢住，見有個叫寇酈的占卜者前來購買，寺院便高興地將房契交給了他。小宅的三間堂屋雖然低矮，但東西還有五間廂房，且附地三畝，上植榆樹和楮樹數百棵。奇怪的是門後屏牆高達八尺，厚一尺，是用炭灰砌成的。

寇酈入住的當晚似乎沒事，但到後半夜四更天下起了小雨，寇酈忽然覺得全身發緊、毛髮倒豎、心悸不安。此時，有恐怖悽慘的哭聲像從九泉地獄中傳來，又像來自中天，忽東忽西，天快亮才停止。寇酈叫來寺僧普照在院子裡作道場，用粉水解穢，水灑到屏牆上，牆裂灰塌，露出個女人來！那女人身著青裙、紅褲、緋衫，腳上還穿著一雙繡花鞋。陰風乍起，她的衣褲像紙灰一樣滿庭飄灑，剩下一具森森白骨。後來得知，這裡本是汾陽王夫人的行宅，據說有青衣不謹，被活埋在了屏牆之內。

自由、孤獨和感動

看到盧求的《金剛經報應記》，覺得唐朝的劫數要到了，隋末唐初那種猛讀《金剛經》的氣氛又回來了，日子不好過，要靠信仰來安慰。不過晚唐仍舊是唐朝，精神氣象還在，價值多元尚存，正是文化成熟的時節，小說大家如群峰連綿，張讀便是其中之一。

張讀（西元八三四至？年），字聖用，宣宗大中六年（西元八五二年）十八歲進士及第。懿宗咸通十五年（西元八七四年）為河南縣令。僖宗乾

符五年（西元八七八年）以中書舍人知貢舉，舉畢有得士之譽，任禮部侍郎。廣明元年（西元八八〇年）隨僖宗避黃巢入蜀。中和初（西元八八一年）遷吏部侍郎，五年還京。

張讀為張鷟玄孫，加上祖父張薦，張家五代三人，分別為初、中、晚唐小說名家。這一古今未有的奇蹟，乃大唐小說鼎盛的象徵。張讀還是牛僧孺的外孫，他的伯父張又新寫過《煎茶水記》，也算小說家。張讀的《宣室志》現存十二卷，約十萬言，纂集仙鬼靈異之事，書名取自漢文帝召賈誼問鬼神故實。張讀小說紛繁，其中最吸引我的，是他筆下生命的自由、孤獨和感動。

〈消面蟲〉出人意料，寫的是幾個南越人帶著酒食，來拜訪落第後在太學復讀的書生陸顒，借他們之口說出的，是大唐以文化面對世界的自信：

吾南越人，長蠻貊中，聞唐天子網羅天下英俊，且欲以文物化動四夷，故我航海梯山來中華，將觀太學文物之光。唯吾子峨焉其冠，襜焉其裾，莊然其容，肅然其儀，真唐朝儒生也，故我願與子交歡。

後來陸顒得知，南越人與他交好、為之慶生，其實是想買他肚子裡的消面蟲。一條寄生蟲有什麼了不起的，陸顒就把蟲子吐出來賣給南越人，成為有錢的「土豪」。其後陸顒又跟南越人去海中尋寶，發財成為巨富，便再不想考試求官了。但〈李生〉中的李生卻沒那麼幸運，他為惡後雖醒悟悔過，折節讀書，可還是沒能躲過死亡的懲罰。

〈蕭逸人〉中的士子蕭逸人也落第，他乾脆把複習資料全燒了，去漳水居住，跟道士修仙。誰料修道十年過後，他頭髮全白，乾瘦駝背，連牙齒都開始脫落了。蕭逸人大怒，決定棄道經商，幾年就成了富人，且因服食了太歲或者靈芝，又變得年輕精壯，這才重歸山林：

蘭陵蕭逸人，亡其名。嘗舉進士下第，遂焚其書，退居漳水上，從道士學神仙。因絕粒吸氣，每日柔搦支體，冀延其壽。積十年餘，髮盡白，色枯而背傴，齒有墮者。一旦引鏡自視，勃然發怒，且曰：「吾棄聲利，

隱身田野間，絕食吸氣，冀得長生。今亦衰瘵如是，豈我之心哉！」

即遷居鄴下，學商人逐什一之利。凡數年，貨用大饒，為富家。後因治園屋，發地得物，狀類人手，肥而且潤，色微紅。逸人得知，驚曰：「豈非禍之芽？且吾聞太歲所在，不可興土事，脫有犯者，當有修肉出其下，固不祥也。今果有，奈何？然吾聞得肉食之，或可以免。」於是烹而食，味甚美，食且盡。自是逸人聽視聰明，狀貌愈少，而髮之禿者，盡黝然而長矣，其齒之墮者，亦駢然而生矣。逸人默自奇異，不敢告於人。

後有道士至鄴下，逢逸人，驚曰：「先生嘗餌仙藥乎？何神氣清悟如是！」道士因診其脈，久之，又曰：「先生嘗食靈芝矣。夫靈芝狀類人手，肥而且潤，色微紅者是也。」逸人悟其事，以告，道士賀曰：「先生之壽，可與龜鶴齊矣。然不宜居塵俗間，當退休山林，棄人世，神仙可致矣！」逸人喜而從其語，遂去，竟不知其所在。

〈大師佛〉顯然受到了竇維鋈〈阿專師〉的影響，其中自稱大師的僧人好酒肉，殺犬彘，陋衣裘，性狂悖，搶奪市民錢物，常與少年鬥毆，令廣陵人很厭惡。有老僧來訓斥大師，言其遲早會被官家捉去，丟盡家人的臉面。大師反斥道：「蠅蚋徒嗜膻腥，又安能知龍鶴之志哉？然則吾道非汝所知也。且我清其中而混其外者，豈若汝齷齪無大度乎？」之後，有奇光出現在大師的眉端，他便消失了。〈任頊〉說的是有道士屠龍遇險，為儒生所救，試圖以之喻比儒釋道三教的關係。

〈鑑師〉寫得像〈大師佛〉的續篇，卻極富詩意人性，意境深遠，動人心魄。說的是長安有老僧鑑師來訪士人馮生，言己將回靈岩寺西廊舊居，邀馮生去東越任職時順道去看看。數月後馮生赴任途徑靈岩寺，入寺打聽卻無僧名鑑，疑惑的他便獨自在寺內散步。走到西邊的廊廡時，馮生見到了畫有眾僧的壁畫，畫中一人正是鑑師，不禁感動得流下淚來：

元和初，有長樂馮生者，家於吳，以明經調選於天官氏。是歲，見黜於有司，因僑居長安中。有老僧鑑其名者，一日來詣生，謂生曰：「汝，吾同姓也。」因相與往來經歲餘。及馮尉於東越，既治裝，鑑師負笈來，

告去。馮問曰：「師去，安所詣乎？」鑑師曰：「我廬於靈岩寺之西廡下且久，其後游長安中，至今十年矣，幸得與子相遇。今將歸舊居，故來告別。然吾子尉於東越，道出靈岩寺下，且當一訪我也！」生諾之，曰：「謹受教。」

後數月，馮生自長安之任，至靈岩寺門，立馬望曰：「豈非鑑師所居寺乎？」即入而訪焉。時有一僧在庭，生問曰：「不知鑑師廬安在？吾將謁之。」僧曰：「吾曹數輩，獨無鑑其名者。」生始疑異，默而計曰：「鑑師信士，豈欺我哉？」於是獨遊寺庭。行至西廡下，忽見有群僧畫像，內有一僧，狀與鑑師同。生大驚曰：「鑑師果異人也，且能神降於我。」因慨然泣下者久之。視其題云：「馮氏子，吳郡人也。年十歲學浮屠氏法，以道行聞。卒年七十八。」馮閱其題，益感異之。

〈路氏子〉探討的，則是人生的至高境界：真實、隨性，即自由。路氏子好奇，與道士在太白山結廬修行。一天有老僧叩門，見了路氏子便說，你還未明白事理，沒必要在深山中與麋鹿為伴。應該趁年輕，衣輕裘，馳駿馬，快意人生！路氏子不服氣，說老師要真有道，就展示一下給我看嘛。老僧即化作一隻鳥，飛走了。這個故事的奧祕正如張讀所說：「神仙不難得，但塵俗多累，若檻猿籠鳥，徒有奮翔超騰之心，安可致乎？」

大唐（疑為「大曆」之誤）中，有平陽路氏子，性好奇，少從道士游，後廬於太白山。嘗一日，有老僧叩門，路君延坐，與語久之。僧曰：「檀越好奇者，然未能臻玄奧之樞，徒為居深山中。莫若襲輕裘，馳駿馬，遊朝市，可不快平生志？寧能與麋鹿為伍乎？」路君謝曰：「吾師之言，若真有道者，然而不能示我玄妙之跡，何為張虛詞以自炫耶？」僧曰：「請弟子觀我玄妙之蹤。」言訖，即於衣中出一合子，徑寸餘，其色黑而光。既啟之，即以身入，俄而化為一鳥，飛衝天。

在〈楊叟〉中，會稽土豪楊老得了不治的心病，想要找回健康的初心。大夫的診斷是，楊老的心被利所牽，離開了自己的身體，要吃活人之心才能治好。只是這大活人的心臟上哪裡去找呢？楊老之子宗素找不到，就去供佛饗僧。一天，他在山間遇到一個猿精所化的野僧，言其願捨身飼

虎。宗素沒聽清對方其實已經表明了自己的真實身分，倒誤信了猿精的大話，便妄求其心以救父。誰知猿精誦《金剛經》讓他不要妄想，隨即化猿大呼而去，令人爆笑不已。楊老的初心，貪慾而已，只能以猿應之。所謂為天地立心者，若無限制，頂多只能立一顆貪慾之心罷了：

　　乾元初，會稽民有楊叟者，家以資產豐贍，甲於郡中。一日，叟將死，臥而呻吟，且經數月。叟有子曰宗素，以孝行稱於裡人。迨其父病，罄其產以求醫術。後得陳生者，究其原，曰：「是翁之病，心也。蓋以財產既多，其心為利所運，故心已離去其身，非食生人心，不可以補之。而天下生人之心，焉可致耶？舍是，則非吾之所知也。」宗素聞之，以生人之心固莫可得也，獨修浮屠氏法，庶可以間其疾。即召僧轉經，命工繪圖鑄像，已而自齎衣糧，詣郡中佛寺飯僧。

　　一日，因挈食去，誤入一山徑中。見山下有石龕，龕有胡僧，貌甚老瘦枯瘠，衣褐毛縷成袈裟，踞於磐石上。宗素以為異人，即禮而問曰：「師何人也？獨處窮谷，以人跡不到之地為家，又無侍者，不懼山野之獸有害於師乎？不然，是得釋氏之法者耶？」僧曰：「吾本是袁氏，某祖世居巴山，其後子孫，或在弋陽，散游諸山谷中，盡能紹修祖業，為林泉逸士，極得吟嘯，又好為詩者，多稱於人，其名於是稍聞於天下。有孫氏，亦族也，則多遊豪貴之門，亦以善談謔，故又以之遊於市肆間，每一戲，能使人獲其利焉。獨吾好浮屠氏，脫塵俗，棲心岩谷中不動，而在此且有年矣。常慕歌利王割截身體，及薩埵投崖以飼餓虎，故吾啖橡栗，飲流泉，恨未有虎狼噬吾，吾於此候之。」宗素因告曰：「師真至人，能捨其身而不顧，將以飼山獸，可謂仁勇俱極矣。然弟子父有疾已數月，進而不瘳，某夙夜憂迫，計無所出。有醫者云，是心之病也，非食生人之心，固不可得而愈矣。今師能棄身於豺虎，以救其餒，豈若捨命於人，以惠其生乎？願師詳之！」僧曰：「誠如是，果吾之志也。檀越為父而求吾心，吾豈有不可之意？且以身委於野獸，曷若救人之生乎？然今日尚未食，願致一飯而後死也。」宗素且喜且謝，即以所挈食致於前。僧食之立盡，而又曰：「吾既食矣，當亦奉命，然俟吾禮四方之聖也。」於是整其衣，出龕而禮。

禮四方已畢，忽躍而騰向一高樹，宗素以為神通變化，殆不可測。俄召宗素，厲聲叱曰：「檀越向者所求何也？」宗素曰：「願得生人心，以療吾父疾。」僧曰：「檀越所願者，吾已許焉。今欲先說《金剛經》之奧義，爾亦聞乎？」宗素曰：「某素尚浮屠氏，今日獲遇吾師，安敢不聽乎。」僧曰：「《金剛經》云：『過去心不可得，見在心不可得，未來心不可得。』檀越若要取吾心，亦不可得矣。」言已，忽跳躍大呼，化為一猿而去。宗素驚異，惶駭而歸。

〈李征〉是以志怪形式所作之極為現實的小說，寫一個出類拔萃的士人命運將會如何，又能留下點什麼。隴西的李征不僅博學有才，還是皇族子弟，登第後因為疏逸、自傲的個性，難與同僚為伍，便辭職回家。又因生活所迫，不得不出門做郡國長吏，以獲餼贈。途中竟發疾化虎，不知去向。次年袁傪奉詔出使，半路所遇之虎正是李征。李征認識袁傪，便向袁交代了兩件事：一是幫他撫養孩子；二是自己有舊文數十篇，請他記錄一下。接著，李征便隨口背誦起來，其「文甚高，理甚遠，傪閱而嘆者再三」。

日本作家中島敦以張讀的〈李征〉改寫的〈山月記〉，是最傑出的現當代傳奇，寫得比芥川龍之介還要好。他們以自己的作品，證實了唐傳奇的優異，在於其蘊藏著現代性的種子，到今天仍能繼續開花、結果。

《宣室志》裡所寫的鬼怪也很有特點，如〈呂生〉中的水銀精：

俄有一嫗，容服潔白，長二尺許，出於室之北隅，緩步而來，其狀極異。

〈悟真寺僧〉中夜誦《法華經》的骷髏唇舌：

明日，窮表下，得一顱骨，在積壤中。其骨槁然，獨唇吻與舌，鮮而且潤。

還有那種突然出現的手，沒別的，就是一隻孤零零的手：

已而出一手至越石前，其手青黑色，指短，爪甲纖長，有黃毛連臂，似乞食之狀。王生既寐，觀獨未寢，忽見一物出燈下，既而掩其燭，狀類

人手，但指則細，視燭影外，若有物。既闔扉後，忽見一手自牖間入。其手色黃而瘦，率眾視之，俱慄然。

以及街吏半夜撞見的長臉漆桶鬼：

開成中，河東郡有街吏，常中夜巡警於路。一夕，天晴夜朗，乃至景福寺前。見一人俛而坐，交臂擁膝，身盡黑，居然不動。吏懼，因叱之，其人俛而不顧。叱且久，即僕其首。忽舉視，其面貌極異，長數尺，色白而瘦，狀甚可懼。吏初驚僕於地，久之稍能起，因視之，已亡見矣。

恐怖吧？反正我是被嚇到了。

〈柳光〉中所寫的，很像是一份擱在漂流瓶裡的文字，又像是一個難解的謎語，一個神奇的預言，是前人留下的隔世問候，散發著能穿越時空的人性的溫暖。文字刻在一個雲水環繞的石室中，是柳光南遊無意間見到的，等他從石壁上逐字逐句抄錄下來，才發覺是寫給自己的：

武之在卯，堯王八季，我棄其寢，我去其辰。深深然，高高然，人不吾知，人不吾謂。由今之後，二百餘祀，焰焰其光，和和其始。東方有兔，小首兀尾，經過吾道，來至吾裡。飲吾泉以醉，登吾榻而寐。刻乎其壁，奧乎其義。人誰以辨？其東平子。

想知道究竟的，可以去看原著。

〈僧惠照〉裡長生不死的僧人惠照，開始的一百年經歷的是家國的喪亂，由官宦到山林到蘭若，逃禪以避。在史書中時而能見到這樣的騙子，說他活了幾百歲，最終被揭穿。不過同樣的事到了小說裡，卻是極為精妙的構思。惠照活了近三百年，但後面的兩百年，就是獨自在各地漫步而已，孤獨到只能去找不認識自己的朋友的轉世。可惜的是，這個構思沒有被擅寫人生和歷史、探究時間與空間的小說家充分利用。直到二十世紀，英國的吳爾芙（Virginia Woolf）才寫出了《奧蘭多》（*Orlando: a Biography*），法國的西蒙·波娃（Simone Lucie Ernestine Marie Bertrand de Beauvoir）才寫出了《人都是要死的》（*Tous les hommes sont mortels*）。以下是〈僧惠照〉的開頭，寫的是永生者的孤獨：

元和中，武陵郡開元寺有僧惠照，貌衰體羸，好言人之休咎而皆中。性介獨，不與群狎，常閉關自處，左右無侍童，每乞食於里人。里人有年八十餘者云：「照師居此六十載，其容狀無少異於昔時，但不知其甲子。」後有陳廣者，由孝廉科為武陵官。廣好浮屠氏，一日，因詣寺，盡訪群僧，至惠照室。惠照見廣，且悲且喜，曰：「陳君何來之晚耶？」廣愕然，自以為平生不識照，乃謂曰：「未嘗與師游，何見訝來之晚乎？」照曰：「此非立可盡言，當與子一夕靜語爾。」廣異之。

世界級經典

〈紅線傳〉的作者袁郊，有個收有九文的傳奇小專集《甘澤謠》，今存小說八篇。陳振孫《直隸書錄題解》，稱袁郊「咸同戊子自序，以其春雨澤應，故有甘澤成謠之語，以名其書」。可知該書完成於懿宗咸通九年（西元八六八年），一場難得的春雨之後，所佚之文就是那篇序言。

袁郊，字之儀，一作之乾，華州華陰（今屬陝西）人，其父為宰相袁滋。懿宗咸通（西元八六〇至八七四年）中，袁郊任祠部郎中、虢州刺史，曾與溫庭筠酬唱。《甘澤謠》收錄的小說品味很高，現以〈圓觀〉為例，來看看在一篇傳奇裡，會隱藏著一些什麼祕密。

圓觀是惠林寺的和尚，不僅有才學、通音律，還會經營、很富有。他有個俗人朋友叫李源。李源本是公卿之子，因父親在安史之亂中遭遇不幸，便乾脆來寺裡居住，將家產作為寺產，像普通僧人一樣生活，不再過問世事。李、圓二人是心意相通的好友，被稱作得意忘言的「忘言之交」。他們兩個一僧一俗，就這樣靜靜地朝夕相處了三十年，也難免有人會說閒話。

後來，兩人同遊四川，去青城、峨眉二山訪道。回去的時候，圓觀想出斜谷、游長安，李源想出三峽、遊荊州，一路爭議了半年，中年的他們兩個已不那麼默契了。後來聽李源說他已絕世事，不願再去兩京繁華之

地，圓觀便隨之取道三峽。沒想到才達南浦，圓觀便遇上了將生下自己轉世的婦人，無奈只得死去，這就是他不願沿江而下的原因。圓觀看到並接受了自己的宿命，不願讓李源違背己願，正如他的意願是「行固不繇人」。李源為此傷心後悔，於十二年後的中秋之夜，在杭州天竺寺外，與圓觀之靈—— 一個牧童相見。後來，李源也去世了。

李源將圓觀之死歸咎於自己，一直都很難過，是他堅持要取道三峽的，這要了圓觀的命。至於圓觀遇上能生下其轉世的婦人，十二年後李源又赴靈魂之約等，不過是圓觀安慰李源的藉口，以及李源安慰自己的幻覺罷了。牧童所唱的兩首〈竹枝詞〉，倒透露出了李、圓二人比朋友更為親密的愛情關係。這是一篇真正的同性戀小說，世界級的經典：

圓觀者，大曆末雒陽惠林寺僧，能事田園，富有粟帛，梵學之外，音律大通，時人以富僧為名，而莫知所自也。李諫議源，公卿之子。當天寶之際，以遊宴飲酒為務。父憕居守，陷於賊中，乃脫粟布衣，止於惠林寺，悉將家業為寺公財，寺人日給一器食、一杯飲而已。不置僕使，斷其聞知，唯與圓觀為忘言交，促膝靜話，自旦及昏，時人以清濁不倫，頗生譏誚。如此三十年。

二公一旦約遊蜀川，抵青城、峨眉，同訪道求藥。圓觀欲游長安，出斜谷，李公欲上荊州，出三峽，爭此兩途，半年未決。李公曰：「吾已絕世事，豈取途兩京？」圓觀曰：「行固不繇人，請出三峽而去。」遂自荊州上峽。行次南浦，維舟山下。見婦人數人，條達錦襠，負罌而汲。圓觀望見泣下，曰：「某不欲至此，恐見其婦人也。」李公驚問曰：「自上峽來，此徒不少，何獨恐此數人？」圓觀曰：「其中孕婦姓王者，是某託身之所。逾三載尚未娩懷，以某未來之故也。今既見矣，即命有所歸，釋氏所謂輪迴也。」謂公曰：「請假以符咒，遣其速生。少駐行舟，葬某山下。浴兒三日，公當訪臨，若相顧一笑，即某認公也。更後十二年，中秋月夜，杭州天竺寺外，與公相見之期。」李公遂悔此行，為之一慟。遂召婦人，告以方書，其婦人喜躍還家。頃之，親族畢至，以枯魚、濁酒獻於水濱。李公往，為授朱字元。圓觀具湯沐，新其衣裝。是夕，圓觀亡而孕婦產矣。

李公三日往觀新兒，繦褓就明，果致一笑。李公泣下，具告於王，王乃多出家財，厚葬圓觀。明日，李公回棹，言歸惠林，詢問觀家，方知已有理命。

後十二年秋八月，直指餘杭，赴其所約。時天竺寺山雨初晴，月色滿川，無處尋訪。忽聞葛洪川畔，有牧豎歌〈竹枝詞〉者，乘牛叩角，雙髻短衣，俄至寺前，乃觀也。李公就謁曰：「觀公健否？」卻問李公曰：「真信士。與公殊途，慎勿相近。俗緣未盡，但願勤修不墮，即遂相見。」李公以無由敘話，望之潸然。圓觀又唱〈竹枝〉，步步前去，山長水遠，尚聞歌聲，詞切韻高，莫知所詣。初到寺前歌曰：

三生石上舊精魂，賞月吟風不要論。

慚愧情人遠相訪，此身雖異性常存。

寺前又歌曰：

身前身後事茫茫，欲話因緣恐斷腸。

吳越山川遊已遍，卻回煙棹上瞿塘。

後三年，李公拜諫議大夫，一年亡。

蘇東坡將〈圓觀〉改寫成〈僧圓澤〉，不僅改掉了圓觀的名字，還將圓、李二人確鑿無疑的同性戀人、伴侶的關係，改成了朋友關係，並將小說中現實、真實的部分，改寫得更加文藝、浪漫而理想化，且成為後世流行的版本。

薛用弱的〈王立〉、李公佐的〈謝小娥傳〉，所寫的不過是俠女，即能豁出性命去為自己的父親或者是丈夫報仇的女人。袁郊的〈紅線傳〉不同，他寫的是能夠把握住自己命運的女俠，當然功夫也更為了得，關鍵是精神和人格的獨立。

紅線看準了一個機會，幫助了主人，造福了人民，贖去了奴身，贏得了自由。且看紅線連夜奔襲，去藩鎮軍閥的巢穴盜取金盒的裝束，按程曜兄的說法，日本忍者的裝束亦應由此而來：

梳烏蠻髻，攢金鳳釵，衣紫繡短袍，繫青絲輕履，胸前配龍文匕首，

額上書太乙神名……

　　這可不是心血來潮、突發奇想的新手，而是「身居賤隸，氣稟賊星」的處心積慮。紅線已經十九歲了，對古代中國的女子來說，已經完全成熟。

　　袁郊筆下的人物大都極有見識或氣度不凡，如〈素娥〉中的素娥和狄仁傑，包括〈懶殘〉中性懶食殘的衡嶽寺執役僧。

　　〈韋騶〉中的韋騶自號「逸群公子」，人神不懼，一舉不第便不再嘗試，並放言：

　　男子四方之志，豈拘節於風塵哉！

　　弟弟溺死洞庭湖，韋騶大為憤怒，要去火燒湖神廟。湖神得知也很害怕，忙出來恭維他說：

　　鬼神不畏忿怒，而畏果敢，以其誠也。

　　〈魏先生〉中的魏先生對亡命的李密說：「觀吾子氣沮而目亂，心搖而語偷，氣沮者新破敗，目亂者無所依，心搖者神未定，語偷者思有謀於人。」並斷定李密「無帝王規模，非將帥才略，乃亂世之雄傑耳」。

　　袁郊還是個音樂、韻律專家，《甘澤謠》裡有數篇小說涉及音樂，其中的〈許雲封〉更是一篇十足的音樂主題小說。說的是中唐詩人韋應物夜聞笛聲，驚覺與天寶梨園李樂師所吹極似，便召吹笛人許雲封前來詢問，果然是李樂師的外孫。許雲封講述了自己出生之後，外公抱他去酒樓請李白起名的故事，言太白在其胸前題詩，藏許雲封之名於詩中：

　　樹下彼何人，不語真我好。

　　語若及日中，煙霏謝陳寶。

　　韋應物乳母之子，生前曾隨李樂師學藝，並自言留老師所贈之竹笛一管。許雲封看了說不是，該笛為非伐竹期之竹所製，發音或浮或實，遇至音必破。韋應物求證之，雲封一曲未了，其笛中裂。

心理、驚悚和懸疑

在溫庭筠和段成式的小說中，能看到強烈的娛樂精神，這也是晚唐小說的主要特點之一。稍後的陸勳也一樣，且更具原創性。他的傳奇集《陸氏集異記》存文三十一篇，與薛用弱的專集《集異記》同名。陸勳生卒年不詳，吳郡（今江蘇蘇州）人。早年曾隱居常州義興禪寺，後入淮南節度使幕，任校書郎，與淮南從事詩人李郢為友。懿宗咸通十二年（西元八七一年）為兵部員外郎，官終吏部郎中。

〈金友章〉和〈王瑤〉所寫的是心理，即人與人之間應該保持必要的距離，對別人的好奇心不能太重，不要輕易越過對方劃定的生理和心理界線。金友章越過了妻子劃定的界線，看到了對方仍為枯骨的下身，二人便再難相處只得分開了。該文是對曹丕《列異傳·談生》的改寫，女鬼變成了山南枯骨精，且只寫到分手，沒有大團圓結局。

在〈王瑤〉中，靠經營農家樂致富的土豪王瑤過於熱情、好奇，試圖以良好的接待換取賣瓦者金石生的個人祕密，不僅未能如願，還失去了一位常客。見王瑤一路尾隨，金石生與他劃清界限的方式很決絕，杖地化虎，可見其憤怒：

漢州西四十五里，有富叟王瑤。所居水竹園林，占一川之勝境，而往來之人多迂道以經焉。既至，瑤心盡誠接待。有賣瓦金石生者常言住在西山，每來必休於此，積十數年，率五日一至。瑤密異之，外視其所買，又非山中所用者。一日，瑤伺其來，因竭力奉之，石亦無愧。近晚將去，瑤曰：「思至生居，為日久矣。今者幸願偕焉。」石生曰：「吾敝土窮山，不足為訪。」瑤即隨行十數里，暝色將起，石生曰：「爾可還矣。」瑤曰：「竊慕高躅，願效誠力。但生所欲，皆可以奉，所以求知其居焉。」石生固辭，瑤追從不已。石生忽以拄杖畫地，遂為巨壑，而身亦騰為白虎，哮吼顧瞻。瑤驚駭惶怖，因蒙面匍匐而走。明日再往，曾無人跡。自是石生不復經過矣。

〈崔韜〉改寫的是薛漁思的〈申屠澄〉，改寫薛漁思是要有膽量的，因

為你很難超過他。有趣的是，愛寫好奇害死貓的陸勳，本身就是個極為好奇的人，他改寫薛漁思的〈申屠澄〉，是想將女子化虎的來由寫清楚，卻有畫蛇添足之嫌。

但陸勳的好奇心竟使他一直寫到了狐精化裝的後臺，他的執著終於獲得了突破性進展。在〈晏通〉中，露宿亂葬崗的和尚晏通，便在滿是骨骸的墳地裡，偷窺到了狐精怎樣用骷髏和花草樹葉來裝扮自己，硬是將美貌狐精不太美妙的化裝過程和盤託出，成了奇異、獨創的佳作：

晉州長寧縣有沙門晏通修頭陀法，將夜則必就藂林亂塚寓宿焉，雖風雨露雪，其操不易，雖魑魅魍魎，其心不搖。月夜，棲於道邊積骸之左，忽有妖狐踉蹡而至。初不虞晏通在樹影也，乃取髑髏安於其首，遂搖動之。儻振落者，即不再顧，因別選焉。不四五，遂得其一，岌然而綴。乃褰擷木葉草花，障蔽形體，隨其顧盼，即成衣服。須臾，化作婦人，綽約而去，乃於道右，以伺行人。

俄有促馬南來者，妖狐遙聞，則慟哭於路。過者駐騎問之，遂對曰：「我歌人也，隨夫入秦。今曉夫為盜殺，掠去其財。伶俜孤遠，思願北歸，無由致。脫能收採，當誓微軀，以執婢役。」過者，易定軍人也，即下馬熟視，悅其都冶，詞意叮嚀，便以後乘挈行焉。晏通遽出謂曰：「此妖狐也，君何容易？」因舉錫杖叩狐腦，髑髏應手即墜，遂復形而竄焉。

一直能感覺到中國的先秦哲學尤其是唐傳奇，對西方現當代作家和文學的影響，我是讀過他們的小說，才對唐傳奇似曾相識的。如《老子》之於卡夫卡。如果波赫士能看到韓愈的〈獲麟解〉，卡夫卡怎麼會看不到呢？還有尤瑟納爾，她的中國題材短篇，就脫胎於她讀過的中國故事譯本。

這兩天在讀《安潔拉·卡特的精怪故事集》，這本由英國當代作家編選的世界民間故事集，收錄了四篇中國作品，除一篇廣東民間故事、一篇雲南民間故事之外，其餘的兩篇均為唐傳奇，都是作家創作的小說，而非民間傳說，亦非精怪（即志怪）故事。這兩篇唐人小說，出自一本名叫《中

國食屍鬼和妖精》的中國故事英譯本,其中的〈三娘子〉即唐傳奇大家薛漁思的〈板橋三娘子〉,〈狐狸精〉則正是陸勳的〈晏通〉。中譯本的譯者,還以為〈晏通〉出自《宋高僧傳》裡的〈唐沙門志玄傳〉。這也難怪,在一般的唐傳奇選本中,是沒有陸勳作品的,儘管他不僅率先寫到了狐精化裝的後臺,還寫出了世界上第一篇骷髏主角小說〈于凝〉,冠絕古今。

在〈于凝〉中,陸勳描繪了一具骷髏,一具文學史上最驚悚、最生動、最氣派的骷髏,白亮如雪地在曠野上安然端坐、從容行走,令人嘆為觀止。在它周圍驚恐叫噪的人們,倒像是一群不成體統的小醜:

岐人于凝者,性嗜酒,常往來邠、涇間。故人宰宜祿,因訪飲酒,涉旬乃返。既而宿醒未癒,令童僕先路,以備休憩。時孟夏,麥野韶潤,緩轡而行。遙見道左嘉木美蔭,因就焉。至則繫馬,藉草坐未定,忽見馬首南顧,鼻息恐駭,若有睹焉。凝則隨向觀之,百步外,有枯骨如雪,箕踞於荒塚之上。五體百骸,無有不具,眼鼻皆通明,背肋玲瓏,枝節可數。凝即跨馬稍前,枯骨乃開口吹噓,槁葉輕塵,紛然自出。上有烏鳶紛飛,嘲噪甚眾。凝良久稍逼,枯骨乃竦然挺立,骨節絕偉。凝心悸,馬亦驚走,遂馳赴旅舍。

而先路童僕出迎,相顧駭曰:「郎君神思,一何慘悴?」凝即說之。適有涇倅十餘,各執長短兵援蕃,覘以東,皆曰:「豈有是哉!」泊逆旅少年輩,集聚極眾。凝即為之導前,乃與眾約曰:「儻或尚在,當共碎之。雖然,恐不得見矣。」俄至其處,而端坐如故。或則叫噪,曾不動搖。或則彎弓發矢,又無中者。或欲環之前進,則亦相顧,莫能先焉。久之,枯骸欻然自起,徐徐南去。日勢已晚,眾各恐豐,稍稍遂散,凝亦鞭馬而回。遠望,尚見烏鵲翔集,逐去不散。自後凝屢經其地,及詢左近居人,乃無復見者。

〈宮山僧〉緊張驚險、刺激萬分,是唐傳奇中獨一無二的驚悚加懸疑小說,成就非凡。說的是有二僧來到孤拔聳峭的宮山中修行,周邊的居民便為之建蓋廟宇,於是二人更為專注,誓不出房二十餘年。一晚,各住東西廊房的二僧,聽到了一個男人的痛哭之聲。東廊僧見有個高大的影子躍

入西廊，西廊僧的誦經聲便停止了，接著好像有人在奮力搏鬥，之後又是咀嚼吞嚥、大吃大喝的聲音。東廊僧嚇得趕緊逃命，瞬間由梵唄清修的高僧，變成了喪魂落魄的亡命者。他慌不擇路，連滾帶爬，直跑到精疲力竭。回頭一看，疑似生吃西廊僧的鬼影又追了上來，只得跳河，在大雪中躲入了牛圈。其後，東廊僧偶然見到了一持刀黑衣人與一女子合謀盜竊財物。在逃竄途中，他竟失足墜入廢井，跌落到已然身首分離之竊物女子的屍骸上，魂不附體，滿身是血，被當作兇手兼盜賊緝拿歸案。審訊他的縣吏去寺中調查，見西廊僧好好的，並未像東廊僧說的那樣被魔鬼吃掉。西廊僧說他根本沒事啊，倒是東廊僧很奇怪，莫名其妙地違背了不出院門的誓約，突然間跑掉了：

宮山在沂州之西鄙，孤拔聳峭，迴出眾峰。環山三十里，皆無人居。貞元初，有二僧至山，蔭木而居，精勤禮念，以晝繼夜。四遠村落，為構屋室，不旬日，院宇立焉。二僧尤加愨勵，誓不出房二十餘載。

元和中，冬夜月明，二僧各在東西廊朗聲唄唱。空中虛靜，時聞山下有男子慟哭之聲。稍近，須臾則及院門。二僧不動，哭聲亦止。逾垣遂入。東廊僧遙見其身絕大，躍入西廊，而唄唱之聲尋輟。如聞相擊撲爭力之狀，久又聞咀嚼啖噬，啜吒甚勵。東廊僧惶駭突走。久不出山，都忘途路，或僕或蹶，氣力殆盡。回望，見其人跟蹡將至，則又跳迸。忽逢一水，兼衣徑渡。渡畢，而追者適至，遙詬曰：「不阻水，當並食之。」東廊僧且懼且行，罔知所詣。

俄而大雪，咫尺昏迷。忽得人家牛坊，遂隱身於其中。夜久，雪勢稍晴，忽見一黑衣人，自外持刀槍，徐至欄下。東廊僧省息屏氣，向明潛窺。黑衣踟躕徙倚，如有所伺。有頃，忽院牆中般過兩囊衣物之類，黑衣取之，束縛負擔。續有一女子，攀牆而出，黑衣挈之而去。僧懼涉蹤跡，則又逃竄，恍惚莫知所之。不十數里，忽墜廢井。井中有死者，身首已離，血體猶暖，蓋適遭殺者也。僧驚悸，不知所為。俄而天明，視之，則昨夜攀牆女子也。久之，即有捕逐者數輩偕至，下窺曰：「盜在此矣。」遂以索縋人，就井繫縛，加以毆擊，與死為鄰。及引上，則以昨夜之事本

末陳述。而村人有曾至山中，識為東廊僧者，然且與死女子俱得，未能自解，乃送之於邑。又細列其由，謂西廊僧已為異物啖噬矣。

邑遣吏至山中尋驗，西廊僧端居無恙。曰：「初無物，但將二更，方對持念，東廊僧忽然獨去。久與誓約，不出院門。驚異之際，追呼已不及矣。山下之事，我則不知。」邑吏遂以東廊僧誑妄，執為殺人之盜，榜掠薰灼，楚痛備施。僧冤痛誣伏，甘實於死。贓狀無據，法吏終無以成其獄也。逾月，而殺女竊資之盜他處發敗，具得情實，僧乃冤免。

〈宮山僧〉的恐怖之處，在於我們根本不知道究竟發生了什麼，也不知道誰說的是真的。假如事實如東廊僧所言，那後來的西廊僧肯定是吃人魔變的。假如西廊僧所說的才是事實，那東廊僧肯定瘋了，可他在亡命途中撞見的黑衣盜以及被殺的婦人卻是真的，說明他並沒有瘋。如若現在的西廊僧是吃人魔的話，那僥倖出獄的東廊僧又該如何與之面對呢？誰也不知道。這篇戛然而止的小說充滿懸念，有好幾種可能，比芥川龍之介的短篇小說〈羅生門〉和〈竹藪中〉，以及黑澤明據之改編的電影，要早了整整一千年。

傳奇命名者

說裴鉶是唐傳奇的命名者當然不對：一來並非其有意為之；二來「傳奇」當時指的即是志怪，「傳」乃傳記之「傳」，而非傳奇之「傳」。但後人改變了裴鉶小說集名〈傳奇〉的讀音和含義，以之來命名唐人小說，卻再恰當不過了，傳奇正是升級版的志怪。還有學者考證，元稹的〈鶯鶯傳〉原名就叫〈傳奇〉，並認為那才是傳奇一詞的由來。

裴鉶是牛僧孺系列的大小說家。這個系列的大家不少，如唐臨、牛肅、戴孚、薛用弱、李復言、皇甫氏、張讀等。還有做出過傑出貢獻的句道興、竇維鋈、陸長源、溫庭筠、段成式、袁郊、陸勳、范攄、孫棨和康軿等。以及那種難以複製的大師，在我看來他們代表著唐傳奇的最高水

準，如初唐的張鷟、中唐的薛漁思和晚唐的李玫。裴鉶是唐傳奇文體的代表，象徵著唐代作家小說的完全成熟。

裴鉶早年曾隱居修道，著有〈道生旨〉，像鄭還古一樣，亦自號谷神子。後來宦遊，到過安南和西川。懿宗咸通五年（西元八六四年），為安南都護高駢從事，僖宗乾符五年（西元八七八年），為成都節度副使兼御史大夫。他的小說集存文三十三篇，集名「傳奇」後來成為唐人小說的代稱，像「志怪」之於兩晉的小說。

有的〈傳奇〉版本未收錄〈虬髯客傳〉，認為它是張說或者杜光庭的作品。可杜光庭的幾部專集作為道書還算是辭章典雅，作為小說卻拿不出手。張說的小說寫得也不好，〈虬髯客傳〉更非初唐風格。〈傳奇〉只要讀到〈鄭德璘傳〉，便能斷定它的作者與寫〈虬髯客傳〉的是同一個人，儘管一篇言情一篇俠義，但那種自由迴旋的敘述方式，加上駢句的使用、插入的詩歌，都是裴氏小說的特色。這種典型的晚唐傳奇文體，在李玫和袁郊的作品中，也表現得很充分。

〈鄭德璘傳〉寫的是姻緣、生死的奇妙轉換，〈虬髯客傳〉寫的是機緣、命運的奇妙轉換。冥冥之中似有定數，但人為的努力也絕非徒勞，關鍵是要能認清命運並順勢而為，那奇蹟和夢想便都可以實現。在〈虬髯客傳〉中，隋末唐初的大俠們集體露面，從紅拂、李靖、虬髯客到李世民，均不乏蓬勃向上之英雄氣概。且格局是開放的，態度是友善的，機會也並非只有逐鹿中原一條路。英雄相知相惜相助，而非有我無他，不是那種只想置對手於死地的流氓。裴鉶對他們的評價是：「烈士不欺人，固無畏。」總之，〈虬髯客傳〉的敘述精練傳神，三言兩語就能塑造出一個人物來，從主題到形式，均非模仿它的《三國演義》和後世武俠小說可比。如開篇寫楊素、李靖、紅拂和虬髯四人：

隋煬帝之幸江都，命司空楊素守西京。素驕貴，又以時亂，天下之權重望崇者，莫我若也，奢貴自奉，禮異人臣。每公卿入言，賓客上謁，未嘗不踞床而見。令美人捧出，侍婢羅列，頗僭於上。末年愈甚，無復知所負荷，有扶危持顛之心。一日，衛公李靖以布衣上謁，獻奇策，素亦踞

見。公前揖曰：「天下方亂，英雄競起。公為帝室重臣，須以蒐羅豪傑為心，不宜踞見賓客。」素斂容而起，謝公。與語，大悅，收其策而退。當公之騁辨也，一妓有殊色，執紅拂，立於前，獨目公。公既去，而執拂者臨軒指吏曰：「問去者處士第幾，住何處。」公具以對，妓誦而去。

公歸逆旅。其夜五更初，忽聞叩門而聲低者，公起問焉。乃紫衣戴帽人，杖一囊。公問：「誰？」曰：「妾，楊家之紅拂妓也。」公遽延入。脫衣去帽，乃十八九佳麗人也。素面畫衣而拜，公驚，答拜。曰：「妾侍楊司空久，閱天下之人多矣，無如公者。絲蘿非獨生，願託喬木，故來奔耳。」公曰：「楊司空權重京師，如何？」曰：「彼屍居餘氣，不足畏也。諸妓知其無成，去者甚眾矣，彼亦不甚逐也。計之詳矣，幸無疑焉。」問其姓，曰張，問其伯仲之次，曰最長。觀其肌膚儀狀、言辭氣語，真天人也。公不自意獲之，愈喜愈懼，瞬息萬慮不安，而窺戶者無停履。數日，亦聞追討之聲，意亦非峻。乃雄服乘馬，排闥而去。

將歸太原，行次靈石旅舍。既設床，爐中烹肉且熟。張氏以髮長委地，立梳床前。公方刷馬。忽有一人，中形，赤髯如虬，乘蹇驢而來。投革囊於爐前，取枕欹臥，看張梳頭。公怒甚，未決，猶親刷馬。張氏熟視其面，一手握髮，一手映身搖示公，令勿怒。急急梳頭畢，斂衽前問其姓，臥客答曰：「姓張。」對曰：「妾亦姓張，合是妹。」遽拜之。問第幾，曰：「第三。」

因問：「妹第幾？」曰：「最長。」遂喜曰：「今多幸逢一妹。」張氏遙呼曰：「李郎，且來拜三兄。」公驟拜之。

之後所寫的李世民，不發一言即令天下英雄失色。而無論〈崑崙奴〉中的黑奴是來自非洲的黑人，還是來自東南亞的棕色人種，他都精明勇敢、武功高強，還有一副俠義心腸。〈聶隱娘〉因被導演侯孝賢改拍成電影而知名度更高。熟悉侯導的朋友說：

侯孝賢混過幫派，愛搞怪，喜歡在一般人不覺察之處說故事。他發現聶隱娘這麼一個殺手，有普世價值，不聽師父的話，不殺小孩，嫁了個

普通男人，有點像法國電影《終極追殺令》(The Professional)中的職業殺手。於是讓聶隱娘成為了一個具有獨立人格，孤獨於昏昏濁世中的俠客。

虯髯客、聶隱娘這類英雄、女俠所具有的抱負和品行，確實是要高出李白詩中所寫俠客的，也遠比那種殺掉自己孩子的俠女富有人性。後世武俠小說裡的習武和武功描寫，亦源於此。且聽聶隱娘自述被一尼姑劫去，訓練成殺手，以及她不忍在孩子面前行刺的心理：

隱娘初被尼挈，不知行幾里。及明，至大石穴，中嵌空數十步，寂無居人。猿狖極多，松蘿益邃。尼先已有二女，亦各十歲，皆聰明婉麗，不食，能於峭壁上飛走，若捷猱登木，無有蹭失。尼與我藥一粒吃，兼令長執寶劍一口，長二尺許，鋒利，吹毛令剚。逐二女攀緣，漸覺身輕如風。一年後，刺猿狖，百無一失。二年後，刺虎豹，皆決其首而歸。三年後能飛，使刺鷹隼，無不中。劍之刃漸減五寸，飛走遇之，不知其來也。至四年，留二女守穴，挈我於都市，不知何處也。指其人者，一一數其過，曰：「為我刺其首來，無使知覺。定其膽，若飛鳥之容易也。」受以羊角匕首，刃廣三寸，遂白日刺其人於都市，人莫能見。以首入囊，返主人舍，以藥化之為水。五年，又曰：「某大僚有罪，無故害人若干。夜可入其室，決其首來。」又攜匕首入室，度其門隙，無有障礙，伏之梁上。至瞑，持得其首而歸。尼大怒曰：「何太晚如是？」某云：「見前人戲弄一兒，可愛，未忍便下手。」尼叱曰：「已後遇此輩，先斷其所愛，然後決之。」

裴鉶也有令人難解的作品，如〈裴航〉。落第秀才裴航不顧一切地追求所愛，也不管對象由姐姐換成了妹妹，痴心到連朋友也不認識，被稱作狂人。後來他終於得償所願，卻不去享受愛情生活，而是去修仙。〈封陟傳〉寫的是孝廉封陟的讀經生活，「探義而星歸腐草，閱經而月墜幽窗」，充滿了詩情畫意和由衷的讚美。此時有仙女前來眷顧，本是好事，但封陟決意一心讀經也無可厚非，不過結局卻是對他的無情嘲弄。這種矛盾的現象，在牛僧孺的小說中也很常見，原因當與二人好道有關，反映的是道教本身的矛盾。

像〈金剛仙〉、〈周邯〉和〈江叟〉那樣的篇什，內容毫無意義，就是

寫來好看的。〈金剛仙〉裡有一場蛛蛇大戰，甚為可觀。〈周邯〉中的夷人水精與金龍之戰，也很是驚心動魄。還有〈江叟〉中的大槐樹精。〈韋自東〉中殺夜叉斬妖魔的故事同樣離奇，且安排了一個出人意料的結局。

〈孫恪〉為猿精版的〈申屠澄〉，可笑的是孫恪的表兄張閒雲，說了無數有關陰陽人鬼的道理，最終仍無能為力。真正獨立並能夠掌握命運，自由不羈地追求理想的，竟然是一個猿精。〈馬拯〉中為虎作倀的倀鬼，本是為虎所食之人的鬼魂，為虎所用而不自知，真可謂奉獻了肉體，又賠上了靈魂。〈趙合〉裡的冤魂和英魂的傾訴，說明不彰功績，不恤無辜，災禍至矣。

〈陳鸞鳳〉中海康大旱，壯士陳鸞鳳對仍在廟中享受祭祀的雷公不滿，大怒道：「我之鄉，乃雷鄉也。為神不福，況受人奠酹如斯。稼穡既焦，陂池已涸，牲牢饗盡，焉用廟為！」便將雷神廟付之一炬，又大膽斬斷了雷公的左腿，使得家鄉降下甘霖。後來，每到海康遇旱，就由陳鸞鳳持刀去威逼雷公下雨，每次都能如願。老年的陳鸞鳳回憶說：

少壯之時，心如鐵石，鬼神雷電，視之若無當者。願殺一身，請甦萬姓，即上玄焉能使雷鬼敢騁其凶膽也？

文藝小說

晚唐小說豐饒，還有專門的文藝小說集，如《雲溪友議》、《本事記》等，述詩歌本事，為詩話的前身。唐詩聞名全球，可有關唐朝詩人的風貌和唐詩的幽奧，卻要到唐人的小說裡去尋找。《雲溪友議》的作家范攄，會稽吳人，寓居若耶溪，自號五雲溪人、雲溪子。少游中原、江南，後遊巫峽。僖宗乾符六年（西元八七九年）客於湖州霅川。范攄終身都是布衣，沒做過官。在《雲溪友議》序中，他把自己的經歷、交遊和寫作的方式與主題，都交代清楚了：

近代何自然續《笑林》，劉夢得撰《嘉話錄》，或偶為編次，論者稱

美。余少游秦、吳、楚、宋，有名山水者，無不馳駕躑躅，遂興長往之跡。每逢寒素之士，作清苦之吟，或樽酒和酬，稍躕於遠思矣。諺云：街談巷議，倏有裨於王化。野老之言，聖人採擇。孔子聚萬國風謠，以成其《春秋》也。江海不卻細流，故能為之大。據昔籍眾多，因所聞記，雖未近於丘墳，豈可昭於雅量？或以篇翰嘲諧謔，率爾成文，亦非盡取華麗，因事錄焉，是曰《雲溪友議》。儻論交會友，庶希於一述乎！

這本很文藝的小說集，共收錄小說六十五篇，應該沒有散佚過，結構完整，風格統一。因是布衣，又是詩人，范攄所述開元後詩歌本事不僅遍及朝野，尤其深入民間，既能夠展現唐代詩人的風貌，又深諳詩歌創作的幽奧，盡顯唐人小說之長。

唐詩與唐傳奇的共同之處，是創新。在〈苧蘿遇〉中，一個名叫郭凝素的東施效顰者，日夕模仿王軒長吟題詩，想要西施現身，不但不能如願，還被人嘲笑。不是原創，神蹟是不會顯現的。

〈巫灘詠〉裡的白居易也因不能出新，便沒有應秭歸詩人繁知一的盛情留下詩作。樂天解釋說，大詩人劉禹錫做了三年的夔州刺史，也不敢在巫峽題詩一首，離任前還把寫在神女祠牆上的上千首詩都鏟掉了，只留下四首而已。這四首巫山詩是千古絕唱，我們一起誦讀一下就行了，不要讓我媚俗寫個到此一遊吧。繁知一想要白居易題詩的做法，是在神女祠刷白了的牆上用大字寫邀請詩一首，可見唐代詩事的張揚。李德裕也寫過一首巫山詩，後來被段成式詰嘲，便恥於將它收到文集裡了。唐人求真，哪怕是在飄逸的詩句裡。

詩歌是唐人的生活方式，在朋友之間，如白居易致元稹的信中說：「與足下小通，則以詩相戒。小窮，則以詩相勉。索居，則以詩相慰。同處，則以詩相娛。」〈魯公明〉寫的是妻子嫌棄丈夫，丈夫以詩相送。〈真詩解〉、〈毗陵出〉寫的是妻子以詩感動了負心的丈夫，使之回心轉意。〈窺衣幃〉中的元載與妻子王氏，也是靠詩歌傳情達意的。

這類小說以〈三鄉略〉最為動人，說的是范攄的同鄉，一位無名女詩

人留下的一首詩並序。在詩序中，她自述了在江南家鄉度過的快樂的少女時光，及婚後隨丈夫由江南來到首都長安，寓居在大慈恩寺與楚國寺間的幽翠之地所享受到的美好風月。不料丈夫去世，她只得途經往昔一路的歡笑綢繆之處，獨自傷心絕望地慟哭著返回故鄉。「揖嘉祥之清流」一句，不僅表現了古人對山水的敬重態度，還說明當時從長安到江南，出陝境後要一路向東，在山東嘉祥乘運河之船南下：

雲溪子素聞「三鄉」之詠，悵然未明其所自也。泊得吳郡陸君貞洞，或紀其年代而不知者矣。用序乎，然群書有無名氏，樂府集無名詩。今簡陸君之意，詩序亦云姓字隱而不書。夫序者，述作之本意，編其舊序，是詩繼和者，多不能遍錄，略舉十餘篇以次之。

無名序曰：「余本若耶溪東，與同志者二三，紉蘭佩蕙，每貪幽閑之境，玩花光於松月之亭，竟晝綿宵，往往忘倦。泊乎初笄，至於五換星霜矣。自後不得已，從良人西入函關，寓居晉昌里第。其居也，門絕囂塵，花木叢翠。東西鄰二佛宮，皆上國勝遊之最。何其閒寂，因遊覽焉，亦不辜一時之風月也。不意良人已矣，邈然無依。帝里芳春，弔影東邁。涉滻水，曆渭川，背終南，陟太華，經虢略，抵陝郊，揖嘉祥之清流，面女幾之蒼翠。凡經過之所，皆曩昔燕笑之地，綢繆之所。唧冤加嘆，舉目魂銷。雖殘骸尚存，而精爽都失。假使潘岳復生，無以悼其幽思也。遂命筆聊題，終不能滌其懷抱，絕筆慟哭而去。以翰墨非婦人女子之事，名字是故隱而不書。時會昌壬戌仲春十九日。」又賦詩曰：

昔逐良人西入關，良人身歿妾空還。

謝娘衛女不相待，為雨為雲過此山。

此詩之後，還收錄了十一首士人的和詩。儘管該女子因翰墨非婦人事而未署名，但有性情的唐人無論宮女還是娼伶，都留下了自己的詩篇，並成就了像薛濤那樣的女詩人。

在皇帝的工作中，詩文也是很常用的。〈名儒對〉裡的唐武宗還生造了兩個字，考驗名儒是否會自作聰明、望文生義。〈賢君鑑〉裡的唐宣宗

則更是內行，以詩文中的重用字來判斷進士的水準。〈和戎諷〉中的唐憲宗在與大臣討論北戎侵犯邊境時，也能隨口背誦詠史詩商議是戰是和。官員們同樣如此。連騙子的詩都寫得很霸氣，在〈羨門遠〉中，有道士黃山隱入王公之門，傲然賦詩道：

積塵為泰山，掬水成東海。

富貴有時乖，希夷無日改。

絳節出崆峒，霓衣發光彩。

古者有七賢，六個今何在？

黃山隱自稱乃當世僅存的仙賢，後得財現形，又謙遜地脫去了道袍，謙恭之至。

《雲溪友議》乃志人紀實之作，但採用的是傳奇筆法，有的傳奇作家如房千里等也被傳奇。後人包括魯迅熱議過的〈南海非〉，據說為房氏名作〈楊娼傳〉的本事，就來自《雲溪友議》。杜甫也出現過兩次，一次是與嚴武口角，當為傳說；二是安史之亂後，他與李龜年在流浪途中的傷感相遇，以及二人留下的千古名作。

詩吟至真，往往一語成讖，〈餞歌序〉寫的就是那樣的事。而表現唐人性情的篇什，如愛己所愛不奪人之愛，並成全他人之愛的〈襄陽傑〉；憐惜甚而釋放了有才情個性之死囚重犯的〈舞娥異〉；包括前文所引的〈三鄉略〉，與最傑出的唐傳奇名作相較也不遑多讓。在《雲溪友議》中，還有諸多人物性格更為矛盾、複雜的作品，當是出於紀實因事而錄的考慮，注重真實吧。

唐人愛詩，在〈辭雍氏〉中，與張祜齊名的吳楚狂生崔涯，每題詩倡肆必誦於衢路，就是說他在妓館裡為某位歌妓寫一首詩，大街上的人都會爭相傳誦。他讚美一個歌妓，那歌妓的客人就車馬相繼，他貶損一個歌妓，那歌妓便門庭冷落。不料他的老丈人像他一樣有個性，乾脆令女兒出家為尼，崔涯哭著去悔過懇求也沒有用，只得寫詩痛別妻子。

〈題紅怨〉中的顧況，則對唐明皇冷宮中的萬千宮妃滿懷同情，得知

有宮娥題詩的樹葉隨溝渠流出宮外，便依韻而和之，由此解救了不少宮女。舍人盧渥也撿到一片詩葉珍藏，多年後他在范陽任職，竟奇蹟般地得到了那位被退的作詩宮女。我們當然得讀讀那些寫在樹葉上的詩作了：

明皇代，以楊妃、虢國寵盛，宮娥皆衰悴，不備掖庭。常書落葉，隨御溝水而流云：

舊寵悲秋扇，新恩寄早春。

聊題一片葉，將寄接流人。

顧況著作，聞而和之。既達宸聰，遣出禁內者不少。或有五使之號焉。和曰：

愁見鶯啼柳絮飛，上陽宮女斷腸時。

君恩不禁東流水，葉上題詩寄與誰？

盧渥舍人應舉之歲，偶臨御溝，見一紅葉，命僕搴來。葉上乃有一絕句，置於巾箱，或呈於同志。及宣宗既省宮人，初下詔，許從百官司吏，獨不許貢舉人。渥後亦一任范陽，獲其退宮人，睹紅葉而籲怨久之，曰：「當時偶題隨流，不謂郎君收藏巾篋。」驗其書，無不訝焉。詩曰：

水流何太急，深宮盡日閒。

殷勤謝紅葉，好去到人間。

在〈李右座〉中，我們還能看到一位胡人舉子的詩句，他名叫尉遲匡，應該是個漢化了的胡人，因頻年不第投書李林甫。他信中所附詩作，帶有塞上民歌的特點，意境奇異，別有韻味。如這樣的句子：

夜夜月為青塚鏡，

年年雪作黑山花。

執料權等人主、嫉賢妒能的李林甫有種族歧視，說尉遲匡作這樣的夷蠻詩，必然會背叛朝廷、分裂國家，嚇得人家只能退歸鄉野。

還有一種精彩的唐詩是底層人寫的，范攄這樣的布衣詩人很欣賞。〈祝墳應〉中的補鍋匠胡令能家貧，但性格落拓不羈。他崇拜列子，在補

鍋鍋碗洗銅鏡之餘，有點好的果子、茶葉和美酒，就拿去供奉列子的祠廟。他的誠心打動了神靈，在夢中藏書其心腑。此後，滿腹經綸的胡令能並未拋棄自己的賤業，仍以補鍋為樂，兼帶與慕名來訪的官宦名流唱和詩歌。如這首〈小兒垂釣〉：

蓬頭稚子學垂綸，側坐莓苔草映身。

路人借問遙招手，怕得魚驚不應人。

「側坐莓苔草映身」一句，除了補鍋匠胡令能，誰人寫得出來？

〈郭僕奇〉寫的是一位名叫捧劍的蒼頭詩人，他的詩不算太好，但他說的話做的事卻很驚人。捧劍是咸陽一郭姓富豪人家的奴僕，沒學過音律，卻總在眺望遠方的雲水，為此耽誤了工作常被鞭打。一天，他居然題詩一首，令主人大怒。不過眾儒生見到了，都說符合音律，主人才稍加寬容。誰知捧劍認為，世界那麼大，我要去走一走。他曾私下對主人的賓客說：「我寧願做自由的夷狄，也不願做愚俗的奴僕。」一天拂曉，捧劍逃走了，應該是去往青海的大草原吧。那裡的吐蕃人其實是藏化了的羌人，崇尚自由，沒有奴隸和賤民。他留詩一首給鞭打過自己的郭姓主人，意思是拜拜：

咸陽郭氏者，殷富之室也，僕媵甚眾。其間有一蒼頭，名曰捧劍，不事音樂，常以望水眺雲，不遵驅策。每遭鞭捶，終所見違。一旦，忽題一篇章，其主益怒。詩曰：「青鳥銜葡萄，飛上金井欄。美人恐驚去，不敢捲簾看。」儒士聞而競觀之，以為協律之詞。其主稍容焉。又〈題後堂牡丹花〉曰：「一種芳菲出後庭，卻輸桃李得佳名。誰能為向夫人說，從此移根近太清。」捧劍私啟賓客曰：「願做夷狄之鬼，恥為愚俗蒼頭。」其後將竄，復留詩曰：

珍重郭四郎，臨行不得別。

曉漏動離心，輕車冒殘雪。

欲出主人門，零涕暗嗚咽。

萬里隔關山，一心思漢月。

孟啟的《本事詩》跟范攄的《雲溪友議》一樣，寫的也是唐詩本事，二人都經歷過僖宗朝，成書的年代也差不多。《雲溪友議》多因事而錄，以紀實為主，《本事詩》雖亦言俗鄙非實不取，可演義的內容更多。如顧況和紅葉詩，范攄的〈題紅怨〉只描述了原詩與和詩，孟啟的〈顧況在洛〉則寫到顧詩又流入宮內，並得到了回應。孟啟作《本事詩》的意圖，是發唐詩的情感之幽，臆斷、演義在所難免，重在表現唐人的性情。

　　記得一九八〇年代聽楊敏如教授講唐詩，說到安史之亂後的唐玄宗登勤政樓，聞李嶠詩「山川滿目淚沾衣，富貴榮華能幾時」落淚，嘆「李嶠真才子也」。這段故事便出自《本事詩》。

　　楊敏如教授與葉嘉瑩教授是燕京大學的同學，同師顧隨。一九八四年春，嘉瑩教授和敏如教授連袂為我們講唐詩、宋詞。敏如教授強調的是主題，嘉瑩教授強調的是形式。後來的事實證明，強調形式的嘉瑩教授給人的影響，要比強調主題的敏如教授大得多。沒有形式的自覺，便沒有真正的文學。

　　說嘉瑩教授重形式，可能有人不同意，因為確實不夠典型。但如果在三十多年前，你聽過嘉瑩教授的唐詩課，就不會忘記她講李白和杜甫的一句話：「李白是一片雲，飄逸；杜甫是一座山，深沉。」

　　《本事詩》裡有許堯佐〈柳氏傳〉的另一個版本〈韓翃〉，應該是孟啟改寫的，因為〈柳氏傳〉確實是一個很好的詩本事故事。《本事詩》所記不多的六朝事〈徐德言之妻〉，就與〈韓翃〉的主旨相仿：成人之美，成全別人的感情。但這種讓姬讓妾的成全，要在唐代才是美事，只有唐人才認為奪人之愛是不道德的（〈喬知之〉、〈寧王憲〉和〈戎昱〉的主題也是如此），後世的觀念便大為不同甚或完全相反了。不過〈寧王憲〉中的詩人王維那般膽大而不顧權勢，卻不像他的性格。

　　在〈朱滔括兵〉中，發現有入伍的士子擅詩而不習於兵，朱滔便乾脆將其放還。〈頒賜邊軍纊衣〉，寫的是意氣風發時期的唐玄宗為了鼓舞士氣，將會作詩的宮女嫁給了戍邊的士卒。〈李太白〉對李白、杜甫性情與

詩作的把握，都很生動、準確。而〈崔護〉一題，則很可能是為他的詩歌編寫出來的廣告故事，因為太巧合、太離奇，便不大可能是真實的。

宇文所安在《盛唐詩》裡說：「盛唐既有單獨的、統一的美學標準，又允許詩人充分自由地發揮個性才能，這在中國詩歌史上是空前絕後的。」在中國的小說史上，唐五代時期的傳奇，又何嘗不是如此呢。

驚豔絕倫

《北里志》是晚唐最傑出的志人紀實小說集，其驚豔程度堪稱前無古人後無來者。作者孫棨，字文威，號無為子，武邑（今屬河北）人。昭宗大順間（西元八九〇至八九一年）為侍御史，後官至中書舍人。乾寧中（西元八九四至八九八年）與鄭還古同在諫垣。《御史臺記》寫的是官員的日常工作。《北里志》寫的是士人登第前後的生活，且不是一般的生活，是他們狹邪經歷，即在妓院裡的風流韻事。

孫棨的序言講得明白，因為唐朝的皇帝注重科舉，故舉業興起，隨之而來的宴飲、席糾、詩詞唱和、國忌行香、寺院講席，以及踏青、祓禊、鬥雞、鬥草和打馬球等活動，都是要有歌妓陪伴才能盡興的節目。

歌妓產業興盛，以至在長安城北的平康里，出現了一片頗具規模的紅燈區，分南區、中區和靠牆區。靠牆區格調低，被南、中兩個高檔區鄙視。每區都有眾多的妓館，每個妓館都由一個假母即鴇母做老闆，歌妓有妓館收養的孤女，有從窮人家買來的女孩，也有被騙賣來的良家女。

〈海論三曲中事〉裡的長安紅燈區已經很成熟了，歌妓們要在鞭笞下經過嚴格的職業訓練，從歌舞表演、作詩作詞到樂器演奏。同門歌妓以女兄女弟相稱，皆冒用假母之姓，每月可外出三次，每次都要給假母一緡即一千文錢做發表費。處女歌妓第一次接客，客人要為之舉行模仿的婚娶，稱為權聘。

《北里志》中有名有姓的歌妓計一十九人，從她們與士子和官員的關

係，可以看出唐代的文明程度。〈天水仙哥〉寫的是一個常做席糾的歌妓，所謂席糾就是宴飲時執行酒令的人。歌妓們以兄弟相稱，天水仙哥還有個字，叫絳真。絳真是南區的歌妓，善談謔，做席糾寬嚴有度，即使相貌平平，仍很得士人好評，在贈詩中把她形容得像仙女一樣。有個剛登第的士子叫劉覃，才十六七歲，出身名門，家財豐厚，聽說絳真名氣大，連她的長相歲數都不知道，便撒錢物來追，對方越躲他越起勁。最後劉覃花費百金，才見到了蓬頭垢面、涕泗交下的絳真，忙把她打發走了，算是交了學費。

〈鄭舉舉〉中的鄭舉舉也善為席糾，她與絳真相互配合，巧談諧，有品味。一次，幾個朝官來開心，剛入內廷做了翰林學士的鄭禮臣過於興奮，一直在誇耀吹噓，搞得大家都很累。舉舉見狀就指著他說：「您話太多了，做翰林學士也要看是什麼人，像某某、某某那樣的，又怎麼能增其身價呢？」其他官員一聽，都高興地向舉舉行禮，鄭禮臣也自罰一杯，不再誇耀了。還有〈牙娘〉中牙娘那樣的尤物，常在慶賀及第的宴會上扇人耳光，或將人的臉頰抓破，也很得寵。

〈顏令賓〉中舉止風流、追求雅緻的南區歌妓顏令賓得了不治的重病，作詩說：

氣餘三五喘，花剩兩三枝。

話別一樽酒，相邀無後期。

她讓童子持詩為帖，去邀請最近登第的士子，還真來了幾位。妓館裡的人以為顏令賓要為自己籌集喪葬費，誰知她只要士子們為她寫輓詩。後來，據說與顏令賓有私情的羌笛手劉駝駝，還從輓詩中選了幾首去她的靈柩前詠唱，有四首盛傳長安，成了葬禮上流行的哀歌。

〈楚兒〉寫的則是一種施虐與受虐的關係。楚兒本是北城三區的名妓，詩寫得不錯，年歲稍長被捕賊官郭鍛納為外室，但郭氏很少去看她。寂寞的楚兒便不改舊習，常與老客人巾箋來往。郭鍛心性異常，一旦發現就將楚兒拖到大街上當眾鞭打。隔天，楚兒又若無其事地臨街窗下弄琵

琶，並傳詩客人道：

應是前生有宿冤，不期今世惡因緣。

蛾眉欲碎巨靈掌，雞肋難勝子路拳。

只擬嚇人傳鐵券，未應叫我踏金蓮。

曲江昨日君相逢，當下遭他數十鞭。

文學，是對生活的幻想，刷的就是個存在感。

〈楊妙兒〉寫的是前區（該區位置作者沒有交代，疑為後建的新區）東數第四、五家鋪面，皆為楊妙兒的妓館。楊妙兒本來也是名妓，後退為假母，她的妓館寬敞乾淨，客人甚多。這家妓館的長妓叫萊兒，人不很漂亮，年紀也不小了，但說話妙趣橫生，又把住處布置得像「好事士流之家」。她與年輕的舉子光遠詩歌唱和，相處得很好，但未能助光遠及第。萊兒敏妙，客人比其他歌妓翻倍，假母楊妙兒也不照顧她。後來萊兒被人包養，做了有錢土豪的小三，別人就再見不到她了。妓館的次妓永兒性格婉約，沒別的才能。最小的次妓桂兒長得不好，但學萊兒為人，善於逢迎。

長安城北的紅燈區也有宰人的店，〈王蓮蓮〉中的那個店便是如此，幾個微有或沒有風姿的歌妓都不是省油的燈，假母的男人假父也很兇。客人的禮數稍有不周，車服都可能被扣下，只得租驢回家拿錢來贖，該店就靠這個辦法賺錢。在〈北里不測堪戒二事〉中，還記錄了兩件離奇的妓館殺人案。

〈王蘇蘇〉裡有個叫王蘇蘇的歌妓率真有才，她所在的南區妓館寬博大氣，又有配置得當的美酒佳餚。一天，有客人在窗上題詩，自比貴族和劉晨，自我感覺過於良好：

春暮花株繞戶飛，王孫尋勝引塵衣。

洞中仙子多情態，留住劉郎不放歸。

蘇蘇看了說，誰不讓他走啊，莫亂講！於是提筆寫道：

怪得犬驚雞亂飛，贏童瘦馬老麻衣。

阿誰亂引閒人到，留住青蚨熱趕歸。

青蚨指的是銅錢。題詩的士子是個氣量不大的紅臉膛，蘇蘇幫他取了個外號，叫「熱趕郎」。

〈張住住〉中的歌妓張住住所在的另一家南區妓館卻很糟，兩個女兒又不振作，生意很差。住住年紀小，自幼與鄰居龐佛奴青梅竹馬，便乾脆與之相好。不過二人與權聘住住的客人的關係，卻較為漫長而複雜。

〈王團兒〉篇幅最長，是孫棨的自傳體小說，用的是第一人稱，寫的是他的親身經歷，在文體上是一個重大突破，象徵著作家自傳體小說的完全成熟。

王團兒的妓館是南區西面的第一家，長妓小潤的字跟杜甫一樣，叫子美。她的逸事，是有士子在她的大腿上題過詞，猜想有一雙美腿吧。次妓福娘，人長得勻稱聰明，說話風雅有致。再次為小福，雖欠風姿，但聰慧狡黠。孫棨在長安準備考試，倦悶之時便與同學相約來此放鬆，認識了二福，並贈詩福娘。福娘很滿意，讓他把詩題寫在自己房間窗左的紅牆上，沒寫滿的地方自己也題了一首，在我看來，寫得比孫棨要好。《北里志》中的歌妓作詩有個共同的底層特點，率性、真實，可謂「吟看好個語言新」。福娘本是解梁人，幼時學女紅、誦歌詩。總角之年被許聘給一個過客，那人自稱是進京赴選的官員，可到了長安，就把福娘賣到了北里。開始妓館對她很好，像家人一樣，數月後逼她學藝，之後便要她見客，這些年福娘為妓館所賺的錢不下千金。家人找到了她也沒有辦法，只得離去。與孫棨交好後，福娘向他贈詩表明心意，但孫棨拒絕了。半年後，福娘就被開作坊的土豪張言買斷包養，不見了。來年春天的上巳日，孫棨與家人在曲江邊祓禊時，遇到了福娘。福娘託小福帶給孫棨一首寫在紅巾上的詩，孫棨讀罷悵然而歸，此後再沒有去過王團兒的妓館：

王團兒，前曲自西第一家也。昨車駕返正，朝官多居此。已為假母，有女數人。長曰小潤，字子美，少時頗籍籍者。小天崔垂休，名胤，本字

似之，及第時年二十。變化年溺惑之，所費甚廣。嘗題記於小潤髀上，為山所見，名就，今字衰求，近日小求，宰臨晉。贈詩曰：「慈恩塔下親泥壁，滑膩光華玉不如。何事博陵崔四十，金陵腿上逞歐書。」垂休，本第四十，後改為四十一。即崔四十，崔相也。次曰福娘，字宜之，甚明白，豐約合度，談論風雅，且有體裁。故天官崔知止侍郎嘗於筵上與詩曰：名澹，贈詩方在內廷。「怪得清風送異香，娉婷仙子曳霓裳。唯應錯認偷桃客，曼倩曾為漢侍郎。」時為內廷戶部侍郎。次曰小福，字能之，雖乏風姿，亦甚慧黠。

予在京師，與群從少年習業，或倦悶時，同詣此處，與二福環坐，清談雅飲，尤見風態。予嘗贈宜之詩曰：「彩翠仙衣紅玉膚，輕盈年在破瓜初。霞杯醉勸劉郎飲，雲髻慵邀阿母梳。不怕寒侵緣帶寶，每憂風舉倩持裾。謾圖西子晨妝樣，西子元來未得如。」得詩甚多，頗以此詩為稱愜，持詩於窗左紅牆，請予題之。及題畢，以未滿壁，請更作一兩篇，且見戒無豔。予因題三絕句，如其自述。（詩略）尚校數行未滿，翼日詣之，忽見自札後宜之題詩曰：「苦把文章邀勸人，吟看好個語言新。雖然不及相如賦，也直黃金一二斤。」

宜之每宴洽之際，常慘然悲鬱，如不勝任，合坐為之改容，久而不已。靜詢之，答曰：「此蹤跡安可迷而不返耶？又何計以返？每思之，不能不悲也。」遂嗚咽久之。他日忽以紅箋授予，泣且拜。視之，詩曰：「日日悲傷未有圖，懶將心事話凡夫。非同覆水應收得，只問仙郎有意無？」余因謝之曰：「甚知幽旨，但非舉子所宜，何如？」又泣曰：「某幸未繫教坊籍，君子倘有意，一二百金之費爾。」未及答，因授予筆，請和其詩。予題其箋後曰：「韶妙如何有遠圖，未能相為信非夫。泥中蓮子雖無染，移入家園未得無。」覽之，因泣不復言，自是情意頓薄。其夏，予東之洛，或釀飲於家，酒酣，數相囑曰：「此歡不知可繼否？」因泣下。

泊冬初還京，果為豪者主之，不可復見。曲中諸子，多為富豪輩，日輸一緡於母，謂之「買斷」。但未免官使，不復祗接於客。至春上巳日，因與親知禊於曲水，聞鄰棚絲竹，因而視之。西座一紫衣，東座一縹麻，

北座者皆遍麻衣，對米盂為糾，其南二妓，乃宜之與母也。因於棚後候其女傭以詢之。曰：「宜陽彩纈鋪張言為街使郎官置宴，張即宜之所主也。」時街使令坤為敬瑄，二纈蓋在外覬爾。及下棚，復見女傭，曰：「來日可到曲中否？」詰旦詣其裡，見能之在門，因邀下馬。予辭以他事，立乘與語。能之團紅巾擲予曰：「宜之詩也。」舒而題詩曰：「久賦恩情欲託身，已將心事再三陳。泥蓮既沒移栽分，今日分離莫恨人。」予覽之，悵然馳回，且不復及其門。

每念是人之慧性，可喜也。常語予：「本解梁人也，家與一樂工鄰，少小常依其家學針線，誦歌詩。總角為人所誤，聘一過客，云入京赴調選。及挈至京，置之於是，客紿而去。初是家以親情接待甚至，累月後，乃逼令學歌令，漸遣見賓客。尋為計巡遼所嬖，韋宙相國子及衛增常侍子所娶，輸此家不啻千金矣。間者亦有兄弟相尋，便欲論奪。某量其兄力輕勢弱，不可奪，無奈何，謂之曰：『某亦失身矣，必恐徒為。』因尤其家，得數百金與兄，乃慟哭永訣而去。」每遇賓客，話及此，嗚咽久之。

在〈劉泰娘〉中，孫棨還為一位名叫劉泰娘的歌妓題過詩，為她做了一次成功的廣告：

劉泰娘，北曲內小家女也。彼曲素無高遠者，人不知之。亂離之春，忽於慈恩寺前，見曲中諸妓同赴曲江宴。至寺側下車而行，年齒甚妙，粗有容色。時遊者甚眾，爭往詰之。以居非其所，久乃低眉。及細詢之，云：「門前一檺樹子。」尋遇暮雨，諸妓分散。其暮，予有事北去，因過其門，恰遇犢車返矣，遂題其舍曰：

尋常凡木最輕檺，今日尋檺桂不如。

漢高新破咸陽後，英俊奔波遂吃虛。

同遊人聞之，詰朝詣之者，結駟於門矣。

朋友談及唐朝的狹邪文化，說：「這番大度才是周邊國家的嚮往之處。」又說：「民國初年都還有這等風貌。」另一朋友則說：「此間人文、情理最是可講，打開來了，是真人間社會！」不過，從《北里志》中的妓

女可為鴇母，可為捕快、胥吏和商人之妾，卻沒有士人、官員收納的情況來看，晚唐的士人、官員已受禮法約束。

說唐代的文化是多元化、國際化的，這就出現了一位留學生作家，他寫的傳奇也與唐朝的狹邪文化有關。這位外籍作家名叫崔致遠（西元八五七至？年），字海夫，號孤雲，新羅國湖南沃溝（今韓國全羅北道）人，一說是王京（今韓國慶州）沙梁部人。懿宗咸通九年（西元八六八年），十二歲的崔致遠奉父命渡海求學大唐。僖宗乾符元年（西元八七四年）進士及第後，獲委溧水縣尉，又入淮南節度使、諸道行營兵馬都統高駢揚州幕，任館驛巡官、都統巡官等職。

僖宗中和四年（西元八八四年），新羅國使持崔家家信迎致遠回國，在新羅歷任多職。崔致遠將其在高駢幕府四年間所著詩文輯成《桂苑筆耕錄》二十卷，是為朝鮮半島有史以來的第一部個人詩文集。崔致遠的小說〈雙女墳記〉同樣寫於旅唐期間，在韓國仍有全本流行，中國所存者為節文。崔致遠卒後，新羅亦亡，後獲高麗顯宗贈諡文昌侯。

崔致遠在高駢幕府任職時，同事之一就是大小說家裴鉶，另一位同事高彥休也是小說家。回國後，崔致遠還編撰了一部小說集《新羅殊異傳》，〈雙女墳記〉即收錄其中。該文模仿的是張鷟的〈遊仙窟〉，插入了不少詩歌，寫的是自己與二女鬼的豔遇故事，顯然出自其狹邪經歷。

從〈雙女墳記〉的結尾，還可看出崔致遠新羅人的特點。才經過「狂心已亂不知羞，芳意試看相許否」；「面熟自緣心似火，臉紅寧假醉如泥」的情慾燃燒，他便開始勵志了：

大丈夫，大丈夫，壯氣須除兒女恨，莫將心事戀妖狐。

這不禁讓人想起郁達夫留學日本時所作的短篇小說〈沉淪〉，也是將勵志與對性的壓抑聯繫在了一起：

罷了罷了，我再也不愛女人了，我再也不愛女人了。我就愛我的祖國，我就把我的祖國當作了情人吧。

迷樓之謎

隋煬帝也許是中國歷代帝王中最有想像力、也最不著邊際的一個，應該是不著邊際的權力，刺激了他不著邊際的想像力吧，最終竟成為欲望的象徵。

隋煬帝三記，即〈海山記〉、〈開河記〉、〈迷樓記〉，從行文避諱上看，應出自唐末，而非魯迅所說的宋代。作者闕名，使用的是傳奇筆調，其中的〈迷樓記〉，講述了一個男性如何以至高無上的權力，來實現他欲望永恆的迷夢。

美國漢學家宇文所安，以隋煬帝的迷樓來論述「詩與欲望的迷宮」，認為在迷樓中人不知身在何處，每個房間都可能帶來不同的驚喜，跟閱讀詩歌給人的感受相仿，同時也很像迷宮。但西方的迷宮是為了走出去，隋煬帝則想永遠迷失在迷樓之中。以下是〈迷樓記〉的開篇：

煬帝晚年，尤深迷女色。他日，顧謂近侍曰：「人主享天下之富，亦欲極當年之樂，自快其意。今天下安富，外內無事，此吾得以遂其樂也。今宮殿雖壯麗顯敞，苦無曲房小室，幽軒短檻。若得此，則吾期老於其中也。」

近侍高昌奏曰：「臣有友項升，浙人也，自言能構宮室。」帝翌日召而問之。項升曰：「臣先乞奏圖本。」後數日進圖。帝覽大悅，即日詔有司，供其材木。凡役夫數萬，經歲而成。

樓閣高下，軒窗掩映。幽戶曲室，玉欄朱楯，互相連屬，迴環四合，曲屋自通。千門萬牖，上下金碧。金虯伏於棟下，玉獸蹲於戶傍，壁砌生光，瑣窗射日。工巧之極，自古無有也。費用金玉，帑庫為之一虛。人誤入者，雖終日不能出。

帝幸之大喜，顧左右曰：「使真仙遊其中，亦當自迷也。可目之曰迷樓。」詔以五品官賜項升，仍給內庫帛千疋賞之。詔選後宮良家女數千，以居樓中。每一幸，有經月而不出。

的確，這種他人只能想像的事，隋煬帝卻能利用自己掌握的無上權力，在現實中實現。正如在〈海山記〉和〈開河記〉中，他建西苑十六院、鑿五湖、北海用來享受，同時征遼東、開運河、修長城，一切看上去都是那麼的氣壯山河、隨心所欲、如夢似幻。

接著馬上讓人大跌眼鏡，這個流連迷樓的人，竟然連登樓、性愛的體力都失去了，要乘「任意車」和「御童女車」，讓自己不費氣力便能升樓閣如平地，並能在車中自動御女，哪裡還有什麼探險尋奇的意趣呢？

這個沉湎性交、體力透支、荒淫無度的人，還不解地問近侍說：「朕憶初登極日，多辛苦，無睡，得婦人枕而藉之，方能合目。才似夢，則又覺。今睡則冥冥不知返，近女色則憊，何也？」一個以自宮方式成為太監，捨身來為隋煬帝服務的忠君者對他說：「夫以有限之體，而投無盡之欲，臣固知其竭也。」並建議煬帝知足常樂，享受太平，過健康禁慾的生活。隋煬帝從其所諫，在淨室裡待了兩天便憤然而出道：「安能悒悒居此乎！若此，雖壽千萬歲，將安用也？」就又入迷樓中去了。

有個侯夫人不得進迷樓，竟然寫了三首詩自殺了。此事不知觸碰到了隋煬帝哪條麻木的神經，他將為其選女的中史賜死，又親自挑了上百名宮女入樓。迷樓中的隋煬帝其實什麼也不是，也談不上什麼欲望和夢想，就是條疲軟的性器官而已。直到唐兵入京，李世民見到迷樓說，「此皆民膏血所為也」，一把火把它給燒了。

唐韻

唐朝就要結束了，但唐末小說家康軿仍舊寫得很從容。康軿，一作康駢，字駕言，池州（今安徽池州）人。僖宗乾符五年（西元八七八年）登第，六年任崇文館校書郎。廣明間，黃巢寇亂，康軿回家鄉耕讀寫作了近二十年。昭宗乾寧二年（西元八九五年），他編撰「史官殘事」的結果，是寫出了傳奇集《劇談錄》，其中所記之史料存疑，創作的小說卻很可觀。

在康軿眼裡，什麼才是唐朝最重要的價值呢？

〈元相國〉寫的是宰相元稹想與詩人李賀結交，李賀卻說，一個以明經及第的人，來找我做什麼呢。唐朝的科舉以進士和明經二科為主，明經科考的主要是記憶力和所讀經書，進士科考的主要是詩賦創作，元稹是以明經及第的。這個故事只是傳說，但強調的是天才、個性和創造力。

晚唐文化的精緻，還造就了〈洛中豪貴〉裡的貴族美食家。東都洛陽的貴族子弟物用優足，錦衣玉食，極口腹之欲。有李使君任滿歸來，想招待一下他們，感謝各豪貴家庭對自己的支持。熟悉貴族子弟的僧人聖剛師說，這些跟他學過經的年輕人可不好招待，食不厭精，嘴太刁，且要用炭炊，不能用柴火。李使君以為無非是弄點難得的食材，山珍海味之類，只要不是象脂麋臉，辦個精緻乾淨的小型宴會不成問題，炭炊就更簡單了。等李家做好了筵席，請來就坐的貴族子弟卻個個矜持冷淡，如冰似玉。一盤盤珍饈佳餚端上桌來，他們居然不動筷子。經主人再三懇求，才吃了點果盤。最後呈上湯菜，終於都賞臉嘗了一勺。可喝完他們竟然面面相覷地對視良久，不僅一言不發，看臉上痛苦的表情，倒像喝到了苦茶、嚥下了木渣。李使君不明緣由，只道是自家的飯菜沒有做好，忙請聖剛師去打聽一下。聖剛師一問，才知道並非李家的筵席不夠豐盛乾淨，而是他們連什麼叫炭炊都沒搞清楚。炭炊得先煉炭，待炭燃燒一陣，去掉煙氣後才能烹調，否則所烹之食便有煙火的味道了：

乾符中，洛中有豪貴子弟，承籍勳蔭，物用優足，恣陳錦衣玉食，不以充詘為戒，飲饌華鮮，極口腹之欲。有李使君出牧罷歸，居止亦在東洛，深感其家恩舊，欲召諸子從容。有敬愛寺僧聖剛者，常所來往，李因以具宴為說。僧曰：「某與之門徒久矣，每見其飲食，窮極水陸滋味，常饌必以炭炊，往往不愜其意。此乃驕逸成性，使君召之可乎？」李曰：「若求象白、猩唇，恐不可致，止於精潔修辦小筵，未為難事。」

於是廣求珍異，俾妻孥親為調鼎，備陳綺席雕盤，選日為請。弟兄列坐，矜持儼若冰玉，肴羞每至，曾不下筋。主人揖之再三，唯露果實而已。及至水餐，俱致一匙於口，然相盼良久，咸若飱荼食藥。李莫究其

由，以失飪為謝。明日，復睹聖剛，備述諸子情貌。僧曰：「某前所說豈謬哉！」而因造其門，以問之曰：「李使君特備一筵，庖膳間可謂豐潔，何不略領其意？」諸子曰：「燔炙煎和，未得其法。」僧曰：「他物縱不可食，炭炊之飯，又嫌何事？」復曰：「上人未知，凡以炭炊飯，先燒令熟，謂之『煉炭』，方可入爨。不然，猶有煙氣。李使君宅炭不經煉，是以難於餐啖。」僧撫掌大笑曰：「此非貧道所知也。」

《劇談錄》以〈元相國〉結束，總結價值，以〈宣宗〉開篇，說明問題。這也是所有中國皇朝的問題，國家太大，用大一統的辦法明君也無法治理得好，皇帝永遠找不到完全赤膽忠心的大臣。規則的缺乏，價值的相對，使人無從準確判斷。

說康軿寫得從容，是《劇談錄》裡好看的小說不少。在〈袁滋〉中，善於推理的袁滋令人信服地判斷出了金子並非宰邑所盜，但那一甕變成土塊的馬蹄金確實被人調包了，或者原本就是土塊。〈郭鄩〉中的郭鄩縣尉任滿後，被兩個調皮的倒楣鬼給纏上了，久不得調，窮愁潦倒，為親友嫌棄。一個人倒楣與否，看看他的模樣、聞聞他的氣味就知道了。

〈狄唯謙〉中的晉陽縣令狄唯謙，兩次請女巫郭天師祈雨不成還被其辱罵，便乾脆下令將女巫杖殺，倒迎來了一場豪雨並受到嘉獎。〈田膨郎〉寫的是皇帝玉枕被盜的奇案，如紅線、聶隱娘一般武功高強的飛盜、俠客又出現了，那是一場高手之間的巔峰對決。

〈宰相〉寫的是乾符年間社會動盪兵寇互興，宰相使人上街布施難民，被人指責為不務正業。其實，正因為大廈將傾毫無辦法了，無能為力的宰相才會想到要安慰一下自己的良心。難怪在〈鳳翔府〉中，黃巢攻陷長安時，近京藩鎮竟悉無兵備。

李隱十卷本的《大唐奇事記》，僅剩佚文十一篇。〈擒惡將軍〉寫民婦趙氏與人野合生子，其子成年後自稱游察使者神子，任擒惡將軍，報過母恩之後即如風雨而去。〈李義母〉寫一犬怪冒充李義亡母，使其母墳塋不得祭祀。

關名的《玉泉子》有佚文四十三篇，較短小。〈溫庭筠〉言少年溫庭筠游江淮，受姚勖資助甚多。庭筠年少，將所得錢帛多拿去嫖妓。姚勖得知大怒，笞打庭筠並將其逐出，導致他終身不第。〈裴氏〉言李福妻裴氏性妒，姬侍甚多也不得接近。後有人又獻一女，李福趁妻子洗頭，以腹痛為由想去幽會。孰料裴氏跣足趕來，以藥投童尿，讓撒謊的李福喝了個夠。

唐末的單篇還有闕名的〈余媚娘敘錄〉，寫一再嫁才女媚娘與新夫有約，其夫也誓不再娶，二人生活和諧。後來丈夫背約又納名妓，媚娘便將丈夫的新寵殺死、碎屍，自己也領受了極刑。媚娘怎麼不去殺負約的丈夫呢？

一個不完全統計

讓我們回過頭來看看唐傳奇的主角，即唐代的作家通常會以什麼樣的人物作為自己小說的主要描寫對象，有代表性的都是些什麼人？要不是人的話，又會是些什麼？當然，做這樣的統計本該囊括所有現存的唐人小說，可那樣工作量太大，我便以我認為最具創意、或後世認為最有影響的篇目為例，有專集的作家選兩篇，單篇作家選一篇（沈既濟、李公佐例外，也選了兩篇）。這種方式的缺陷顯而易見，但我的用意不在於統計的精確，而在於看走向，看唐傳奇為我們開闢了怎樣一個新異、廣闊而又神奇的世界。

王度的〈古鏡記〉寫的甚至不是鬼神，而是一面有神性的鏡子。〈補江總白猿傳〉寫的也不是人，而是一個好色的魔。句道興的〈梁元皓段子京〉，寫的是兩位同性戀官員的生死戀；〈田崑崙〉中的小仙女，實則是一個被挾持的底層婦女。唐臨的〈釋信行〉，寫的是一位疑似私生子出身的高僧大德；〈釋道英〉寫的是一位注重真實、不拘小節的智慧禪師。張鷟的〈稠禪師〉，寫的是以神力令帝王跪拜的大力士禪師；〈遊仙窟〉虛構的則是自己的豔遇經歷。唐暄的《唐暄手記》主角也是自己。鮮卑族作家竇

維堯的〈惠炤師〉寫的是瘋癲僧；〈阿專師〉寫的是浪蕩僧。牛肅的〈裴伷先〉和〈吳保安〉，寫的是兩個有非常經歷的士人。沈既濟〈任氏傳〉中的任氏應出自娼門；〈枕中記〉的主角也是士人，他們是中國古代歷史的主角之一。戴孚的〈阿胡〉是他眾多狐精小說中的一篇，寫的是位與眾不同的狐精；〈李霸〉的主角是個死後仍在發號施令的縣令。沈氏的〈韋老師〉寫的是一位流浪的老道士和他的黃狗。張薦的〈郭翰〉是士子和神女的豔遇故事；〈關司法〉中的傭婦鈕婆是位有神通的巫婆。陸長源的〈蕭穎士〉寫的是將民女誤認作狐精的名士；〈沙門信義〉裡貌似精勤守戒的寺僧裴玄智，實則是個黃金大盜。陳劭的〈趙旭〉寫的也是與神女幽會的書生；〈王垂〉寫的是女鬼。李朝威的〈洞庭靈姻傳〉寫的是與洞庭神女成親的書生。許堯佐的〈柳氏傳〉寫的是婢妾出身的美女柳氏。李公佐的〈南柯太守傳〉寫的是象徵人類社會的白蟻國；〈謝小娥傳〉寫的是復仇的俠女。元稹的〈鶯鶯傳〉寫的是薄情的書生男張生和多情的民女鶯鶯。陳鴻的〈長恨歌傳〉寫的是嚴重浪費資源的帝妃戀。陳鴻祖〈東城老父傳〉的主角，也是個有著非常經歷的傳奇人物。白行簡〈李娃傳〉的主角是娼妓。薛用弱的〈王之渙〉寫的是詩人；〈李清〉寫的是一心求仙的老作坊主。蔣防的〈霍小玉傳〉寫的是被商人所負的妓女。牛僧孺的〈張老〉寫的是老少戀；〈裴諶〉寫的是官員和修仙的人，且修仙之人以巨大的物質優勢勝出。房千里〈楊娼傳〉的主角仍然是娼妓。闕名的〈薛放曾祖〉，寫的是因未接受羞辱而人間蒸發了的賦閒官員。薛漁思的〈許琛〉寫的是冥府；〈板橋三娘子〉寫的是恐怖而又滑稽的鬼怪。鄭還古的〈敬元穎〉寫的是如古鏡般具有魔力並能致人死命的水井；〈張竭忠〉裡道士們的升仙之處竟然是虎口。李玫的〈嵩岳嫁女〉寫的是先唐中國小說中的群仙；〈噴玉泉幽魂〉裡的人物影射的則是甘露四相和詩人盧仝。皇甫氏的〈車中女子〉寫的是長安的飛賊盜竊集團；〈魏生〉寫的是胡商的鬥寶會。李復言的〈楊敬貞〉寫的是以本性成仙的農婦；〈辛公平上仙〉寫的是候選官員在旅途中的奇遇。段成式的〈盜僧〉寫的是盜亦有道的強盜；〈僧智圓〉寫的是與魔鬼做交易的老僧。林登的〈萬回師〉寫的是口誦平等為所有人耕地的青年，後來成

為了唐代的名僧;〈王知遠〉中的老道士,則語重心長地勉勵唐太宗李世民要自愛。曹鄴的〈梅妃傳〉寫的是爭寵的梅、楊二妃。溫庭筠的恐怖小說〈寇鄘〉,主角是一個冤死的女鬼;〈寶乂〉寫的是一位商業天才。柳祥的〈薛夐之女〉寫的是人畜亂倫;〈瀚海神〉寫的是神鬼大戰。張讀的〈消面蟲〉寫的是落第士子與南越人的交往;〈僧惠照〉寫的是一個不死的僧人。袁郊的〈紅線傳〉寫的是一位能主宰自己命運的女俠;〈圓觀〉寫了兩個生死相守的同性戀人。陸勳的〈于凝〉寫的是一具骷髏;〈宮山僧〉寫的是一個亡命奔逃的山僧。裴鉶的〈虯髯客傳〉和〈聶隱娘〉的主角是豪俠和女俠。范攄的〈三鄉略〉和〈題紅怨〉寫的都是唐代的詩人。孫棨的〈王團兒〉、〈王蘇蘇〉寫的是歌妓和士人。新羅國來的留學生作家崔致遠的〈雙女墳記〉,模仿的是張鷟的〈遊仙窟〉。闕名的〈迷樓記〉寫的是隋煬帝和他的欲望迷宮。康軿的〈洛中豪貴〉寫的是東都洛陽的貴族美食家;〈元相國〉寫的是宰相元稹和詩人李賀。

　　七十三篇作品,涉及鬼神怪異的有五十二篇,占了大半;與士人有關的也有一半;以僧道巫為主角的十七篇,但形象不全是正面的;以娼妓狐精為主角的八篇,可以說代表了唐傳奇中最美麗、最可愛的女性;以商人為主角的四篇,都是肯定的;有關胡人的四篇,基本上也是正面的;以俠女、女俠為主角的四篇,她們是唐傳奇中最勇敢、最具獻身精神的人物;與盜賊有關的四篇,作家對他們真實的一面也是欣賞的;以自己為主角的四篇;以同性戀者為主角的兩篇,同樣是肯定甚而是讚美的。另外,還有寫市民的三篇、帝王的三篇、嬪妃的四篇、農民的四篇、詩人的五篇等。這是一個真正以人性和普世價值為主題的時代,視野自由開闊,藝術神奇高超,再加上異彩紛呈的多元文化背景,絕對是中國文學史上獨一無二的奇蹟和驕傲。

卷七　五代

回到真實

　　在上卷倒數第二節的開頭，我隨手寫下了「唐韻」二字作為標題。其實不僅是唐末，整個五代的傳奇也都迴響著大唐的韻律，仍極具創造力。本卷重點評述的四位元五代小說家，作品便完全可以和唐代的一流大家媲美。

　　《桂苑叢談》的作者嚴子休自號馮翊子，或言子休為字，不知其名。一說是梓州鹽亭縣（今屬四川綿陽）人，一說是同州馮翊郡（今陝西大荔）人，因同州為嚴氏郡望。嚴子休僖、昭、哀三朝居江淮，小說多記江淮事。《桂苑叢談》成書於唐末五代，存文十篇，有一種末世難得的清醒和不容摻雜的品味。

　　〈張綽〉言落第士子張綽嗜酒耽棋，養氣煉丹又大笑著題詩自嘲。張綽性格直率，多在酒肆飲酒。有來請他共飲的，如果人合得來，他會剪二三十隻紙蝶，吹氣讓它們在空中列隊成行，飛一陣子，再一隻隻收夾到指縫間。有人想學此技，張綽便藉故不教，以致被人拘留。真正的末世情緒或許並非是沉痛、鬱結的，因為終結也意味著解脫和新生。在〈張綽〉中，能看到的是作家對真實的領悟，以及對清靜和理想的詩性追求，當然，也伴隨著對現實的絕望與厭棄：

　　咸通初，有進士張綽者，下第後，多游江淮間。頗有道術，常養氣絕粒，嗜酒耽棋，又以爐火藥術為事。一旦，睹天大曬，命筆題其壁云：

　　爭奈金烏何，頭上飛不住。紅爐謾燒藥，玉顏安可駐？

　　今年花髮枝，明年葉落樹。不如且飲酒，莫管流年度。

　　人以此異之。不喜裝飾，多歷旗亭，而好酒杯也。或人召飲，若遂合意，則索紙剪蛺蝶三二十枚，以氣吹之，成列而飛。如此累刻，以指收之，俄皆在手。見者求之，即以他事為阻。

　　常遊鹽城，多為酒困，非類輩欲乘酒試之，相競較力。邑令偶見，留系是邑中。醒乃述課，得〈陳情〉二首以上狄令，乃立釋之。詩所紀唯一篇，云：

門風常有蕙蘭馨，鼎族家傳霸國名。

容貌靜懸秋月彩，文章高振海濤聲。

訟堂無復調琴軫，郡閣何妨醉玉舡。

今日東漸橋下水，一條從此鎮長清。

自後狄宰多張之才，次求其道，日久延接，欲傳其術。張以明府勳貴家流，年少而宰劇邑，多聲色犬馬之求，未暇志味玄奧，因贈詩以開其意，云：

何用梯媒向外求？長生只在內中修。

莫言大道人難得，自是行心不到頭。

他日將欲離去，乃書琴堂而別。後人多云江南上升。初去日，乘醉因求搗絹，剪紙鶴二隻，以水噀之，俄而翔翥。乃曰：「汝先去，吾即後來。」時狄公亦醉，不暇拘留，遂得去。其所題云：

張綽張綽自不會，天下經書在腹內。

身卻騰騰處世間，心即搖搖出天外。

至今江淮好事者，記綽時事詩極多。

〈崔涯張祜〉寫的是唐朝有名的兩個狂士，落第後皆嗜酒稱俠。崔涯還作〈俠士〉詩道：「太行嶺上三尺雪，崔涯袖中三尺鐵；一朝若遇有心人，出門便與妻兒別。」由此贏得了俠客的名聲，與人相互推許。張祜也一樣，一天，有人提著顆人頭來見他，向他借錢報恩，以了恩仇。孰料那人拿錢出門後就失聯了，還把顆血淋淋的人頭擱在他家裡。張祜害怕了，忙叫家人把人頭埋掉，又發現居然是個豬頭，顯然遇到了騙子。他這才醒悟到：

虛其名，無其實，而見欺若是，可不戒歟！

此後，張祜再不假裝豪俠了。這種醒悟，是對已成空殼的豪俠之風的反省和摒棄。

〈筇竹杖〉寫朱崖兩次出鎮浙右。第一次離開前，他曾往甘露寺訪別寺中老僧。老僧嫻於應接，談話就說點佛理，朱崖憐而敬之，將人送他的大宛國筇竹杖轉贈給了老僧。那筇杖的特別之處，是竹身為方形，還

有對稱如鬚牙的枝節，天然可愛，是朱崖的珍愛之物。沒過幾年，朱崖再次出鎮浙右，到甘露寺問起了筇杖的下落。寺裡人說，一直當寶物收藏著呢。叫人拿來一看，方形的筇杖已被削圓，並上了油漆。朱崖沒想到老僧的品味竟然如此低俗，而低俗之人是不會有什麼真信仰的。這老僧和筇杖，不過是他朱崖想像中的知己與寄託罷了：

　　太尉朱崖公，兩出鎮於浙右。前任罷日，游甘露寺，因訪別於老僧院公，曰：「弟子奉詔西行，祇別和尚。」老僧者熟於祇接，至於談話，多空教所長，不甚對以他事，由是公憐而敬之。煮茗既終，將欲辭去。公曰：「昔有客遺筇竹杖一條，聊與師贈別。」亟令取之，須臾而至。其杖雖竹而方，所持向上，節眼須牙，四面對出，天生可愛。且朱崖所寶之物，即可知也。

　　別後不數歲，再領朱方。居三日，復因到院，問前時拄杖何在，曰：「至今寶之。」公請出觀之，則老僧規圓而漆之矣。公嗟嘆再彌日。自此不復目其僧矣。太尉多蓄古遠之物，云是大宛國人所遺竹，唯此一莖而方者也。

　　〈筇竹杖〉的下半部分，是朋友對嚴子休講的故事。那朋友曾到一寺，寺內僧院甚多，但院僧見他多把門關上了。只有一個院門大開著，一僧蹺足而臥，以手書空，瀟灑的樣子讓朋友想到了寫經換鵝、太尉選婿仍袒腹而臥的王羲之，以為必是奇僧。誰知那僧人見了他一點都不高興，朋友以詩相詢，人家也無應和的興致，只說自己書空是在畫房門，再把門鎖鑰匙拔出來扔掉，擺明著不歡迎他。朋友這才興趣缺缺地出來，感嘆自己老在幻想如習鑿齒與釋道安那般超凡脫俗、出神入化的對談高趣，真是走火入魔了：

　　昔者，友人嘗語愚云：往歲江行風阻，未得前去，沿岸野步，望出嶺而去。忽見蘭若，甚多僧院，睹客來，皆局門不內。獨有一院，大敞其戶，見一僧蹺足而眠，以手書空，顧客殊不介意。友人竊自思，書空有換鵝之能，蹺足類坦床之事，此必奇僧也。直入造之，僧雖強起，全不樂。

　　客不得已而問曰：「先達有詩云：『書空蹺足睡，路險側身行。』和

尚其庶幾乎？」

　　僧曰：「貧道不知何許事。適者畫房門，拔匙，客不辭而出。」

　　嗚呼，「彌天」、「四海」之談，澄汰簸揚之對，故附於此。

隱逸與決絕

　　〈非煙傳〉的作者皇甫枚，字遵美，為《高士傳》作者皇甫謐的後人。他生於汝州（今河南汝州市臨汝鎮），故名與字均來自《詩·周南·汝墳》：「遵彼汝墳，伐其條枚。」皇甫枚的老家在邠州三水（今陝西旬邑），所以他又自號三水人，小說集就叫《三水小牘》。皇甫枚的外公白敏中曾任中書令、太原晉公，叔伯皇甫煒曾任主客員外郎。懿宗咸通十四年（西元八七三年），皇甫枚補汝州魯山縣主簿，僖宗光啟二年（西元八八六年）調梁州行在。梁太祖開平四年（西元九一〇年），皇甫枚寓居汾晉，成了五代人。

　　《三水小牘》裡當然有改朝換代的印記，但更多的是在中國小說的傳統中自我調整，將注意力轉移並集中到了自然和人性上。在〈趙知微〉中，九華山道士趙知微的凌雲之志就與世俗無關，他長期隱居，諷誦道書，煉志幽寂，以蕙蘭為服、松柏為糧，追求的是天人合一的理想境界。在一個中秋之夜，趙知微帶眾弟子上天柱峰賞月，但見長天清廓，皓月如晝，代表現實的淒風苦雨瞬間煙消雲散。待他們清嘯、漫步、鼓琴完畢，明月也消失在遠山，大家回到山居躺下，晦暗淒苦的現實之雨又下了起來：

　　九華山道士趙知微，乃皇甫玄真之師。少有凌雲之志，入茲山，結廬於鳳凰嶺前，諷誦道書，煉志幽寂，蕙蘭以為服，松柏以為糧，隱跡數十年，遂臻玄牝。由是，好奇之士多從之。玄真既申弟子禮，服勤執敬，亦十五年。至咸通辛卯歲，知微以山中煉丹須西土藥者，乃使玄真來京師，寓於玉芝觀之上清院。皇甫枚時居蘭陵里第，日與相從，因詢趙君事業。

玄真曰：「自吾師得道，人不見其憔容。嘗云：『分杯結霧之術，化竹釣鯔之方，吾久得之，固恥為耳。』去歲中秋，自朔霖霪，至於望夕，玄真謂同門生曰：『甚惜良宵，而值苦雨。』語頃，趙君忽命侍童曰：『可備酒果。』遂遍召諸生，謂曰：『能升天柱峰玩月不？』諸生雖強應，而竊以為濃雲駛雨如斯，若果行，將有墊巾角、折屐齒之事。少頃，趙君曳杖而出，諸生景從。既辟荊扉，而長天廓清，皓月如晝。捫蘿援篠，及峰之巔。趙君處玄豹之茵，諸生藉芳草列侍。俄舉巵酒，詠郭景純〈遊仙詩〉數篇，諸生有清嘯者、步虛者、鼓琴者，以至寒蟾隱於遠岑，方歸山舍。既各就榻，而淒風苦雨，晦暗如前，眾方服其奇致。」玄真棋格無敵，黃白朮復得其玄妙。王辰歲春三月，歸於九華，後亦不更至京洛。

在〈蓮華峰〉中，王家兩兄弟自汝入秦，途經華山。見時辰尚早，野狐泉旅館又甚是喧鬧，二人便一同來到了南坡的寺院，拜訪住持僧義海，聽他說起了士人王玄沖攀登華山蓮華峰的故事。在〈趙知微〉中，現實隱去了。在〈蓮華峰〉裡，士人齊家治國平天下的理想也消失了，只剩下大自然中的蓮花峰。王玄沖已登完了東南所有的名山，就想來看看華山的蓮華峰。他與義海相約，如果衝頂成功，十日之後會在峰頂發出信號。十天後，義海果然見到了蓮華峰頂升起的白煙，知道王玄沖成功了。之後，王玄沖下山對他講述的登頂過程，與《徐霞客遊記》中的同類記述很像，包括細節。由此可知，義海轉述的，是王玄沖的親身經歷。現實之外還有真實，人世之外尚有自然，在儒家的人生目標之外，更有無數有價值的人生理想。置身亂世，登山臨海，種菜做飯，皆可作為人生之志。〈蓮華峰〉乃中國第一篇冒險、探險小說：

王得臣癸巳歲從鼎臣兄自汝入秦，冬十二月，宿於北華之野狐泉店。到時日勢尚早，逆旅喧闐，鼎臣兄乃與予同登南坡蘭若，訪主僧，曰義海，氣貌甚清，談吐亦雅。中夜圍爐，設茶果，待客頗勤。因話三峰事，海曰：「去年初秋，一日迨暮，有士人風格峻整，麻衣芒履，荷笠而來祈宿者。問其所自，姓氏誰何，答曰：『玄沖姓王，來自天姥。性隱遁，好奇為心，中間所游陟諸山名蹟，盡東南之美矣，唯有華山蓮華峰之秀異未

睹，今則方候一登爾。』海哂之，謂曰：『茲山峭，自非馭風憑雲，亦無有去理。』玄沖曰：『賢人勿謂天不可升，但慮無其志耳。僕亦知華陽川中有路，志在幽尋焉。』海觀其辭氣壯厲，亦然之。玄沖曰：『某明旦去，某日當屆山趾，計其五千仞，為一旬之程，亦足矣。既上，當爐煙為信，至時可來桃林南下望。』

「次日，玄沖發笈，取一藥壺並火金，懷之而去。義海書於屋壁。及期，先一日至桃林宿。日平曉，岳色清朗無纖翳。佇立數息間，有白煙一起，欻起蓮華峰頂。海祕之不言，復歸。二旬而玄沖至，歇定，乃言曰：『前者既入華陽川中，尋微徑，縈紆至蓮華峰下，憩一宿方登。初登也，雖險峻，猶可重足一跡，困則復於石崿中，暮亦如之。既及峰三分之一，則壁立青嶂，莓苔冷骨，石縫縱橫，劣容半足。乃以死誓志，作氣而登。時遇石室，上下懸絕，則有蘿蔦及石髮垂下，接之以升，果一旬而及峰頂。頂廣約百畝，中有池，亦數畝，菡萏方盛，濃碧鮮妍。四旁則巨檜喬松，竦擢於霄漢，餘奇木芳草，不可識。池側有破鐵舟，觸之則碎。周覽已，乃取火金敲之，揉枯荄以承之。大木亦有朽僕於地，於是拉其枝幹爐火焉。既而循池玩花，將折數蒂，又思靈境不可瀆，只將取落葉數片及鐵舟寸許懷之，一宿乃下。下之危峻，復倍於登陟。』

「時海不覺前席，執玄沖手曰：『君固三清之奇士也，不然何以臻茲？』於是玄沖盡以蓮葉、舟鐵贈義海。明日，復負笈而去，莫知所終。則尚子尋五嶽，亦斯人之徒歟？」

令人不安的，是〈陸存〉和〈封夫人〉中仕宦人家與底層人之間的關係。〈陸存〉寫到王仙芝部下搶獲某縣尉之妻崔氏，遂逼娶之。崔氏出身名門，大罵道：「我公卿家女，為士子妻，死乃緣命，豈可受草賊侮辱！」遂被剖心而食。〈封夫人〉中的才女封夫人，遭遇也與崔氏相仿。底層人起事，大多是由於沒有活路了，崔氏和封夫人本無必要再用言語去刺激他們。當然，她們肯定是面臨絕境，一心求死才這樣說的。

皇甫枚影響最大的兩篇傳奇〈綠翹〉和〈非煙傳〉，寫的也是決絕的毫不妥協。〈綠翹〉中的魚玄機身分尷尬、心理變態，名為道姑，實為娼妓。

作為詩人她並不出色，只是以此方式與豪俠風流之士遊處。出於懷疑和嫉妒，她竟然狠毒地打死了婢女綠翹。綠翹臨終請水酹地後對魚玄機所說的話，極為清醒、堅決。而魚玄機直到被囚待戮，仍無反省之意：

西京咸宜觀女道士魚玄機，字幼微，長安倡家女也。色既傾國，思乃入神，喜讀書屬文，尤致意於一吟一詠。破瓜之歲，志慕清虛。咸通初，遂從冠帔於咸宜，而風月賞玩之佳句，往往播於士林。然蕙蘭弱質，不能自持，復為豪俠所調，乃從遊處焉。於是風流之士，爭修飾以求狎。或載酒詣之者，必鳴琴賦詩，間以謔浪，懵學輩自視缺然。其詩有：「綺陌春望遠，瑤徽秋興多。」又，「殷勤不得語，紅淚一雙流。」又，「焚香登玉壇，端簡禮金闕。」又云：「多情自鬱爭因夢，仙貌長芳又勝花。」此數聯為絕矣。

蓄一女僮，日綠翹，亦特明惠有色。忽一日，機為鄰院所邀。將行，誡翹日：「無出，若有熟客，但云在某處。」機為女伴所留，迨暮方歸院。綠翹迎門日：「適某客來，知鍊師不在，不捨轡而去矣。」客乃機素相昵者，意翹與之狎。及夜，張燈扃戶，乃命翹入臥內，訊之。翹日：「自執巾盥數年，實自檢御，不令有似是之過，致忤尊意。且某客至款扉，翹隔闔報云：『鍊師不在。』客無言，策馬而去。若云情愛，不蓄於胸襟有年矣，幸鍊師無疑。」機愈怒，裸而笞百數，但言無之。既委頓，請杯水酹地日：「鍊師欲求三清長生之道，而未能忘解珮薦枕之歡，反以沈猜，厚誣貞正。翹今必死於毒手矣，無天則無所訴，若有，誰能抑我彊魂？誓不蠢蠢於冥莫之中，縱爾淫佚！」言訖，絕於地。機恐，乃坎後庭瘞之，自謂人無知者。時咸通戊子春正月也。有問翹者，則日：「春雨霽逃矣。」

客有宴於機室者，因溲於後庭，當瘞上，見青蠅數十集於地，驅去復來。詳視之，如有血痕且腥。客既出，竊語其僕。僕歸，復語其兄。其兄為府衙卒，嘗求金於機，機不顧，卒深銜之。聞此，遽至觀門覘伺，見偶語者，乃訝不睹綠翹之出入。衙卒複呼數卒，攜鍤，共突入玄機院，發之，而綠翹貌如生。卒遂錄玄機詣京兆府，吏詰之，辭伏。而朝士多為言者，府乃表列上。至秋，竟戮之。在獄中，亦有詩日：「易求無價寶，難

得有心郎」;「明月照幽隙，清風開短襟。」此其美者也。

　　〈非煙傳〉裡的參軍之妾步非煙，因偷情被丈夫活活打死，倒反證了她的偷情是完全應該的。被鞭打得血肉模糊的她，對參軍的最後回答是：「生得相親，死亦何恨！」這是唐人追求自由、真實、快樂之豪邁性情的最後呼喊。此後的中國人，無論在小說裡還是現實中，多失去了這樣的性情。

何謂神仙

　　見五代有名的道士、高官杜光庭（西元八五〇至九三三年）小說集甚多，還以為他是位大小說家。誰知讀來卻毫無意趣，與晚唐高彥休、盧肇和蘇鶚的專集一樣，竟找不到一篇出色的。高、盧、蘇等輩，只是傳統的志怪記錄者；杜光庭則是道教傳說的記錄者，又急於取悅權貴，在作家小說興盛的唐五代，這樣的文字沒有什麼文學價值。

　　杜光庭值得一讀的，是其志怪集《錄異記》的序言，所述乃中國小說的形而上依據。杜光庭認為，聖人不語的怪力亂神，便常見於經語史書，而陰陽五行等萬物變化的原理，更記錄在六經、圖緯及洛書河圖中：

　　怪力亂神，雖聖人不語，經語史冊往往有之。前達作者《述異記》、《博物志》、《異聞集》，皆其流也。至於六經、圖緯、河洛之書，別著陰陽神變之事，吉凶兆朕之符，隨二氣而生，應五行而出，雖景星甘露，合璧連珠，嘉麥嘉禾，珍禽珍獸，神芝靈液，卿雲醴泉，異類為人，人為異類，皆數至而出，不得不生，數訖而化，不得不沒。亦由田鼠為駕，野雞為蜃，雀化為蛤，鷹化為鳩，星精降而為賢臣，嶽靈升而為良輔。今古所載，其徒實繁。又若晉石莘神，憑人幻物，鳥血魚火，為災為異。有之乍驚於聞聽，驗之乃關於數曆，大區之內，無日無之。聊因暇辰，偶為集錄。或徵於聞見，或採諸方冊，庶好事者無忘於披繹焉。命曰《錄異記》。臣光庭謹敘。

五代自杜光庭始，仙傳小說又起，只是杜氏所記之眾多仙家雖貌似神奇，行文卻全無身心體驗的真實。沈汾的《續仙傳》要好些，除了幻想的趣味，還表現出了某種現實感。沈汾，字裡不詳，吳主楊溥在位時（西元九二〇至九三七年），曾任溧水縣令兼監察御史，著《續仙傳》三卷，有可喜之作。

如〈王可交〉中以耕釣自業的王可交，住在江邊村中，「常取大魚，自喜，以槌擊殺之，搗蒜虀以食，常謂樂無以及。」儘管他後來又去求仙學道，但我們知道，王可交真正的仙居生活，是他開始的漁夫生涯。〈馬自然〉裡的想像，如醉入水中不濕衣，以腳倒掛房梁即可酣睡等，亦為後世武俠小說功夫描寫之濫觴。

隱夫玉簡的傳奇集《疑仙傳》，為唐五代仙傳小說的巔峰，在劉向的《列仙傳》、葛洪的《神仙傳》和薛用弱的《集異記》之後，又使得中國的仙傳小說到達了一個前所未有的奇境。隱夫玉簡一作隱夫王簡，疑隱夫為其號，王簡為其姓名。有學者從文意和避諱推斷其為五代人，而非唐人或者宋人。我認同的原因，是仙傳小說確實是五代流行的，文中的思想和意境，亦非唐宋風格。

在《疑仙傳》自序中，隱夫玉簡說：

夫神仙之事，自古有之。其間混跡，固不可容易而測也。僕偶於朋友中錄得此事，輒非潤色，不敢便以神仙為名。今以諸傳構成三卷，目之為《疑仙傳》爾。

就是這個「疑」字，這種不確定性，使得《疑仙傳》脫穎而出，成為傑出的小說集，而非虛浮、平庸的神仙傳。《疑仙傳》本有三卷，今存小說二十二篇。

在〈賣藥翁〉中，疑似仙人的賣藥翁見到蒲州土豪王諭時，不向王氏作揖而向王氏的奴僕作揖。王老闆問他：「適者翁不揖我而揖蒼頭，何也？」賣藥翁說：「蒼頭是我輩之人也，我見我輩，固不覺揖也。」這才是真正的神仙所為。

〈彭知微女〉寫一自幼愛道的女孩，感嘆「處人之世，衣人之衣，食人之食，欲歸神仙之道，不亦難也」？就是說世俗的力量太大，牽絆太多，難以擺脫。一乘鶴而來的童子告訴她，學仙之道，在於自然的神性和骨氣。當時「自然」一詞應極為流行，代表著某種時代精神，杜光庭和沈汾所寫仙道謝自然、馬自然等均以之為名，可見其時尚。

〈朱子真〉中的朱子真在長安南山下有別墅，常戴葛巾持青竹杖而遊，有繡衣女數人從之。長安不羈少年趙穎得知，前來造訪他並說道：

我，愛歌喜酒之人也。每恨天地不容花卉長春，常恐平生有幽景不得一遊，此外即雖貴列鼎鐘，不關我心也！

朱子真聽了很高興，命妓歌舞，並唱道：

人間幾日變桑田，誰識神仙洞裡天。

短促共知有殊異，且須俱醉在生前。

《張鬱》中的燕人張鬱亦自稱「天地間不羈之流」，在京洛狂歌醉舞近十年。這時，他遇到了一位疑似水仙的神祕女郎。作家透過二人對話所表達的，是即便狂放享樂，也難以安撫人生短暫所帶來的憂患與缺失。生命如同夢幻，不死的仙界又難以抵達，故科學家欲使人長生、永生的努力，值得期待。

張鬱者，燕人也，客於京洛，多與京洛豪貴子弟遊，狂歌醉舞近十載。忽因獨步沿洛川，鬱既睹是時也，風景恬和，花卉芬馥，幽鳥翔集於喬木，佳魚踴躍於長波，因高吟曰：

浮生如夢能幾何，浮生復更憂患多。

無人與我長生術，洛川春日且狂歌。

吟才罷，忽舉目見一翠幄臨水，絃管清亮，鬱驚嘆曰：「是何人之遊春也？」言未絕，有一女郎自幄中而出，緩步水濱，獨吟獨嘆。鬱性放蕩，不可羈束，不覺徑至女郎前問之曰：「是何神仙之女，下陽臺邪？來蓬瀛邪？獨吟而又獨嘆邪？」女郎駭然變色，良久，乃斂容而言曰：「兒自獨吟獨嘆，何少年疏狂，不拘之甚也！安得容易來問！」鬱曰：「我天地間

不羈之流也，少耽詩酒。適披麗質詠嘆，固願聞一言耳。」女郎微笑，指翠幄而言曰：「可同詣此也。」

鬱因同至翠幄內，女郎乃命張綺席，復舉絃管，與鬱談笑，共酌芳樽。及日之夕也，女郎曰：「人世信短促邪？春未足，秋又來。才紅顏，遽白髮。設或知人世之不可居而好道之者，實可與言也。」鬱低頭不對。女郎乃歌曰：

彩雲入帝鄉，白鶴又個翔。

久留深不可，蓬島路遐長。

又歌曰：

空愛長生術，不是長生人。

今日洛川別，可惜洞中春。

俄與鬱別，乘洛波而去。鬱大驚，亦疑是水仙矣。

在〈負琴生〉中，隱夫玉簡乾脆將李白請了出來，與琴手負琴生對談。李白問負琴生，你獨自負琴在水邊月下彈奏，落魄的身還是心呢？負琴生說，他身心都不落魄，但世人認為他落魄，他就顯得落魄了。大家都討厭他這個樣子但他不討厭自己，所以也沒必要改變。至於彈琴，是因為他喜歡古代的音樂，而不是為了取悅別人。

〈艸衣兒〉寫得詩意、神祕。人們不能接受異己，時常懷疑與自己感受和需求不同的人，也不知道所謂的現實其實只是他們的幻想。一個身披蓑衣被稱作艸衣兒的少年，自幼無父也無姓氏，在泗水、漢江、渭水垂釣數年，釣而不獲，並不住地躲避著因對其不解而懷疑、監視他的人。最後，他終於等到了江中漂來的一片白石，就像等到了自己的家園和國土，即上石乘流而去：

艸衣兒者，自稱魯人也。美容儀，年可十四五，冬夏常披一艸衣，故人號為艸衣兒。於泗水邊垂釣數年，人未嘗見其得魚，尤異之。或問曰：「魚可充食乎？」對曰：「我不食魚，但釣之也。」又或問其姓氏，即對曰：「我自幼不識父，亦猶方朔也，故亦不能作一姓氏也。」泗水邊皆潛察其舉

止，芔衣兒知之，逃往漢江濱，又垂釣江濱。

人初以為漁者，及又不見獲魚，雖炎燠凜冽，但一芔衣，數年不易，亦甚疑之。又有問之者曰：「爾何姓名也？為釣在江濱已數年，寒暄但一芔衣，又不見得魚，何也？」芔衣兒曰：「我是芔衣兒也，人呼我為芔衣兒。來垂釣也，釣不必在魚也。況我自得之，又焉知我不得也？我既號為芔衣兒，又安能更須姓名也？」江濱人亦潛察之，芔衣兒知之，又逃往渭水，垂釣水濱。

人見其容貌美，又唯披一芔衣，深以為隱者。後見其不獲魚，乃疑之。又有問之者曰：「君何隱也？來渭水何也？欲繼呂望之名邪？」芔衣兒對曰：「我性好釣魚，自幼便以垂釣為樂。嘗亦釣於數水，皆不可釣，故來此水。人亦見我披芔衣，呼我為芔衣兒。呂望者，是他見紂不可諫，欲佐西伯，來此而待，非釣魚也。方今明主有天下，無西伯可待，又何繼呂望之名也？」問者曰：「爾不待西伯，待何人也？」芔衣兒曰：「我待一片石耳。」其人笑而不復問。

後數日，有一片白石，可長丈餘，隨渭水流至。芔衣兒見之，忻喜踴躍，謂水邊人曰：「我本不釣魚，待釣此石也。數年間一身無所容，今日可容此身也。」乃上此石，乘流而去，不知所之。

與〈芔衣兒〉不同，〈姜澄〉則是從完全相反的方向，去探討人生的意義。不知來歷的姜澄常與輕薄之徒遊處，並自稱得道。大道士葉靜（疑為「葉靜能」，脫「能」字，玄宗朝有名的道士）先生得知，便來指責他說：「你怎麼能自稱得道？既不潔淨身體又不洗滌心神，還跟鄙俗之人來往相處。」

姜澄答道：「我身體乾淨，不用清潔；心神不撓，何須洗滌？沒有得道說自己得道當然不妥，但得道了就說得道了有何不可呢？」

葉靜先生追問：「何謂身無穢？何謂神不撓？什麼叫得道？」

姜澄說：「玉與石處不可謂穢。清濁並流不可謂撓。所謂大道，就是沒有欺詐，我得道並且宣布，說出來就是達大道了啊。」

葉靜先生再問：「何謂達大道？」

姜澄說：「可道之道，非常道也，常道即為大道。我若以貴為貴、富為富、賤為賤、貧為貧，那就是非道。我達大道的方式，是狎富貴而不以為尊，處塵雜而不以為卑，和光同塵的與世界相處，這不就是達嗎？」

姜澄者，不知何鄉人也。常策一杖，杖頭唯有一卷書。客長安近一年，每與輕薄之流遊處，自稱得道人。葉靜先生知之，訪而責曰：「君何自稱得道人？既不潔其身、滌其神，而又塵雜其遊處焉，何哉？」澄曰：「我身無穢，又奚潔也？我神無撓，又奚滌也？不得道，稱之即非；得道，稱之又何非也？」葉靜曰：「何為身無穢？何謂神無撓？何謂得道邪？」澄曰：「夫荊玉溫潤，自然也，雖與眾石同處，故不穢，又何異我身也？濟水澄清，本異也，雖與濁河共流，亦不撓，又何異我神也？大道也，固無欺詐，我既得道，言之即達大道也。」葉靜又曰：「何謂達大道？」澄曰：「可道之道，非常道也，常道即大道也。我若以貴者為貴，以富者為富，以賤者為賤，以貧者為貧，即非道也。我知天地間人自區別，殊不識道之本也。道之本而生一氣，一氣而生天地人及萬物。今三才備，萬物睹，其由道也。我達之，是以狎富貴不以為尊，處塵雜而不以為卑，但兀然混同而在人間，此豈不謂達也？」葉靜笑曰：「我以為君久在人間，不復能論道矣。君其出塵寰，塵寰不出，墮君之跡。」澄曰：「我出塵寰，非待君之言，我已出之三百年也。」葉靜曰：「君既出塵寰，何在塵寰也？」澄曰：「我暫來塵寰，非不出也。」

葉靜揖而退，澄牽其衣而謂曰：「君與今天子友也，而友為人主，君不教人主之道，而反以仙家之事誘之，必欲使不治人而好仙也。君之非，故不得以我之為非也。」葉靜復笑曰：「休飾狂詞。」澄曰：「君休信狂跡，我當休飾狂詞焉。」言罷，俱笑而分手。後數日不知所在，人有見之乘鶴度關而去者。

〈丁皇〉所述之丁皇，則又是一個不死之人。他是秦朝的儒生，李斯勸秦皇焚書坑儒以愚黔首時，即逃入嵩山並獲長生藥丸。漢武帝時，丁皇結識過東方朔，他說方朔本是仙家小兒，性格癲狂，被放逐到人間。後來

丁皇又認識了在天臺山遇仙的劉晨和阮肇，而劉、阮都是俗人，不能成仙。丁皇自己雖然長生卻不會乘虛御空，也不得升仙。人們說，丁皇應該是個地仙。

〈蕭寅〉中有少女問蕭寅，自古修道都說要去聲色，但彭祖怎麼要講陰陽交接之事呢？蕭寅慌了，說他從來沒跟女孩子說過話，更不可能跟她探討這種問題。女孩說，彭祖都能說，我為什麼不能問？蕭寅只得認真解答，說了一些他也搞不太清楚的事情。後來，蕭寅真的很怕有人再來問他，便獨自遠遊去了。

〈姚基〉中的魏人姚基性格奢逸、不自檢束，又好學道，就有道士來問他何以如此。魏基說，喜歡奢逸之事的是他的身體，喜歡神仙之道的是他的心靈，身心都要滿足，所以才會這樣。有道人便教他化銅鐵為金之術，讓他成為富豪，等他奢逸享受到厭倦，再帶他去修仙。〈何寧〉中的富家子何寧則說，道在悟，不可學，一個人的天性中有道，方可得道，無則終不可得。

在〈管革〉中，隱夫玉簡讓「性不好謙恭而復辯慧」的管革與道仙張果老相遇。果老架子很大，以老賣老地說：「過來，管革。」

管革問：「你是誰啊？」

果老說：「我就是著名的張果先生啊。」

管革又問：「張果叫我做什麼？」

果老繼續擺譜：「你難道不懂得禮節？人間的帝王都很尊敬我，你為什麼不尊敬我？」

管革說：「我又不是人間的帝王，怎麼能尊敬你呢？」

出於禮貌，管革還是決定隨果老同遊恆山。見果老讓自己閉上眼睛，管革問：「是不是閉上眼睛可以去，不閉就不可以呢？」

果老得意了，說：「誰讓你這個小子是凡夫俗子呢。」

管革回嘴道：「你才是大俗人一個。」

果老帶管革來到恆山之巔。果老說：「你是趙人，只在趙、魏之地遊歷怎麼行呢？應該遠遊四極！」

　　管革反問道：「那你怎麼跑到趙、魏來了？我游趙、魏跟去玉清、蓬瀛沒有區別。不像有的人覺得帝王高貴平民低賤，見到我便直呼其名，談論帝王對他的尊敬。這樣的人即使早上在玉清、蓬瀛，晚上就能來到趙、魏，也一樣俗不可耐。你確實應該遠遊，以擺脫俗氣！」

　　果老聽罷，笑而不語。

　　管革說：「你叫我來恆山，就是想顯示一下你會用竹杖變青牛嗎？這世間何物不在變化，成仙的人又何世沒有啊。」

　　說完，管革不辭而別，下山建草屋而居。作為疑似仙人，他比真正的神仙張果老，還要更像神仙呢！

　　管革者，趙人也。少好道，不事耕鑿，多游趙、魏之間。性不好謙恭而復辯慧。忽因游，偶遇張果先生。先生招之曰：「來，管革。」革謂張果曰：「爾誰邪？」張果曰：「我張果先生也。」革乃曰：「張果何呼我也？」果因謂曰：「爾非不知人間之禮，人間帝王尚敬我也，爾奚不敬我也？」革曰：「我且非人間帝王，又焉能敬爾也？」

　　果因命之同遊恆山，革從之。果乃命革閉目，革曰：「閉目即可去遊，不閉目即不可去遊也？」果曰：「奈爾凡體邪？」革曰：「爾凡體尚可去，我又豈不能去？」果擲所策之杖，變一青牛，令革乘。革既乘之，與果同入恆山。果因引革登絕頂，坐而問之曰：「人間之囂雜，塵中之苦惱，春秋之榮謝，少老之逼促，爾盡察之也。何久游趙、魏，不遠遊四極？趙、魏戎馬之郊也，非道人宜游。若夫滌慮蕩煩，欲先潔其形，趙、魏之地不可。」革對曰：「爾何為出於趙、魏之間也？唯道人也不可隨土地而化。我游趙、魏之間，與遊玉清、蓬瀛不殊矣。若其以他帝王而為尊，以我匹夫而為賤，呼我之名氏，談帝王之敬待，即朝在玉清、蓬瀛，夕屆趙、魏，亦俗之情生矣，我又奚遠遊？爾當遠遊，以蟬蛻俗事。苟不遠遊，必死人間，必不能跟我也。」果笑而不對。革又曰：「爾命我遊恆山

者，止欲一示我策杖為青牛邪？爾豈不知何物不可變化？物之變化不可奇，自人而化仙者，尚世世有之。」遽起，不辭果而下絕頂，因便結草於山中居之。後不知其終，人或有見之於嵩山。

變態、犯罪及人猿之情

王仁裕（西元八八〇至九五六年），字德輦，秦州（今甘肅天水）人。少孤，不從師訓，以犬馬彈射為樂。然資性極高，二十五歲求學即心意豁然。他先在後梁任職，後梁亡入前蜀。後唐同光三年（西元九二五年）前蜀亡，又隨前蜀百官入洛。王仁裕活了七十七歲，歷六朝一國，作詩百卷萬首。筆記今存三種：《開元天寶遺事》近史，多極短略；《玉堂閒話》只有小說數篇；《王氏見聞集》存文三十二篇，俱為小說。

先看《王氏見聞集》。〈尋事團〉寫的是前蜀的密探局，頭領蕭懷武以此成為巨富。蕭氏的密探局有百十號人，每人再收買十幾個被稱作狗的線人，那不管貴宅官府還是深坊僻巷裡，無論廚子馬伕還是傭人酒保中，便都有他的耳目他的狗了。所有的消息情報，無論公私朝野，蕭懷武均瞭若指掌。所以人人對他心懷恐懼，老覺得身邊的人就是監視自己的密探。

〈長鬚長老〉，說的是江湖中有長老自稱後唐宰相孔謙之子，像托爾斯泰一樣海口河目相貌不俗，且不剃鬚髮，任其皓然垂腹，由此得到了人們的追捧。孔長老入蜀，先謁樞密使宋光嗣。重視衛生的宋氏問他：「師何不剃鬚？」孔長老瀟灑答道：「落髮除煩惱，留髭表丈夫。」宋樞密使很不高興地說：「我沒有鬍子，難道就是個老太婆嗎？」孔長老徒眾甚多，都靠他吃飯呢，他只得剃了鬍子，請宋光嗣帶自己去見蜀王。只是孔長老一剃鬍鬚沒了仙氣，徒眾們便一哄而散了，還嘲笑他說：「一事南無，折卻長鬚。」蜀王也問他自號長鬚，怎麼搞成這副模樣？他只好說笑話來搪塞解嘲。後來孔長老在靜亂寺做了住持，有樂師來該寺出家，見其所為感嘆道：「吾比厭俗塵，投身清潔之地，以滌其業障。今大師之門，甚於花柳

曲，吾不能為之。」又回去接著做他的樂師。

〈韓伸〉言渠州人韓伸嗜酒好賭，常燒龜殼卜算自己該去哪個王侯家游謁賭博，成年累月流連在花街柳巷，有家不歸，其妻只得把他綁架回去。一次，韓伸出遊又是一年未歸，在某處攜妓聚賭。夜間他正玩得高興，妻子已帶了兩個女僕持棒埋伏在隔壁，等聚會結束，便送給正唱〈池水清〉的韓伸腦後一棒，把他的頭巾都打掉了，韓伸忙躲到餐桌下面。有個同桌的客人在黑暗中被當作了他，挨打不說，還被罵：「這老漢，落魄不歸也！」後來此事成為蜀中的笑話，大家都叫韓伸「池水清」。「老漢」之稱，也在川人方言中延續至今。

落魄變態的，不僅有官員重臣、騙子長老和自我放逐的賭徒，〈功德山〉中的妖僧功德山還能畫鬼害人。而〈幻術〉中的青城山道士，亦常入錦城成都作法，將請「西王母」陪酒，招「巫山神女」、「麻姑」或者是「鮑姑」陪睡，做成了時髦的嫖娼演出，像色情 KTV 包廂一樣，令膏粱子弟、民間少年滿城如狂。〈胡翽〉中的才子胡翽才識卓著，「飛書走檄，交騁諸夏」，仍難免被害。〈沈尚書〉中的沈尚書之妻，悍妒到讓他居家如同坐牢。其妻死後，他也驚悸失魂而亡。

〈陳延美〉應該是世界文學史上第一篇以連環殺手為主角的犯罪小說。年輕聰明、衣著奢侈的陳延美，在鄴下（今安陽）城中租大院而居，車馬華麗，如同公侯之家。他有兩三個看上去端莊婉淑的妻妾及一個漂亮的妹妹。陳延美常乘馬帶一奴僕入城，與富貴人家的子弟遊戲於城樓或者密室。有朋友到訪，他又以奇異的禮節，讓妻妹吹竹弄絲接待客人，令其心猿意馬、迷戀不已。變化出現在一名將領失蹤之後，陳延美攜家眷悄然南渡黃河，搬到了大梁（今開封）高頭街，照舊租房居住，華服出入。但不到十天，鄴城的追捕者便將之逮捕。據陳延美供述，除那位將領之外，他們一家還是屠殺了近百名失蹤者的連環殺手。在高頭街住了不過三五天，其妹就殺了一個要飯的，埋於床下。到鄴城搜挖其舊居，到處屍體枕藉，層層疊疊。陳延美殺人的辦法，是騙人喝一碗麻醉湯，之後便將之殺害肢解，那樣埋起來占用的地方較少。其妹與妻妾都樂意肢解人體，爭相

屠割。至於殺人的目的，有兩個賣絲的是圖人家的絲，膏粱富商子弟可能是謀人家的財；可殺營妓、持缽僧、窮官員和過路的軍人，則完全沒有目的，就是為了殺戮而殺戮。到河東捉拿其母時，才知道陳延美已故的父親殺人更多，其母還有醃食人腿的癖好：

> 有陳延美者，世傳殺人，人莫有知者。清泰朝，僑居鄴下御河之東，僦大第而處。少年聰明，衣著甚侈，薰涴蘭麝，轄馬華麗。其居第，內外張陳，如公侯之家。妻妾三兩人，皆端嚴婉淑。有妹，曰李郎婦，甚有顏色，生一子，未晬歲，十指皆跅，俱善音律。延美亦能絃管。常乘馬引一僕，於街市或登樓或密室狎遊，所接者皆是膏粱子弟，曲盡譚笑章程。或引朋儕至家，則異禮延接，出妻與妹，令按絲吹竹，以極其歡，客則戀戀而不能已也。

> 時劉延皓帥鄴，偶失一都將，訪之經時，卒無影響，責其所由甚急。陳密攜家南渡，詣大梁高頭街，僦宅而居，復華餙出入。未涉旬，因送客出封丘門，餞賓之次，鄴之捕逐者至，擒之於座。洎縶於黃砂以訊之，具通除剿鄴中都將外，經手者近百人。居高頭宅未三五日，陳不在家，偶有盲僧丐食於門。其妹怒其狨，使我不利市，召入剿之，瘞於臥床之下。及敗，官中使人出之，荷至鄴下。搜其舊居，果於床下及屋內，積疊瘞屍，更無容針之所。以至鄰家屋下，每被旁探為穴，藏屍於內。每客坐要殺者，令啜湯一椀，便瞠然無所知。或用繩縊，或行鐵鎚，然後截割盤屈之，占地甚少。蓋陳、李與僕者一人，妹及妻等，爭下手屠割。如是年月極深，今偶記得者，試略言之。

> 先有二人貨絲者，相見於磚門之下，誘之曰：「吾家織錦，甚要此絲，固不爭價矣。」遂俱引至家，雙斃而沒其貨。又曾於內黃納一風聲人，尋亦斃於此屋之下。又有持缽僧一人，誘入而死之。又於趙家果園，見一貧官人，有破囊劣驢，系四跨銅帶，哀而誘之至家，亦斃於此屋。又有二軍人，言往定州去，亦不廣有緇囊，遂命入酒肆飲之，告曰：「某有親情在彼，欲達一緘。」數內請，一人同至其家取書，至則點湯一甌，啜呷未已，繩箠已在頸矣。未及剁截之間，其伴呼於門外，急以布幕蓋屍於牆

下，令李郎出應之，日：「修書未了，且屈入來。」陳執鐵錘於扉下候之，後腳才逾門限，應錘而殪於地。後款曲剒斫而瘞之。其膏粱子弟及富商之子，死者甚眾，不一一記之。洎令所由發掘之，則積屍不知其數。

有母在河東，密差人就擒之。老嫗聞之愕然，嗟嘆日：「吾養此子大不肖，渠父殺數千人，舉世莫能有知者，竟就枕而終。此不肖子殺幾個人，便至敗露。」遂搜尋其家，見大甕內鹽漬人腿數隻，嫗恆啖之。囚至鄴下，見其子，不顧而唾之。自言其向來所殺，不知其數，此敗偶然耳。時盛夏，一家並釘於衙門外，旬日於爼。

〈野賓〉是繼劉義慶的〈終祚道人〉、李復言的〈驢言〉之後，又一篇傑出的動物主角傳奇，寫的是王仁裕的親身經歷，亦為成熟的作家自傳體紀實小說。其中的人猿情感之深，要超過《王氏見聞集》中所寫的人與人之間的感情。

王仁裕在漢中為官，有巴山獵戶送給他一隻小猿，取名野賓，一叫牠就會回應。一年以後，長大的野賓見人就咬，只聽王仁裕的話，別人就是打牠也沒用。沒事野賓就上樹掏鳥窩，天晚餓了才回來。由於野賓惹禍，王仁裕便叫人把牠送到了百里之外的山裡。送牠的人剛回來，野賓就在廚房裡找吃的了。

把野賓拴起來，牠又跑掉，到主帥的廚房裡翻箱倒櫃，上房頂拆磚擲瓦。主帥大怒，令眾人用箭射牠。一時間箭如雨發，野賓仍有空叫喊躲閃，根本傷不到牠。找來耍猴人，用其馴養的大獼猴才將野賓捉住了。主帥見野賓害怕的樣子也不怎麼生氣，大家都笑了。於是王仁裕在野賓的脖子上繫了根紅綃，並寫了首詩送給牠，這大概是有史以來第一首人類題贈給野生動物的詩作吧。這個動物還有名字，是詩人的賓客。這一次，王仁裕叫人將野賓送進了孤雲兩角山，並交代山民將其繫住，十天後再放歸山林。野賓沒能再回來。

兩年後王仁裕任滿入蜀，來到漢江邊的空地上，忽見一群猿猴自峭岩而下，到泉邊飲水，走在最前面的巨猿，脖頸上依稀還有紅綃。隨從指著

牠說：「是野賓！」王仁裕一叫牠，它馬上回應，像幼時那樣。人猿相對惻然。告別之後，轉山過嶺，仍能聽到野賓的哀鳴之聲。王仁裕又題詩相贈。動物才是真正的隱士、隱居者，即使人與人之間沒有感情了，在人與動物之間，仍可能產生：

王仁裕嘗從事於漢中，家於公署。巴山有採捕者，獻猿兒焉。憐其小而慧黠，使人養之，名曰野賓，呼之則聲聲應對。經年則充博壯盛，縻縶稍解。逢人必齧之，頗亦為患。仁裕叱之，則弭伏而不動，餘人縱鞭箠，亦不畏。其公衙子城繚繞，並是榆槐雜樹。漢高廟有長松古柏，上鳥巢不知其數。時中春日，野賓解逸，躍入叢林，飛趨於樹梢之間，遂入漢高廟，破鳥巢，擲其雛卵於地。是州衙門有鈴架，群鳥遂集架引鈴。主使令尋鳥所來，見野賓在林間，即使人投瓦礫彈射，皆莫能中。薄暮腹枵，方餒而就縶。

乃遣人送入巴山百餘里溪洞中。人方回，詢問未畢，野賓已在廚內謀餐矣。又復縶之。忽一日解逸，入主帥廚中，應動用食器之屬，並遭掀撲穢汙。而後登屋，擲瓦拆磚。主帥大怒，使眾箭射之。野賓騎屋脊而毀拆磚瓦，箭發如雨，野賓目不妨視，口不妨呼，手拈足擲，左右避箭，竟不能損其一毫。有使院老將馬元章曰：「市上有一人，善弄獼猴。」乃使召至，指示之曰：「速擒來。」於是大獼猴躍上衙屋趕之，逾垣驀巷，擒得至前。野賓流汗體浴而伏罪，主帥亦不甚詬怒，眾皆看而笑之。於是頸上繫紅綃一縷，題詩送之曰：

放爾丁寧復故林，舊來行處好追尋。

月明巫峽堪憐靜，路隔巴山莫厭深。

棲宿免勞青嶂夢，躋攀應愜碧雲心。

三秋果熟松稍健，任抱高枝徹曉吟。

又使人送入孤雲兩角山，且使縶在山家，旬日後方解而縱之，不復再來矣。

後罷職入蜀，行次嶓塚廟前。漢江之壖，有群猿自峭岩中連臂而下，

飲於清流。有巨猿舍群而前，於道畔古木之間，垂身下顧，紅綃彷彿而在。從者指之曰：「此野賓也。」呼之，聲聲相應。立馬移時，不覺惻然。及聳轡之際，哀叫數聲而去。及陟山路，轉壑回溪之際，尚聞嗚咽之音，疑其腸斷矣。遂繼之一篇曰：

嶓塚祠邊漢水濱，此猿連臂下嶙峋。

漸來子細窺行客，認得依稀是野賓。

月宿縱勞羈紲夢，松餐非復稻粱身。

數聲腸斷和雲叫，識是前年舊主人。

看一部近距離拍攝動物的紀錄片，上面動物間的親情，包括對待死亡的感受和態度，都跟人類相仿。其實人類的最終命運也與動物無異。倘若可定義通靈為動物意識的溝通方式的話，那現在的人類甚而沒有這種意識溝通，因為我們只知利，不通靈。

五代後期的小說已在向筆記回歸，如徐鉉的《稽神錄》，用了二十年的時間收集紀錄，卻不創作。極具才情的王仁裕，也只在《王氏見聞集》裡充分顯示了他的才華，《開元天寶遺事》便只是記錄，寫的是史類筆記，《玉堂閒話》僅有開始的三篇還算小說。是什麼使得王仁裕放棄了創作，讀讀《玉堂閒話》裡的那三篇小說，或許能找到答案。

〈顏真卿〉寫的是顏真卿的遭遇，也是有天才和節操的中國士人在亂世中的悲劇。〈伊用昌〉寫的是流落江湖的士人伊用昌和他美麗的妻子，更是極為悲慘、絕望而荒誕。伊氏夫妻皆才藝不俗，狂逸不撓，卻只得以乞食為生，被人驅逐毆打，最終在飢餓中被偶得的牛肉脹死了。人稱「伊瘋子」的伊用昌有一首〈望江南·詠鼓〉詞，他們夫婦在流浪途中經常唱和：

江南鼓，梭肚兩頭欒。

釘著不知侵骨髓，打來只是沒心肝，

空腹被人漫。

〈權師〉寫善於卜筮的巫師權師，以算卦成為牛馬滿山、家財盈室的土豪。王仁裕絕望了嗎？或者是像權師那樣認同了命運，不想餓著肚子去

做被人欺辱的流浪乞丐，只想生活富裕，有點保障。

　　五代僅有五十三年即半個世紀的時間，又值亂世，但仍出現了嚴子休、皇甫枚、隱夫玉簡和王仁裕等四位頂尖級的小說家，令人讚嘆。這種現象說明，即便處於亂世，中國的文言小說仍在傳統中不斷演進。接下來的宋代強調文化保守、儒家正統，多元、平等的文化背景消失，雖說是太平盛世，文言小說卻迅速退化、封閉，導致了中國小說傳統的中斷和變異。正如魯迅在《中國小說的歷史的變遷》中所說：

　　傳奇小說，到唐亡時就絕了。至宋朝，雖然也有作傳奇的，但就大不相同。因為唐人大抵描寫時事；而宋人則多講古事。唐人小說少教訓；而宋則極多教訓。大概唐時講話自由些，雖寫時事，不至於得禍；而宋時則諱忌漸多，所以文人便設法迴避，去講古事。加以宋時理學極盛一時，因之把小說也多理學化了，以為小說非含有教訓，便不足道。但文藝之所以為文藝，並不貴在教訓，若把小說變成修身教科書，還說什麼文藝。宋人雖然還作傳奇，而我說傳奇是絕了，也就是這意思。

變文

　　李時人輯校的《全唐五代小說》，以八冊中的一冊，輯錄了敦煌遺書中的文學作品。但除去句道興的《搜神記》是小說之外，其餘均為唐五代及宋初的變文，作者皆佚名，作品品質很差，不具備志怪、傳奇素養。其中已有三卷十七節的《大唐三藏取經詩話》，為《西遊記》的雛形。

　　句道興講過了，他承接的是中國先唐小說的傳統，以唐傳奇的方式表現民間的趣味和思想，演義底層的生活與傳說，自由而富有創造力，與情趣低劣的變文全然不同。變文來自底層藝人的說唱，除佛教題材之外，更有民間傳說和歷史演義，於唐時興起，並作為潛流存在著，有一定規模，乃宋元話本和明清白話小說的源頭。

　　只是這個話本和白話小說的源頭素質不高，與先唐文言小說來自巫方

的神話和預言所形成的千年傳統，以及唐五代高度成熟的作家小說源流分殊，精神、思想有別，語言、文體迥異。儘管宋元話本和明清的白話小說也有一部分取材於宋前的文言小說，但大多思想狹隘、品味低俗，既無先唐小說深厚的傳統底蘊，又無唐五代小說恢宏的氣象和雅緻的格調，彼此間其實並沒有傳承關係。

到了宋元，尤其是明清，這種由民間說唱演變而來的，帶有集體創作特點的白話文學作品，實際上成為了中國小說的主流。而以唐五代傳奇為代表的個人創作，即那種極為超前，與近現代西方小說類似的作家小說傳統，倒幾近消失了。自宋代始，士大夫基本上退出了小說創作，文言小說迅速退化為筆記，形式上再無創新，不僅幻想消失了，主題也由人性和儒、釋、道中的普世價值，退化成為真正的街談巷語和芻蕘之議。由此，中國文學也逐漸淪落成了一種地域、地方性的鄉土文學，再未能以唐傳奇和唐詩那樣的整體優勢領跑世界。

翻閱再三，變文可介紹的就只有佚名所寫的〈孔子項託相問書〉一篇，與句道興《搜神記》中的〈孔子〉一題相仿，都是拿孔子說事，表達底層的思想。項託是個神童，他先以不玩遊戲引起了孔子的注意，並以「大戲相殺，小戲相傷」為由，言「戲而無功，衣破裡空」；「相隨擲石，不如歸舂」。接著又在大路上築土城，且狡辯說：「從昔至今，只聞車避城，豈聞城避車？」讓乘車的孔子不得不繞道而行。之後，神童項託又與孔子像對歌那樣你問我答，完全是民歌和民間故事。有一段關於社會階層的對話，可見當時民間對此的認識，還不像後來那樣激進且缺乏常識：

夫子曰：「吾與汝平卻天下，可得已否？」

小兒答曰：「天下不可平也。或有高山，或有江海，或有公卿，或有奴婢，是以不可平也。」

夫子曰：「吾與汝平卻高山，塞卻江海，除卻公卿，棄卻奴婢，天下蕩蕩，豈不平乎？」

小兒答曰：「平卻高山，獸無所依；塞卻江海，魚無所歸；除卻公卿，

人作是非；棄卻奴婢，君子使誰？」

結語

　　書稿寫到一半，便明白自己在寫的其實是中國宋前小說史。說是寫史，可從頭到尾，我只在介紹作家生平時，查過《史記》、《漢書》、《後漢書》、《晉書》、新舊唐書和五代史等。開始看了幾部有關先唐及唐代小說的史和史論，感覺資料豐富卻語焉不詳，有這裡的山路十八彎之感，繞來繞去，多在糾結、解釋經史學家們的門外漢定義，或在討論歷史、政治、社會、宗教、文化和風俗。有的乾脆把小說當史料去讀，學陳寅恪「以詩證史」、「以小說證史」，且說的都是政治，不涉及文學問題。魯迅的《中國小說史略》之後，中國的文學史家並沒有往前走。有傳統的文學，是在自身的內部按自己的邏輯獨立演進的，像一個完整、自由的生命體。我寫的這部中國宋前小說史，正說明了這一點。

　　經史學家們的小說定義，對先唐和唐五代的中國文言小說影響甚微，卻在後來的千百年間誤導了人們對小說的看法。出自《莊子·物外篇》的「小說」一詞，被用來指代小說這一文體，其意即在強調其「小」，作為與經史等「大道」相對的「小道」。如班固在《漢書·藝文志》中引劉歆和孔子之語談及的小說，雖也提到了小說的某些特點並加以肯定，同時又表示不屑：

　　小說家者流，蓋出於稗官。街談巷語、道聽塗說者之所造也。孔子曰：「雖小道，必有可觀者焉，致遠恐泥，是以君子弗為也。」然亦弗滅也。閭里小知者之所及，亦使綴而不忘。如或一言可採，此亦芻蕘狂夫之議也。

　　其後，「小說」一度成為各種邊緣文體的籮筐，所有相干不相干的文字都往裡面裝。唐代史學家劉知幾更將小說歸入歷史，完全按史書的標準去衡量。對比一下唐代作家鄭還古、批評家顧況的小說論，你會覺得他們的看法與劉氏毫無關聯，完全是雞同鴨講。

　　明代的胡應麟考評源流，正確地把志怪、傳奇和雜錄排在了小說種類

的最前面，並將《山海經》定義為「古今語怪之祖」，《瑣語》定義為「古今記異之祖」，共同作為中國文言小說之祖。談及唐宋文言小說的差別，胡應麟還根據作品特點，指出宋代士大夫退出小說創作之後，取代他們的是層次很低的俚儒野老：

小說，唐人以前，紀述多虛，而藻繪可觀。宋人以後，論次多實，而彩豔殊乏。蓋唐以前出自文人才士之手，而宋以後率俚儒野老之談故也。

其實，有關唐傳奇的成就和地位，南宋的洪邁在他的《容齋隨筆》裡，就已將其與唐詩相提並論了：

唐人小說，不可不熟，小小情事，淒婉欲絕，洵有神遇而不自知者，與詩律可稱一代之奇。

明代的彭纂在《唐人說薈·序》中，則認為唐傳奇大俗大雅，最富表現力和創造力：

則夫領異標新，多多益善，稱觀止者，唯唐人小說乎！蓋其人本擅大雅著作之才，而託於稗官，綴為危言，上之備廟朝之典故，下之亦不廢里巷之叢談與閨闈之逸事。至於論文講藝，裨益詞流；志怪搜神，洩宣奧府。窺子史之一斑，作集傳之具體，胥在乎是。

另一位明代學者桃源居士，在〈唐人百家小說序〉中，更將唐傳奇與唐詩視為「絕代之奇」，跟宋詞、元曲一樣，是唐代文學的代表：

唐三百年文章鼎盛，獨詩律與小說稱絕代之奇。何也？蓋詩多賦事，唐人於歌律以興以情，在有意無意之間；文多徵實，唐人於小說摛詞布景，有翻空造微之趣。至纖若錦機，怪同鬼斧，即李杜之跌宕，韓柳之爾雅，有時不得與孟東野、陸魯望、沈亞之、段成式輩爭奇競爽。猶耆卿、易安之於詞，漢卿、東籬之於曲，所謂厥體當行，別成奇致，良有以也。

新世紀初，英國的《劍橋中國文學史》便乾脆按時代，將詩文和小說混合在一起評述。如唐代文學，詩歌和小說看上去是同等重要的。而在大洋彼岸，被譽為是「關於中國文學史的最佳西文著作」的美國《哥倫比亞中國文學史》，論及唐傳奇時也認為：

假如這些傳奇小說可以以其寫作時的精神來予以解讀的話，它們便不止是最好的文言小說作品，而且也是足以和唐代詩歌的豐富、複雜之遺產相匹敵的敘事文學作品。

拙著試圖解讀的內容之一，正是唐傳奇「寫作時的精神」。

先唐是中國文言小說傳統形成的時期，歷經千年脈絡清晰。而唐五代的三四百年，則是中國文言小說輝煌絢爛、空前絕後的鼎盛期，在志怪、傳奇和紀實類小說中，先後演化出狐精、冥府地獄、諷刺、豪俠、史詩、市井、商賈、幻想、心理、文藝、探險、偵探、犯罪、恐怖、驚悚、懸疑、狹邪、仙傳、動物、哲理，以及自傳體、同性戀等諸多極為現代的小說類型，且每個門類都有堪稱經典的代表作品，實實在在地領先了世界，乃唐朝作為人類文明巔峰之一的例證。

這一切到了宋代，卻幾乎全部退化、消失了。直到今天，除狐精、市井、諷刺、武俠、心理和自傳體等五六個品種，上述大部分種類的小說，就從未在後來的中國發達過，甚而基本上不存在了。且市井、狐精、諷刺、武俠、自傳體和心理小說的復興，是在明清和民國取得的成績，當代的武俠小說，也尚未造成唐代那樣長久而深遠的影響，僅是風靡一時。儘管中國先唐小說，尤其是唐傳奇自由創造的精神，對魯迅、王小波等現當代作家，仍然具有重要的影響。

在中國，敢於追求個人自由和人格完整，並以此作為人生最大成就而引以為豪的人，實在是太少了。回頭一想，這種人在唐朝卻很常見，且作為時代英雄，屢屢出現在唐傳奇中。唐代文化多元、眾生平等，注重個人性情和自由的氛圍，孕育出了成就不亞於唐詩的唐傳奇。可後來，不但唐傳奇被人輕忽，先唐的小說傳統更淹沒無聞了，原因就在於它們不符合儒家的價值觀。

說到唐五代傳奇與宋元話本及明清白話小說的差異，有個例子，就是《清平山堂話本》中的〈刎頸鴛鴦會〉。這個短篇的前半部分，抄襲的是五代小說家皇甫枚的〈非煙傳〉，稍加刪節和修改，使之更接近白話，後面

又講了一個可能是源於宋元成於明代的故事。兩個故事的主要人物均為三人：一個丈夫、一個引誘者和一個出軌的婦人，一號主角都是那個出軌的婦人。可細看，他們卻完全不同了。〈非煙傳〉裡的丈夫是個殘暴的武夫，他對自己的「愛妾」步非煙的報復等同於謀殺、虐殺；而〈刎頸鴛鴦會〉裡的丈夫則更像個受害者，他對「姦夫淫婦」的誅殺似乎是在討還公道。引誘者，前者是出身「衣纓之族」且「秀端有文」的少年士子；後者儘管被形容為「資質豐粹，舉止閒雅」，實際上是個「半生花酒肆癲狂，對人前扯拽都是慌」的市井店主。至於出軌的婦人，步非煙生前那句「生得相親，死亦何恨」，讓她簡直是個英雄；而與情夫搞鴛鴦會的蔣淑珍，則完全像個淫婦。總之，唐五代傳奇中的平等精神和多元思想，以及作家優雅的品味、趣味和文言有節制的敘述，人物的真性情與生命力，在宋元話本及明清的白話小說中，已難見蹤影。

另一部宋代的《新編五代史平話》，表現的同樣是民間下層的意識和情感。開篇回顧上古，責黃帝「殺死炎帝活捉蚩尤」，「做著個廝殺的頭腦，教天下後世慣用干戈」，斥「湯伐桀，武王伐紂，皆是以臣弒君，篡奪了夏、殷的天下。湯、武不合做了這個樣子」。還將神話的出生附會於黃巢，對其身世也滿懷同情，又不假思索地夾雜著正統的觀念，對其加以斥責。這種尖銳、粗糙而又矛盾、混搭的底層方式想學習的，其實仍舊是唐五代傳奇中犀利的思想和新穎的表達方式，但思辨能力缺乏，審美品味低下。這種方式一直延續到明清的白話小說，影響了魯迅等人的歷史觀。

從神話、志怪到傳奇，即由戰國初中期到唐五代這一千三四百年間，中國的文言小說一直承接著它的神話原型。哪怕這種傳統在宋代已然中斷，但到了明朝，還有《剪燈新話》等重拾志怪與傳奇的文言小說出現。到了清代，中國文言小說傳統的餘韻，仍舊迴響在蒲松齡的《聊齋志異》和曹雪芹的《紅樓夢》中。

中國小說的方式與經史先天不合，以致蒲松齡無論怎樣努力，也考不上進士，曹雪芹可能就沒進過科舉的考場，這種現象自唐代的李玫和溫庭筠就開始了。而幾乎所有天才的一流中國小說家，都在攻擊經史的優勢地

位並解構其神聖性，以捍衛文學和自身的獨立性，從唐朝的張鷟、薛漁思、李玫，到清代的蒲松齡和曹雪芹，均是如此。

先看蒲松齡《聊齋志異》的序言：

披蘿帶荔，三閭氏感而為騷；牛鬼蛇神，長爪郎吟而成癖。自鳴天籟，不擇好音，有由然矣。落落秋螢之火，魑魅爭光；逐逐野馬之塵，魍魎見笑。才非干寶，雅愛《搜神》；情類黃州，喜人談鬼。聞則命筆，遂以成編。久之，四方同人，又以郵筒相寄，因而物以好聚，所積益夥。甚者：人非化外，事或奇於斷髮之鄉；睫在眼前，怪有過於飛頭之國。遄飛逸興，狂固難辭；永託曠懷，痴且不諱。展如之人，得毋向我胡盧耶？然五父衢頭，或涉濫聽；而三生石上，頗悟前因。放縱之言，有未可概以人廢者。

松懸弧時，先大人夢一病瘠瞿曇，偏袒入室，藥膏如錢，圓黏乳際。寤而松生，果符墨志。且也：少羸多病，長命不猶。門庭之淒寂，則冷淡如僧；筆墨之耕耘，則蕭條似缽。每搔頭自念：勿亦面壁人果是吾前身耶？蓋有漏根因，未結人天之果；而隨風蕩墮，竟成藩溷之花。茫茫六道，何可謂無其理哉！獨是子夜熒熒，燈昏欲蕊；蕭齋瑟瑟，案冷疑冰。集腋為裘，妄續幽冥之錄；浮白載筆，僅成孤憤之書：寄託如此，亦足悲矣！嗟乎！驚霜寒雀，抱樹無溫；吊月秋蟲，偎闌自熱。知我者，其在青林黑塞間乎！康熙己未春日。

在自序中，蒲松齡言《聊齋志異》是其「雅愛搜神」、「妄續幽冥」的成果，把他的寫作與干寶的《搜神記》和劉義慶的《幽明錄》所代表的志怪傳統相連。又以反諷的方式，引裴啟《語林》中嵇康不與鬼爭光，及干寶《搜神記・落頭民》中的飛頭巫術故事，以喻現實，並以袁郊〈圓觀〉裡的「三生石」為典，感悟因果。

值得特別注意的是，蒲松齡在此提到了「五父衢頭」，看似勸誡不要「濫聽」，實則是點明了孔子因野合而生的事實，直指儒生的虛偽。此外，蒲序還提到了屈原、李賀、蘇軾、司馬遷、杜甫、李白等人，將自己的創

作和人生，與他們的天才和性情聯繫在一起。《聊齋志異》的主要成就，在於把戴孚《廣異記》中的狐精小說推到了極致，成為一座難以踰越的高峰。

再來看曹雪芹《紅樓夢》第一回的開頭，其實就是該書的自序：

此開卷第一回也。作者自云：因曾歷過一番夢幻之後，故將真事隱去，而借「通靈」之說，撰此《石頭記》一書也。故曰「甄士隱」云云。但書中所記何事何人？自又云：「今風塵碌碌，一事無成，忽念及當日所有之女子，一一細考校去，覺其行止見識，皆出於我之上。何我堂堂鬚眉，誠不若彼裙釵哉？實愧則有餘，悔又無益之大無可如何之日也！當此，則自欲將已往所賴天恩祖德，錦衣紈褲之時，飫甘饜肥之日，背父兄教育之恩，負師友規訓之德，以至今日一技無成、半生潦倒之罪，編述一集，以告天下人：我之罪固不免，然閨閣中本自歷歷有人，萬不可因我之不肖，自護己短，一併使其泯滅也。雖今日之茅椽蓬牖、瓦灶繩床，其晨夕風露、階柳庭花，亦未有妨我之襟懷筆墨者。雖我未學，下筆無文，又何妨用假語村言，敷演出一段故事來，亦可使閨閣昭傳，復可悅世之目，破人愁悶，不亦宜乎？」故曰「賈雨村」云云。

此回中凡用「夢」用「幻」等字，是提醒閱者眼目，亦是此書立意本旨。

曹雪芹在此也說得很明白，《紅樓夢》來自他的人生體驗，卻是他的靈性之作，是虛擬的，即「假語」；且用的是白話，即「村言」。人家既已聲明人生如夢，「故將真事隱去」，主要人物就是一些夢幻中的女孩，並一再強調本書的主旨乃「夢」、「幻」而已，可胡適的「紅學」卻只求實證不談文學，硬要將偉大的傑作還原成平庸的自傳。

接下來才是《紅樓夢》的正文，此書從何而來？沒錯，是《山海經》！像《神異經》和《十洲記》一樣，曹雪芹是仿效《山海經》開的篇。他在向中斷千年的中國文言小說傳統致敬，像眾神之山上那塊僅存的大荒頑石，那塊最後的靈玉，把迷失已久的中國白話小說，帶到了這一偉大的傳統之

中，補上了殘缺的天空：

列位看官：你道此書從何而來？說起根由雖近荒唐，細按則深有趣味。待在下將此來歷注明，方使閱者瞭然不惑。

原來女媧氏煉石補天之時，於大荒山無稽崖煉成高經十二長，方經二十四丈頑石三萬六千五百零一塊。媧皇氏只用了三萬六千五百塊，只單單剩了一塊未用，便棄在此山青埂峰下。誰知此石自經煅煉之後，靈性已通，因見眾石俱得補天，獨自己無材不堪入選，遂自怨自嘆，日夜悲號慚愧。

此後，靈石的化身賈寶玉，將像〈枕中記〉的主角盧生、〈南柯太守傳〉的主角淳于棼那樣，去經歷並體驗夢幻般的人生。在與現實的較量中，虛幻和怪異終於獲得了文學上的勝利，既顯現著真實，又展示著歷史和現實的諸多可能性。

引用、參考書目

依照內文提及順序排列。

上海：上海古籍編（1999）。《漢魏六朝筆記小說大觀》。上海：上海古籍。

李劍國輯釋（2011）。《唐前志怪小說輯釋》。上海：上海古籍。

柴劍虹、李肇翔主編（2001）。《山海經》。北京：九州。

馬昌儀（2007）。《古本山海經圖說》。廣西：廣西師範大學。

林富士（2016）。《巫者的世界》。廣東：廣東人民。

陶敏主編（2012）。《全唐五代筆記》。陝西：三秦。

李劍國輯校（2015）。《唐五代傳奇集》。北京：中華。

李時人編校（2014）。《全唐五代小說》。北京：中華。

魯迅校錄（2008）。《古小說鉤沉手稿》。浙江：浙江古籍。

郭丹譯（2014）。《左傳》。北京：中華。

〔西漢〕司馬遷（1959）。《史記》。北京：中華。

〔東漢〕班固（1962）。《漢書》。北京：中華。

〔南朝宋〕范曄（1965）。《後漢書》。北京：中華。

〔西晉〕陳壽撰，裴松之注（1959）。《三國志·魏書》。北京：中華。

〔唐〕房玄齡等撰（1974）。《晉書》。北京：中華。

〔南朝梁〕沈約（1974）。《宋書》。北京：中華。

〔唐〕李延壽（1975）。《南史》。北京：中華。

〔唐〕李百藥（1972）。《北齊書》。北京：中華。

〔五代後晉〕劉昫等撰（1975）。《舊唐書》。北京：中華。

〔北宋〕歐陽脩、宋祁撰（1975）。《新唐書》。北京：中華。

〔北宋〕薛居正等撰（1976）。《舊五代史》。北京：中華。

魯迅（1957）。《魯迅全集八·中國小說史略·中國小說的歷史的變遷》。北京：人民文學。

魯迅（1957）。《魯迅全集二‧故事新編》。北京：人民文學。

魯迅（1957）。《魯迅全集三‧而已集》。北京：人民文學。

魯迅。（1958）《魯迅全集七‧集外集拾遺》。北京：人民文學。

鄭振鐸。（1957）《插圖本中國文學史》。北京：人民文學。

胡適（1999）。《白話文學史》。上海：上海古籍。

胡適（2015）。《紅樓夢考證》。北京：北京。

張宇光（1987）。《山神之地──藏北聶榮牧區民俗考》。西藏：西藏人民。

楊恩洪（1995）。《民間詩神──格薩爾藝人研究》。北京：中國藏學。

余世存（2015）。《大時間──重新發現易經》。北京：三聯。

阿城（2015）。《洛書河圖──文明的造型探源》。北京：中華。

王盡忠（2009）。《干寶研究全書》。河南：中州古籍。

高亨注（1984）。《周易古經今注》。北京：中華。

任繼愈注譯（1956）。《老子今譯》。上海：上海古籍。

楊伯峻編著（1958）。《論語譯注》。北京：中華。

楊伯峻編著（1960）。《孟子譯注》。北京：中華。

陳鼓應注譯（1983）。《莊子今注今釋》。北京：中華。

〔唐〕劉知己撰（2008）。《史通》。上海：上海古籍。

景中譯注（2007）。《列子》。北京：中華。

馬慶洲注釋（2013）。《淮南子》。江蘇：鳳凰。

〔東晉〕干寶撰，汪紹楹注（1979）。《搜神記》。北京：中華。

〔東晉〕陶潛著，逯欽立校注（1979）。《陶淵明集》。北京：中華。

〔南朝宋〕劉義慶著，張撝之譯注（1996）。《世說新語譯注》。上海：上海古籍。

〔東晉〕葛洪撰，胡守為校釋（2010）。《神仙傳校釋》。北京：中華。

〔唐〕唐臨、戴孚撰，方詩銘輯校（1992）。《冥報記‧廣異記》。北京：中華。

黃霖、韓同文選注（2009）。《中國歷代小說論著選》。江西：江西人民。

〔南朝梁〕釋慧皎著，朱恆夫等注譯 (2010)。《高僧傳》。陝西：陝西人民。

〔唐〕張鷟著，蔣宗許等注 (2013)。《龍筋鳳髓判箋注》。北京：法律。

〔唐〕玄奘、辯機著，季羨林等校注 (1985)。《大唐西域記校注》。北京：中華。

許總 (2004)。《元稹與崔鶯鶯》。北京：中華。

上海：上海古籍編 (2007)。《宋元筆記小說大觀》。上海：上海古籍。

程毅中輯注 (2000)。《宋元小說家話本集》。山東：齊魯書社。

黎烈文句讀 (1925)。《新編五代史平話》。上海：商務印書館。

〔明〕洪楩 (2014)。《清平山堂話本》。湖南：岳麓書社。

〔元〕王實甫著，金聖歎評，陳德芳校點 (2000)。《金聖歎評西廂記》。四川：四川文藝。

〔明〕王守仁撰，吳光等編校 (1992)。《王陽明全集》。上海：上海古籍。

〔宋〕蘇軾著，鄧立勳編校 (1997)。《蘇東坡全集》。安徽：黃山書社。

〔明〕徐弘祖著，楮紹唐、吳應壽整理 (1982)。《徐霞客遊記》。上海：上海古籍。

〔清〕沈復 (2001)。《浮生六記》。吉林：吉林文史。

陳渠珍著，任乃強校注 (1982)。《艽野塵夢》。重慶：重慶。

施蟄存 (2007)。《施蟄存小說集》。上海：上海辭書。

金庸 (1994)。《金庸作品集》。北京：三聯。

〔義〕但丁 (1980)。《神曲》。北京：人民文學。

〔英〕莎士比亞著，朱生豪譯 (1954)。《莎士比亞戲劇集六‧馬克白》。北京：人民文學。

〔法〕雨果著，李丹、方於譯 (1984)。《悲慘世界》。北京：人民文學。

王永年、徐鶴林等譯 (1999)。《波赫士全集‧散文卷》。浙江：浙江文藝。

王永年、徐鶴林等譯 (1999)。《波赫士全集‧小說卷》。浙江：浙江

文藝。

〔義〕卡爾維諾著，吳正儀譯（2008）。《我的祖先》。江蘇：譯林。

〔義〕伊塔洛·卡爾維諾著，黃燦然、李桂蜜譯（2006）。《為什麼讀經典》。江蘇：譯林。

〔英〕安潔拉·卡特編，鄭冉然譯（2011）。《安潔拉·卡特的精怪故事集》。南京：南京大學。

〔英〕安潔拉·卡特著，嚴韻譯（2012）。《焚舟紀》。南京：南京大學。

〔美〕梅維恆（Victor Henry Mair）主編。馬小悟等譯（2016）。《哥倫比亞中國文學史》。北京：新星。

孫康宜、宇文所安主編（2013）。《劍橋中國文學史》。北京：三聯。

葉嘉瑩（2008）。《葉嘉瑩說杜甫詩》。北京：中華。

夏志清（2008）。《中國古典小說》。江蘇：江蘇人民。

〔唐〕韓愈著。劉真倫、岳珍校注（2010）。《韓愈文集匯校箋注》。北京：中華。

〔唐〕柳宗元著，吳文治等點校（1979）。《柳宗元集》。北京：中華。

楊憲益（1983）。《譯餘偶拾》。北京：三聯。

〔美〕宇文所安著，賈晉華譯（2004）。《初唐詩》。北京：三聯。

〔美〕宇文所安著，賈晉華譯（2004）。《盛唐詩》。北京：三聯。

〔美〕宇文所安著，賈晉華、錢彥譯（2011）。《晚唐——九世紀中葉的中國詩歌》。北京：三聯。

〔美〕宇文所安著，程章燦譯（2003）。《迷樓——詩與欲望的迷宮》。北京：三聯。

劉子健著，趙冬梅譯（2012）。《中國轉向內在》。江蘇：江蘇人民。

牟宗三（2010）。《歷史哲學》。吉林：吉林出版集團。

〔清〕康熙主編（1997）。《全唐詩》。河北：河北人民。

〔唐〕杜甫著，李壽松、李冀雲編注（2002）。《全杜詩新釋》。北京：中國書店。

〔唐〕李白著，王琦注（1997）。《李太白全集》。北京：中華。

〔俄〕納博科夫著，丁駿、王建開譯（2015）。《俄羅斯文學講稿》。北京：三聯。

〔俄〕納博科夫著，申慧輝等譯（1991）。《文學講稿》。北京：三聯。

錢穆講述，葉龍記錄整理（2015）。《中國文學史》。四川：天地。

〔日〕吉川幸次郎著，陳順智、徐少舟譯（1987）。《中國文學史》。四川：四川人民。

聞一多（2008）。《古詩神韻》。北京：中國青年。

錢鍾書（2001）。《談藝錄》。北京：三聯。

錢鍾書（2001）。《管錐編》。北京：三聯。

陳寅恪（2011）。《柳如是別傳》。北京：三聯。

陳寅恪（2011）。《詩集》。北京：三聯。

陳寅恪（2011）。《金明館叢稿初編》。北京：三聯。

陳寅恪（2011）。《金明館叢稿二編》。北京：三聯。

陳寅恪（2011）。《元白詩箋證稿》。北京：三聯。

陳寅恪（2011）。《講義及雜稿》。北京：三聯。。

陳寅恪（2011）。《寒柳堂集》。北京：三聯。

陳寅恪（2011）。《隋唐制度淵源略論稿·唐代政治史述論稿》。北京：三聯。

〔清〕王國維（1997）。《王國維文集》。北京：北京燕山。

梁宗岱（2006）。《梁宗岱選集》。北京：中央編譯。

徐復觀（2002）。《徐復觀文集》。湖北：湖北人民。

侯忠義（1990）。《中國文言小說史稿》。北京：北京大學。

吳志達（1994）。《中國文言小說史》。山東：齊魯書社。

石昌渝（2015）。《中國小說源流論》。北京：三聯。

李劍國（2005）。《唐前志怪小說史》。天津：天津教育。

李建國（2017）。《唐五代志怪傳奇敘錄》（增訂本）。北京：中華。

周勛初（2008）。《唐代筆記小說敘錄》。江蘇：鳳凰。

程千帆（2014）。《唐代進士行卷與文學》。上海：商務印書館。

程毅中（2003）。《唐代小說史》。北京：人民文學。

卞孝萱（2001）。《唐傳奇新探》。江蘇：江蘇教育。

卞孝萱（2003）。《唐人小說與政治》。福建：鷺江。

小南一郎著，童嶺譯（2015）。《唐代傳奇小說論》。北京：北京大學。

楊義（2004）。《中國古典小說史論》。北京：中國社會科學。

王秀梅主編。（2001）《中國古典小說集萃·先秦漢魏南北朝卷》。北京：學苑。

王景桐主編。（2001）《中國古典小說集萃·唐五代卷》。北京：學苑。

〔奧〕卡夫卡著，葉廷芳主編（1996）。《卡夫卡全集第一卷·短篇小說》。河北：河北教育。

〔奧〕卡夫卡著，葉廷芳主編（1996）。《卡夫卡全集第五卷·隨筆·談話錄》。河北：河北教育。

〔奧〕卡夫卡著，葉廷芳主編（1996）。《卡夫卡全集第六卷·日記》。河北：河北教育。

〔法〕尤瑟娜著，劉君強、老高放譯（1986）。《東方奇觀》。廣西：灕江。

〔日〕中島敦著。韓冰、孫志勇譯（2013）。〈山月記〉。北京：中華。

〔日〕芥川龍之介著，樓適夷、呂元明、文潔若等譯（1998）。《芥川龍之介作品集·小說卷》。北京：中國世界語。

〔印度〕吉卜林著，文美惠譯（1999）。《野獸的烙印》。山東：山東文藝。

〔美〕愛倫坡著，陳良廷等譯（1998）。《愛倫坡短篇小說集》。北京：人民文學。

〔美〕海明威著，林疑今譯（1981）。《戰地春夢》。貴州：貴州人民。

〔英〕赫胥黎著，李黎、薛人望譯（2013）。《美麗新世界》。北京：北京燕山。

〔法〕福樓拜著，李健吾譯（1958）。《包法利夫人》。北京：人民文學。

〔俄〕托爾斯泰著。草嬰譯（1982）。《安娜·卡列尼娜》。上海：上海

譯文。

〔法〕莫洛亞著，孫傳才譯（1986）。《栗樹下的晚餐》。廣西：灕江。

〔法〕西蒙‧波娃著，馬振騁譯（1997）。《人都是要死的》。北京：外國文學。

〔英〕吳爾芙著，林燕譯（2003）。《奧蘭多》。北京：人民文學。

汪辟疆校錄（1978）。《唐人小說》。上海：上海古籍。

李宗為（1985）。《唐人傳奇》。北京：中華。

汪聚應輯校（2011）。《唐人豪俠小說集》。北京：中華。

〔唐〕元稹等著，北京：華夏編（2015）。《唐宋傳奇》。北京：華夏。

〔明〕瞿佑等著，周愣伽校注（1981）。《剪燈新話》。上海：上海古籍。

〔明〕羅貫中（1953）。《三國演義》。北京：人民文學。

〔明〕施耐庵、羅貫中（1954）。《水滸傳》。北京：人民文學。

〔明〕吳承恩（1980）。《西遊記》。北京：人民文學。

〔明〕馮夢龍（1980）。《全像古今小說》。福建：福建人民。

〔明〕馮夢龍、凌濛初（1993）。《三言二拍》。山西：北嶽文藝。

〔清〕沈起鳳（1985）。《諧鐸》。北京：人民文學。

〔清〕蒲松齡著，張友鶴輯校（1978）。《聊齋志異——會校會注會評本》。上海：上海古籍。

〔清〕曹雪芹著，俞平伯校，啟功注（2000）。《紅樓夢》。北京：人民文學。

李格非、吳志達主編（1987）。《文言小說——先秦南北朝卷》。河南：中州古籍。

北京編譯社譯，周作人校（2017）。《今昔物語》。北京：新星。

〔明〕胡應麟（2009）。《少室山房筆叢》。上海：上海書店。

〔五代後漢〕李昉等編（1981）。《太平廣記》。北京：中華。

補白，異彩紛呈之宋前小說史：
先秦古韻、魏晉幽彩、盛唐風華……文學空缺的拼圖，傳奇於歷史之外的獨步

作　　者：郎生

封面設計：康學恩

發 行 人：黃振庭

出 版 者：崧燁文化事業有限公司

發 行 者：崧燁文化事業有限公司

E-mail：sonbookservice@gmail.com

粉 絲 頁：https://www.facebook.com/
　　　　　sonbookss/

網　　址：https://sonbook.net/

地　　址：台北市中正區重慶南路一段六十一號八
　　　　　樓 815 室

Rm. 815, 8F., No.61, Sec. 1, Chongqing S. Rd.,
Zhongzheng Dist., Taipei City 100, Taiwan

電　　話：(02)2370-3310

傳　　真：(02)2388-1990

印　　刷：京峯彩色印刷有限公司（京峰數位）

法律顧問：廣華律師事務所　張佩琦律師

國家圖書館出版品預行編目資料

補白，異彩紛呈之宋前小說史：先
秦古韻、魏晉幽彩、盛唐風華……
文學空缺的拼圖，傳奇於歷史之
外的獨步 / 郎生 著 . -- 第一版 . --
臺北市：崧燁文化事業有限公司，
2023.1
　面；　公分
POD 版
ISBN 978-626-332-924-9(平裝)
1.CST: 中國小說 2.CST: 中國文學
史
820.97　　111018753

定　　價：450 元

發行日期：2023 年 01 月第一版

◎本書以 POD 印製

官網

臉書